中国御林军

辽、金、元、明、清、北洋时期
北京禁卫军

全新修订

纪红建 著

中国书籍出版社
China Book Press

图书在版编目（CIP）数据

中国御林军：辽、金、元、明、清、北洋时期北京禁卫军/纪红建著. -- 北京：中国书籍出版社，2022.4
ISBN 978-7-5068-8937-7

Ⅰ.①中… Ⅱ.①纪… Ⅲ.①纪实文学—中国—当代 Ⅳ.① I25

中国版本图书馆 CIP 数据核字 (2022) 第 034827 号

中国御林军：辽、金、元、明、清、北洋时期北京禁卫军
纪红建　著

图书策划	尹　浩　魏润滋
责任编辑	尹　浩
插　　图	胡小珍
责任印制	孙马飞　马　芝
装帧设计	闽江文化
出版发行	中国书籍出版社
地　　址	北京市丰台区三路居路 97 号（邮编：100073）
电　　话	（010）52257143（总编室）（010）52257140（发行部）
电子邮箱	eo@chinabp.com.cn
经　　销	全国新华书店
印　　刷	三河市顺兴印务有限公司
开　　本	889 毫米 × 1194 毫米　1/32
字　　数	360 千字
印　　张	13.75
版　　次	2022 年 4 月第 1 版　2022 年 4 月第 1 次印刷
书　　号	ISBN 978-7-5068-8937-7
定　　价	66.00 元

版权所有　翻印必究

前言

御林军，顾名思义，是护卫皇帝、皇家、皇城的特殊军队。在封建社会，皇帝的旨意称为"御旨"，皇帝的印鉴称为"御玺"，护卫皇帝的军队也就成了"御林军"。

驻守在国都——京城，是御林军的又一个重要特征。探寻中国古代御林军的身影，我们首先要把目光聚集到曾经是六朝古都的北京。

北京，一个古老而又神圣的城市；北京，一个博大精深而又充满神秘感的城市。当你透过城市的喧闹，揭开历史尘封的岁月时，北京的磅礴大气和神奇就会渐渐展现在你的眼前。

北京自三千多年前建城，从春秋战国到隋唐五代，始终以军事重镇的雄姿矗立于我国北方，其间群雄逐鹿，战事频仍。特别是北京自辽代成为陪都后，开始了由北方军事重镇向首都城市的转变，更是开始了皇城辉煌历史的里程碑。金代，北京成了一代王朝的正式首都，也成了北半个中国的政治中心。元、明、清时期，北京更是成了多民族的统一的中国首都，成了全中国的政治中心。随着北京政治地位的不断变化，围绕皇宫展开的军事活动、警卫内容更为丰富，斗争更加激烈，特别是围绕争夺最高权力的斗争，驻守在皇帝身旁的"御林军"更是发挥了特殊作用。历代统治者为了维护其政权，十分重视京师的宫廷警卫工作。辽代，为保卫皇室的安全，保卫陪都的安全，在北京地区部署了精锐的禁卫军，并首创治安管理的专门机构——警巡院；金朝迁都北京后，禁卫机构更为完善，统治更加严密；元朝统治者在大都设置了众多的军卫，形成了一个庞大的防卫专政体系；明朝将七八十万京营军驻扎京师，筑长城、修城池，设"上二十六卫"担负宫廷侍卫，建立了一套完整的防卫与治安体系；清朝在北京建立了庞大繁杂的警备治安机构，将号称禁旅八旗的十余万精锐厚集京师；北洋军阀时期，袁世凯及皖、直、奉系军阀为巩固其独裁统治，都在京畿部署了大量自己派系的军队，任命亲信统辖北京的军警机构。这一幕幕构成了一部古都北京警卫风云史，也是中国古代"御林军"风云史。然而，在封建时代以及半殖民地半封建时代，"御林军"只不过是统治者的一种工具，是他们永无休止的争斗和杀戮的武器，他们替专制皇帝警惕地监视着皇室、臣僚、宦官们，以及监视着数千万平民百姓的一举一动。不论是宫廷政变还是皇城战事，往往是胜利者踏着失败者的尸体昂然登上至尊的宝座，而人民的命运却被牢牢地绑在统治者争权夺利的战车上。

本书用纪实的手法，以历史朝代为线索，重点记述北京自成为辽代的陪都后各朝各代警卫皇城的"御林军"的城池防御体系、警备机构、禁卫军部署、宫廷警卫、宫廷战事、皇城战事等。特别是作者以军人的视角，从军事地理的角度出发，首次对历史上的北京城作为御林军防御体系进行了分析与探寻。

通过多方面挖掘史料，以及对大量正史和野史的提炼，详尽地描述了中国古代"御林军"组建、规模、发展情况，以及"御林军"参与的警卫、宫廷政变、皇城战事等真实情况。

目 录

导　言　中国御林军的起源与发展 / 001

第一章　辽代南京（北京）御林军 / 025
　　一、辽代南京城池防御体系的改建 / 027
　　二、辽驻南京的中央禁军 / 033
　　三、辽代南京宫廷内卫大事 / 035
　　四、辽代南京皇城战事 / 041

第二章　金代中都（北京）御林军 / 059
　　一、金中都城池防御体系的扩建 / 061
　　二、金中都警备机构 / 066
　　三、金中都主要中央禁军 / 067
　　四、金代宫廷内卫大事 / 071
　　五、金代宫廷政变、皇城战事 / 075

第三章　元代大都（北京）御林军 / 087

一、元大都城池防御体系的新建 / 089

二、元大都警备机构 / 095

三、元大都中央禁军 / 097

四、元代宫廷内卫大事 / 109

五、元代宫廷政变、皇城战事 / 122

第四章　明代北京御林军 / 141

一、明代北京防御体系的修建 / 143

二、明代北京警备机构 / 164

三、明上直侍卫军 / 166

四、明代宫廷内卫大事 / 178

五、明代宫廷政变、皇城战事 / 193

第五章　清朝北京御林军 / 239

一、清朝北京城池防御体系的衰退 / 241

二、清朝京师警备机构 / 248

三、清朝的中央禁卫军 / 254

四、清朝宫廷内卫大事 / 275

五、清朝宫廷政变、皇城战事 / 294

第六章　北洋军阀时期北京御林军 / 337

一、北京城池防御体系的没落 / 339

二、北洋政府北京主要警备机构 / 341

三、北洋政府北京主要警卫部队 / 355

四、北洋政府公府警卫大事 / 361

五、北洋军阀时期的京城政变、京城战事 / 377

主要参考书目 / 426

中国御林军
辽、金、元、明、清、北洋时期
北京禁卫军

[导 言]

中国御林军的起源与发展

茫茫上天，崇高其居。设置山险，画为防御。重垠累垓，以难不律。阙为城卫，以待暴卒。国以有固，民以有内。各保其守，永修不败。维昔庶僚，官得其人。荷戈而歌，中外以坚。齐桓怵惕，宿卫不敕。门非其人，户废其职。曹子摽剑，遂成其诈。轲挟匕首，而卫人不寤。二世妄宿，败于望夷。阎乐矫诏，戟者不推。尉臣司卫，敢告执维。

——选自西汉文赋家、宫中侍卫官扬雄的《卫尉箴》

"御林军"三字的来由

纵览中国上下五千年历史，历朝历代的禁卫军名目多种多样。"御林军"这个词始于何时呢？《辞海》上"御林军"词条的出处是《三国演义》第二十四回：曹操"又拨心腹人三千充御林军，令曹洪统领，以为防察"。《辞源》上"御林军"词条的出处是《三国演义》第八十三回：刘备"乃引御林军直至猇亭，大会诸将，分军八路，水陆俱进"。由此看来，"御林军"源于《三国演义》，是罗贯中老先生在文学作品中创造的一个词，由于数百年来《三国演义》在人民群众中的巨大影响，于是"御林军"成了皇家禁卫军的专用称谓而深入人心。无疑，御林军是皇家禁卫军的专用称谓。

实际上，中国御林军的历史源远流长，伴随着国家的诞生，掌握国家最高统治权的统治集团，为了维护自己的利益，在建立强大军队的同时，从军队中挑选精锐、心腹，组成禁卫军，专门担负京师、宫廷和皇帝的警卫，从而形成了一支特殊的武装力量。禁卫军一般都隶属于负责京都安全警卫的警备机构，所以禁卫军和历朝的警备机构都应属于御林军的范畴。由于在不同的历史时期、不同的朝代，有不同的禁卫制度，所以御林军的名号、编制等也各不相同，通常称禁军、禁兵、禁旅、卫士、卫兵、宿卫兵、侍官等。

夏商周时期御林军

夏、商是我国历史上最早的两个王朝，由于年代的久远和文献的缺乏，这两个朝代的禁卫制度和禁卫军名称我们已无法知悉。

周是我国历史上第一个有确切纪元的王朝，《周礼》中就记述了周朝的禁卫体制。周朝将禁卫军按其任务区分为"腹心之卫""重兵之卫"和"环列之卫"三部分。担负宫廷宿卫的禁卫军称之为"腹心之卫"，由宫正、宫伯掌领，兵士由士大夫阶层的贤良子弟充任，专门负责宫掖内的警卫。担负周王出行时的扈驾亲军称之为"重兵之卫"，"重兵之卫"由虎贲军、旅贲军两支禁卫军组成，分由虎贲氏、旅贲氏统领。虎贲军是周武王伐纣时的精锐部队，周朝灭商后成为禁卫军，主要担负出行中的护驾和驻跸时的行宫护卫。旅贲军主要担负出行中的仪仗，以壮王室声威。担负王宫外围守卫的禁卫军称之为"环列之卫"，由司隶统领，卒隶由罪犯和外族奴隶编成的"五隶"（即罪隶、蛮隶、闽隶、夷隶、貉隶）中的一部分人充任。

秦朝御林军

秦朝是我国历史上第一个封建王朝。秦始皇统一六国后，为巩固中央集权，建立了一系列的制度，其中绝大部分为后世两千余年的历史所承传，禁卫制度就是其中之一。秦朝实行皇帝、皇宫、京城三级保卫体系，即由郎中令率领郎官等贴身侍卫部队守护于皇宫殿内，形成皇帝的核心警卫；由卫尉率领卫士守护于皇宫殿外和宫墙之内，担负皇宫徼巡和宫门守卫，形成环卫皇帝的第二道防线；由中尉率领禁卫军负责皇宫之外京城的警备，形成拱卫皇帝的外围防线。

郎中令所管辖的郎官分为中郎、侍郎、郎中、郎中车将、郎中户将、郎中骑将及谒者等级别。中郎、侍郎、郎中分别隶属于五官中郎将、左中郎将、右中郎将三署，共同担负皇帝的宿卫任务；郎中车将、郎中户将、郎中骑将"三将"下属分别有左、右车郎和左、右户郎以及左、右骑郎等，郎中户将主要负责保卫宫殿门户，郎中车将、郎中骑将分别主管皇帝的车辇和骑乘，负责皇帝出行的随从护驾；谒者的本来职责是"宾赞受事"，即朝会时接待宾客、唱赞司仪和接受奏章，但自发生荆轲谋刺秦始皇事件后，谒者也增加了警卫职责，朝会时作为皇帝的贴身侍官，手持短兵器监视上奏者。

卫尉的属官有公车司马令（简称公车令）、卫令等。公车令职掌宫门守卫，凡宫外臣民上书、贡纳及皇帝召见某人，都是由公车令签发入宫。其属下有各宫门的屯卫兵，白天负责警卫宫门，夜晚在宫中各处巡逻。卫令统领各宫殿外的卫士，担负皇宫警卫，职责是白天巡行皇宫各处，夜晚则率卫士屯驻于宫墙下的周庐（相当于现代的警卫值班室）中值班。卫尉领率的屯卫兵又称材士，其数量不详，但历史记载秦二世"尽征材士五万人为屯卫咸阳"，可见是一支重兵。

关于中尉，史书中记述文字很少。其主要任务是统领京城警备部队巡查京城，禁备盗贼，维持治安，并在皇帝出行时率兵充任护卫及仪仗队。

秦宫中发生的荆轲刺秦王案、赵高废始皇遗诏案、赵高杀秦二世案等，都与御林军有着直接或者间接的联系。

汉朝御林军

汉朝推翻秦朝之后，定都长安（今陕西西安）。汉朝继承了秦朝的制度，特别是禁卫制度，在秦朝制定的皇帝、皇宫、京城三级保卫体系的基础上进一步完备。汉朝初期，汉廷设置郎中令负责皇帝的核心警卫；设置卫尉负责皇宫殿门之外、宫门之内的皇宫禁卫；设置中尉掌管京城禁军，负责京城治安保卫。郎中令统领的警卫力量称"郎"，它所管辖的官有五官中郎将、左右中郎将、中郎、议郎、侍郎、郎中和郎中车将、郎中户将、郎中骑将及谒者、驸马都尉等，也称郎卫，分别掌守宫殿门户，出充车骑。卫尉统领的护卫禁军称为南军，其因汉皇宫建筑群位于长安城内的南半部而得名。南军有两万多人。

卫尉的属官有公车司马、卫士、旅贲三令、丞等，卫士令、丞等直接统率皇宫内驻屯的南军部队，负责守护宫门，巡查宫墙之内，担负皇宫警卫。中尉统领的京城禁军称为北军，因其驻防于长安城北部而得名。北军人数有几万人，实力超过南军，是稳定京城秩序、防盗防乱的重要力量，并担负着皇帝出行时的仪仗。汉高后吕雉当政时，为营造吕氏王朝，让侄子赵王吕禄为上将军统领北军，让侄子梁王吕产为相国统领南军。吕后死后，太尉周勃入北军从而诛灭诸吕，恢复刘氏王朝。汉文帝即位后，以宋昌为卫将军，镇抚南、北军。第二年，废除卫将军，重新设置卫尉、中尉分统南、北军。

到汉武帝的时候，社会极不稳定，京城治安形势动荡，为了确保皇室的安全和出征匈奴的需要，汉武帝进一步加强了皇帝的贴身侍卫力量和南军、北军的力量，并多次派遣禁卫军将领率师出征塞外，使西汉禁卫军制度进入了一个新的发展阶段。

汉武帝改郎中令为光禄勋，并先后组建期门、羽林两支侍卫亲军，收养和训练战死军士子弟，并称"羽林孤儿"，与原郎官一起，统由光禄勋率领，担负内廷侍卫。期门军选自陇西、北地等边郡能骑射的良家子弟，又称期门武士或期门郎，于建元三年（前138年）组建，数量多至千人，主要任务是"期诸殿门""执兵送从"。其首长初为仆射，西汉末年期门武士更名为虎贲郎，由虎贲中郎将统帅。羽林军选自西北六郡良家子弟，于太初元年（前104年）组建，初名建章营骑，后更名为羽林骑。羽林骑由羽林中郎将和骑都尉监领，担负皇帝出行时的武装护卫。曾有不少历史学家猜测，御林军与羽林军的谐音极其相似，有可能"御林军"一词就是源自羽林军。

汉武帝改中尉为执金吾,将警备范围从京城扩大到整个三辅王畿地区,并增置左、右京辅都尉,隶属于执金吾,分区负责京畿警备。为加强京师警备力量,汉武帝改组北军,升原中尉属官中垒为校尉,执掌北军垒门内外事务;创置胡骑校尉、越骑校尉、步兵校尉、长水校尉、射声校尉、屯骑校尉、虎贲校尉,与中垒校尉合称为"八校尉"。"八校尉"每校兵力近千人,兵士由地方征募的精锐组成,平时屯驻京城及其附近,战时出征,虽仍属北军,但不由执金吾掌管,也互不统属,而是由皇帝特派监军御史直接指挥。除执金吾、八校尉担负京城警备外,还专设城门校尉,掌京师城门屯兵,担负城门守卫。

此外,汉武帝还设置了"侍从三都尉",即奉车都尉、驸马都尉、骑都尉。奉车都尉负责皇帝的舆车驾驶与管理;驸马都尉负责掌管皇室马匹的蓄养与调用;骑都尉监领羽林骑,皇帝出行时率骑兵扈驾。

西汉时期,禁卫军在国家政治生活中具有举足轻重的地位。禁卫军统帅郎中令(光禄勋)、卫尉、中尉(执金吾)位列九卿,职高权重,均由皇帝的亲信担任;在周勃诛灭诸吕、平息"戾太子"叛乱等重大事件中,禁卫军都发挥了关键作用。特别是汉武帝多次派遣禁卫军将领李广等率京师禁军北征匈奴并取得佳绩,为后世各朝代扩大中央禁卫军的规模和功能,开启了先河,而在此之前朝廷是不以中央禁卫军出征的。

东汉定都洛阳,皇宫分为南宫、北宫,相距七里,分别占据洛阳城的南、北两部分,中间以一条封闭的长廊——复道相连。东汉的禁卫制度大致沿袭了西汉,而又有所不同。东汉初期,裁减了郎卫和南军员额,禁卫军中已经没有南军的称谓;

虽有北军，但也不是京师禁军的统称，而是专指由北军中候监管的北军五校。东汉的禁卫体系仍可分为宫中、宫外两部分，宫中由宦官、光禄勋、卫尉统领的禁军负责守卫，宫外由执金吾、城门校尉、北军中候统领的禁卫军负责守卫。

西汉时已有宦官参与宫禁保卫，到东汉的时候，宦官组织和势力大为扩展，布满了整个内廷，其禁卫武官称中黄门冗从仆射，率领由宦官组成的中黄门士卒，担负内廷核心保卫任务，"居则宿卫，直守门户；出则骑从，夹乘舆车"。特别是东汉中叶后，禁兵锐减，宦官专权，汉灵帝中平五年（188年），又在京师置西园八校尉，由宦官控制。

光禄勋率领郎官负责皇宫各殿和各宫中门户的护卫。诸郎除议郎外，白天执戟列于殿阶下，夜间轮班在各殿和各宫中门户宿卫。光禄勋的属官有五官中郎将、左中郎将、右中郎将、虎贲中郎将、羽林中郎将、羽林左监、羽林右监、奉车都尉、驸马都尉、骑都尉等。五官中郎将、左中郎将、右中郎将分别统领五官署、左署、右署三署所属的郎官（统称为三署郎），担负各殿阶下执戟和各殿、各宫门户宿卫任务；虎贲中郎将掌领虎贲郎（前身为西汉武帝设立的期门武士，分为虎贲中郎、虎贲侍郎、虎贲郎中、节从虎贲），羽林中郎将、羽林左监、羽林右监分别掌领羽林郎和羽林左、右骑的羽林骑士，负责担任皇帝的护卫和侍从任务；奉车都尉、驸马都尉、骑都尉的职责与西汉时期基本相同。

卫尉率领属下官兵负责皇宫大门的守卫和宫中的巡查任务。卫尉的属官有公车司马令、南宫卫士令、北宫卫士令、左都侯、右都侯、宫掖门司马等。公车司马令率丞、尉掌管皇宫南阙门之警卫及吏民上奏、各地朝贡、公车出入、宾客接待等事务；南、北宫卫士令分别率兵士掌管南、北宫的全面守卫；左、右都侯掌管剑戟卫士，负责宫中巡逻；宫掖门司马率领卫士担负皇宫大门的守卫，南、北宫共七座宫门，各设司马1人。

执金吾的职权与西汉时期相比，有较大的缩小，主要掌管皇宫外围的安全，防备发生水灾、火灾等意外事情；每月三次率领所属士卒在宫外巡视；负责管理朝廷储存于武器库中的兵器。

城门校尉率领卫士担负洛阳城门的守卫。洛阳共有12座城门，除正南门由卫尉所属的南屯司马掌管外，其余11座城门各设城门侯1人，带领驻屯卫士执行守卫任务。

屯骑营、越骑营、步兵营、长水营、射声营，合称北军五校，前身是西汉的北军八校，驻守于京师，各营设校尉统领，兵力近千人。东汉北军不同于西汉的北军，它只是五校尉统领下的五营人马，没有总的北军统帅，朝廷设北军中侯掌管北军营垒内事务，监管北军五营。

东汉时期，禁卫体制出现一个新特点，即禁卫职能和设官变得分散化了，其禁卫军系统基本上是由一群平级的武官分别统领各自的人马，虽然仍设有光禄勋、卫尉、执金吾等高官，但较之西汉在职权上有所退化和缩小。东汉自光武帝刘秀之后，朝政动荡，外戚势盛，宦官擅权，在频繁的宫廷斗争中，禁卫军每次都充当了重要的角色。

东汉末年，曹操以汉丞相名义执掌朝政大权，"挟天子以令诸侯"，此时的汉王朝名存实亡。曹操为一统天下，建立了强大的中央军。中央军分为外军、中军；外军是屯驻于外地的中央直辖军;中军即是屯驻于京师的中央禁卫军,职统宿卫宫廷、守护京师和出外征讨。中军的兵力通常在10万人以上。中军的实际最高统帅是曹操,下设领军、护军各一人处理日常军务。中军中的精锐虎豹骑是曹操的护卫亲军,由亲信将领许褚统帅,后称武卫营。其一部分担负相府警卫并经常随卫曹操出外征讨;另一部分则长期留守皇宫,外称陪卫,实则将傀儡皇帝汉献帝牢固地控制在皇宫之内。建安十二年(207年),中军下设的领军、护军分别改称中领军、中护军,并领营兵。中领军统帅中军;中护军在中领军之下,主要负责考选禁卫武官。

东汉时期,禁卫军参加过大量的宫廷政变、皇城战事,特别是中晚期的时候,宫廷事变几乎贯穿这个时期。如汉和帝与宦官郑众等人合诛窦宪,宦官孙程等杀外戚立顺帝,汉桓帝与宦官单超合诛梁冀,外戚窦武诛宦官,外戚何进谋诛宦官。到汉末的时候,禁卫军还参与了割据天下的争战。

魏晋南北朝御林军

延康元年(220年),曹丕推翻汉朝,建立魏朝。曹魏时期,禁卫体制基本沿袭秦汉模式,设置宫殿内、皇城、京师三条防线,但又结合战乱频仍、政局动荡的总形势,进一步加强了以精锐部队为主的禁卫力量。魏文帝曹丕对中央禁卫军进行了改编,在保留武卫营和东汉以来设置的五校,即屯骑营、越骑营、步兵营、长水营、射声营的前提下,又设置中坚营、中垒营。五校和武卫、中坚、中垒三营统归中领军统帅。其中,武卫营担负宫禁宿卫和皇帝扈从,其他各营负责皇宫和京师保卫。魏明帝时又增置骁骑、游击二营。

曹魏时期，在官职设置上仍有光禄勋、卫尉、中尉之职，但其职责与汉代已有很大的不同。光禄勋"不复居禁中"，也无三署郎，实际负责宫殿内警卫的是武卫将军和殿中将军。武卫将军保卫皇帝的安全，位高权重，常可带兵进入殿中；殿中将军率卫兵具体负责宫殿内的日常警卫，其属官有殿中校尉、殿中都尉及虎贲、羽林郎等，殿中将军平时督守殿内，朝会时戎服直侍皇帝左右，夜间则执白虎幡监开诸城之门。还有殿中监，"掌张设监护之事"。此外，内宫中的一些宦官也兼有警卫任务，如给事黄门侍郎"出入禁中，近侍帷幄"。还有殿中侍御史和禁防御史，朝会时"居殿中，察非法"。曹魏在宫城警卫上，仍沿袭了汉代做法，设置卫尉一职，掌宫城掖门的防守和宫中巡查。卫尉的属官有公车司马令、司马、卫士令和左、右都侯。公车司马令管理宫外臣民奏章上书的收发；司马负责守卫宫门；卫士令和左、右都侯率卫士巡查宫内。但此时的卫尉与汉代不同，不掌握像南军那样的武装力量，这时真正对宫城警卫负责的是掌兵军将，在曹魏新建的宿卫军中，除武卫营以警卫宫殿为责外，中坚营、中垒营、中领营、中护营、骁骑营、游击营在不出征时，都屯驻于宫城内外，担负宫禁宿卫和京城警备。此外。担负京城警备的还有沿袭东汉的屯骑、步兵、越骑、射声、长水五营，统由中领军掌领。此时仍设执金吾一职，但已是仅存虚名，所以到晋代时就取消了。

三国时期，与魏并存的蜀、吴，其禁卫制度与魏大体相似。

泰始元年（265年），晋武帝司马炎废魏建晋。司马炎与祖父司马懿、伯父司马师、父亲司马昭先后任曹魏的禁卫军统帅，可谓禁卫世家，为司马氏顺利问鼎皇权奠定了基础。西晋建立后，对中央禁卫军体系进行了又一次整理。晋朝的中央禁卫军分为中军和外军两部分：外军镇守地方；中军是中央禁卫军，平时驻屯于京师，担负宫廷宿卫和京师警备，战时四方征讨。中军由"七军"、"七校尉"、东宫卫率等部分组成，使中军将军统领。"七军"指左卫、右卫、前军、后军、左军、右军、骁骑，其中，左卫、右卫负责皇宫殿内警卫，骁骑负责皇宫宫城警卫，前军、后军、左军、右军负责京城警备，从而形成一种三层的防卫体系。

左、右卫的前身是司马昭作曹魏权臣时为自己创建的护卫亲军。当时，司马昭在相府设置中领军和中卫将军，中卫将军统领驻守相府的亲兵中卫军。中卫军由精于骑射的前驱、由基、强弩三部司马组成。司马炎代魏建晋后，分中卫军为左卫、右卫，置左、右卫将军分领。左卫又称熊渠虎贲，右卫又称饮飞虎贲，以下各五部督。原来的前驱、由基、强弩三部司马由殿中将军、殿中司马督统领，分别隶属于左、右卫将军。左、右卫将军和殿中将军被称为殿中诸将，全面负责宫殿内警卫；其属官有右司马督、右饮飞督、殿中校尉、殿中中郎、殿中监和前驱、由基、强弩三部司马等，率领本部卫士轮流在宫殿内宿卫。晋朝也设有光禄勋，统虎贲中郎将、羽林郎将、冗从仆射、羽林左监、五官左右中郎将等下属，负责皇帝日常起居的安全。

骁骑由骁骑将军统领，负责宫城门到宫殿门外的驻守和宿卫。骁骑将军下属有命中、虎贲、羽林、上骑、异力五督。此外，还有游击将军统领的游击营，共同负责宫城的安全保卫。

前、后、左、右四军称为宿卫四军，设四军将军分领，分驻在京城的四个方位，负责京城的治安警备，其职掌略同于西汉的北军。此外，京城中还有"七校尉"和领军、护军两营，也担负防卫任务。"七校尉"即是在曹魏屯骑、越骑、步兵、长水、射声的基础上，晋武帝再增置翊军、积弩二校尉，每校尉统营兵千人。领军、护军两营分别由领军将军、护军将军统领。

在京城城门之外，晋朝还专设了一支拱卫京师的牙门军，由城门校尉统领，负责城门的守卫。

此外，晋朝还特别加强了皇太子的安全保卫，东宫宿卫体系形成了一支强大的武装力量。晋初，建东宫禁军中卫率；泰始五年（269年），分为左、右卫率，各领一军；晋惠帝时，增置前、后卫率；成都王司马颖时，复置中卫率。东宫禁卫军的加强，使其在宫廷政治与军事斗争中具有了举足轻重的作用。

永初元年（420年），东晋王朝灭亡，中国历史进入了呈南北对峙局面的南北朝时期。南朝自刘裕灭晋建宋，历经齐、梁、陈；北朝先后经历了北魏、东魏和西魏、北齐、北周。南朝四代定都建康，北朝分别在洛阳、邺城（今河北境内）和长安建都。由于内外政局的纷乱动荡，各朝代都不断加强军事镇戍力量，严密宫禁保卫，以尽可能确保政治中枢的安全。

南朝宋、齐、梁、陈的中央禁卫军分为内军（又称台军）和外军。内军屯卫于台城（皇城）之内，直接护卫皇帝和宫城；外军屯驻于台城之外，担负京城及周围地区的警备任务。在禁卫官职的设置上，虽仍有秦汉沿袭下来的光禄勋等职，但已成为不掌禁兵的闲职，宫廷内外的警卫都由皇帝任命的亲信将领直接率兵担负。刘宋设领军将军掌内军，全面负责台城内警卫。下设左、右卫将军掌宿卫营兵；设护军将军掌外军，负责京城的警备。宿卫部队仿前朝旧制，组建屯骑、步兵、越骑、长水、射声五校尉，各领本营兵；又设虎贲中郎将、冗从仆射、羽林中郎将，号称"三将"，三将无兵，分领五校尉营，作为内廷警卫的基本力量。宫殿中置殿中将军、殿中司马督20人，轮流宿卫殿中，担负皇帝的近身警卫；设东宫屯骑、步兵、翊军三校尉，作为太子的护卫禁军，归太子指挥，其卫士实甲多达万人。宋孝武帝时，由于皇室内部互相残杀，其对本朝禁卫制度进行了改革：恢复卫尉一职，掌宫门屯兵，在各殿门和上阁门增置屯卫兵，设武卫将军代替殿中将军之任，加强皇宫警卫；削减东宫兵力，派将军入驻东宫，直接控制东宫卫士。

建元元年（479年），禁卫军统帅萧道成废宋建齐，南齐的宫卫体系与刘宋略同。萧道成为了控制出任方镇之宗室诸王和各州刺史，维护皇位安全，采取了"典签"。"典签"又称"签帅"，即皇帝派禁卫军亲信将领担任宗室诸王出镇地方的"典签"，代理其政务、军事职责，以便监视其行动。这样，禁卫军将领就卷入了皇帝、诸王、刺史权力斗争的旋涡之中，而每次残酷的争斗，禁卫军将领都成为牺牲品。因禁卫军卷入皇室斗争，皇帝对驻守京师和皇宫的禁卫军将领不放心，于是命令亲随近侍和心腹武将以钦使的身份亲领禁卫军，结果造成禁卫军指挥体系混乱，训练废弛，皇帝反而被反叛的近身侍卫杀死。

南齐之后的梁、陈二代，其宫卫制度一如前朝。

北魏在先后吞并了后燕、夏、北燕、北凉后，于太延五年（439年）统一了北方，与南朝对峙。道武帝拓跋珪在平城（今山西大同）称帝时，设置八部帅，各统一军，分驻平城外围八个方位，担负京城防卫并出征作战；京城内置宿卫军护卫皇宫，扈从皇帝车驾；皇宫禁苑禁卫军称扈从武士。孝文帝拓跋宏迁都洛阳后，崇尚汉制，对禁卫军和兵制有所改革。其中央禁军沿袭魏晋称中军，人数达三四十万，集中驻屯于洛阳，平日守卫京师、皇宫，战时奉命出征。中军分由领军将军、护军将军统帅，其中，领军将军所属主要担负宫城内外宿卫任务，护军将军所属驻守于京师周围。中军的核心专称羽林、虎贲，孝文帝曾一次"诏选天下武勇之士十五万人为羽林、虎贲，以充宿卫"。宿卫军中又有以拓跋氏宗族子弟组建的宗子、庶子两军，作为皇帝身边的卫士。负责宿卫的官员有左右卫将军、武卫将军、羽林中郎将、卫尉、殿中将军、殿中监、宫门司马等，其职责与魏晋大体相同。

东魏、北齐定都邺城，宫卫体系大多遵循北魏的做法。其驻屯于京师的中央军又称京畿军，有数十万之众。其中，宿卫军精锐为六坊军、百保鲜卑军，基本由鲜卑锐士组成。东魏时设京畿府，置京畿大都督总领京师兵马。下置领军府、护军府、卫尉寺分掌布防于宫殿、皇城、京城、京畿的禁卫军。领军将军统领皇帝所在朱华阁外的宿卫军，其属官有左右卫将军、武卫将军、直阁将军、骁骑将军、左右中郎将、五校尉、虎贲中郎将、羽林监、冗从仆射、殿中将军、殿中监、殿中司马督等，率卫士协同保卫宫殿内外的安全；护军将军率部担负京畿地区交通要道的保卫及御驾护卫，属官有东、西、南、北四中郎将；卫尉卿掌宫城内禁卫甲兵及京城门禁。北齐后期，罢京畿府入领军府，并设领军大将军，禁军大权集于领军大将军。

西魏、北周定都长安，其统治者远循西周的典章《周礼》

改革官制，禁卫制度有较大的改变。西魏借用周代天子有六军之制，将禁卫军5万余人改为禁旅六军，设六柱国作为统军将军分领。六柱国直接由权臣宇文泰统领。六柱国各督二大将军，共十二大将军；每大将军下督二开府将军，共二十四开府将军；每开府将军领一开府，即一军，每军二千人。二十四开府即二十四军，自此即成为禁军的代称；开府将军下又有仪同将军二人，共四十八仪同将军，各统兵一千人；再下编有团、旅、队，分别置大都督、帅都督、都督统领。六军实行府兵制，军士自立军籍，不编户贯，不承担其他赋役。其主要任务是担负京城诸门和外廷宿卫、征防，平时半月"门栏陛戟，警昼巡夜"、半月"教旗习战"，战时奉调出征作战。实行六军制度后，置小司马"总宿卫"，职典禁旅，下领左右宫伯、左右武伯。左右宫伯"掌侍卫之禁，更直于内"，属官有左右中侍、左右侍、左右前侍、左右后侍、左右宗侍、左右勋侍等，其中，左右中侍为御寝禁卫；左右武伯"掌内外之禁令兼领六率之士"，六率为左右虎贲、左右旅贲、左右射声、左右骁骑、左右羽林、左右游击，担负宫城内外警卫。在地官府置城门中士、下士，掌管长安十二门之禁令。

北周时期，周武帝宇文邕对中央禁卫军进一步扩充和加强，先后设置大司武、大司卫、左右司武、左右司卫、武侯等职，掌领宿卫重任；置宫门中士、下士，掌皇城五门之禁令。

隋唐朝御林军

开皇元年（581年），北周军事统帅杨坚灭周建隋。隋定都长安，并建东都洛阳。隋文帝杨坚继承并改革北周军制，将中央禁卫军设十二府,即左右卫府、左右武卫府、左右武侯府、左右领左右府、左右监门府、左右领军府,各府互不统属,分别设大将军或将军,统领内、外府兵,掌管宫掖禁卫及京城巡警、京畿烽堠道路、督摄仪仗。太子东宫禁军设东宫十率,即左右卫率、左右宗卫率、左右虞侯率、左右内率、左右监门率,负责护卫东宫太子,听从太子指挥。隋炀帝即位后,进一步改定名称,健全体制,变十二府为十二卫,进而扩建为十六卫,即把左右卫府改称为左右翊卫,所领军士称骁骑;将左右备身提升为左右骁卫,所领军士称豹骑;左右武卫府称左右武卫,所领军士称熊渠;左右领军府改称左右屯卫,所领军士称羽林;增设左右御卫,所领军士称射声;左右武侯府改称左右侯卫,所领军士称伏飞;左右领左右府改称左右备身,保留左右监门。隋炀帝统治后期,更增置折冲、果毅、武勇、雄武等郎将,招募军士称为"骁果"(意为骁勇果敢),担负侍从护驾。新组建的骁果卫士达万人以上。大业十四年(618年),隋炀帝在江都(今江苏扬州)被叛乱的骁果军缢死。

隋朝灭亡后,唐王朝在长安建立,同样以洛阳为东都。唐代的禁卫军制度规模宏大,中央禁卫军分为南北衙兵两个系统,职守各有侧重,共同担负皇帝、皇宫和京师长安的警卫任务。

南衙兵指十六卫,其沿用隋朝的十六卫并对名称加以更定,成为本朝的十六卫,即左右卫、左右骁卫、左右武卫、左右威卫、左右领军卫、左右金吾卫、左右监门卫、左右千牛卫,由于十六卫驻守于宫城南面的皇城内,负责宫城、皇城的守卫,因而称南衙兵。十六卫中的前十二卫,分别兼领地方折冲府的府兵。十六卫的职责分工,《文献通考》中作了概括:"宫禁宿卫是统是司，内厢仪仗是临是职者，左右卫也；皇城四面、宫城内外诸门置兵，分助其役者，骁卫也；正衙朝会，厘铠旅卒两厢列仗，唱警应跸者，武卫也；正殿之前，队立于阶，长乐永安，队列于庑者，威卫也；皇城之四方，宫苑之城门，则职于领军；京城烽堠之宜，南衙番上之数，则掌于金吾；禁卫门籍，器仗出入，则职于监门；仆御兵仗，宿卫弓箭，则职于千牛。"

北衙兵指驻守于皇城北面宫城和禁苑中的皇帝的侍卫亲军，因而称北衙兵。该军初称"元从禁军"，由唐高祖李渊选留从太原起兵的"义兵"3万人组成，是皇帝最亲近的侍卫军。自唐太宗李世民之后，北衙兵规模逐渐扩大，特别是唐朝中后期，其实力和作用超过了南衙兵十六卫。贞观初年，唐太宗从"元从禁军"中选取善骑射者百人，分二番轮流于宫城北门宿守，并从田猎，号为"百骑"；贞观十二年（638年），选有材勇者置北衙七营，置左右屯营于玄武门，以诸卫将军领军，兵称"飞骑"。另于飞骑中择取骁健、善骑射者百人，作为巡幸翊卫。唐高宗时，改左右屯营为左右羽林军，仍号"飞骑"。武则天临朝时，改"百骑"为"千骑"。唐中宗时，"千骑"发展为"万骑"。唐玄宗时，将"万骑"从左右羽林军中分出，置左右龙武军，仍号"万骑"。"安史之乱"后，唐肃宗重整北衙兵，置左右神武军，号"天骑"，与左右羽林军、左右龙武军合称"北衙六军"。为加强宫中保卫力量，又置殿前射声左右厢，后扩充为左右英武军。唐德宗时，左右英武军改称左右神威军。中晚唐时期，北衙兵中最重要的力量是左右神策军。神策军原来是唐玄宗为防御吐蕃而设置的戍边军，由具有相当作战能力的西北边兵组成。唐代宗广德年间，吐蕃兵犯京师，神策军护驾有功，一跃成为最为皇帝信赖的禁卫军。神策军兵归禁中后，由宦官统领，分为神策左右厢，在收编几支久经征战的方镇军队后实力大增。唐德宗贞元年间，神策左右厢改称左右神策军。此时边兵也多遥隶神策军，称神策行营，兵员达15万。神策军除担负保卫京城任务外，还多次出征。神策军的产生，给唐王朝的禁卫系统带来了重大影响，使得宦官与军权相结合，导致了唐朝后期宦官以禁卫军为利器、控制朝政的局面。

在唐初的禁卫系统中，除南北衙兵外，东宫太子也掌领一支相当规模的禁卫武装，设太子左右卫率府、太子左右司御率府、太子左右清道率府、太子左右监门率府、太子左右内率府，分别负责东宫的安全保卫。

唐朝，禁卫军参与了一系列的宫廷政变活动：唐初的玄武门事变；唐中期的杀李贤、废中宗事件，武则天派遣禁卫军消灭政敌，宰相张柬之率禁卫军结束女皇时代，太子李重俊起兵，李隆基率万骑发动政变，李重福谋变未遂，太平公主谋变未遂；唐晚期的马嵬驿兵变、甘露之变等。

五代十国时期御林军

唐朝灭亡后，进入五代十国。五代十国的创建人，大都是唐末镇守各地的军事将领，他们入主帝位后，即将原来的亲兵改编为朝廷的禁卫军。后梁创设侍卫马步军司，以侍卫马步军都指挥使统领禁卫亲军，侍卫皇帝及戍卫京城。此制为五代各王朝沿用。后梁禁卫亲军有左右控鹤军、保銮骑士、拱宸左右厢，中央禁军有左右龙骧军、左右龙虎军、左右天兴军、左右天威军、左右广胜军、左右神捷军等名号。后唐的禁卫军有侍卫亲军马步军、从马直、控鹤军、龙骧军、捧圣左右军、彰圣左右军、宁卫左右军等。后晋改置侍卫亲军司，以侍卫亲军都指挥使出任禁卫军统帅，禁卫军有拱宸内直军、威和内直军、兴顺内直军、护圣左右军等名号。后汉承袭后晋禁卫军制。后周建立后，对禁卫体系进行了改造，将侍卫亲军中的马军命名为龙捷军，将侍卫亲军中的步军命名为虎捷军，龙捷、虎捷各分为左、右厢；增设殿前司，设殿前都点检、都指挥使统领，招募天下壮士择选武艺超绝者组成殿前诸班，番号有散员、散指挥、散都头、内殿直、铁骑、控鹤等，归殿前司领辖，负责内廷警卫。

宋朝御林军

建隆元年（960年），后周禁卫军统帅、殿前都点检赵匡胤发动陈桥兵变，黄袍加身，代替后周建立北宋，定都汴京（今河南开封）。宋初禁卫军沿后周旧制，设侍卫亲军司，统领马步禁军；设殿前司，统领殿前诸班直及马步诸军。侍卫亲军司与殿前司并称二司。因宋太祖赵匡胤原任后周殿前都点检，故殿前都点检一职虚而不置。赵匡胤登基后，通过"杯酒释兵权"，将禁卫军兵权收到皇帝手中，同时，为防止边镇将领拥兵自重，对禁卫军制度作了一项重大改革，即废除藩镇，将其军队中的精兵编入禁卫军，中央禁卫军不仅担负守卫京城和出外征战的任务，而且轮流驻守边城。因此，宋朝建立了一支规模空前庞大的禁卫军，宋初有20余万，晚期达到百万，其中一半以上驻守京城，其他散布全国各地，用意在于"使京师之兵足以制诸道，则无外乱；合诸道之兵足以当京师，则无内变。内外相制，无偏重之患"。随着禁军队伍的不断扩大，侍卫亲军司遂分为侍卫亲军马军司和侍卫亲军步军司，分别以都指挥使、副都指挥使、都虞侯为长官。殿前司与侍卫亲军马军司、侍卫亲军步军司并称三衙，统辖殿前诸班直及全国的禁卫军。

殿前司的职责是"入则侍卫殿陛，出则扈从乘舆……掌宿卫之事"，下辖内殿直、外殿直、金枪班、东西班、御龙直等诸班直卫士和捧日军、拱圣军、骁骑军、骁胜军、宁朔军、龙猛军、飞猛军、骁猛军、骁雄军、神骑军、清朔军、擒戎军、布斗军等骑军，以及天武军、神勇军、宣武军、虎翼军、雄勇军、广德军、广勇军、广捷军、雄威军、宣威军、龙骑军、神射军等步军。殿前诸班直担负宫廷守卫任务，是皇帝的近卫部队；捧日军、天武军是由后周时殿前司原辖的铁骑马军和控鹤步兵改称，与由侍卫亲军司原辖的龙捷马军和虎捷步兵改称的龙卫军、神卫军，称为禁卫军上四军，基本驻守京城；其他诸军则是禁卫军的中军和下军，除一部分驻守京城，负卫戍之责外，其余都要更戍。禁卫军更戍移屯的名目有三种：一种叫"就粮"，即部队移驻粮草丰足之地，并准许家属随营；二种叫"屯驻"，即部队由京城调出戍边或屯驻诸州，并临时隶属于诸州；三种叫"驻泊"，即部队移屯诸州但隶属关系不变。屯驻和驻泊均不许携带家属。

侍卫亲军马、步军司的职责是"侍卫扈从及大礼宿卫"，以及担负京城的守卫任务。汴京旧城由侍卫亲军马军司负责，新城和新城外由侍卫亲军步军司负责。侍卫亲军马军司下辖龙卫军、忠猛军、骁捷军、云骑军、归明神武军、克胜军、骁锐军、骁武军、广锐军、武清军、有马劲勇、云翼军、厅子军、万捷军、横塞军、武骑军、骁骑军、无敌军、忠锐军等；侍卫亲军步军司下辖神卫军、步武军、虎翼军、奉节军、武卫军、雄武军、川效忠军、效顺军、雄胜军、拣中雄勇、怀勇军、威宁军、飞虎军、怀顺军、归圣军、顺圣军、怀恩军等。其中，除属上四军的龙卫军、神卫军主要驻守京城外，其他中军和下军分驻京城内外、畿县和全国各地。

　　宋朝除三衙承担禁卫之责外，还设有勋卫、翊卫、亲卫三府和皇城司、御前忠佐军头司等，分负一些警卫之责。勋卫、翊卫、亲卫三府承唐制，由三卫郎主管，朝会时值班于殿陛。三卫官由皇亲、勋臣、贤德的后代充任。北宋末年，三卫官的警卫作用日益突出，有"随驾禁卫所"的称号。南宋初，遂改为行营禁卫所，"掌出入皇城宫殿门等敕令"，"车驾行幸则纠察导从"；皇城司"掌宫城出入之禁令，凡周庐宿卫之事，宫门启闭之节，皆隶焉"。皇城司的长吏称干当官，由宦官担任。皇城司与殿前诸班直职责相互交叉，并互相制约；御前忠佐军头司负责在皇帝召见或选拔禁卫将士时，引领后者到皇帝面前觐见。

　　靖康二年（1127年），金兵铁骑南下攻破汴京，俘获宋徽宗、钦宗二帝，北宋宣告灭亡。随后，宋高宗赵构在南京（今河南商丘）称帝，建南宋，后定都临安（今浙江杭州）。南宋在进入偏安稳定时期后，禁卫军基本延续北宋的编制与名号，仍由殿前司统领诸班直（二十四班）担任宫廷宿卫，三衙统领的禁卫诸军担负京师守卫及对外作战任务，驻扎各地的军队不再径称为禁军，而改称屯驻大军。

宋朝禁卫军也参与了一系列的政变和警卫活动，如北宋"杯酒释兵权"和南宋的苗傅杀王渊事件、明州卫士之乱等。

纵观历史，中国的禁卫制度总是随着皇权的变更而演变。北京自辽代成为陪都后，便开始了由北方军事重镇向首都城市的转变，也因此成为都城发展的里程碑。从此，北京这个古老的城市便与神秘的御林军紧紧相连。

中国御林军
辽、金、元、明、清、北洋时期
北京禁卫军

第一章

辽代南京（北京）御林军

辽代是北方少数民族契丹统治者建立的王朝，建都上京（今内蒙古巴林左旗）。辽代实行的是五京制度，当时的南京（今北京）是辽朝的陪都。辽代负责皇室警卫的机构称御帐官，下辖侍卫司、北护卫府、南护卫府、三班院、宿卫司、宿直司、硬寨司等，分别负责侍卫、近侍、护卫、宿卫、禁卫、宿直等事务。辽代禁卫军有御帐亲军、宫卫骑军和侍卫亲军：御帐亲军是由皇帝、皇后亲自率领的中央禁军，除轮番入直扈卫皇帝、后妃宫帐外，还担负着作战、要地戍守任务；宫卫骑军又称斡鲁朵军，是皇帝、皇后的私人宿卫军，帝、后在宫帐室内时担负警卫，帝、后巡幸游猎时担任护从，帝、后作战时组成亲军，帝、后死后则去守陵，新皇帝继位后则重新组建自己的斡鲁朵军；侍卫亲军是由汉人组成的禁军，仿照五代军制而设立，名称有羽林、控鹤、神武、雄捷、骁武等，以侍卫亲军都指挥使等统军，分屯五京，主要担负五京守卫和宋辽边境的镇戍任务。辽代的南京是北京发展史上的一个重要阶段。正是从这时开始，北京由一个北方军事重镇向政治、文化城市转变，并开始对全国产生重大影响。而在五京之中，虽然南京只是当时的陪都，但它的规模最大，也是辽朝南境前哨的军事指挥中心。这里军事机构多，除有南京统军司使所辖机构外，还有辽朝中央的直属军事机关。为了加强南京的安全警卫，统治者在此修建了皇城，皇帝多次巡幸驻跸。为保卫帝、后巡幸驻跸时的安全、保卫陪都的安全，辽朝在这里部署了众多精锐禁卫军。但是辽代的禁卫制度，与他们民族生活的方式有相应的关系。契丹在接受汉文化之前，还没有城郭、沟池，更没有宫室，他们的首领都是用毡车为营、硬寨为宫。他们并不经常居住在京城宫中，而是随四季变化游猎畋渔于各地，处于游动状态。因而，辽朝皇帝、皇后的守卫工作必须谨慎。一般来说，核心一层侍从官都是与皇帝有血亲关系的贵族戚属，他们在皇帝的帐外搭设帐篷，近侍并警卫。

一、辽代南京城池防御体系的改建

1. 耶律德光为何升幽州为南京

会同元年（938年），辽代历史上的第二任皇帝辽太宗不负众望，一举夺得幽州（今北京地区），心中不禁万分高兴，立即派遣熟悉幽州地情的赵思温前去镇守，还任命他为卢龙军节度使。于是，赵思温成了契丹派往幽州的第一任长官。从赵思温受到重用的情况来看，辽太宗是一个比较开明的皇帝，敢于创新，能突破一些旧有的条条框框。赵思温本来只是辽太宗前任皇帝辽太祖带兵攻打平州时的手下败将，但是赵思温在归降契丹后，却受到了礼遇，不但没有被杀头，还当上了汉军都团练使，不久，辽太祖还带着他出征渤海。赵思温作战勇猛，毫不畏惧，深得辽太祖的赏识。辽太宗即位后，同样重用他，将他提升为检校太保、保静军节度使。在任命赵思温前往幽州镇守后不久，辽太宗决定升幽州为辽朝的南京，作为辽朝的陪都。

作为一个能征善战的军事指挥家、政治家，辽太宗耶律德光深知幽州对奠定大辽江山的重要性。辽太宗升幽州为南京，作为辽朝的陪都，主要有四个因素：

其一，从军事战略价值考虑。辽太宗是一个能征善战的军事指挥家、政治家，他有勇有谋且野心勃勃，他的军事目标当然不仅仅只是燕云地区，而是整个中原。而幽州地理位置特殊，他想把这里变为一个前哨指挥中心，以便继续进击中原，如果不能以幽州为依托，问鼎中原就无从谈起。

其二，从特殊的历史地位考虑。幽州具有特殊的历史地位，

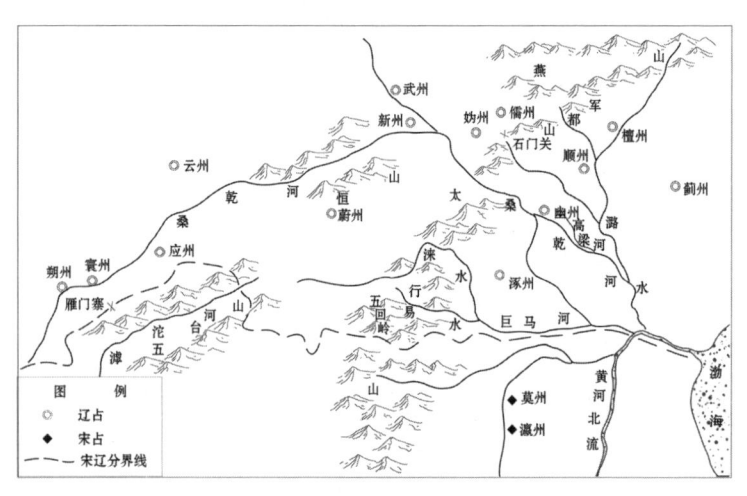

△ 宋初燕云十六州形势示意图

契丹开国前后，就不断对外扩张，攻占周边国家和民族的领土，但这次获得燕云十六州，情况却大不一样了。石敬瑭所割让的燕云十六州包括山西、河北北部的大片土地。而以往，契丹所征服的地区大多与他们的生活地情况相近，只有渤海地区较为先进，但渤海地区毕竟建立不过百年，摆脱原始状态时间并不是很长。而燕云地区则不一样，这里是已经确立封建制度上千年的先进地区，无论在社会制度、生产方式、文化素养上，都与契丹有很大的差别。辽太宗认识到了这一点，他一方面积极利用汉人进行管理；另一方面将幽州作为中心，通过幽州来统领整个燕云地区。

其三，从"捺钵文化"考虑。契丹的传统经济形态是以游牧为主，虽然在建国前后建立了一些城镇，农业得到了较大的发展，但对契丹本族民众来说，大多还是以游牧为生。契丹建国后，以上京作政治中心，但在京城的设置上反映了草原游牧民族的特点。契丹皇帝有个传统的习惯，在一年之中，随季节的变化，要到不同的地方去巡幸和行猎，称之为"四时捺钵"。随着契丹领土的不断扩大、国家的建立，完全以临时帐幕作为行宫已经不能适应新形势的需要。随着社会历史的发展及需要，契丹前后设置了五京。五京按时间先后设置情况是：

上京临潢府（今内蒙古巴林左旗），建于神册三年（918年）；

东京辽阳府（今辽宁辽阳市），建于天显三年（928年）；

南京析津府（今北京），建于会同元年（938年）；

中京大定府（今内蒙古宁城县），建于统和二十五年（1007年）；

西京大同府（今山西大同市），建于重熙十三年（1044年）。

其四，从吸收汉文化考虑。辽太宗是开明和开放的，乐于接受燕云地区原有的管理制度和统治方式，这并不是历史上许多皇帝都能做到的。此举对于幽燕地区的地主阶级来说，客观上起到了稳定人心的作用。当年辽太宗在南京留驻两个月后，就率领众多大臣出庸关，巡视山后诸州，认识到了吸收先进的汉文化对加强契丹统治有利。回到草原后，辽太宗就下令各级政府要积极吸收汉文化，如让汉人当官、与汉人结婚等，这些都是相当明智的举措。

2. 辽南京城池防御体系的改建

辽朝升幽州为南京，作为陪都后，就立即着手对它进行了改建。按理说，既然成了辽朝的陪都，辽廷就应该大兴土木对都城进行修建，一是要体现至高无上的皇权思想，二是要真正起到防御大敌入侵的作用。为何辽朝统治者只是对它进行改建，而没有进行大规模的重建呢？难道是辽朝统治者不重视城池防御体系的建设？并非如此。城池防御体系是古代建立都城和建立新政权首要考虑之处，辽朝统治者当然不会犯如此低级的错误。其实幽州在成为辽陪都之前，早已经是北方的军事重镇，历朝统治者在这里都修建了坚固的城池防御体系，当发展到幽州城的时候，已经是城墙高大坚实、坚不可摧了。在当时来说，这样的城池防御体系应该是走在全国前列的。

改建后的辽南京城城墙高约10米，城顶宽约5米，城周长18千米，共设8个城门，分别是：东为安东门、迎春门，南为开阳门、丹凤门，西为显西门、清晋门，北为通天门、拱辰门。改建后的辽南京城，城池更加坚固，防御更加完备。从史书记载与考古材料推测,辽朝南京城的东垣在现在的烂缦胡同西侧一线;西垣在今小马厂、甘石桥、双贝子坟偏西一线;南垣则在今白纸坊东西街稍北一线;北垣大致在今白云观以北一线。

南京城虽然规模不大,但却因为城墙高大坚实,而令攻击者望而生畏。后来,北宋的几次伐辽,都因为南京城的城池防御坚固而束手无策。

皇城在南京城的西南。辽占领幽州之初没有进行大规模的改建,只是利用原来的子城和宫室作为自己的皇城。这与契丹人不太拘泥于中原礼数有关,也是辽统治者认真考虑后的结果。他们认为,这样设置,既避免了割断城市主要交通干线,又使皇城接近南部的永定河,这对皇室用水和帝、后游幸都十分便利。

南京皇城周长5里,四面设门:北门叫子北;东门叫宣和;西门叫显西;南门两侧则有两个小门,称左掖门和右掖门。左掖门后来改名叫万春,右掖门改名叫千秋。为了加强警戒,皇城平时只开东门宣和门出入,其他的门一般不开。

而在皇城内有巍峨的宫室殿堂、楼台。当然,在皇城内最引人注目的却是设在皇城西南角上的凉殿,它是一座居高临下的建筑。为了增加高度,它建筑在皇城宫墙之上。站在凉殿上,东北可望皇城内起伏的宫室、殿宇及南京全城;东南可观看滔滔的桑乾河及郊外风光。当时,越过皇城南墙有一个很大的空场,这既是契丹贵族端午射柳、打马球的地方,又是皇帝的阅兵场。要是站在凉殿上,还能看到场里各种活动。同时,如此高度又有利于警戒皇城四周。所以,这种建筑对保卫皇帝和皇宫的作用相当明显。

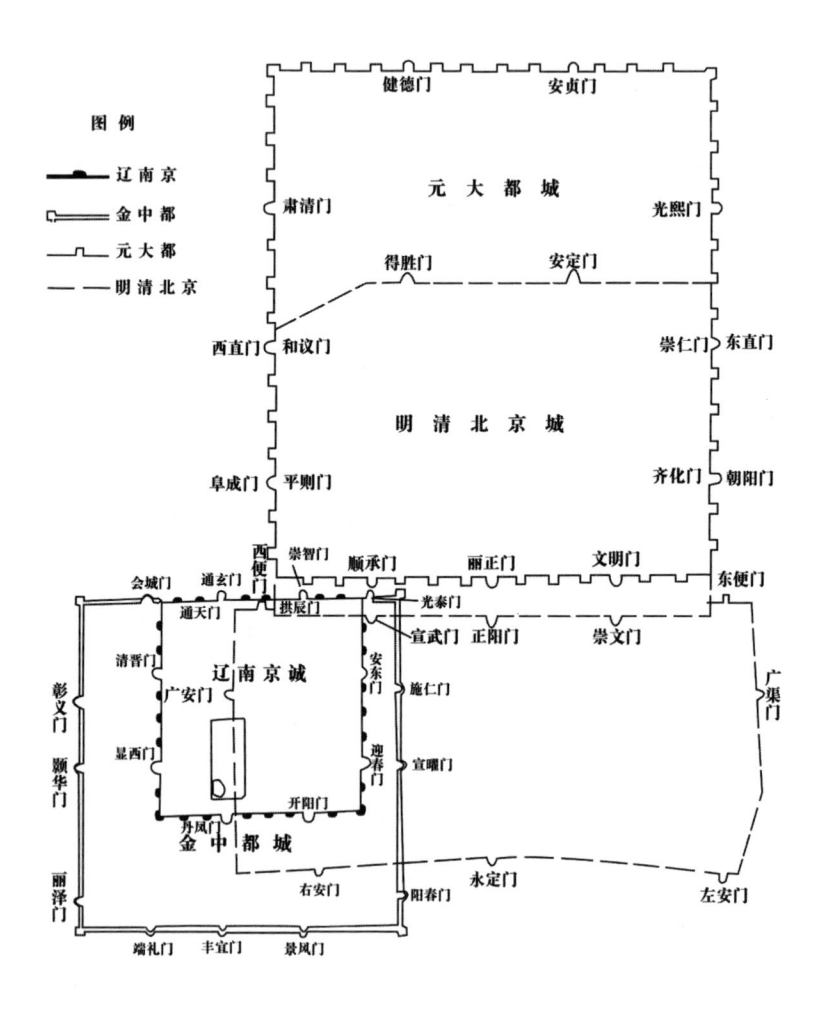

△ 辽南京及金、元、明、清都城城址变迁示意图

二、辽驻南京的中央禁军

1. 御帐亲军

御帐亲军是辽代皇帝的侍卫亲军，辽语叫皮室（在辽语中"皮室"意为金刚）军，也就是腹心军。这是由皇帝直接控制的中央常备军，专供宿卫和作战。在辽代初期的时候，御帐亲军主要分为两部分：一为皇帝统领的皮室军，一为皇后统领的属珊军。

为什么由皇后统领的叫属珊军呢？

天显元年（926年）七月，辽太祖在出征的路上病死军中，因当时新皇帝还没有登基，便由皇后述律氏总治军政。述律氏非等闲之辈，她深知亲军的重要性，为了保持自己的权威性，在称制以后，就立即选拔军中精锐，组建起一支直属于自己指挥的御帐亲军。御帐亲军由2万番汉勇士组成，赐名为属珊军。"属珊"一名是述律氏的独创，最初并不是用来称呼亲军的，据说述律氏经常将俘虏中有技艺的人才收置帐下，称他们为属珊，意为与珊瑚媲美。后来，她又用这个带有女性色彩的名称称谓禁卫亲军，足见她对这支亲军卫士的欣赏。一系列不凡的举措，透射出一个女流之辈的不易与精明。

述律氏主政一年后，辽太祖的第三个儿子耶律德光即位，即辽太宗。辽太宗选天下精甲，御帐亲军扩充到约3万人，编为南、北、左、右、黄皮室五军，统帅为大详稳，下属有都监、将军、小将军、军校、队帅等各级军官。

述律皇后死后，属珊军改编，中央各军都统一于皇帝直接领导之下。御帐亲军轮番护卫宫帐，分别驻于五京及边陲要地。

当时，在南京设有南、北皮室军详稳司和猛掖剌详稳司等，统领驻南京皮室军。

2. 宫卫骑军

宫卫骑军，是辽代皇帝、皇后的私人宫卫军。由于辽代的时候称皇帝、皇后的"宫"为"斡鲁朵"，所以宫卫骑军也称为斡鲁朵军或宫分军。辽初的时候，太祖耶律阿保机立斡鲁朵法，设立宫户，从中征集壮丁组成宫卫骑军，充当帝、后的私人卫队。宫卫骑军的主要职责是：平日守卫皇宫门卫，出行时扈从在皇帝、皇后驾旁；战时则直属于皇帝、皇后指挥；皇帝、皇后去世后，这些私人卫队则在皇陵驻扎守陵，并且要守一辈子。当然，新上任的皇帝和皇后则要重新组建自己的斡鲁朵军和宫分军。辽朝从太祖设斡鲁朵到辽末止，共有 12 宫 1 府，组成了宫卫骑军 13 支，共 10.1 万人，部署于上京至南京的要地。在 13 支宫卫骑军中，有 11 支在南京驻军，并且都设置了提辖司统领，足见辽代统治者对南京的看重。辽驻南京宫卫骑军分别是：

辽太祖耶律阿保机的弘义宫骑军；

辽太祖应天皇后述律平的长宁宫骑军；

辽太宗耶律德光的永兴宫骑军；

辽世宗耶律阮的积庆宫骑军；

辽穆宗耶律璟的延昌宫骑军；

辽景宗耶律贤的彰愍宫骑军；

辽景宗承天皇后萧绰的崇德宫骑军；

辽圣宗耶律隆绪的兴圣宫骑军；

辽兴宗耶律宗真的延庆宫骑军；

辽孝文皇太弟耶律隆庆的敦睦宫骑军；

辽大丞相韩德让的文忠王府骑军。

此外，南京还驻有由汉人组成的禁卫军，其名称依照唐、五代禁卫军的名号，有南北两衙兵、两羽林军、控鹤军、神武军、雄捷军、骁武军等。

三、辽代南京宫廷内卫大事

1. 皇太叔耶律重元叛乱

发生在清宁九年（1063年）的皇太叔耶律重元叛乱，虽然没有发生在南京，但却与南京有着千丝万缕、无法割舍的联系，所以，史学界也将本次叛乱看作南京宫廷警卫事件的延伸。因为这次事件的主人都曾留守燕京，并且是因为南京的事情而导致他们之间的争斗。

辽道宗耶律洪基是辽代历史上的第八任皇帝，他是辽兴宗耶律宗真的儿子，而耶律重元则是辽兴宗的弟弟，两人分别是辽圣宗的长孙和次子，是正儿八经的叔侄关系。早在钦哀后专权时，就曾准备废兴宗而立耶律重元，但耶律重元却是个重兄弟感情之人，在得到这个消息后，他根本就没有任何私心杂念，更没有争夺皇位的野心，而选择将此消息密告自己的哥哥耶律宗真。耶律宗真得到这个消息后，当然是感激不尽，当时他就发誓，对弟弟耶律重元一定要感恩戴德，尽一切可能来回报他。所以，在耶律宗真亲政后，就把耶律重元封为皇太弟，地位仅次于皇帝，并且还允许他拥有属于自己的禁卫武装。

辽朝中期以后，燕京成为辽五京中军事力量最强、经济最富有的地方，当时辽朝最有权势的贵族常被封为燕王、任南京留守。耶律重元当上南京留守后，无形之中扩展了他的个人势力。加上兴宗又赐以金券，更是增长了他的野心。

事情总是随着时间的推进而不断地发生着变化。辽兴宗在位多年后，他渐渐淡忘了自己是如何稳住至尊皇位的。自然，他对弟弟耶律重元的感情也随之淡化，曾经的诺言也开始抛之脑后。后来，辽兴宗封皇太子为燕王，与耶律重元一样在燕京也有他的一席之地。如此看来，叔侄两人是势均力敌，一个是皇太弟，一个是皇太子；一个先在燕京作过留守，具有"全燕之人"，一个后来同样封燕王，"以燕蓟华人属之"；一个好战，得到了契丹贵族的支持，一个主张与宋和好，得到汉官的支持。当然，他们叔侄之争不仅仅是争位的问题，还包含了主张汉化的辽朝皇帝与反对改革的契丹贵族之间的复杂社会背景。主张汉化的一派自然要以幽燕地区和汉官作为后盾，而反对派虽然立足草原，但也要控制幽燕以削弱改革派的势力。

争夺幽燕便成为两派斗争的重要焦点。他们之间的矛盾也开始激化。

清宁元年（1055年），辽兴宗病危，关键的时刻到了。最终，辽兴宗还是私欲占了上风，他没有兑现以前的诺言，而是把自己的儿子耶律洪基召来，向他传授治国之道，并订立传位于耶律洪基的遗诏。不久后，兴宗去世，依据遗诏，耶律洪基顺理成章地当上了皇帝，也就是辽朝历史上的辽道宗。

辽道宗的即位，对于耶律重元自然是一个沉重的打击，但他还是默默地接受了这个现实。他外表平静如水，内心却波澜起伏。辽道宗仍旧像他父亲那样，立耶律重元为皇位继承人，封他为皇太叔，特许他上朝时不下跪，任命他为天下兵马大元帅等。此时，耶律重元在朝中的地位和宠遇达到了前所未有的高度。

耶律重元虽然心中有想法，但得到了这样的待遇后，并没有进一步萌生叛乱的念头。但他最后却叛乱了,那是为什么呢？更多的史料证实，是缘自内室。

一次，皇室举行宴会。耶律家族的数百名皇亲国戚都来了，当然也少不了道宗皇帝一家以及耶律重元一家。他们两家可是当时辽朝廷的核心。正当他们沉浸在宴会喜庆之中的时候，一个耶律重元十分宠爱的妃子的一些看似不文雅动作，引起了道宗皇后萧氏的不满。一会儿后，萧氏实在忍不住了，突然发起脾气来，她指着耶律重元十分宠爱的妃子说："你作为皇叔的妃子，天下兵马大元帅的妃子，就应该有个当长辈的样子，你看你打扮得浓妆艳抹的，你看你那轻佻的样子，也不看看这是在什么场合。"

萧皇后当着众人的面把耶律重元的妃子狠狠地批评了一顿，根本就没有给她一点面子。当时，耶律重元的妃子不敢与皇后顶嘴，也就没有说什么。但她却不是好惹的，对道宗皇帝和萧氏怀恨在心。

当天晚上回到府中，耶律重元的那个妃子就气呼呼地对耶律重元说："她萧皇后算个什么东西，这皇位本来就是你耶律重元的，这皇后也是我让给她的，还不知好歹，对我们如此不尊重，不如杀死道宗那个狗皇帝自己当皇帝。"

但是，耶律重元当皇帝的欲望并不是十分强烈，更何况他认为要杀死道宗也不太容易，因此犹豫不决。看着耶律重元犹豫不决的样子，那个妃子知道完全依靠耶律重元不能达到目的，于是她想起自己那个爱争斗的儿子。这个妃子转而去劝说他的儿子涅鲁古。涅鲁古正是血气方刚的年纪，四肢发达、头脑简单。他十分支持母亲的主张，决意发动兵变。

耶律重元的职务是天下兵马大元帅，是皇帝之下的最高军事统帅，许多军政重要人物多少都与他有一定的交情。涅鲁古当时担任南院知枢密院事，他与父亲的部下结盟，并设下密计，准备借道宗在外游猎的时机，在耶律重元府中设下埋伏，假称耶律重元病危，道宗必会很快返回，亲自到耶律府中探问，便可一举将他扑杀。

这一密计只有几个人知道，其中包括北院枢密使耶律乙辛。

机会终于来了。清宁九年（1063年）春天，道宗在亲军护卫下前往鸳鸯泺游猎。到七月的时候，道宗大队人马又奔向太子山。一天，正在打猎游玩的道宗突然接到堂弟涅鲁古派来的亲信的传信，说皇太叔病危。道宗得报后，十分震惊，下令停止游猎，并立即起驾前往皇太叔府。毕竟，道宗和他父亲兴宗都有愧于耶律重元。

而此时，耶律重元那边一个关键人物的叛变，致使事件朝着相反的方向发展变化。参与密谋的北院枢密使耶律乙辛经过反复权衡，觉得投向皇帝更有利可图，于是他秘密觐见道宗，报告了这场密谋的真相。道宗听后十分气愤，决定立即予以反击，密令侍卫亲军昼夜兼程，包围耶律重元府，将府内人员一网打尽。

侍卫亲军快马加鞭，很快就包围了皇太叔府，抓住了府中所有人员。但侍卫亲军把府中都搜遍了，就是没有发现关键人物耶律重元及其死党。原来，耶律重元父子及密谋政变的党羽，得知机密泄露，便铤而走险，想借助安插在道宗身边的禁卫军亲信发动突然袭击，杀死道宗。于是，他们带着精锐壮士400余人直奔道宗扎营的太子山。

果然，在不久后，耶律重元等人突然出现在道宗扎营的太子山。然而，道宗牙帐军早有准备，数千名锐士严阵以待。涅鲁古带领人马率先扑向御营，正要激战时，涅鲁古手下的不少士兵看到道宗帐前戒备森严，知道难以成事，临阵反悔，各自调转马头，飞奔逃命去了。涅鲁古跃马向前，拼死一搏。禁卫军紧紧围护在道宗的营帐外，涅鲁古根本无法进入御营。在这些禁卫军中有许多都是神射手，激战没多久，涅鲁古就被神射手射杀。其他参加叛乱的军士在强大的禁卫军攻击下，死伤惨重，剩下的四散逃离。

耶律重元见大势已去，骑上马向北逃去。当他逃到荒无人烟的大漠时，长叹一声："涅鲁古使我至此！"然后，抽出战刀，自杀身亡了。

2. 北辽太尉李处温叛乱

保大二年（1122年）六月，北辽皇帝耶律淳在忧郁与恐惧中死去后，北辽朝廷顿时一片大乱，大臣们更是各自打着自己的如意算盘。李处温这个天祚帝时代的宰相，现在的太尉，更是在暗中积蓄力量，想趁此机会结宋叛乱。而奚王回离保等大臣为了保住北辽，命令南京禁卫军加强警戒，同时诏命北辽宰相、大臣到宫中商议国家大事。但是身为太尉的李处温在接到通知后，拒绝前往。

李处温家族在燕京是大族，他的祖父李仲禧曾被封为韩国公。他的伯父李俨，是辽朝著名的文翰，后来被赐予国姓，又名耶律俨，曾主持编修《皇朝实录》七十卷。李俨虽然饱读诗书，十分有文才，但却是个有名的马屁精。他与北院枢密使萧奉先勾结，在天祚帝面前获宠。李俨死后，李处温借助他伯父的关系继续与萧奉先勾结，并借萧奉先的力量当上了宰相。天祚帝西逃后，李处温又立耶律淳为帝，并因此当上了太尉，目的就是想把持燕京小朝廷的朝政。

这时，大臣们立萧德妃为皇太后，掌握国家军政大权。萧德妃称制，改元德兴。其实，此时李处温之所以拒绝参加诏见，是因为他正在召集自己在南京禁卫军的死党，为叛乱作准备。经过几天的召集，他共召集了武艺高强、勇猛的禁卫军2000余人，准备发起叛乱。

李处温这一反常的行为，立即遭到了满朝文武官员的猜测和非议。萧太后也对李处温没来参加大会而感到奇怪。正当他们感到纳闷的时候，亲军传来情报，说李处温准备叛乱。

奚王回离保等人看到形势对北辽朝廷不利，敦促萧太后赶紧召见李处温。为了保证万无一失，奚王回离保等人在宫中布署了大量的禁卫军。为了防止发生意外，还在萧太后的身边安排了一大批侍卫高手守护。

李处温以为自己的秘密行动天衣无缝、无人知晓，接到诏令后，也就没有多加考虑，带着几个亲信匆匆地赶往宫中见萧德妃。李处温一进宫门，奚王回离保等人就命令禁卫军把宫门封死。这时，李处温还不知道自己已经走上了一条不归之路。李处温一到宫内就发现情况不妙，宫内侍卫出奇得多，特别是萧太后前后里外站了几层，护卫得严严实实。

李处温刚到，萧太后就气愤地问他："李太尉好大胆，竟敢私自集结军队，结宋叛辽。"李处温毕竟是见过大风大浪的人，故作镇静地说："臣对国家一片忠心，岂敢叛国。"听李处温这么一说，萧太后的心又软了下来。萧德妃认为，虽然有情报说李处温叛乱，但她并没有得到有力的证据，所以没有当即把他杀害。

几天后，侍卫亲军得到了李处温写给宋朝宰相童贯的书信，信中提到了"欲挟萧后纳土归宋"。萧太后看后，十分气愤，这才下决心处置李处温。

禁卫军也开始调查此事，他们对李处温进行了全面审查。这个曾经在辽朝不可一世的大臣现在成了阶下囚。昔日的风光成了罪证。经过审查，禁卫军给李处温找出了数十条罪状。当然，李处温的儿子李奭也不可能逃脱惩治，同样被处死。

将李处温处死后，萧太后下令查抄了他家，没收了他的全部财产。

四、辽代南京皇城战事

1. 宋辽高粱河之战

宋太平兴国四年（辽保宁十一年，979年），北宋的太宗在当上皇帝的第四年，就开始完成他父亲赵匡胤的遗愿，实施消灭北汉、收复幽燕，进而一统中国的伟大计划。客观上说，此时宋朝平定江南并积蓄了一定的力量，也正是攻打辽的理想时机。关键看他能不能把握好机会和时机。

这年，宋太宗亲自率军气势汹汹地直逼北汉，俨然一副大将军的气派。出征的时候，宋太宗还雄心勃勃，认为自己在江南每仗必胜，到了北方一定也是旗开得胜。显然，他低估了北方少数民族的军队。宋太宗把出征当作了出巡，或者是游玩，出来的时候，他甚至带上了众多嫔妃。

看到宋军北进，辽朝的大臣也纷纷上奏，他们建议说，北汉一直臣附于辽，一旦太原失守，便会威胁幽燕。辽景宗虽然是个懦弱之人，但在用人纳谏方面，他还算清明，特别是他有一个好皇后。

这个名垂千史的皇后叫萧绰，生于辽应历三年（953年），辽景宗时入宫。她出生于既为后族世家，又为驸马世家的大家族中。她的父亲萧思温，通晓史书，是个有较高文化、注重着装、汉化较深的知识分子。她的母亲是辽太宗长女燕国公主吕不古。虽然臣僚们都认为萧思温"非将帅才"，但太宗仍命他为南京留守。萧思温没有儿子，只有三个女儿，萧绰是最小的一个。她容貌秀丽，从小就十分聪明伶俐，就连萧思温都预测，将来他的小女儿一定能成才。开始的时候，萧绰是贵妃，但由于她聪明可爱，故深得皇帝喜爱。保宁元年（969年），年仅16岁的萧绰被立为皇后。由于景宗从小就体弱多病，所以有谋有勇的萧绰也就成了当时辽廷的主心骨、顶梁柱。

在萧皇后的敦促下，辽景宗自然采纳了大臣们的意见。随后，辽廷进行了三方面的部署：一是通知南京留守韩德让与耶律学古等人，要他们安排禁卫军加强燕京警戒，特别是要安定燕京城内居民的人心；二是派兵加强南京地区的防守；三是派耶律沙和耶律斜轸率重兵增援北汉，只要北汉能保住，南京的安全就有保障了。

几天后，传来消息，耶律沙和耶律斜轸所率重兵刚到山西忻县附近的白马岭，就被宋军击溃了。此时，太原已经被重重包围，北汉绝援，北汉皇帝刘继元无奈于这年五月献城投降。

太原失陷，南京告急。

宋太宗在顺利攻下太原后，似乎看到了收复幽燕的希望，于是他又马不停蹄，直奔南京。但就在宋太宗急于攻打南京时，大多数将领却不愿继续攻燕，他们希望军队有个喘息的机会。当然，这些将领既有客观实际的一面，也有自私的一面，他们作战不为朝廷，而是为了自己论功领赏、升官发财，自然就不想冒更多的险。不过，宋太宗对于此事的处理确实过于急躁。

关于此事，史书上也有较多记载。《尘史》说："富郑公（弼）为予言，永熙讨河东刘氏，既下并汾，欲领师乘胜复收蓟门，姑咨于众。参知政事赵昌言对曰：'自此取幽州，犹热熬翻饼耳。'殿前都指挥使呼延赞争曰：'书生之言，不足尽信，此饼难翻。'"《续资治通鉴长编》也说："初，围攻太原累月，馈饷且尽，军士罢乏。会刘继元降，人人有希赏意，而上将遂伐契丹，取幽蓟，诸将皆不愿行。然无敢言者，殿前都虞侯崔翰独奏曰：'此一事不容再举，乘此破竹之势，取之甚易，时不可失也。'上悦，即命枢密使曹彬议调发屯兵。"

这种矛盾还体现在行动上，当宋太宗驾发镇州时，各军都没有按时到达指定的集合地点，可见将士们都不急于打这场战争。

六月二十三日，宋太宗带着一大群嫔妃和数十万大军抵达燕京城南，驻扎在宝光寺。

南京城内已经全面戒备，驻守南京的 8 万辽廷禁卫军在南京留守韩德让等人的率领下，全副武装，决心与宋军殊死拼搏，死守南京城。为了让南京城内的老百姓安心，极具政治才干的韩德让每天数次对城内老百姓进行宣传鼓动，安抚人心，力争保持南京城内的宁静和井然有序。韩德让此举为南京城内的禁卫军打仗提供了一个极好的环境，没有内患，能一心一意地进行战斗，这是保证战争胜利的一个重要因素。

耶律斜轸在山西打了败仗，率领残兵在宋军到达燕京之前赶到了燕京，驻守在城北的得胜口（今昌平北）。

就在耶律斜轸到达燕京后不久，辽将耶律奚底在南京城外被宋军打败了。耶律

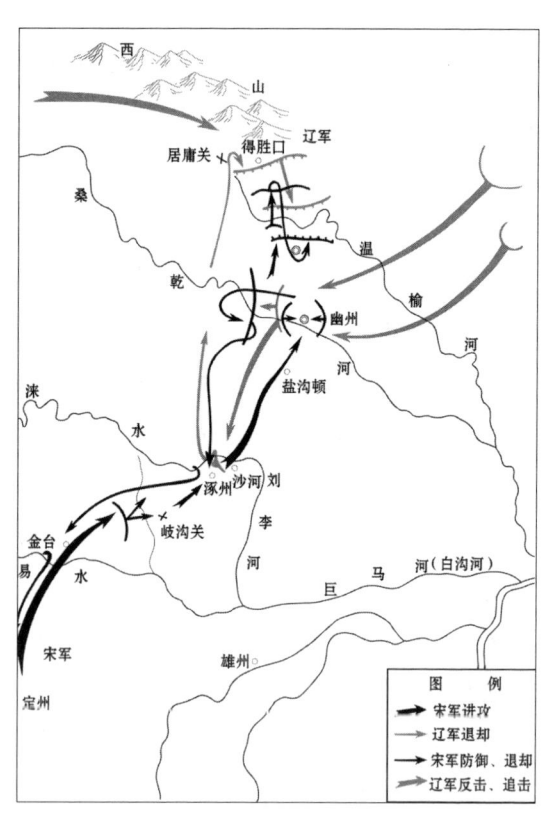

△ 宋辽第一次幽州之战作战经过示意图

斜轸认为，宋军兵多，不能与他们硬碰，于是换上了耶律奚底的青色旗插在得胜口，装作溃军，示弱诱敌。大意的宋军果然上当了，他们真以为这是自己手下败将耶律奚底的军队，于是不假思索地发兵得胜口。一个轻敌大意，一个暗中施加谋略。当宋军进入得胜口后，耶律斜轸率军从侧后攻击。宋军没有防备，十分被动，毫无招架之力，顿时伤亡数千，最后不得不逃跑。

六月二十五日，宋太宗又兵分两路，以部分兵力与耶律斜轸相持于清沙河，而自己则率军从四面向南京城发起强攻。在宋军强大的攻势下，南京城内人心浮动。契丹铁林都指挥使李札、卢存率部众125人投降。李札、卢存的投降无疑进一步影响了南京城内的人心。见此情形，南京留守韩德让急忙安慰城内百姓说，援军马上就到，只要我们坚持固守，就一定能取得胜利。

南京城处于十分危急的境地。驻守在燕山后的辽将耶律学古听说南京城吃紧，立即率军驰援南京城。由于宋军把南京城围得死死的，他们不得不采取挖地道的方法进入城内，与城内的禁卫军一同固守待援。耶律学古的到来，对南京城内的军民是一个极大的振奋和鼓舞。

六月二十六日，宋军攻城，被南京城内的禁卫军顽强击退，于是宋军又转兵到城北清沙河与耶律斜轸打了起来。数量上占绝对优势的宋军，进攻没有坚固城池作为防御手段的辽军自然不在话下，他们杀害辽军数千人，缴获战马300余匹，取得了暂时的胜利，

南京城坚固的城池，辽禁卫军严密的防守，让宋军感到无缝可插。其实此时宋军也犯了一个严重的战术错误，这时他们

应该乘斗志旺盛时机,强攻南京城,不给辽方以缓解危局、等待援兵的机会。即使宋军在局部战争中时有胜利,但有利的战机也在渐渐地消失,已经从有利局势变为不利局势了。

六月三十日深夜,宋太宗决定再次向南京城发起进攻。不过,这次他们采取的是偷袭。

深夜,宋军精选了300余名素质过硬的士兵,乘着月色登上了南京城城垣。但南京城内的禁卫军已经严密地注视着城垣四周,宋军刚刚爬上城垣,就被南京城内的辽禁卫军打得落花流水,300余名士兵死的死、伤的伤、逃的逃。虽然后来宋军又组织了几次进攻,但依然无法与城墙上占据天时地利的辽禁卫军抗衡。

由于屡攻不克,宋军将士中出现了倦怠厌战的情绪。这对宋军来说是一个不好的兆头。命运开始向辽军垂青。

辽景宗得知幽州被围时,他正在草原上打猎行乐。一听到这个消息,景宗被吓得不知所措,他可从未经历过这样大规模的战争。本来景宗这个皇帝就当得十分勉强,他生性懦弱,即位以来全仗着皇后萧绰出谋划策和大臣们的辅助才勉强稳固朝政。

辽景宗回到宫中后,立即召集大臣们商议。景宗小声地对满朝文武官员们说:"宋军来势凶猛,怕是势不可挡,与他们硬打恐怕要吃亏,还不如以保大辽江山为重,退守古北口、松亭关一线,放弃幽燕。"

辽景宗的保守思路当场就遭到了许多大臣的反对。大将耶律休哥智勇双全,具有丰富的作战经验,是辽朝重要的将领,在关键时刻总能力挽狂澜。他也极力反对放弃南京。耶律休哥说:"燕京地处我大辽南部,是与中原对抗的前沿哨岗,要是放弃燕京，就等于敞开了我大辽的南大门。如果那样的话，大辽江山就岌岌可危了，微臣愿意带兵前往燕京与宋军作战。"

对此，景宗还是不放心，下不了决心，不知如何是好。这时，坐在景宗身边的皇后萧绰对景宗说："大将军说得有理，大敌当前，还犹豫什么，赶紧派兵援助燕京吧！"景宗看了萧皇后的脸色才下命令，急令参与增援北汉回师途中的耶律沙与耶律休哥率五院精骑增援。

辽景宗能及时命令耶律休哥救援，成了这场战争由败转胜的转折点。

七月六日，耶律沙率领军队先抵达幽州。宋军此时正布阵于高梁河畔，耶律沙军队一到，他们就展开了激战。宋辽军队一直战到黄昏，由于耶律沙的军队刚刚经历长途行军，还没来得及休整，这对他们很是不利，最后耶律沙军队败退，宋军乘胜追击。

眼看着耶律沙军队被逼上绝路。恰在此时，耶律休哥率五院精骑已经到达，看到耶律沙军队败逃，他们就从小路杀出。宋军意想不到，被耶律休哥军队冲散。耶律休哥军队杀声震天，十分勇猛。宋军看着"半路杀出了个程咬金"，并且不知对方军队的内情，不敢再追击了，只得又回到高梁河畔布阵抵御。

耶律休哥与耶律沙立即合军，并决定趁热打铁，于当晚乘着夜色掩护，由两翼向驻守在高梁河畔的宋军发动反击，准备给宋军以致命打击。与此同时，南京城内的禁卫军也探听到耶律休哥与耶律沙的援军已经到达南京城外，士气大增。南京留守韩德让果断决定，打开城门，配合援军，主动出击。于是，驻守在城内的禁卫军击着战鼓，呐喊助威，给宋军以精神上的压力和打击。这无疑是一个相当明智的决定。

一时间,宋军三面受敌,陷入重围,顿时大乱,全军溃退,死伤万余人。

耶律休哥不愧为一员猛将,在战斗中,他三处受伤,但他全然不顾,依然乘战车指挥追击。

宋太宗吓得魂飞胆破,在数名将士的护卫下,也顾不了那些年轻美丽的嫔妃了,乘车快速南逃。宋太宗所带的那些嫔妃在战争中死的死、伤的伤、逃的逃,落了个悲惨的下场。

宋辽高梁河之战,以宋军大败而告终。宋辽高梁河之战,也是北京历史上影响极其深远的一场经典之战,不仅证实了当时南京禁卫军战术方法的合理和军政素质的过硬,而且也是现代军人作战时很值得借鉴的一场战争。为何宋军在进攻时机合理的情况下,却无法攻破这座方圆 30 余里的南京城,这也是今人值得思索的事情。

2. 宋辽燕京之战

保大元年(1121 年),辽朝上京失守,于是中京变成了战争的前沿,辽朝末代皇帝天祚帝耶律延禧已是无处可走,不得不退到燕京,想据此作最后的挣扎,保住辽朝江山。

但此时的燕京也非昔日的燕京,辉煌大打折扣,这些年连年发生自然灾难,不是地震就是洪水,要么就是干旱。特别是天祚帝当皇帝后,这里的灾难更是频频发生。在这种情况之下,南京朝廷政治还十分腐败,如同火上浇油,变得生灵涂炭。正如《契丹国志》卷十一所说:"辽国屡年困于用兵,应有诸州富民之弟,自愿进军马,人献钱三千贯,特补进士出身。诸番部富人进军献马、纳粟出身,官各有差。又因燕王言辽东失业饥民困踣道路,死者十之八九,有旨令中京、燕、云、平三路诸色人收养,候次年等第推恩。"

保大二年(1122年)正月的一天,天祚帝正在与大臣们商量如何组织南京禁卫军对宋军进行反击,忽然一名大臣上奏,说中京失陷。天祚帝听后,脸色顿时变得苍白,大脑中也一片空白。天祚帝知道中京失陷意味着什么,同时他还是历史上有名的昏庸无道、沉迷酒色与畋猎的皇帝。遇到这种情况,他认为,三十六计走为上计。当天傍晚,天祚帝便携带大量珍宝、后妃、侍卫亲军出居庸关西逃夹山(今内蒙古武川西北),留下秦晋王耶律淳、宰相张琳、李处温、奚王回离保及林牙耶律大石等留守南京。

天祚帝就这样一溜烟地跑了,走后音讯断绝,什么燕京,什么江山,他都无暇顾及了。而此时,崛起于北方的金人已经长驱南下,宋人也在做北上夹攻的准备。燕京面临腹背受敌的局面,自然是人心浮动。在这种情况下,出现了守燕大臣废天祚而谋立耶律淳为帝的历史事件。

耶律淳为兴宗皇帝的孙子,他的父亲和鲁斡都是兴宗的儿子,被封宋魏王,道宗清宁年间为南京留守。耶律淳从小就由道宗皇帝收养于宫中,因为他十分爱好文学,深得道宗的喜爱。后来,道宗的儿子遭害,道宗曾一度想立耶律淳为嗣。后来虽然立了天祚帝,但耶律淳一直受到特殊的宠遇。他开始被封为郑王,后又被进封为越国王、魏国王。乾统六年(1106年),耶律淳的父亲和鲁斡相继死于南京,耶律淳继承父亲的职业当上了南京留守。天庆七年(1117年),耶律淳又被进封为秦晋国王，封都元帅，赐金券等。此时，金人起兵东北，辽军接连败退，天祚帝命令他组建军队。于是，耶律淳招募燕云勇士，并与辽东饥民组成"怨军"。后来怨军失败，耶律淳把剩余的人马带到了燕京，组建成燕京的一支重要禁卫力量。耶律淳虽然不属于谋臣良将一类，但他为人忠厚、讲道义，又是兴宗嫡孙、天祚帝的叔辈，所以在朝中还是很有威望的。

自从天祚帝逃到夹山，南京的大臣们对这个怕死的皇帝彻底失去了信心。这时，大臣奚王回离保和耶律大石等人勇敢地站了出来，他们认为，要保住南京，只有另立皇帝，以稳定人心。

那又让谁来当这个皇帝呢？

大臣们一致认为，皇位继承者无疑耶律淳最为合适。早在道宗朝就有意立他为皇太子，作为皇位的接班人。而今天朝中无君，或许这是天意所为。此时，汉人宰相李处温及其子李奭等人，也表示赞同废掉天祚帝，立耶律淳为皇帝。当然，他们的目的十分明了，那就是要以此进一步升官。反对立耶律淳为皇帝的只有宰相张琳，但他人缘不好，没人站在他一边，自然成不了气候。不过，大臣们商量来商量去，并没有具体跟耶律淳商量。虽然不能说此事耶律淳一无所知，但至少可以说是知之甚少。大臣们认为，不管是谁，要他当皇帝总是不会推脱的，因为天底下有无数人都梦想着当皇帝，只是没有那个机缘罢了。

保大二年（1122年）三月的一天，燕京官员、将士全都来到耶律淳府中。由于李奭等人事先没有跟耶律淳商量，耶律淳看到文武官员们都来了自己府上，吓了一跳，以为发生政变了。这时，李奭立即把赭袍披在耶律淳身上，百官顿时齐声呼万岁。

耶律淳本来就是个胆小怕事的人，一看到这场面，知道事态严重，吓得哭了起来。但耶律淳又不敢违背众命，不得不以燕京为都，即皇帝位，改元建福，称天赐帝。随后，耶律淳宣布李处温为太尉，左企弓为司徒，曹勇义知枢密院，虞仲文知参政，奚王回离保为北院枢密使，南京禁卫军则由耶律大石负责。原来由耶律淳负责的"怨军"改为"常胜军"，负责保卫南京安全。

此时的辽朝分裂为二。耶律淳控制着燕、云、平及中京、辽西部分州县；天祚帝所辖沙漠以北和西北诸番。历史上把耶律淳在燕京所立的小朝廷称为"北辽"。

当上了皇帝的耶律淳，并没有好运气，从现实来看，当皇帝对他绝对不是什么好事。想想看，北辽小朝廷，北有金人进犯，南有宋朝夹攻，西北又有天祚帝相威胁，内部政见又不一，局势十分不稳定，且官吏贪污之风丝毫不减，这样的一个小政权，怎么能有效地保卫燕京这块水草肥沃之地呢？很快，耶律淳就因为这些伤透脑筋的事病倒了。北辽建立的消息传到逃亡皇帝天祚帝的耳中，他听到之后十分气愤。这个亡国的昏君虽自己不能抗击金人，但又不容其他人自立。于是，天祚帝扬言要合诸番部兵入燕。胆小的耶律淳听到后，病情加剧，急忙召集大臣将领商议对策。事情不但没有商量好，朝内反而变成一片混乱。

四月，宋徽宗正式作出发兵幽燕的决定，命童贯为陕西、河东、河北宣抚使，率兵15万巡边。之所以叫"巡边"，而不正式称北伐，是因为徽宗对能否用自己的力量攻下燕京还没有底，主要把希望寄托在招降上，并不打算强攻硬战。童贯到达前线，并不作战斗部署，而是按照徽宗意图，一意招降。

此时，燕京虽然面临南北夹击的险境，但还有一定的军事实力。燕京主要有三股较强的军事力量：一是辽东常胜军3万余人，由郭药师统领，耶律淳直接控制；二是奚王回离保所领的以奚兵为主的契丹、渤海、汉兵等部队，勇猛善战，极具杀伤力；三是耶律大石统领的一支善骑射的禁卫军。

五月二十九日，辽将耶律大石率领禁卫军主动对宋军发起挑战。看到耶律大石率领禁卫军来了，宋将赵明没有立即出兵迎接，更没有做好迎战的准备，而是依然拿出"招抚榜示"给辽军看。耶律大石是有备而来，决定进行生死之战。耶律大石看着宋军的举止，感觉可笑，不屑一顾地说："有死而已！"

耶律大石刚说完，辽禁卫军就向宋军投去了密集的石头。手里还拿着"招抚榜示"的宋军没有丝毫准备，只有眼睁睁地看着如同雨点般的石头打到自己头上。一时间，宋军乱成一团，纷纷逃亡。赵明率领的这路宋军大败。

同时，耶律淳命令奚王回离保前往范村抗击宋军。辽军要到达范村就必须渡过白沟河。看到辽军将要渡白沟河，宋军中的许多将领纷纷要求迎战，但是宋将种师道却十分死板，下令：不要轻举妄动。这无疑给奚王回离保提供了极好的机会，他们乘机快速渡河。

辽军上岸后，宋将种师道就开始后悔了，因为奚王回离保带着军队直扑他们，而自己却已经从有利形势变成了不利形势。奚王回离保是一个猛将，他冲在军队最前面，直指宋军。犹豫的宋军哪是辽军的对手，面对着辽军的猛烈攻击，连招架之力都没有。

当时正刮着大北风，下着大雨，部分地区还夹杂着冰雹，这些因素对宋军无疑是雪上加霜。宋军统领童贯看形势不妙，立即下令全面退兵。奚王回离保哪能就这样放宋军走，他带领禁卫军乘胜追击，一直追到雄州。宋军狼狈不堪。

至此，北宋末期的第一次伐辽以失败告终。

六月的一天，耶律淳在忧郁中一命呜呼，北辽统治者内讧不已，特别是李处温的谋叛与贪污丑行败露之后，更是激起了朝野上下普遍的愤慨。

随后的日子里，北辽就没有安宁过。九月十五日，易州守将高凤、王琮率军向宋朝投降。当时辽驻守涿州的常胜军将领郭药师听到这个消息后，联想起当时辽朝廷的情况，也决定向宋朝投降。

郭药师是渤海铁州人。女真起兵，耶律淳往辽东招募饥民为怨军，郭药师为渠帅。后来，怨军集中在燕京，耶律淳称帝，改怨军为常胜军，仍以郭药师统领这支部队，驻守涿州。郭药师手下有四将，号称"彪官"，每彪500人，共2000人，后来增加到5万人。后来，奚王回离保统领各军，郭药师感到有威胁，于是产生投降宋朝的念头。当然，郭药师的降宋与耶律淳的死也有一定关系。

郭药师派手下向宋朝送去了投降表。郭药师在投降表中说：女真起兵，天祚避于草莽，使百姓无依栖之地，五都有板荡之危。今契丹反杀常胜军子女，以怨报德，所以决心归附宋朝。宋军接到郭药师的投降表后，十分高兴，并立即回信说：只要郭药师归宋，一定重用。

九月二十三日，郭药师带着自己喜爱的将领，率领所部8000人降宋。宋朝立即授郭药师为恩州观察使，他所率领的部队隶属于刘延庆。随后，徽宗又亲自召见郭药师，加升他为检校少傅，并要他伐燕。

常备军原来是守备燕京的一支重要禁卫力量，郭药师的降宋对燕京小朝廷无疑是釜底抽薪。接替耶律淳政权的是萧德妃。对于郭药师的降宋，萧德妃也慌了手脚，她急忙召集番汉百官商议对策。萧德妃对文武百官说：易州的高凤、涿州的郭药师已经归宋了，大金人马已经入奉圣州，国步艰难，国家难保啊。今天与众爱卿商议去留，看看宋和金哪个国家可以依靠，即使要我们纳贡称臣也无憾。听萧德妃这么一说，大臣们议论纷纷，他们意见不一。有的说，金人强大，应当依附；有的说，辽宋有百年之好，信誓可依。萧德妃也十分矛盾，不能决断，因为似乎两者都有道理。于是，萧德妃决定兵分两路，派张炎、张僅到金求和，派萧容、韩昉到宋求和，看到底哪方有诚意。

九月底的一天，宋军军营中。韩昉等人与宋军将领童贯、蔡攸进行谈判。韩昉说，辽愿意废止百年来宋纳岁币之约，复结和亲。韩昉还强调说，要是女真蚕食各国，辽朝不复存在的话，他们必定会对宋朝进行袭扰，你们不能不考虑啊。但是此时宋军将领童贯、蔡攸却不这样认为，他们心想，要不是迫不得已，北辽是不会来主动议和的，既然这样，燕京一定是无力对抗了。于是童贯、蔡攸严词拒绝了辽的求和，并要把韩昉等人赶出。韩昉十分生气，在大庭中大声说："辽宋结好百年，誓书具存，汝能欺国，独能欺天矣！"

宋朝得到郭药师的常胜军，又得到萧德妃的奉表求和，一时被所谓的胜利冲昏了头脑，想一举攻下燕京，哪还会考虑与他们议和。

派到金求和的张炎、张僅也没有带来好消息，完全遭到了金人的拒绝。

十月，宋发兵 10 万向燕京进攻。但是这次负责伐辽的宋军统制刘延庆又是一个麻痹轻敌的将领，他的军队军纪不整，犹如一盘散沙。当刘延庆率军到达良乡的时候，遇到了辽奚王回离保领禁卫军 2 万进行抵抗。宋军战败，于是闭垒不敢出来迎战了。

正当陷入僵局时候，投降宋的郭药师向刘延庆进谏。郭药师对刘延庆说，以我的经验来看，辽军现在主要由奚王回离保掌握，今天他带兵出来迎战，燕京城内必然空虚，我们可选轻骑由固安渡桑乾河，直攻燕京城。刘延庆连忙点头说，你说得有理，你说得有理，就按你的意见办。刘延庆采纳了郭药师的建议，命令降将赵鹤寿半夜渡河，背道至三家店驻军；派大将高世宣、杨可世与郭药师自东南直袭燕京。果然，辽兵猝不及防，宋兵夺取了燕京东南的迎春门，并进入城内，陈兵于悯忠寺前。

奚王回离保听到这个消息后，大为惊奇，立即率领精兵 3000 人，快速返回燕京，对进入悯忠寺一带的宋军进行攻击。由于是城内作战，没有大规模的场地，故他们只有展开激烈的巷战。因为宋军进入城内的士兵不多，郭药师就约好刘延庆的儿子刘光世为后援。在燕京城内进行巷战，宋军肯定不是辽禁卫军的对手，再加上郭药师没有等到援兵，遂战败，不得不退出燕京。宋军失去了一次极好夺取燕京的机会。

刘延庆虽然战败了，但他仍然屯兵桑乾河以南，准备东山再起，向燕京再次发动进攻。一天，奚王回离保的部下抓到两名宋朝的护粮兵。奚王回离保没有把这两名护粮兵杀害，而是将他们关押在帐中。为了向宋军传递假消息，奚王回离保等将领就在关押护粮兵帐隔壁的帐中进行伪议论。奚王回离保说："闻汉军十万压吾境，吾师三倍，敌之有余，当分左右翼，以精兵冲其中，左右翼为应，歼之无遗。"（《宋史》卷三百五十七《刘延庆传》）

第二天，奚王回离保又用计谋，故意让其中一名护粮兵逃回宋营。这名护粮兵回到宋营后，就立即向刘延庆报告，把自己在帐中听说的都一五一十地说了出来。

其实，燕京在天祚帝逃亡时就已经带走不少部队，易州高凤和涿州郭药师降宋又减少了数万人，此时保卫燕京的所谓禁卫军也只不过是各族凑合的杂牌部队，奚王回离保虽然强悍，但他所率领的军队也不过数万人，燕京哪会有30万大军呢。但刘延庆却信以为真。

次日清晨，驻扎在桑乾河以南的宋军营冒出了一缕炊烟。开始烟小，并没有引起士兵们的注意，但是不一会儿，烟越来越大，随后还冒起了红色的火光。有士兵开始叫了，起火了，起火了。还有不知情的人以为是辽兵来袭了，于是大叫"辽兵来了"。宋营中的士兵听说是辽兵来了，很快就乱成一团。

恰在这时，刘延庆又接到了辽军袭击的报告，他联想到那名"逃"回来的护粮兵所说的一切，以为自己的军队陷入了重围，于是命令士兵把营房烧了，向后撤退。宋军一片混乱地向南撤退，一路上走散的、踩死的达数千人之多。其实，此刻辽兵正在营中睡大觉呢。

宋军不战自溃，北宋末期的第二次伐辽之战就这样失败了。

3. 金灭辽燕京之战

在辽天祚帝逃奔夹山的时候,辽金胜败就已经成了定局。从表面上看,辽朝虽然还有余力抵抗宋朝的腐败军队,但对势头正旺的金人的攻势已经毫无办法。燕京之所以能继续保存一段时期,只是因为金朝作战步伐还没有能顾得上燕京。早在辽保大二年(1122年)春天的时候,金就已经夺取了辽五京中的四京。

辽保大二年(1122年)十月,宋军第二次伐辽失败之后,完全失去了独自夺取燕京的信心,于是派人到奉圣州见金的首领阿骨打,相约夹攻辽燕京。阿骨打正不想让宋朝独吞燕京,于是答应了宋的请求,并立即派兵向燕京进发。

十一月,阿骨打的军队到达居庸关外。阿骨打对燕京的官民说:"王师所至,降者赦其罪,官皆仍旧。"先从心理上瓦

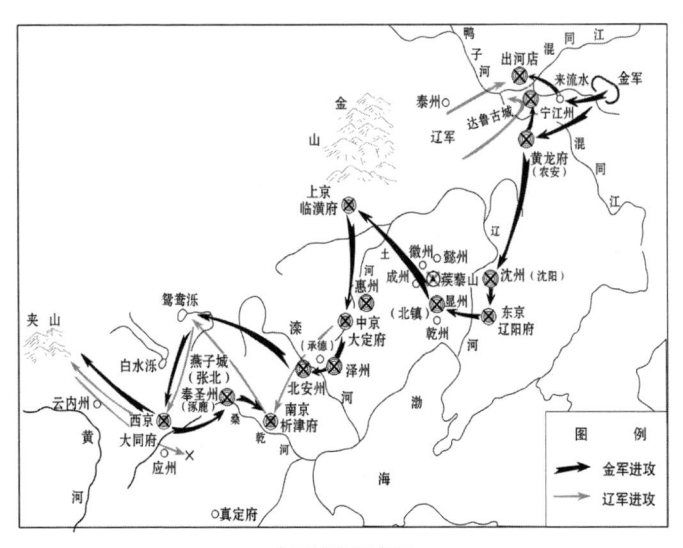

△ 金辽战争示意图

解燕京官员。金兵兵临城下，辽廷一片混乱。萧德妃还想保全自己的地位，在短短的一个月内五表上金请和，但都遭到了阿骨打的拒绝。北辽禁卫军只得增兵居庸关严守。

十二月，阿骨打亲自率兵来到妫州（今河北怀来），开始了攻打居庸关的战斗。阿骨打命令完颜宗望率兵7000为先锋，完颜迪古乃出得胜口，完颜银术哥出居庸关，完颜娄室为左翼，完颜婆卢火为右翼，进逼燕京。这时，运气也偏向了金这一方。金兵刚到关上，岩垒突然崩塌，辽禁卫军大部分被压死，一时大乱，辽军自然是不战而溃。于是，金兵沿关沟直捣燕京。

萧德妃看到大势已去，并且金军已经直逼燕京，她与耶律大石在部分禁卫军的护卫下，从古北口逃走了。当金兵到达燕京城下的时候，萧德妃已经逃远了，但北辽统治走向了灭亡。这时，宰相左企弓召集百官商议对策，还在商议之中，北辽禁卫军统领高天就知道势不可挽，于是打开南门，迎接金兵进城了。阿骨打率金兵入城，辽朝宰相左企弓、参政虞仲文、康公弼、枢密使曹勇义、张忠彦、刘彦宗等奉表投降。阿骨打命令降将们各守旧职。

阿骨打进入燕京宫城后，在德胜殿接受了群臣祝贺。至此，契丹统治了180多年的燕京城落入金人手中。让人不可思议的是，宋朝两次北伐都损兵折将，而金人几乎没有遇到什么麻烦就进入了燕京。但宋朝还是不甘心，他们甚至和金人展开了讨价还价的谈判，想与金人共同占有燕京地区。但北宋腐败已深，只能眼睁睁地看着金把燕京夺走而无可奈何。

中国御林军 辽、金、元、明、清、北洋时期 北京禁卫军

第二章 金代中都（北京）御林军

金代是北方少数民族女真统治者建立的王朝，开始的时候建都会宁（即金朝上京，今黑龙江阿城区南白城子）；金海陵王于贞元元年（1153年）迁都燕京，并改燕京为中都；贞祐二年（1214年），由于蒙古军的威胁，懦弱的宣宗从中都迁都汴京（今河南开封）。金朝在中都为都的61年里，为了巩固和加强金廷的统治，不断加强了中都禁卫军建设。较之辽代，中都卫戍警卫机构更为完善，统治更加严密。海陵王对禁卫体制再行改革，将金太祖、辽王、秦王原统领的合扎谋克合并为合扎猛安，共得四猛安，叫做侍卫亲军，设侍卫亲军司统之；将原护驾军、神勇军罢归，从侍卫亲军中精选1600人，分编为步、骑，骑兵叫"龙翔"，步兵叫"虎步"，以备宿卫。正隆五年（1160年），海陵王再罢侍卫亲军司，改其军大部隶于殿前都点检司；部分马军隶于大兴府，设置左、右骁骑，也叫从驾军，平时担负京师警备，出行时担任行从宿卫；部分步军改隶宣徽院，由拱卫直使司统领，担负皇帝的仪仗和宫廷外围警卫。拱卫直使司统领的部队还有威捷军。中都的警备由武卫军都指挥使司负责，所属武卫军兵力达万人，负责京城的守卫。

一、金中都城池防御体系的扩建

1. 海陵王为何迁都燕京

海陵王完颜亮是金代历史上的第四任皇帝，是他将金朝的都城迁到了燕京。完颜亮凭借他父亲完颜宗干门荫，早年出任军职，父亲死后他又在完颜宗弼部下为将，先在外掌地方军政权，完颜宗弼死前一年将他调入金廷中枢任要职。完颜宗弼死后，他越级升为平章政事，半年之内，又连升为左丞相、领三省事、都元帅。此时的完颜亮实际上已全部控制了金熙宗的朝政。

皇统九年（1149年）十二月的一天，完颜亮利用自己手中的兵权，突然发动政变，谋杀了金熙宗，夺取了帝位。完颜亮刚刚登上皇位不久的一天，内侍梁汉臣就上奏，劝他迁都燕京。梁汉臣对完颜亮说："燕京自古霸国，虎视中原，为万世之基。陛下宜修燕京，时复巡幸。"（中国台湾版《金史》卷二《补艺文志》）战将出身的完颜亮自然知道燕京的重要战略价值，守住了燕京就等于守住了金朝半壁江山。对于梁汉臣的提议，他并没有急于答复，而是进行了谨慎而又充分的考虑。

此时金王朝统治区已经向南扩至淮河一带，将淮北广大地区归入版图，而上京远离南方，对治理中原已经不能适应。完颜亮内心已经开始偏向于迁都燕京。于是，完颜亮于天德二年（1150年）颁《求言诏》，就迁都征询建策。让完颜亮颇感意外的是，朝廷大部分大臣都认为应该迁都燕京，理由是上京地处偏僻，不利于治理国家。完颜亮听后自然高兴，因为他的这一想法得到了满朝文武大臣的赞同。

天德三年（1151年）四月丙午，海陵王完颜亮颁发《议迁都燕京诏》。他在诏书中说，过去分设燕京行台尚书省，是由于当时"边防未宁，法令未具，本非永计，只是从权"，以致"人拘道路之遥，事有岁时之滞。凡申款而待报，乃欲速而愈迟。今既庶政惟和，四方无侮……归执政于朝廷；又以京师粤在一隅，而方疆广于万里，以北则民清而事简，以南则地远而事繁。深虑州府申陈，或至半年而往复；闾阎疾苦，何由期月而周知？供馈困于转输，使命苦于驿顿，未可时巡于四表。"（《金文最》卷四《议迁都燕京诏》）从这则诏书中不难看出，海陵王迁都燕京的目的主要有三点：

首先，为了适应疆土扩展的需要。当时金王朝的领土已经扩展到淮河以北，所统治的地区辽阔，而上京偏在北方，显然不利于对全国的控制及与中原地区在经济上的联系。为解决这些问题和矛盾，必须把统治中心南移。

其次，防范敌对的政治力量。海陵王在谋杀了金熙宗夺得帝位后，为压服反对派，曾杀害了一批宗室、勋臣。但这些敌对势力在上京地区仍很强大，通过迁都使金王朝的统治中心远离上京，可以减少来自他们的政治压力和对帝位的威胁。

最后，迁都燕京，更有地理条件的因素。因为上京土地贫瘠，交通不便，而燕京则是地广土坚、人烟稠密。特别是燕京四通八达，交通极为方便，不仅易于控制国内各地，而且可以使社会安定、政权稳固。

2. 燕京城池防御体系的扩建

在海陵王下诏书要迁都的前一个月，海陵王就命令大臣梁汉臣、孔彦舟等人进宫，并责成他们在燕京城的基础上扩建新都，并要他们到汴京去参观学习，参照宋朝都城进行设计、施工。海陵王特别强调，都城的建设必须以军事防御为中心，不管是城垣、城门，还是皇城和宫城都必须考虑到这一点。让梁汉臣、孔彦舟等人感觉为难的是，这么大的一项工程，海陵王竟然只给他们一年的时间进行扩建。

梁汉臣、孔彦舟等人接到这项重大任务后，不敢怠慢，立即兵分两路：一部分前往汴京参观学习，一部分前往燕京动员民夫、工匠和兵士快速参加扩建工程。历史记载了一组惊人的数字，在扩建工程中，单是役使的民夫、工匠就有80万之多，另外还有兵士40万，这其中不乏大量的禁卫军。后来，由于工期急促，奴役残酷，加上疫病传染，致使民夫、工匠大批死亡。据正史记载，当时运载一根大木材的费用，多至20万两；拖拉一辆满载器材的大车，多至500人。由此可见，扩建中都城花费了多少金银和付出了多少血汗。

金中都既是在北京原始聚落旧址上发展起来的最后一座大城，又是向全国政治中心过渡的大都城。同时，它在北京城市建设史上还起到了承上启下的作用。中都城并不是简单地沿袭旧日的燕京城，而是参照北宋京都汴京城的规制，进行了大规模的城市改造和扩建。金朝在上京的城池、宫殿都十分简陋，但中都城就不一样了。金朝在劳动人民付出巨大的生命、财产代价的基础上，建成了新都城。贞元元年（1153年），完颜亮正式迁都，改辽朝时期的南京为中都，改析津府为大兴府。

3. 中都城的防御设施

扩建后的中都城，既是一座富丽堂皇的皇城，更是一座坚固、有利于军事防御的堡垒。

坚固的外城城墙

中都城的大城，也就是最外面的城墙，最初是用土筑成的，后来筑成砖城。此种说法虽然还不能完全肯定，但据正史记载，在大定二十二年（1182年）金世宗决定将上京的土城垣包砖，筑成砖城，而中都的地位远比上京重要，所以土城垣包砖也是极有可能的。

大城周长18.5千米，呈方形，在初建的时候每面设城门3座，共12座门。到了金中期的时候，因为皇帝每年都要到城东北的万宁宫去避暑，所以又在北垣的东部增辟一座城门，于是中都城大城有城门13座。中都城门顺序为：北垣有会城门、通玄门、崇智门、光泰门；东垣有施仁门、宣曜门、阳春门；南垣有景风门、丰宜门、端礼门；西垣有丽泽门、颢华门、彰义门。中都城大城的13座城门，既是老百姓进出城门的通道，又是金朝禁卫军重点守护的地方，他们以大城城墙为依托，守护着皇城的重要衙门以及宫城内的皇室。

外城南墙，在今广安门外西南凤凰嘴村，经万寿寺、石门村、霍道口、祖家庄、菜户营到北京南站四路道的地方。这一线东西方向的凉水河，是为中都南护城河。

外城东墙，在今北京宣武区虎坊桥以西梁家园的南北一线，南自四路通向北延长，经陶然亭东侧、窑台、黑窑厂胡同西侧向北直到翠花湾。现在的潘家胡同旧时叫潘家河沿,就是当时中都东护城河。虽然中都城的东护城河已经被历史所淹没,但它在金朝的历史上曾经发挥过重要作用,却是不争的事实。

外城北墙,在今宣武门内东起翠花湾向西、经头发胡同东西一线上,今宣武门内受水河胡同及其西的东、西太平街,就是当时的北护城河遗迹。

外城的西墙,北端在今羊坊店附近,向南延伸到凤凰嘴村一线。

坚固的皇城防御

中都的皇城是在辽南京(燕京)城内的子城基础上扩建而成的。中都大城建成后,皇城大致位于大城的中心部位而又有点偏南。皇城开4座门,东为宣华门,西为玉华门,南为宣阳门,北为拱辰门。因为皇城内的宫城是皇帝居住的地方,故而皇城四周,侍卫亲军戒备森严,日夜巡逻,一般人想入皇城,即使插翅也难飞进。

富丽堂皇与坚固的宫城

宫城是金朝禁卫军防御的重中之重,富丽堂皇与防御的坚固性并重。宫城是在辽南京子城中的宫殿区基础上扩建而成的。宫城周长约为9里30步,后来明、清紫禁城周长与此相仿,如此推算,金中都的宫城规模与现在北京的故宫相似。宫城的南门为应天门,其两旁有左、右掖门;东门为东华门,西门为西华门。宫城的北门名称,由于史书中从未出现过,所以现在还无法知晓。宫城都由皇帝亲自掌握的亲军守卫。

二、金中都警备机构

1. 武卫军都指挥使司

武卫军都指挥使司是中都城的卫戍指挥官署，也是隶属于金廷尚书省兵部、设在中都的军事驻防机构。长官为都指挥使，秩从三品官员，略低于兵部尚书及大兴府尹；副职2员，称副都指挥使。下设副都、判官各1员。这是个防卫京城，对人民的反抗实行武装镇压的机构，主要统率着武卫军。

武卫军都指挥使司下设"钤辖司"，内设钤辖10人、都将20人，钤辖司不仅担任着防卫和警捕任务，还有权管辖军人，即主要负责管理中都地区的军风军纪方面的事情，相当于现代首都的卫戍警备司令部。钤辖司内有士兵8949人，"忠卫"200人，"队正"400人。"忠卫""队正"为低级军官。

2. 大兴府节镇兵马司

大兴府节镇兵马司是负责中都城防的地方军事机构，归中都路都总管府统辖，长官为都指挥使，主要负责中都地方巡捕盗贼等事情，同时也是金朝统治者镇压人民的武器。

大兴府节镇兵马司设都指挥使1人，秩正五品；副都指挥使2人。其编制是每百人为一指挥使，各一员分四都，每都设左右什将、承局、押官各一，或者是三百人以上为一指挥，二百人以上只设指挥使，一百人只设军使，仍每百人以上立为一都，不到百人的设什将、承局、押官各一。由此，兵马司下的士兵每百人设一军使，为一"都"，四"都"为一指挥使。

在金朝，兵马司是军事性质的警察机构，管理着部分禁卫军,负责警备中都地区。金之后的元、明、清三代设于北京的兵马司,都是沿金朝制度而行的。

3. 中都东北、西南都巡检使司

中都东北都巡检使司设在通州,分管大兴、昌平等中都地区的治安。中都东北都巡检使司的长官为都巡检使,下设"司吏一人,掌行署文书。马军十五人,于武卫马军内选少壮熟闲弓马人充"(《金史》卷五十七《百官志》)。

中都东北都巡检使司虽然职级不高,只相当于县级(正七品),但它掌管着中都地区各州县的治安。不过,它只有搜捕权,没有审判权。同时,这个机构也是统治阶级镇压人民的武器。虽然史书中记载"马军十五人,于武卫马军内选少壮熟闲弓马人充",但它总人数不应该只有 15 名马军,还应该有大量的士兵和役人,可能是当时记录者的笔误。

中都西南都巡检使司设在良乡县,分管良乡、宛平等中都西南部各州县的治安。

三、金中都主要中央禁军

1. 殿前都点检军

在金朝,殿前都点检军是专门用来保卫皇宫的一支禁卫军。

殿前都点检是宋朝禁卫军殿前司首领的称谓,只不过是金朝借用了此名建立了一个禁卫机构。殿前都点检是金朝最重要的禁卫机构,但并不是金朝的禁卫军总部。

天眷元年(1138 年),金朝第三任皇帝金熙宗下令,设置殿前都点检司。正隆五年(1160 年),侍卫亲军大部分转隶殿前都点检司，所辖的兵力先后也不一样，一般有5000人，大部为骑兵，分为护卫和亲军两类。

殿前都点检首领官为殿前都点检，副职是殿前左副都点检、右副都点检，属于秩正三品和从三品官员。本司下属军官有：左右卫将军、左右卫副将军、符宝郎、宿直将军、左右振肃，下属机构还有宫籍监、近侍局、鹰坊等。殿前都点检，同时称为侍卫将军都指挥使，职责是"掌行从宿卫，关防门禁，督摄队仗"。一些担任殿前都点检职务的武官，也常兼任枢密副使，有时兼任宰相职务。殿前左副都点检、右副都点检，同时称为侍卫将军副都指挥使，辅助都点检掌管本司事务。殿前副点检经常作为特使被皇帝派往宋朝进行和平交往。殿前左右卫将军的职责是，统领护卫精兵，在皇帝出行时执行宿卫警戒任务等。护卫是亲军中的精兵，共有200人，平常在皇帝身边手执兵仗。担任护卫的兵士，选自五品至七品官的子孙、宗室和亲军，并且对身高还有明确的规定，必须达到五尺六寸。符宝郎，设4人，执掌皇帝的御用符印及金银牌。金银牌也是代表皇帝指令的印信。宿直将军，设8至10人，掌管宫城门禁及从行宿卫。宿直将军也常被皇帝任命为特使出行西夏。左右振肃，掌管嫔妃出入时的护卫和导从事宜。近侍局，首领官为提点、使、副使等。

殿前都点检军制定了严密的安全措施，在完颜仲（本名习古乃）担任左副都点检时，就"宿卫严谨，每事有规矩"，"后来者守其法，莫能易也"。此时金世宗的安全感大增，他常说："习古乃入直，朕寝益安。"（《金史》卷72《（完颜）仲传》）

2. 亲军

在金朝，亲军是专门用来保卫皇帝的一支禁卫部队。

在金朝，最早的禁卫军叫合扎谋克，由皇帝亲自统领。由于在女真语中"合扎"是亲军的意思，所以金朝的亲军实际上指的就是合扎谋克。合扎谋克的规模不大，相当于一个百人军事组织。同时，金宫从各地军队中选拔身体强壮、善骑射的士兵，作为皇帝的护驾军，称之为龙翔军。

贞元元年（1153年）金朝迁都后，海陵王对本朝文武官制进行了改建。海陵王将禁卫亲军编为一个合扎猛安，规模相当于四个猛安，以汉语定名为侍卫亲军，设立侍卫亲军司。又从侍卫亲军四猛安中，选拔30岁以下的精兵1600人，分为骑兵与步兵两部分，骑兵称为"龙翔"，步兵称为"虎步"，以备宿卫。在迁都之前的亲军改名为神勇军，但是到正隆二年（1157年），又将此军解散。三年后，海陵王率大军南下攻打宋朝前，将亲军司撤销，原亲军司所掌管的人马交由燕京本地的大兴府统领。同时，设置左右骁骑，作为出征时皇帝身边的护驾军，称之为从驾军。

大定七年（1167年），因为一位亲军百人长在不值勤时带刀入宫并杀人盗财，金世宗下令，规定以后护卫亲军百人长、五十人长非值勤日不准带刀入宫。

金世宗以后，亲军由殿前都点检司和宣徽院分领。世宗刚刚当上皇帝的时候，亲军有4000人，在位晚期减少为3500人。金章宗时，亲军又不断增加，最多时为6000人。

由于亲军担负的任务特殊，亲军选自各地的猛安谋克，标准是身高五尺五寸、骑射技艺高强，人选由猛安谋克上报到兵部，兵部移交到禁卫机构点检司和宣徽院录用。军官年龄必须在40岁以上，军士的年龄须在30岁以上，并且侧重于老成忠厚者。

同时，金廷还努力加强亲军的管理。金朝初期，"大抵纪律严明，故士卒用命"。为确保亲军的忠诚，金朝统治者非常重视用儒家思想对亲军进行管理教育，使官兵恪守"臣子之道"。为了安抚军队、稳定军心，中都禁卫军不仅选拔严格，而且还有各种名目的钱、物赏赐。但随着金朝武运的衰落，军政败坏的状况便自然地滋生和发展起来。章宗时，猛安、谋克普遍骄横不法，军纪松弛、士气低落，战斗力极差。为改变这种专务游惰、漫无纪律的现状，金廷颁布了法令。明昌六年（1195年），命令诸路猛安、谋克户在农闲时讲习武艺，由提刑司监督，对惰怠者予以惩罚。中期以后，中都禁卫军还针对因战事相对减少而出现武备松弛、官兵骄奢的现象，规定"不入城，不掳掠""不杀掠"百姓的纪律。同时，随着时间的推移，签军制暴露的问题越来越多，军士签发年龄放宽，以致"老弱尽行"。禁卫军的自觉性较差，给军队管理带来困难。金朝君臣尽管为整饬军政、申明军纪做过一些努力，但随着整个军事的由盛转衰，仍是有令不行、有禁不止，违纪情况日趋严重，致使战斗力锐减。

3. 武卫军

武卫军是中都主管京师巡逻防盗的军队，其前身是京城防城军，下辖有牢城军和土兵：牢城军由曾犯盗窃案的人充任，担任修筑城防及守卫任务；土兵是征集的地方武装，主要进行警捕，维护社会治安。大定十七年（1177年）三月，京城防城军正式改称武卫军，主管京师巡逻防盗，并由武卫军都指挥使司统率。武卫军的首领官为都指挥使、副都指挥使，负责防卫都城、警捕盗贼。武卫军的下设机构有钤辖司。"钤辖"一词原来是宋朝地方机构中掌管治安的官名。武卫军中的钤辖司设钤辖10员、都钤辖4员、都将若干人，掌管钤辖军人、防卫捕盗之事。武卫军系统的军队，金熙宗时达到了1万人，包括牢城军、土兵和忠卫200人在内，其中，队正便有400人。武卫军的军士，主要是从各边镇的驻守军中选出的，各镇守军每年都要校试射艺，表现优秀的人赏银并签充京师武卫军。

四、金代宫廷内卫大事

1. 完颜可喜叛乱

大定二年（1162年）正月，金代历史上的第五位皇帝，也是金代在位时间最长的一位皇帝世宗，决定前去中都南郊的房山谒陵。谒陵前几天，各禁卫军全面戒备，中都城内已经戒备森严。特别是威捷军，又准备开始他们神圣的任务和职责。

金世宗完颜雍，女真名乌禄，金太祖完颜阿骨打的孙子，海陵王完颜亮征宋时为辽东留守，后被拥立为帝，在位29年，终年67岁，葬于兴陵（今北京房山）。在金代历史上，金世宗还算是一个执政清明的皇帝，即位后，停止侵宋，励精图治，革除了海陵王统治时期的很多弊政。更值得称道的是，金世宗十分朴素，不穿丝织龙袍，使国库充盈，农民也过上了富裕的日子，天下小康，实现了"大定盛世"的繁荣鼎盛局面，金世宗也被称为"小尧舜"。但是，金世宗统治时期，统治者维护女真族，施行民族歧视，使民族矛盾日益激化。不过，总的来说，金世宗还是功大于过的。

正月的一天，金世宗在威捷军的护送下向房山出发。一路上，金世宗也就没有多想，因为这只不过是一次普通的谒陵而已，更何况中都城内还由兵部尚书完颜可喜掌握着呢。

在金世宗的眼里，完颜可喜是一个忠臣。完颜可喜是太祖完颜阿骨打的孙子，以此推来，他与皇帝还是堂兄弟。完颜可喜勇武过人，却狠戾好乱，十分有野心，曾为海陵王信任，为会宁的地方官，但是他残虐人民，在一个月内就残杀无辜者20多人。后来因为迎世宗有功，才得以任兵部尚书。

金世宗到达房山的当天晚上，完颜可喜便与同知中都留守使完颜璋及斡论等人聚在了一起，商量发动政变的计划。经过讨论，他们准备拉管押东京路渤海万户高松一起发动政变。

第二天一大早，完颜可喜就派一个心腹快速前往高松处，向高松表明了请他一起参加政变的行动计划。高松一听，心中不禁一惊。他想，要是政变不成功，这可是要掉脑袋的事。高松当时没有给完颜可喜下属一个确切的答复。经过数小时的思想斗争后，高松决定，秘密将此事向正在房山谒陵的皇帝世宗报告，这样不仅可以保命，还可以请功领赏。金世宗接到这个消息后，对完颜可喜准备发动政变的事十分惊奇。金世宗怎么也没有想到，看上去对自己忠心耿耿的完颜可喜，却成了叛逆之徒。

对于政变与战争来说，时间就是生命，赢得了时间就有可能赢得胜利。世宗立即命令自己的亲信大臣、定远大将军乌古论元忠率禁卫军守卫陵门，做好抵御叛军的准备。金廷禁卫军不断向中都南郊涌进。完颜可喜见阴谋败露，于是与完颜璋抓了逃跑的斡论等人一同到官府自首。

虽然这次政变没有得逞，并且很快就平息下来了，但对于金朝统治的影响十分深远。事后，金世宗也就仅仅象征性地对这次政变的首谋人进行了处死，如完颜可喜、斡论等人，对他们的亲属及随同参与叛乱的禁卫军都不予追究。在封建时代，发生此等大事，一般都要株连九族，能够得到如此宽容是十分少见的。这主要是金世宗觉得，如此株连下去，惩办的人数太多了会对朝廷产生不利影响，于是就减少了株连。

金世宗的这种政策收到了实效，完颜可喜等人的叛乱被压下去后，金世宗在中都的统治渐渐稳定。此时进入了金朝历史上的太平盛世时期。

2. 皇太子完颜允恭病故前后的警卫

大定二十四年（1184年）的一天，金世宗离开中都，在数千名禁卫军的护卫下，浩浩荡荡地出巡了。金世宗走的时候十分放心地把中都的安全和金国的大权暂时交给了太子完颜允恭，他准备在上京留住两三年。

于是，太子完颜允恭开始了自己的摄政生涯，不过每30天，他就会向父皇汇报一次中都的情况。虽然太子对各项工作还算胜任，没有出现过什么大的问题，但此时的太子还不能完全驾驭金国，自从皇帝走后，中都的气氛变得越来越紧张。

基于此种原因，金世宗不得不提前回中都。大定二十五年

（1185年）六月初的一天，金世宗从上京出发，带着大队人马直奔中都。

但是人有旦夕祸福，就在皇帝金世宗回大都的路上，太子完颜允恭突然身患重病。七天后，完颜允恭身故。自从完颜允恭身患重病的那天开始，中都城内就开始充满紧张的气氛。特别是随着太子病情的加重，气氛变得愈加紧张。

摄政的太子故去，而金世宗出巡未归，中都无主，局面开始变得更加慌乱起来。国不可一日无君啊！这是中国的古训。此时，掌握着禁卫军兵权的皇室人员准备争夺皇位。

正在回中都路上的金世宗听到这个噩耗后，伤心欲绝。更让他担心的是大金的江山社稷。他知道如果不及时赶回中都，中都将要大乱。金世宗快马加鞭，向中都方向急驰。但千里之遥，在那个时代，岂是说到就能到的。

面对混乱的局势，许多大臣都不敢出面主持朝政，生怕自己因此卷入这场纠纷与残杀之中。此时，一个关键的人物出面了，他就是当时的辅臣、枢密使徒单克宁。听说徒单克宁要出面维持局面，他的许多朋友及亲人都劝他，不要去碰这个烫手的山芋。为了保住金朝的江山，他身护宫门，严饬殿廷宫门禁卫，并对禁卫军下了死命令，必须死保中都安全，不得出任何乱子。他还严肃地对东宫的官员们说："主上巡幸，未还宫阙，太子不幸至于大故，汝等此时能以死报国乎？吾亦不敢爱吾生也。"（《金史》卷九十二《徒单克宁传》）

不久，在宫内有传言说，有人准备夺取皇位。徒单克宁认识到，如果要夺皇位，必须先把未来皇位的继承人皇孙完颜璟杀害。所以，皇孙完颜璟成了此时宫中的重点保护对象。只要能把他的命保住，天下就不至大乱。

徒单克宁立即召集东宫的侍卫亲军，要他们加强戒备，誓死保护好皇孙完颜璟。在侍卫亲军的严密警戒下，想夺皇位的人一直没有找到下手的机会。十几天后，金世宗回到中都，并根据徒单克宁的建议，立皇孙完颜璟为皇太孙，中都局势得以稳定。完颜家族的统治地位总算是化险为夷了。

五、金代宫廷政变、皇城战事

1. 胡沙虎政变

金朝在建立约 100 年的时候，遭到了崛起于北方草原的蒙古军队的威胁。金朝日益败落的军队，在与蒙古军队交战中胜少败多。而在金朝内部，由军队将领引发的朝廷内乱却频频发生。卫绍王完颜永济在完颜匡谋划下夺得帝位，但仅仅在位五年，金将胡沙虎就发动政变，攻入皇宫，杀死了卫绍王。这也是金王朝定都中都后的一次重大事件。

在这场政变中，主人翁胡沙虎，又名纥石烈执中。胡沙虎在金世宗大定初年充当金宫廷侍卫。金大定八年（1168 年），胡沙虎为皇太子完颜允恭护卫，任太子仆丞，后任鹰坊直长，升任鹰坊使，又升任拱卫直指挥使等职。由于胡沙虎长期担任完颜允恭侍从及东宫宫属，并被重用，所以，他与金世宗父子的关系较深，与皇太子允恭关系更是密切，深受允恭的倚重和信任。允恭的儿子金章宗当上皇帝后，同样对胡沙虎倍加重用，升他为右副都点检。后来，他被放外任，历任节度使、招讨使等重要军政职务。泰和元年（1201 年），金章宗提升胡沙虎为大兴府尹,掌握中都地方政权。

金大安元年(1209年),官任西京留守的胡沙虎与蒙古军相遇,相持不能取胜,他便趁着夜色带领数名士兵逃跑了。这时,金军得知主帅逃了,也一并溃散,并且沿路抢夺官银民物。

胡沙虎在发动政变之前,曾在紫金关开关延敌,蒙古大军涌入关中,金朝守关士兵也随之纷纷溃逃。而这时胡沙虎却跑到宫中对皇帝谎称:"大军势盛难敌,臣急来保守京城。"

皇帝完颜永济还蒙在鼓里,对胡沙虎也十分信任,并且对他的骄横和战败之事予以宽容,还赐给他金牌、任命他为右副元帅。

至宁元年(1213年)八月的一天,一个大臣匆匆来到宫中,说是有急奏上报皇帝。这个大臣见到皇帝完颜永济后,就直言不讳地报告,胡沙虎在紫金关的大败是由于受了蒙古人的贿赂,故意放敌入关的。

皇帝完颜永济听后,手重重地拍打在桌子上。显然,此时的皇帝对胡沙虎是恨之入骨,准备找适当的时候对他进行惩治。可惜的是,完颜永济知道此事后,并没有立即对胡沙虎采取什么应对的措施,无形之中给胡沙虎提供了时机。

由于在中都城内有许多胡沙虎的党羽,这个消息自然很快就传到了胡沙虎耳中。胡沙虎开始有点害怕被皇帝杀害,但后来一想,横竖都是死,已经没有什么退路可走了,因此,他笼络了数名禁卫军将领,其中有宿直将军蒲察六斤、武卫军钤辖乌古夺剌等,进行政变准备。

这时,蒙古大军已临近中都。受皇帝派遣守卫京师的胡沙虎却忙着骑马狩猎,对军务不闻不问。皇帝完颜永济得知这一情况后，十分气愤，并派人到军中对他进行指责，要他立即中止驰猎。但完颜永济也没有多想，只认为胡沙虎是玩忽职守。当时，胡沙虎正在给一只鹞子喂食，一怒之下竟然把鹞子摔死了。

胡沙虎决定发动政变。

八月二十四日一大早，胡沙虎上奏皇帝，说大兴知府徒单南平及其子刑部侍郎兼驸马都尉没烈谋反。此时的完颜永济居然还对胡沙虎深信不疑，于是下令，要他带领禁卫军前去讨伐。此时，胡沙虎手握禁卫军权，为他发动政变创造了条件。

当时，正在中都城北屯兵驻守的福海是徒单南平的亲戚，胡沙虎认为要杀徒单就得先从福海开始。那天，福海在营帐内接见了胡沙虎派遣的人。胡沙虎的人说，右副元帅请你到府中议事。福海当时想都没想就答应了，并跟着胡沙虎的人来到了胡沙虎的府上。福海刚一到胡沙虎的府中，还没明白怎么回事，就被胡沙虎的亲兵杀死。随后，胡沙虎宣布福海的兵马归他管辖。

八月二十五日凌晨，胡沙虎率领军队入城，准备杀死皇帝。当他们快到城门口时，胡沙虎担心城中禁卫军会出来阻拦，心生一计，先派一名马前卒奔往东华门，大喊："大军到了北关，已经开战了。"城内守军听了，以为是胡沙虎的军队正在城北与蒙古人开战。不久之后，胡沙虎又派了一名士卒同样去东华门叫喊。通过这种方式，让人想不到在城外防御蒙古军队的金军正在入城发动兵变。

胡沙虎的行动当时并没有引起其他人的怀疑，他命令手下的干将徒单金寿去召大兴知府徒单南平。徒单南平在金寿的带领下，骑马来到广阳门西的富义坊时，与胡沙虎迎面相遇。徒单南平正准备与胡沙虎打招呼，胡沙虎送给他的却是手中的那支长枪，他直向南平刺去，将南平刺落于马下。金寿又迅速举刀砍下，把南平的脑袋砍了下来。接着，胡沙虎又以同样的方式把南平的儿子没烈杀了。

这时，胡沙虎政变的企图才被人发现。禁卫军殿前司卫官兼关西大汉军都统完颜鄱阳、护卫十人长完颜习古乃等禁卫军将领，知道胡沙虎政变后，急召大汉军500人，抵御胡沙虎的叛军。但是禁卫军将领低估了胡沙虎。完颜鄱阳等人不仅没有把胡沙虎给抓住，自己反而被胡沙虎军所杀。

完颜鄱阳是福海的儿子，素来作战勇猛，在叛军的包围中，他亲手杀死了数十人，但自己也身负重伤，最后死在了战场上。他手下的禁卫军也全部阵亡。

金军大部队在大都城外对付蒙古军，这给胡沙虎提供了一个良机，他所带的3000余人在城内所向披靡，为所欲为。

随后，胡沙虎带兵来到东华门，要宫中守门的亲军百户冬儿、五十户蒲察六斤开门。蒲察六斤与冬儿坚决不肯顺从叛乱的胡沙虎，不开门。胡沙虎见此计不行，许诺事成之后授给他们世袭猛安、三品职事官，但冬儿与蒲察六斤还是不从。于是胡沙虎又派人去叫殿前都点检徒单渭河。渭河悄悄地从宫墙上顺着绳子下来，面见了胡沙虎，表示愿意顺从。这时，皇帝的诏书也从东华门宫墙上投了下来。诏书上说，谁杀死胡沙虎，就可以授职为大兴知府、世袭千户。

胡沙虎怕夜长梦多，决定强攻中都城。他命令军士火烧东华门，守门护卫斜烈、乞儿、春山等人不敢坚守，他们砸开门锁，迎接胡沙虎入宫。

胡沙虎入宫后，将所有宫中侍卫亲军都换成自己人，然后直奔皇帝所在的大安殿。皇帝完颜永济看着胡沙虎气势汹汹而来，知道自己的命运已经掌握在对方手中，便十分平静而又直截了当地问："让我到何处去？"胡沙虎大声回答："回你的旧府。"

皇后的心眼比完颜永济多，她知道这一去恐怕是凶多吉少。皇后担心被杀，不肯随同胡沙虎的侍卫出宫。胡沙虎命令士卒将帝、后二人强行送上车，载入卫王旧邸，并以武卫军200人严密监守。皇后的担心得到了验证，第二天晚上，胡沙虎就派人将完颜永济和皇后二人杀害。完颜永济即位的时候，叫卫王，死后的谥号是卫绍王，历史上也一直沿用后一种叫法。

胡沙虎有心政变，却无当皇帝的野心。杀死完颜永济后，自封为监国都元帅，住在大兴府内，在周围部署了大量的禁卫军，控制了宫城及中都全城。

此时，中都全城一片森严。金朝上下都把焦点聚集在到底由谁来当皇帝的事上，老百姓茶余饭后议论的也是此事。同时，掌握大局的胡沙虎对于立谁为皇帝心里也没谱。

一天，丞相徒单镒来到大兴府署，对胡沙虎说："翼王，章宗之兄，显宗长子，众望所属，元帅决策立之，万世之功也。"（《金史》卷九十九《徒单镒传》）胡沙虎一听，感觉如今之计也只好如此了，于是迎立世宗完颜雍的孙子完颜珣当皇帝。金宣宗完颜珣就这样被推上了皇位。这个皇位对于完颜珣来说来得太意外了，当时他已经是51岁的人了。

金宣宗即位后，授予胡沙虎文武最高职位，文兼太师、尚书令，武兼都元帅，同时封他为泽王。胡沙虎的弟弟被任命为禁卫军殿前都点检兼侍卫亲军都指挥使。

2. 蒙古军进攻中都之战

金卫绍王大安三年（1211年）二月，正是初春时节，蒙古大草原上还一片寒冷，但是成吉思汗的军队如同洪水猛兽一泻而下，直逼中都。

成吉思汗这次决定，要与金朝分庭抗礼。成吉思汗的号召也得到了蒙古人的积极响应。蒙古人没有忘记，自从金灭辽后，他们就连年出兵北部边地，杀戮蒙古人。

当然，成吉思汗决定与金朝分裂，还有一个重要原因，那就是金章宗死了，继位的是昏庸无能的卫绍王完颜永济。蒙古国正在对外扩张，而金统治者完颜永济昏庸无能，朝政腐败，在这种情况下，蒙金武力冲突已经是必然趋势，无法避免了。

成吉思汗的进逼，把中都城弄得十分紧张。中都城立即进入警备状态，殿前都点检军、武卫军等在中都中央禁军全部就位，准备保卫中都。

九月，成吉思汗率军攻陷了德兴府（即怀来县，在今河北怀来县东、官厅水库处）。成吉思汗的军队还没有到达中都，驻守在居庸关的将领完颜福寿就弃关逃跑了，中都也就失去了一道重要的屏障。

十月，蒙古军队不费吹灰之力就进入了居庸关，进抵昌平。

中都地区的形势变得更加紧张起来。为了保证中都城兵源，卫绍王下令，不准男子出中都城门。同时，卫绍王慌忙下令飞调各地金军入援中都，上京留守徒单镒遣同知乌古孙兀屯将兵2万入卫中都，泰州刺史术虎高琪率兵5000屯驻在通玄门外。

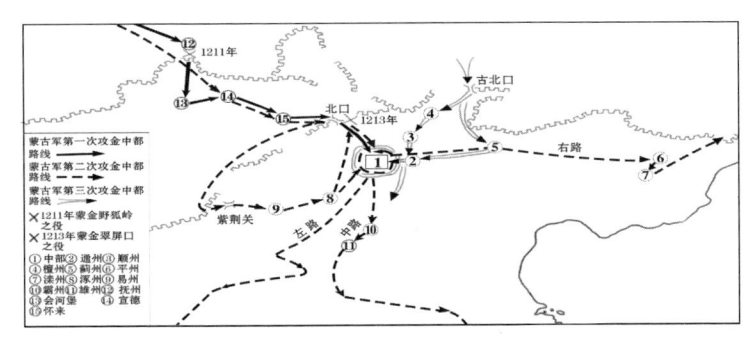

△ 蒙古军三次攻打金中都路线示意图

十二月,蒙古军进逼中都城下,城内变得一片慌乱,老百姓携家带口四处逃跑。由于城内缺粮,加之天气较冷,大都城内冻死、饿死一大批老百姓。

面对蒙古军兵临城下,金朝廷上有人主张迁都避敌,有人主张死守。主张死守的理由是,事情已经发展到这个地步了,唯有死守,真要是逃离京城,蒙古兵必然随后而至,到时连个驻足防御的地方都没有。卫绍王同意这种看法,他也认为,即使外逃,也难以逃脱,不如拼命守住都城,或许有取胜的可能。

卫绍王于是决定死守中都,并在城内对中央禁军进行作战部署。

此时,禁卫军首领们又议论守城方略。有人主张将中都城各门堵塞防敌,有人认为应该奋力作战来保卫都城,只靠城墙拒敌是没有用的。

十二月七日,蒙古军游骑到达中都城下,前锋抵达城边。金守城的禁卫军开始迎战,派将巡行城周,打击蒙军游骑。虽然禁卫军杀死蒙军游骑兵士多人,但不能远攻蒙古军。

让金朝禁卫军不安的是,当天晚上蒙古军居然在中都城下扎营。这对金朝相当不利,一是怕蒙古军采取围困战略,二是怕他们跨过护城河上的桥进入中都城。于是,大兴府的官员果断地命令禁卫军将中都城门外各护城河桥都拆毁,并把靠近中都城的民房拆除,把木料运进城中作燃料。

此时,中都城里的禁卫军首领做好了最坏的打算,并且拟订了战斗计划。他们向卫绍王提出"建巷战计"。禁卫军计划在蒙古军攻入中都城内市区时,与他们开展巷战,继续抗击。中都城内的禁卫军处于高度戒备状态。禁卫军将领和许多朝中大臣都在宫内住宿,准备应付突变。

十二月十一日,围守四天的蒙古军终于忍耐不住了,他们开始向中都城发动攻击。金禁卫军将领按原计划,诱蒙古军入城,给予打击。他们"设拒马于南柳街(中都城内街名)纵其入,已(入城)半里,以槊御之于拒马内,且纵火,烧两傍民屋。街狭屋倒,大军(蒙军)死伤甚众"(《大金国志》卷二十二《东海郡侯纪》),蒙古军中计,伤亡惨重,不得不退出中都城。不久,金朝的各路援军到达,蒙古军开始退走。

通过此役,充分体现了金中都禁卫军的胆识和智慧,他们为保卫中都城起了决定性作用。

金至宁元年(1213年)七月,蒙古军第二次对金朝展开多路进攻。

蒙古军在缙山战败完颜纲和术虎高琪的同时,成吉思汗亲自率领蒙古军向居庸关进攻。虽然守卫居庸关的仍是金朝的精锐部队,但守军已经腐朽无能,仅依靠关城的险固已无法阻止蒙古军入关。

一天深夜,居庸关守军还在酣睡时,蒙古军就攻破了关口,金朝守军大多在梦中被杀。

居庸关失陷,大批蒙古军进入中都地区,开始包围中都城。

八月,成吉思汗鉴于中都城池坚固,加之禁卫军严守,难以攻下,而内地兵力空虚,于是命令怯台、哈台二将率5000名精骑围中都,大军则分三路向南进攻。

十月,蒙古游骑到达中都近郊高梁河上的桥上。这个消息传到金朝廷,朝廷又是一片恐慌。金宣宗派人找到自封为都元帅、控制着禁卫军兵权的胡沙虎计议。经过议论,决定由胡沙虎率禁卫军与蒙古军对抗。胡沙虎果然不负众望,在高梁河(今西直门外)桥上击败了蒙军,取得了一次胜利。

第二天,由于胡沙虎受伤不能上战场,于是他派术虎高琪率金禁卫军5000人再次与蒙古军进行战斗。而这次,金禁卫军不敌蒙古军。术虎高琪因为打了败仗,并知道胡沙虎一定会将他处斩,便率禁卫军到中都城,包围胡沙虎府邸,在胡沙虎出其不意的情况下,杀死了胡沙虎,随后向金宣宗自首请罪。胡沙虎的部下见高琪的军队杀死了胡沙虎,气急之下突入中都,大杀高琪所领的兵士。

蒙古军还没有攻进中都城,中都城内的金军自己却先乱了起来。金王朝在中都地区失去了最后一点抵抗力量,从此,中都城处于蒙古军的重重围困之下,局势极为不利。

贞祐二年(1214年)三月,成吉思汗破金两河、山东90余郡后,又一次到达中都北郊。当时,成吉思汗的许多部下都劝他乘胜破中都,但是成吉思汗并没有采纳他们的建议,而是派遣使者向金宣宗勒索财物,以满足将士们的贪求。正急得不知如何是好的金宣宗见成吉思汗求和,心里自然高兴,于是派丞相完颜承晖到蒙古军营商议条件。成吉思汗向金方索要公主为妻，并要童男童女各500名、彩绣衣3000件、御马3000匹，以及金银财物一大批。为了保全自己的江山，金宣宗全部答应。四月，蒙金达成议和，蒙古军离开中都北还。

蒙进攻金中都之战，虽没有导致金朝的灭亡，却导致了金宣宗的迁都。

蒙古军北退后，虽然中都城解除了危机，但金朝廷的许多大臣认为，蒙古军虽然撤回，但仍可卷土重来，并且中都的禁卫军根本就不足以保卫中都城。

其实，在三年前蒙古军初次进攻中都时，卫绍王就想南迁都城了。今日的金宣宗，同样主张苟安避敌。于是，在金朝廷迅速形成了两派。一派是正统观念者，他们反对迁都。他们认为，要是迁都，北边就无法驻守了，并且已经议和，应该趁此机会聚兵积粮，固守京师，这是上策。他们还认为，如果离中都而去，祖宗山陵都在此地，要是有残坏，有何脸面面对后代子孙。还有一点相当重要，如果迁都，中都人心将大乱，必须坐镇中都才可以保住都城。但是他们也提不出对抗蒙古军的对策，更说不出更深刻的道理。当时，反对迁都者之中有人说，"我能往，敌亦能往……不若以宗庙、社稷之重，与国家死守，立于百战之间，得胜则因机兴复，否则固守京都，转输于中原"（《大金国志》卷二十四《宣宗纪》）。一派是主张迁都者，他们主要是为了保住自己在朝中取得的官位和利益。他们反对那种"祖宗"不可弃的主张。他们认为，中都处于敌军包围之中，无法摆脱，迁都避敌是适宜的。当时有人说，如果不迁都，中都失守，金王朝就被灭亡了；如果暂时迁都，至少还可以保住国家。

经过一番讨论，金宣宗最终决定迁都。

五月底，金宣宗下诏作迁都的准备，将金廷中央尚书省的文卷档案及贲文馆所藏书籍，分装3万车；将珠宝、玉器用骆驼3千只，载运出中都南行。金宣宗又吩咐亲王告辞皇陵、太庙，安排宗室、贵族、百官家属启行。金宣宗还下令释放宫女2400人，分别赐给无妻子的禁卫军。宫中女官，则赐嫁给了将校与其子弟。

对于中都的城防，金宣宗委任都元帅完颜承晖、平章政事兼左副元帅抹撚尽忠和皇太子完颜守忠共同负责。

金宣宗迁都表面上看似乎保住了金王朝，其实这也是金王朝走向灭亡的开始。

中国御林军 辽、金、元、明、清、北洋时期 北京禁卫军

第三章

元代大都（北京）御林军

元朝是中国历史上第一个由少数民族——蒙古族建立的统一王朝。在成吉思汗统一蒙古各部之初，挑选蒙古千户、百户、十户长及平民子弟80人为宿卫，70人为护卫散班，负责汗帐的警卫。成吉思汗建蒙古国后，从蒙古各千户中征召1万名精锐之士组成"怯薛"（蒙语为番直宿卫意），分编为宿卫千户、箭筒士千户、护卫散班八千户，分四番轮流宿卫大汗宫帐及管理汗廷的各种事务，号为"四怯薛"，由博尔忽、博尔术、木华黎、赤老温4位开国功臣统领，并以其子弟世任"怯薛长"。元世祖忽必烈即位后，改国号为"大元"，定都大都（今北京），而把原来设的都城上都（今内蒙古正蓝旗东北）作为每年夏秋季节消暑的行都。蒙古统治者建立了一个庞大的防卫专政体系，以保卫皇帝、宫廷和京都的安全。中统四年（1263年），忽必烈设枢密院掌全国军事机要，负责宫禁宿卫。在沿袭成吉思汗旧制以"四怯薛"轮番入卫宫廷的同时，另建了强大的侍卫亲军，分屯于大都、上都周围，分别担负宫廷与都城的警卫。侍卫亲军初称武卫军，约3万人。后改称侍卫亲军，分置为前、后、左、右、中五卫。后又增设了由汉人、色目人、蒙古人等分别组建的唐兀卫、左右钦察卫、贵赤卫、西域卫、左右阿速卫、左右翊蒙古侍卫、隆镇卫、武卫、康礼卫、宗仁卫、龙翊卫、宣镇卫、宣忠斡罗思扈卫等近三十卫，各卫由亲军都指挥使司领率，统军万余人左右，直隶于枢密院管辖。此外，还有东宫、后宫侍卫亲军左右都威卫、左右卫率府、卫侯司等，专门担负东宫太子和皇太后隆福宫的警卫。随着禁军数量愈来愈多，根据任务，元廷又创建了围宿军、仪仗军、扈从军、看守军、巡逻军等。围宿军主要担负皇帝游猎时的护卫和大朝会时的围宿，仪仗军担负皇帝举行祭告天地、宗庙等重大庆典时的礼仪，扈从军担负皇帝出行时的车驾扈卫，看守军担负皇室仓库的守护，巡逻军担负都城的治安巡逻。元朝作为中国历史上第一个由少数民族建立的政权，虽然以军事上的优势取得了入主中原的资格，但是在它存在的 98 年中，御林军体系远不够完善，管理上存在许多疏漏，这对于元朝本身的巩固和绵延是极为不利的。

一、元大都城池防御体系的新建

1. 忽必烈为何迁都燕京

十二世纪末十三世纪初的时候，中国北方的又一个游牧民族——蒙古族的势力越来越强盛。蒙古族在唐朝时候被称为"蒙兀室韦"，原来活动在今黑龙江额尔古纳河一带，公元 8 世纪的时候开始西迁，游牧于斡难河和怯绿连河之间。到 12 世纪的时候，由于铁制工具的使用和畜牧业的发展，再加上辽金以来中原地区先进文化的影响，蒙古族的社会经济有了显著的发展。金泰和六年（1206年），铁木真正式建立了蒙古政权，在斡难河上即位蒙古大汗，被各部尊称为成吉思汗。蒙古统一以后，以成吉思汗为首的蒙古贵族就开始向南方发动大规模的战争。金大安三年（1211年），蒙古军队大举进攻金国。两年之后，他们又分三路南下，一度包围了中都城，还占领了中都城以南大平原上的一些地方。第二年，蒙古军队再次包围了中都。金朝为了逃避蒙古军队的威胁，无奈地将都城南迁到汴梁（今河南开封）。此时的金朝已经腐朽不堪，军队也是毫无战斗力可言了。金贞祐三年（1215年），也就是金朝迁都汴梁的第二年，蒙古骑兵顺利地突破南口一带的天险，占领了中都城。不过，当时的成吉思汗没有在这里建立都城的打算，因此在兵荒马乱之中，中都城内金代皇宫的大部分建筑被大火烧成一片废墟，只有中都南面的建春宫和东北面的万宁宫在蒙金战争中破坏不是很严重。

40多年后，成吉思汗的孙子忽必烈继承了汗位。中统元年（1260年），忽必烈抱着消灭南宋、统一中国的勃勃雄心，从蒙古高原的都城和林来到燕京城。虽然此时城中的宫殿已经是一片废墟，但忽必烈还是十分喜欢这个有山有水、环境幽雅的地方，并决定将这里作为自己的行宫。于是忽必烈决定在旧金中都城的东北郊外选择新址，营建一座新都城。此时，忽必烈经常在万宁宫广寒殿召见官员，听取报告，决定军政大事，并接见来自海外的各国使节。此外，他还经常在这里举行重大的庆典活动。万宁宫实际上已经成为蒙古统治者的临时皇宫。

但真正让忽必烈决心迁都燕京的还得从如下几个方面考虑：

一是从军事战略价值考虑。这对于维系蒙古的统治地位相当重要。汗国的政治中心仍然是草原上的和林。但燕京却是蒙古统治者控制华北、中原的重要据点。这里地势十分理想，西北群山环抱，形势险要，易守难攻；东南一马平川，便于调动兵力，控制中原的政局。当年，忽必烈与留守在和林的弟弟阿里不哥进行汗位争夺的时候，忽必烈就是以燕京为基地，在东部诸王和汉人军将、儒士谋臣的支持下，打败代表草原贵族保守势力的阿里不哥。忽必烈认识到燕京战略地位的重要性，于是决定在燕京"修建宫室，分立省部"，以兼顾对华北、中原地区的统治。至元元年（1264年），忽必烈把燕京改名为中都，府名仍旧作大兴。

二是从经济环境考虑。燕京地区农、牧、手工业的生产比较发达，矿产资源丰富，纺织业也发达。

三是从历史文化基础考虑。早在周朝，燕国就雄踞这里。后来，历经秦汉至隋唐的多次朝代更替，这里始终是北方最重要的军事重镇。特别是在辽、金时期，这里的地位更加重要。辽朝把这里作为四大陪都之一的南京，金朝更是在这里大力经营，扩建城垣、宫室，立为中都，作为统治中国北方的中心。

四是从政治地位的特殊性考虑。忽必烈在战胜阿里不哥之后，要维护自己的统治地位，仍然需要得到幽燕地区的人力、物力大量支援。同时，忽必烈如果要向内地扩展自己的大本营和指挥部，燕京也远比上都便利得多。

2. 大都城池防御体系的新建

中统年间，大臣刘秉忠开始受命负责营建燕京的皇城、宫殿。刘秉忠等人经过周密的勘察、规划，最后确定以万宁宫为中心来兴建新都城。大都城的新建，不仅要考虑实际，还要充分考虑以后禁卫军的防御。

为何最后确定以万宁宫为中心来兴建新都城呢？史料为我们提供了这个答案。

第一，在旧中都城内兴建皇宫，已经不可能了，因为无法将大量居住在原皇宫区的老百姓全部迁走，即使能够强迫他们迁移，其拆迁工程的耗费也十分大，远远超过另建新宫城的费用，得不偿失。

第二，旧中都城的东面和南面，地势低洼，一片沼泽池塘，而西北面又有浑河（即卢沟河）流过，经常泛滥成灾，都是不利于建新城的因素。

刘秉忠在赵秉温等人的辅助之下，经过充分准备，将燕京地区的山川形势、新都城的规划等，绘成图册，又将修造兴建的方法写成条文，一起上奏给忽必烈，并得到了批准。

元大都的兴建，在北京城市发展史上是一个极其重要的转折点。它放弃了莲花池水系上历代相沿的旧址，而在它的东北郊外选新址，重建新城。由此可见，元大都的兴建，标志着北京城址的转移，这在北京城市发展史上无疑是一件值得人们关注的大事。

元大都的规划蓝图十分宏伟，是在科学调查、测量的基础上设计完成的。当时的设计者首先进行了详细的地形、地质和水系的勘探、测量，然后又按照《周礼·考工记》的设想进行了总体规划。元大都的规划是基于两点考虑的：一是水源。金代的大宁宫紧邻太液池。太液池北面有一个面积很大的湖泊，也就是今天的积水潭，这两个湖泊与高梁河相通，高梁河水比较充沛。以太液池、积水潭为中心建筑大都城，元朝政府从江南征收的数以百万石计的粮食就可以通过运粮船直接运到积水潭，以供应皇帝、官吏、军队的用粮。当然，充足的水源对于大都城的市民来说更是十分需要的。第二个考虑就是符合礼制。这一点对于一个大国的首都来说也是至关重要的。《周礼·考工记》中说："匠人营国，方九里，旁三门，国中九经九纬"，"左祖右社，面朝后市"。按此说法，帝王的国都应该是一座正方形的大城，形成九条南北大道、九条东西大道纵横交错的布局。在朝廷的左方设立太庙，右方设立社稷坛，都城的正南方为朝廷所在地，正北方设立集市。这个设计方案集中体现了皇权至上的思想，为中国历代王朝规划建设首都时所遵循。

至元四年（1267年），元大都正式开始营建。至元九年（1272年），改中都为大都，并定为元朝的京都。至元十三年（1276年），大都都城基本建成。至元三十年（1293年），完成了大都东连通州的通惠河与贯通南北的经济大动脉大运河相接，至此整个大都的营建工作才算最终完成。

3. 大都城的防御设施

元大都城的平面布局基本上是一个正方形，城区南北长7400米，东西稍短，为6650米。周长28.6千米，城区面积50平方千米。元大都东、西城墙的位置与明清北京城东、西城墙的位置相同，只是在北端约延长5里，南端约缩短1里。元大都的南城墙在今天北京的长安街一线，元大都的北城墙在明清北京内城北墙北面约5里处。元大都共有城门11座，其中东、南、西三面各三座，只有北面是两座。不过，元大都城墙为土城，我们现在还可以看到部分北土城遗址。

在城门外都修有瓮城和吊桥。大城内为皇城。皇城以万岁山、太液池为中心。开始的时候，皇城并无城墙，仅以侍卫亲军环列守卫，后来以砖石修了一道长10千米的围墙，高度比大城矮，俗称红门阑马墙。

元朝大都军事防御体系集中体现在城墙、皇城等的修建上。虽然元大都的城墙是用夯土筑成的，但却修建得宽而高。城墙最下端，宽约24米，城高约16米，顶部宽约8米。在每个城门的上端，以及两门相隔的中间，都有一个漂亮的建筑物，也就是箭楼。所以，每边共有5座这样的箭楼。楼内有收藏守城士兵武器的大房间。城门上的箭楼面阔3间，进深3间，地面用砖铺砌，旁边有砖砌水池，主要是用来防御火攻。在城墙上端，沿中心线部分，还铺设了半圆形瓦管。

皇城内，在大小宫殿之间，都建有负责警卫的宿卫直庐。如太液池西岸的隆福宫后、兴圣宫前，建有宿卫直庐40余间。此外，还有散置直庐20余间，分布在兴圣宫的四周，供负责守卫太液池西岸的士卒居住。

这些都是基于防御而考虑的。

值得一提的是，元朝统治者在征调大批百姓从事宫室营造的同时，还动用了大量服军役的士卒，特别是常年驻守在大都附近的门卫汉军，更是经常参加宫殿、城墙的修造。每到兴工的时候，少则数千人，多则数万人，成为兴建大都城的重要力量。特别是至元二十六年（1289年），又抽调各卫汉军，共1万人，另立武卫亲军都指挥使司，专职宫殿的营缮工程。

二、元大都警备机构

1. 大都留守司

大都留守司是大都城的守卫机构。

元朝定都大都后，仿照上都留守司的体制，于至元十九年（1282年）设大都留守司，负责营建和修缮宫室，造作御用器物，掌守卫宫阙都城、门禁关钥启闭的事情。大都留守司下辖大都城门尉和武卫亲军1万余人及巡军，分别负责门禁启闭、治安巡逻等任务。当皇帝离开皇宫出巡上都时，留守司就负责皇城的警卫，派兵截断皇宫大内与隆福宫之间的水上桥梁，严禁闲杂人员乘虚而入，并指挥武卫亲军整修皇宫内苑。当皇帝驾回大都后，就立即停止修建工程。宫内外的警卫任务也由宿卫亲军接管。于是，在元朝流传着这样的谚语："闭门留守（指帝王出游，宫门关闭），开门宣徽。"

大都城门尉掌门禁启闭管钥的事情。大都有城门11座，南面为丽正（今天安门南）、文明（今崇文门北）、顺承（今宣武门北）；西面为平则（今阜成门）、和义（今西直门）、肃清（明朝时废毁）；北面为安贞（今安定门北）、健德（今德胜门北）；东面为光熙（明朝时废毁）、崇仁（今东直门）、齐化（今朝阳门）。大都门禁森严，早上开，傍晚的时候关，夜间有急事要出入的，奉差官要携"夜行象牙圆符"和"织成圣旨"为凭据,门尉辨验明白后才能开门。如果只有"夜行象牙圆符"而没有"织成圣旨",无论何人都不能开门,违者处以死刑。

同时,属大都留守司管辖的巡军还和大都路总管府所属的大都路兵马都指挥使司共同负责大都的治安管理。

至正十八年(1358年),红巾军毛贵部北伐大都,逼近京师。元廷为加强大都守备,于京师四隅都设大都分府,其官吏数比都府减少了一半。

2. 大都路兵马都指挥使司

大都路兵马都指挥使司是京城的警备机构,主要负责盗贼、奸伪捕捉、审讯的事情,隶属于大都路都总管府。设都指挥使2人,属于秩正四品官员;副指挥使5人。下属有知事、提控案牍及衙吏16人。

至元九年(1272年),元朝刚刚定都大都,元廷就决定由千户所改置大都路兵马都指挥使司,隶属于大都路,以刑部尚书1人提调司事。凡刑名则隶宗正府,且为宗正府之属。五年后,大都路兵马都指挥使司分为南、北两司。北兵马司官衙所在地今仍称北兵马司,南兵马司官衙设在通真观的南边。

至元二十九年(1292年),南、北两司设置都指挥使为长。

延祐五年(1318年),南、北两司各增置指挥使,色目人、汉人各2名。南城兵马司统领弓手1400人;北城兵马司统领弓手795人。

3. 左、右警巡院和大都警巡院

左、右警巡院和大都警巡院是大都城治安管理机构,隶属于大都路都总管府。元朝在还没有定都大都时的至元六年(1269年)，就沿袭金朝旧制，在中都城内设左、右警巡院，负责城市治安，设置达鲁花赤、警巡使各1人，副使、判官、典吏各3人，司吏25人。

至元十二年（1275年），大都新城基本完工后，在新城设大都警巡院。至元二十四年（1287年），左、右警巡院迁到新城，分别掌管东、西两城的治安，并撤销大都警巡院。左、右警巡院官衙位于鼓楼东大街大都路都总管府西边。大德九年（1305年），又在旧南城重置大都警巡院，主要用来治理都城南边的安全。大都警巡院设达鲁花赤、警巡使各1人，副使、判官、典史各2人，司吏20人。其官衙位于延祥观之西的原教寺内。

至正十八年（1358年），元廷为加强都城治安，在大都城四隅各设警巡分院，官吏比本院减少一半。

三、元大都中央禁军

1. 怯薛

怯薛，是中国历史上蒙古大汗、元朝皇帝直接掌握的中央禁卫军。蒙古帝国在对外战争中之所以能够胜多负少，称雄漠北，南征西讨，扬威万里，他们依仗的就是强弓健马、骁兵悍卒。因此，他们对于军队的组织及管理十分重视。

铁木真统一蒙古各部之初，他从蒙古千户、百户、十户长及平民子弟中挑选有技能、身材好的80人作为宿卫，70人作为护卫散班，合称为"怯薛"，负责保卫大帐的安全。后来，又从各部中选1000名勇士，作为护卫军。

蒙古建国后，成吉思汗将怯薛扩充为1万人。怯薛分为四番护卫大汗，每番值宿三昼夜，称为"四怯薛"。由于"四怯薛"负责成吉思汗的日常生活和人身安全，所以四怯薛分别由成吉思汗最亲信的将领统领。"四怯薛"刚刚组建的时候，分别由博尔忽、博尔术、木华黎、赤老温统领，称为"四怯薛长"。

怯薛内部是如何分工的呢？

宿卫千户，由成吉思汗四大斡耳朵（四个皇后的宫帐）的侍从组成，规定不得超过1000人；箭筒士千户，由箭筒士1000人组成，担负蒙古大汗的护卫、环卫；散班8千户，由散班8000人组成。

到成吉思汗晚年的时候，怯薛已经发展成拥有12.9万人的庞大队伍，不仅担负着宿卫，而且还成为其亲自掌握的战略机动部队。后来，历代蒙古大汗都沿袭了成吉思汗的旧制，怯薛由大汗直接指挥，负责大汗的生活和警卫工作。

元世祖忽必烈即位之初，由于与他的弟弟阿里不哥争夺帝位的斗争中，原蒙古大汗的怯薛已经基本解体，于是对蒙古大汗的宿卫组织进行了重大改革。忽必烈从属下的蒙古各千户中征集一批宿卫士重建怯薛，使其达到了万人的定额，并设立武卫军为新的中央禁卫军。重建的怯薛仍实行四怯薛轮流值班制度，负责皇帝、后妃的安全，承担宫廷的各种服侍事务，只有皇帝亲自出征时才随从出战。全国统一后，色目人、汉人和南人大量涌入怯薛，朝廷屡禁不止，怯薛万人定额常常被突破，有时多达一万五六千人，加上随行人员和私属人员，整个怯薛组织高达五六万人。后来虽然不断裁减，但到至顺三年（1332

年）时，怯薛还有1.3万余人。

元廷为加强对怯薛的管理，除要求他们认真服侍皇帝和皇室人员外，还对其制定了一些必须遵守的规定，大致包括以下内容：（1）诸掌宿卫，三日一更直，掌四门之钥，昏闭晨启，毋敢不慎。（2）诸汉人、南人投充宿卫士，总宿卫辄收纳之，并坐罪。（3）随驾出行的怯薛歹，不得害稼扰民。（4）禁卫士不得私衣侍宴服及以质于人。（5）诸宿卫入直，各居其次，非有旨不得上殿，阑入禁中者坐罪。（6）四宿卫尝受刑者，勿令造禁庭。（7）累朝行帐设卫士，给事如在位时。但元廷对怯薛的管理成效不大，除了维护正常的番直宿卫外，对于怯薛歹的擅招私属人口、恃宠专权、欺凌乡里乃至于公开行盗，几乎无人过问。泰定元年（1324年）有人上奏朝廷："比年游惰之徒，妄投宿卫部属及宦者、女红、太医、阴阳之属，不可胜数，一人收籍，一门蠲复，一岁所请衣马刍粮，数十户所征入不足以给之，耗国损民为甚。"又有人指出："怯薛回家去，一个个欺凌亲戚，藐视乡里。"还有人作诗揭露怯薛行盗的行为："怯薛儿郎年十八，手中弓箭无虚发。黄昏偷出齐化门，大王庄前行劫夺。通州到城四十里，飞马归来门未启。平明立在白玉墀，上直不曾误寸晷。两厢巡警不敢疑，留守亲戚尚书儿。官军但追上马贼，星夜又差都指挥。都指挥，宜少止。不用移文捕新李，贼魁近在王城里。"

2. 五卫亲军

武卫军是忽必烈改革蒙古大汗宿卫组织时新成立的中央禁军，也是五卫亲军的前身。

中统元年（1260年）四月，忽必烈征调中原汉军各万户手下精兵6500人赴京宿卫，所采用的就是金朝京师防城军的名称，定名为武卫军。两年后，忽必烈感觉武卫军存在老弱疲软的问题，决定改编武卫军。忽必烈命令都指挥使李伯祐裁汰老弱病疲军士，精选军中锐士进行补充，将武卫军扩充为3万人左右，设都指挥使、副都指挥使统领，下置千户、百户等职。武卫军驻防在都城内外，负责整个京师的安全，并作为中央常备主力军。

至元元年（1264年）十月，忽必烈将武卫军改称为侍卫亲军，并分置左、右翼，即左、右翼侍卫亲军。左、右翼侍卫亲军职官设置与武卫军的相同。武卫军改建为侍卫亲军后，陆续从各地汉军中抽调精锐士兵进行补充，总人数一度达到5万人。他们之中的一部分参加对宋作战，一部分主要担负屯田和京师巡逻。由此不难看出，侍卫亲军的兵员主要包括蒙古、汉族、女真族三个民族。

至元八年（1271年），忽必烈对侍卫亲军进行了改编，将侍卫亲军分为右、中、左三卫亲军。各卫设有侍卫亲军都指挥使统管，掌宿卫扈从，并兼营屯田，国家有大事的时候则守卫和打仗。这时，部队的民族成分和指挥管理也打破了单纯由汉军组成的卫军体系，蒙古军士、色目人、新附军都编入了卫军。不过，这时却是由蒙古将领出任都指挥使，指挥权由汉人将领手中移到了蒙古贵族手中。

至元十六年（1279年）二月，忽必烈又在原左、右、中三卫军的基础上，增置前、后二卫编成，于是亲军扩充为五卫。不过，封建时代的帝王总是带有一定的封建色彩，增加到五卫，为的是"以象五方"。四月,五卫亲军补充了参加征宋战争的部分汉军和扬州行中书省选新附军精锐 2 万人。

至元二十四年(1287 年)十月,忽必烈决定增选巩昌总帅汪惟和麾下的锐卒 1000 人。此时,各卫定制设都指挥使 3 人,秩正三品;副都指挥使 2 人;佥事、经历、知事各 2 人;照磨 1 人及令史、译史、通事、知印等吏员。辖镇抚所 1 个,行军千户所 10 个,弩军千户所 1 个,屯田左、右千户所 2 个,百户共 250 人,蒙古字教授、儒学教授各 1 人,统军 1 万余人。五卫归枢密院统辖,衙署位于枢密院官衙外仪门内,部队则分别部署在大都城的南面。

刚开始的时候,统治者还是想尽力提高亲军战斗力,并把元廷颁布的群众纪律当做军人的行为规范。当时的群众纪律主要有 7 条:(1)禁止军马扰民:随处军马,有久远营屯,或暂时经过,并从官给粮食,辄妨扰农民,阻滞客旅者。(2)禁止掳掠良民:军马征伐,掳掠良民,凶徒射利,掠卖人口,或自贼杀,或以病亡弃尸道路,暴骸沟壑者,严行禁止。(3)禁止吓取钱物:诸军官辄纵军人诬民以罪,吓取钱物而分赃自厚者,计赃科罪,除名不叙。(4)坐视不救罪:民间失火,镇守军官坐视不救,而仅纵军剽掠者,从台宪官纠之。(5)辄断民讼罪:诸军官辄断民讼者,禁之,违者罪之。(6)挟仇犯分罪:诸军官挟仇犯分,辄持刃欲杀连帅者,杖六十七,解职别叙。(7)求索酒食、践踏田禾罪:诸镇守蒙古、汉军,各立营所。无故辄入人家,求索酒食,放纵马匹等食践田禾桑果者,罪及主将。但军队骚扰民间、武备废弛的现象仍长期存在。元廷根据军队实际情况,颁布了一系列律令法规,约束军队扰民行为,形成了一套比较完整的军律体系。但是到元朝中后期,亲军军纪败坏,军官欺压士兵,官兵矛盾激化。元廷虽然制定了军纪,但有效约束军队的手段极其有限,无法制止亲军的违纪现象。再加上后来征入军队的新兵,大多为游手好闲、地痞流氓之辈,甚至出现了士兵"白昼挥刀戟走市,怖人夺赀货""纵火焚庐舍,横甚,自郡守以下皆畏噤不敢治"的现象。虽然朝廷对亲军屡次进行整顿,但仍不能彻底整肃军政,以致亲军放任自流,继续腐败涣散,难以整治。当然,这一现象在当时的元朝军队中普遍存在。当时有人说:"元朝自平南宋之后,太平日久,民不知兵。将家之子,累世承袭,骄奢淫佚,自奉而已。至于武事,略之不讲,但以飞觞为飞炮,酒令为军令,肉阵为军阵,讴歌为凯歌。兵政于是不修也久矣。"

3. 诸卫亲军

东宫侍卫

至元十一年(1274年),基本上已经稳定全国的忽必烈也开始为皇太子真金着想,为真金建立了东宫。至元十六年(1279年)七月,忽必烈从新扩充的侍卫亲军中拨1万兵力归皇太子真金,并设立侍卫亲军都指挥使司,于是东宫侍卫军开始出现在历史上。由于东宫卫军大多是汉军和附军,所以"五卫"合称为"六卫汉军"。然而,真金还没有当上皇帝,就去世了。不过这支保卫皇太子达十年之久的侍卫亲军并没有被撤销,而是在成宗即位后改为左都威卫,划归皇太后隆福宫,担任后宫卫军。

左都威卫

至元三十一年（1294年）八月，东宫侍卫改称为左都威卫，担负皇太后隆福宫的后宫卫军。其设卫使3人（秩正三品），副使2人，佥事2人，以及经历、知事、照磨等官；辖镇抚所、行军千户所、屯田千户所、弩军千户所及资食仓等，设镇抚2人、千户6人、百户60人，统领军队三四千人。衙署设在城内、宫城之西的隆福宫中。

到至正十三年（1353年）六月的时候，元朝历史上最后一个皇帝顺帝立爱猷识里答腊为皇太子，以左、右都威卫归属其下，左都威卫于是又复为东宫卫军，担负保卫皇太子的任务。

东宫蒙古侍卫

中统三年（1262年），设五投下探马赤军，由蒙古探马赤总管府统辖。至元二十一年（1284年），拨归皇太子东宫，作为东宫侍卫军。几个月后，改总管府为蒙古侍卫亲军指挥使司。但是东宫蒙古侍卫仅保卫了皇太子一年时间，皇太子便去世了，它也被划归到皇太后隆福宫，担负后宫卫军，并改称为右都威卫。

右都威卫

至元三十一年（1294年）八月，东宫蒙古侍卫改为右都威卫，担任皇太后隆福宫的后宫卫军。其设卫使3人（秩正三品），副使2人，佥事2人，以及经历、知事、照磨等官；下辖镇抚司、行军千户所、屯田千户所、广贮仓等，共统军3000人左右。衙署也设在皇城内、宫城之西的隆福宫中。至正十三年（1353年）六月，右都威卫复改为东宫卫军。

左、右卫率府

至大元年（1308年），武宗刚刚当上皇帝，就立爱育黎拔力达（即后来的仁宗）为太子。同时，武宗命令从江南行省万户府选精锐汉军万人，立卫率府，为皇太子的东宫卫军，保卫皇太子的安全。

然而，当爱育黎拔力达由皇太子当上皇帝后，并且在已经立下硕德八剌为皇太子的情况之下，仍没有把东宫卫军交给皇太子，仍作为自己的私属卫军。

延祐四年（1317年）五月，卫率府改称中翊府，不久又改称御临亲军都指挥使司；第二年十月，再改称羽林亲军都指挥使司。

延祐六年（1319年）六月，又将羽林亲军拨给了东宫，设置左卫率府。七月，又以者连怯耶儿万户府和迤东、女真两万户府及右翼屯田万户府兵，合编设立右卫率府，隶属皇太子，充东宫侍卫军。左、右卫率府其长称率使，左卫率府额设3人，右卫率府额设2人，都是正三品。同时，设有副使、佥事等官。左卫率府辖镇抚所、行军千户所10个和弩军千户所、屯田千户所3个，设镇抚2人、达鲁赤14人、千户14人、百户270人和蒙古字教授、儒学教授、阴阳教授各1人，统军1.5万人左右；右卫率府辖镇抚所、千户所5个，设镇抚2人、千户5人、百户45人、儒学教授1人，统军两三千人。

后来，英宗即位后，把左、右卫率府划归枢密院管辖，不再作为东宫卫军。左、右卫率府衙署位于枢密院官衙外仪门内。

卫侯司

这是一支典型的后宫卫军。

至元二十年（1283年），皇太子真金招集控鹤135人，由储政院府正司统领，担任后宫宿卫。十年后的至元三十年

（1293年），改隶家正司。第二年又改隶于徽政院，并增加控鹤65人。这年七月，又立隆福宫卫侯司统领，兼掌东宫仪从金银器物，设卫侯1人、副卫侯2人，以及仪从库百户等官。

元贞元年（1295年），皇太后复以晋王校尉100人隶之。到大德元年（1297年），有控鹤700人。大德十一年（1307年），复增怀孟从行控鹤200人，卫侯司升置为卫侯直都指挥使司，秩正四品。至大元年（1308年），又增控鹤百人，总600人，设百户所6个。

至治三年（1323年），元廷废除卫侯司。不过到泰定四年（1327年）三月复置，以控鹤630人归中宫位下，设达鲁花赤、都指挥使、副都指挥使各2员，辖百户所6个及仪从库。但是卫侯司刚刚复设了一年，又被废除。到天历二年（1329年）九月，再立卫侯司，隶属于储政院。

武卫亲军

这是元朝中央禁卫军一支承担京师各项土木工程和屯田等事务的军队，相当于现代军队中的工程兵。

至元二十五年（1288年）十月，以六卫汉军中各抽1000人（共6000人）、屯田军3000人、江南镇守军1000人，合兵1万人组成，在大都立虎贲司统领，主要进行屯田和修城池。尚书省想将他们划归大都留守司，专门修城池，遭到枢密院反对。

第二年正月，改虎贲司为武卫亲军都指挥使司，主要进行京师各项土木工程修建和屯田任务。武卫亲军都指挥使司设达鲁花赤1人，都指挥使3人，都是正三品；副都指挥使、佥事各2人。衙署就设在枢密院官衙久仪门内。部队也驻在大都城的南面。

4. 围宿军

围宿军是元朝中央禁军中担负皇帝游猎时警戒和大朝会时护卫围宿的部队。

至元二十六年（1289年）七月，元世祖忽必烈从大都侍卫亲军中选取了1万名精锐士兵赴上都，作为皇帝游猎时的警戒亲军，称为围宿军。上都开平府是忽必烈最早即位皇帝的地方，他对此地有着深厚的感情，定都大都以后，他每年都要到上都游猎，因此围宿军成为一支十分重要的亲军。

围宿军在创建之初，职责比较专一，只用于皇帝游猎时护卫营帐、随从狩猎。到元成宗时，围宿军除了护从皇帝游猎之外，主要用于大朝会时护卫围宿，后一种职能上升到第一位。

忽必烈时代，由于皇城没有修建城墙，大朝会举行时，朝廷调动大量的禁卫军作为人墙，护卫在外围警戒。元成宗即位后，皇城已经筑起了城墙，围宿任务相对减弱，只需围宿军承担。围宿军沿着皇城墙的南、北、西三面排列，而东面由于地域狭窄，无法排列卫士，便设立了戍楼，以供围宿和警戒。

后来，围宿军的职能又有所扩大，增加了护卫皇宫的职能。至大四年（1311年）正月，元朝第三任皇帝元武宗病逝，身为皇位继承人的受育黎拔力八达为了防止意外发生，下令在大朝会时，调拨蒙古、汉军3万人以备围宿。这年四月，受育黎拔力八达顺利即位，是为元仁宗。他即位后，又从山东、河南、河北、淮北各路军中精选锐士送往京师，以备入选围宿军，并命都府、左右翼、右都威卫等军士选充围宿军，整顿军容、器仗、车骑，以确保大朝会时军容雄壮，体现出王者之师的威仪。

延祐三年（1316年），元仁宗在诸侯王入朝拜见之前，围宿军由六千人增加到一万人。一万人的围宿军建成后，主要分为左、右两部分，仁宗任命也了干将军和秃鲁将军分别统领。不久后，仁宗又决定从色目人中增选一万名壮勇入充围宿军，以备皇宫禁卫。这次调集入京的壮勇因地区较远，一部分人没能及时到达，人数没有达到皇帝的要求，枢密院又建议，从割苇草和建青塔寺的工役中选拔壮勇补充，同时再选各卫军士 2.5 万人，备好车马、器械到京师入充围宿军。仁宗同意了这一奏请，并任命官任知枢密院事的众嘉兼领扩建后的围宿军。但是，仁宗从当时的形势和维护皇权的角度考虑，对围宿军的规模仍不满意，于是又将五卫军卫士增补进围宿军中，负责朝会禁卫，以千户 2 人、百户 10 人统领。

后来的元英宗对围宿军也十分重视，待遇优厚，还在皇城内营建了围宿军士房舍 25 楹。

5. 扈从军

至元十七年（1280 年），元世祖忽必烈从抄儿赤将军所领的河西军中选拔壮勇，组建了专门扈从的禁卫军。不久后，他又抽调阿鲁黑将军手下的精锐士卒 200 人，增补扈从军。

元朝扈从军人数最盛时，是武宗年间。至大二年（1309 年），武宗游幸上都，为此精选了 6000 名卫士组成扈驾军，随同出行。此后，以这次的扈驾为参照，定为制度，规定今后以 6000 人备充皇帝车马仪仗，并增加步卒 2000 人扈从。于是，武宗年间扈从军猛增到 8000 人。

6. 仪仗军

仪仗是指古代帝王、官员等外出时护卫所持的旗帜、伞、扇、武器等，也指国家举行大典或迎接外国贵宾时护卫所持的武器，以及游行队伍前列举的较大的旗帜等。仪仗队则指由军队派出的执行某种礼节任务的小部队。仪仗司礼是历朝历代中央禁卫军所担负的一项重要任务，故将仪仗与卫兵合称为"仪卫"。其主要任务是在皇室举行各种重大庆典、祭典、出行时及在殿廷之上，布列声势浩大的仪仗队，以昭示皇权至高无上的地位及威仪，同时也起到保卫皇帝安全的作用。

北京自辽代建陪都以来，其仪仗司礼频繁。辽会同元年（938年），后晋将中原皇帝的仪仗队用品呈献给辽，自太宗耶律德光始，使用汉仗卤簿。耶律德光两次巡幸燕京，均备卤簿仪仗。当时的卤簿仪仗由步行擎执、坐马乐人、步行教坊人、御马牵拢官、御马、官僚马牵拢官、坐官挂甲人、步行挂甲人，以及诸职官等组成，人数达到了4239人，马匹达到了1520匹。

金朝皇帝的仪卫模仿宋朝。仪仗由殿前都点检督摄，设宣徽院掌管。宣徽院设左、右宣徽使为长，同知宣徽院事为副。执掌仪卫的士卒有护卫、亲军、弩手等。仪仗分立仗、行仗。立仗有殿庭内仗、殿庭外仗，在举行大礼、大朝会时布列，每次人数少则3000人，多至7548人，马8198匹。

元世祖忽必烈定都大都以后，为了出行安全和昭示皇权的威仪，设跸街清路军，负责皇帝重大礼仪活动前的跸街清路。至元十二年（1275年）十二月，元世祖准备举行祭告天地、宗庙等重大礼仪活动，下令从左、中、右三卫中精选锐士50人组成清路军。

武宗时，又在清路军之外，增建内外仪仗军，用于布列殿廷仪仗。至大二年（1309年），朝中举行典礼，武宗接受文武百官奉上的尊号，百官向皇帝朝贺。这次，仪仗禁卫军有1000人参加了典礼。第二年，皇太后接受皇帝敬献的尊号，典礼上的内外仪仗军成为一道美丽的风景线，其中还有五色甲马军200人，以壮威仪。

至治元年（1321年），英宗又对仪仗军进行了增补，选控鹤卫士、色目、汉军中的壮勇充当卤簿仪仗军。仪仗军设万户、千户、百户等武官45人，统领精选的仪仗卫士2300人。文宗祭祀太庙时，使用五色甲马仪仗军1650人；在生日时，使用仪仗军1000人；在册封皇后时，使用仪仗军1200人。

四、元代宫廷内卫大事

1. 王著刺杀阿合马

至元十九年（1282年）三月初的一天，忽必烈带着皇太子真金巡幸上都。忽必烈走的时候，把大都的安全保卫工作全部交给了他自认为"明天道、察地理、尽人事"的宰相阿合马。但是蒙在鼓里的忽必烈并不知道，他身边的这个宰相已经激起了民愤，并且到了一触即发的地步。

阿合马的出现与财政管理有关。元朝刚刚建立的时候，财政大事分为两部分管理：中原地区的由耶律楚材主管；西域等地则由麻合没的滑剌西速主管。此后，西域理财的各大臣，如忽都虎等人，也先后被调入大都，主管中原地区的财政。但西域与中原毕竟是有所区别的，不管是在生活习性上，还是在工作方法上，都有所不同。众多的不同，又不善于求同存异，于是矛盾就出来了，双方几乎是水火不相容。忽必烈即位后，西域地区的财政已转归诸汗国所辖,元朝政治真正管理的,也只有中原地区及漠北了。而且,忽必烈执政以来,多行"汉法",理财的各大臣大多用汉人,以中书平章政事王文统主管财政。中统三年(1262年),王文统因为他的亲戚叛乱,受到了牵连被杀,许多汉族大臣也因此遭到疑忌。于是,忽必烈又开始启用西域人中的大臣主管财政。

正是在这种情况下才有了阿合马。阿合马是西域人,因为他办事干练,在王文统被杀后,开始接管全国的财政,并管辖着中书左、右部兼诸路都转运使,专以财政之任委之。此后,阿合马又先后奏请设立了制国用使司、尚书省等机构,权势越来越大。只要是财政大事,他并不上报中书省,而直接向忽必烈申奏。凡是任用理财的官吏,他也不经过吏部同意。阿合马虽然征敛财赋,但他的瞒上欺下还是做得相当之好。在征敛财赋的过程之中,为了得到忽必烈的赏识,他还不择手段,横加课税之额,并任用自己的亲信私党四处敲诈勒索,收受贿赂,为非作歹。他的手段特别残忍,不管是谁,只要与他作对,必是死路一条。

阿合马的种种倒行逆施,自然遭受了来自两方面的反抗:一是元朝政府上层的蒙汉大臣们,他们掌握着中书省、御史台的权力。在阿合马掌权后,他们手中原有的权力已经被剥夺殆尽,虽然看上去官位极高,但已经是形同虚设了。而此时忽必烈面对着各位大小官员的陈诉还不以为然。另一个是处于社会下层的广大人民,他们在阿合马及其亲信私党的横征暴敛下,倾家荡产的人不计其数。

王著便是在这种背景下出现的。益都(今属山东)千户王著，为人沉毅有胆气，轻财重义，疾恶如仇。民间宗教首领高和尚跟他极为相似，两个同样轻财重义的人走到了一起。王著秘密铸了一把大铜锤，准备谋刺阿合马，为民除害。王著和高和尚等人一直在等机会。忽必烈与皇太子的出巡自然给王著他们提供了极佳的机会。

忽必烈走后几天的一个夜晚，王著和高和尚等人秘密相聚在大都城郊的一间普通房子里，商量这次行动的可行性。经过一番争论，王著认为，还是有机可乘的。于是，他们又研究了具体实施计划：以皇太子要回京做佛事为由进宫，对阿合马进行刺杀。

三月十七日下午，王著和高和尚等人率80余人准备进入大都城，但是城门警戒森严，他们在城门口转了一圈后，决定：为了不影响计划，乘晚上禁卫军值宿松懈之时潜入大都。

三月十七日深夜，王著和高和尚等人利用自己不凡的身手顺利进入大都城。

三月十八日，两个西番僧人模样的人小心翼翼地来到宫城门外，准备进入宫城。此时，正守卫皇宫的侍卫亲军高觿等人把这两个西番僧人模样的人挡住了。高觿问两个西番僧人模样的人："入宫何事？"两个西番僧人模样的人对高觿说："皇太子要回京作佛事，让我们先进宫作准备。"高觿是一个有着丰富经验的侍卫亲军，大大小小的警卫事件经历过不少。他不动声色地观察着这两个西番僧人模样的人的言行举止，越看越觉得这里面有问题。首先，这两个人神色慌张，有点心神不安的样子；其次，若是西番僧人，北方话说得不会这样好。不过，囿于他们自称是要给皇太子作佛事，高觿自然不敢怠慢，但他还是觉得其中有诈，决定采取一定的办法来找出破绽。

这时，高觿严厉地对这两个人说："你们从哪儿来？"这两个人一听傻了眼，好半天没有憋出一句话来。高觿果断判断，这两个人根本就不是什么西番僧人，而是来宫中另有所图。高觿一声令下，几个侍卫亲军把高和尚的两个徒弟抓了起来。

数个时辰过去了，还没有看到高和尚的两个徒弟有消息，王著和高和尚猜到情况不妙，不得不采取进一步措施。王著派崔总管带着假圣旨去找留守大都的枢密副使张易。此时，大都禁卫军的军权都在枢密副使张易的手中，只要他一声令下，禁卫军就会立即行动起来，因此能不能把张易蒙住是刺杀能否成功的关键。

崔总管经验丰富，心理素质极好，他带着王著等人准备好的一张假圣旨，匆匆地赶到张易的住处。崔总管当场宣读了圣旨，要他调动禁卫军，于二更的时候汇集在东宫前听令。由于崔总管是宫内人员，所以张易没有产生任何猜疑。

与此同时，王著亲自去见阿合马。阿合马一见是素不相识的王著，并不理睬他。王著对阿合马说，他是皇太子临时派过来给宫内送信的官员，皇太子马上回京，要阿合马率官员到东宫前迎候。阿合马听完后，没有任何怀疑，立即叫下人通知各官员，准备迎接皇太子回来。

三月十八日夜二更时分，王著等数十人拥立着假皇太子自城北健德门进入皇城，然后进到宫城前。由于是深夜，加之假皇太子四周拥立着所谓的侍卫亲军，故守城的禁卫军无法看清假皇太子的面容，加之一般的禁卫军还不认识内宫深处的皇太子呢。

此时，阿合马等文武官员已经在东宫外等候了，张易也把禁卫军布置在了东宫外。

看到假皇太子等人进入宫城，阿合马等文武官员急忙迎了上去。这时，假皇太子令阿合马到跟前来。当阿合马来到假皇太子跟前时，假皇太子两目怒视着阿合马，显得十分生气。不容阿合马抬头看一眼假皇太子，王著便大声地对阿合马说："见到皇太子还不下跪，是不是要造反啊？"阿合马一时无话可说，立即跪了下来。这时，王著急忙走过来，用大铜锤将阿合马击死了。接着，王著又用同样的方法将阿合马的私党郝祯杀死。

面对这一突如其来的情况，一众官员惊愕得不知所措。他们一时间还没有弄明白，为何皇太子会深夜回宫，回宫后又为何突然杀了阿合马等人？

真是当局者迷旁观者清。这时，守卫在皇宫里的张九思、高觿等侍卫亲军发现情况有点不对劲，加上联想到之前有人扮作西番僧人之事，他们立即断定这一定是一场有预谋的刺杀事件。张九思、高觿立即调遣守卫在宫禁的侍卫亲军冲出皇宫，乱箭齐发。顿时，东宫前乱成一片，叫喊声、搏斗声交杂在一起。大臣们也纷纷逃命。宁静的大都宫城一时间变得喧闹起来。大都留守博敦乘机上前将假皇太子刺死。

高和尚等人见阿合马被杀，目的已经达到了，他们开始四处逃奔。但是王著没有逃走，他与元禁卫军搏斗了一阵后，被禁卫军抓了起来。王著主动承认了刺杀阿合马是他自己的责任，与他人无关。王著的心是好的，是为了避免更多的无辜者受到牵连。但元统治者哪会就此罢休。第二天一大早，大都的禁卫军开始在城内外进行大搜捕。没多久，禁卫军就将高和尚及他的弟子们抓获。与此同时，高觿、也先帖木儿等侍卫亲军首领派出信使，即刻飞报驻扎在察罕脑儿行宫的忽必烈及皇太子真金。忽必烈听到这个消息，大为气愤，急忙派孛罗等人赶回大都，负责严惩起事分子。

三月二十二日，参与刺杀阿合马的王著、高和尚等人，被押往刑场。刽子手举起手中的大刀时，王著大呼："王著为天下除害，今死矣，异日必有为我书其事者。"（《元史》卷二百五《阿合马传》）

在这起刺杀事件中，负主要责任的是留守大都的枢密副使张易，他没有及时分辨出真伪，严重失职，同样被处死刑。

王著舍身为民除害的壮举，大快人心，受到了大都人民的敬仰和怀念。当时的诗人侯克中在《挽义士王千户》一诗中称颂道："亿万生灵沸鼎中，当时争敢炫英雄……袖里有权除大恶，笔头无力写奇功。九原若见诸轲辈，应愧斯人死至公。"（《良斋诗集》卷六）

民心改变了忽必烈顽固的看法，原来他对阿合马十分信任与器重，但在阿合马死了两个月后，忽必烈命孛罗查清阿合马及其私党的种种罪行，这时他才意识到王著杀阿合马杀得应该。当然，忽必烈之所以这么做，还有一个更大的目的，那就是想借此缓和统治阶级内部正在激化的争权斗争，以及社会尖锐的民族矛盾，以维护自己的统治地位。

2. 文天祥就义大都柴市

王著刺杀阿合马的事，给元廷造成了深刻的影响，也形成了一种条件反射，只要哪儿有风吹草动，统治者就会大动干戈，出动禁卫军马到处搜捕。

至元十九年（1283年）十二月初的一天，一个叫薛保住的人，神色匆匆地直奔宫城，说有急事要向世祖忽必烈上奏。守卫宫城的侍卫亲军见到事情紧急，自然不敢怠慢，急忙把薛保住的奏书向世祖报告。世祖一看奏书上说，有人称宋王，将聚众千余，分两路进攻大都城，图谋抢出囚禁在狱中的南宋丞相文天祥。

此消息虽然来得突然，并且不知是否可靠，但世祖很重视，立即召集重要大臣开会，主要布置了两件大事：第一是让大都侍卫亲军加强警戒，各城门加强防卫；第二是立即派出侍卫亲军把原南宋的小皇帝、瀛国公赵㬎及宋朝宗室从大都移往上都。之所以这样做，是为了防止大乱。

元廷对文天祥的事情如此重视，除了王著刺杀阿合马之事的影响外，还有就是文天祥的精神在当时具有很强的感染力，元廷怕夜长梦多，准备将文天祥杀害。

文天祥字履善，又字宋瑞，号文山，江西庐陵（今江西吉水）人。不管他在哪儿任职，都有一个特点，那就是除暴安良，多有惠政。后来，南宋面临灭亡，文天祥受命以右丞相兼枢密使之职，到元军帅帐与伯颜谈判。因为文天祥拒绝投降，被元军扣留。但是在元军押着文天祥北上的路上，文天祥得以出逃，化名清江刘洙，出重金雇到贩私盐的船工，得以渡江南归。文天祥逃回后，赵昰在福建称帝，并再次任命前去投奔的文天祥为右丞相、枢密使。至元十四年（1277年），文天祥率领南宋残兵进军江西，五月克会昌，六月占云都。后来在攻打赣吉时不幸大败，妻子儿女都被元军抓获。十一月，忽必烈下诏，将文天祥家属押送大都。第二年十二月，文天祥在五坡岭被俘。被捕后，文天祥曾服食龙脑（即冰片，有毒），以求一死报国，但是没有被毒死。在被押到元军帅帐时，他再一次请求一死，但是元军将领却对他十分敬重，待以客礼。

至元十六年（1279年）十月初一，文天祥被押到大都后，被单独安置在一处豪华的屋子里，元军像对待宾客一样对待他。不过，文天祥却整天不吃不睡，朝南面而坐，毫不妥协。

元朝统治者又把他的妻子、女儿带来相见，并许以高官厚禄。元朝统治者又派已经降元的南宋小皇帝赵㬎及前南宋丞相留梦炎来劝降，也遭到了严辞拒绝。

随后，元朝的权臣阿合马又用死刑来加以威胁，文天祥决然回答："亡国之人，要杀便杀。"元廷的利诱与威胁都没有成功，最后把文天祥头带枷锁，双手紧缚，关押到大都兵马司的牢狱之中。

十一月初九，元朝枢密院显得十分严肃。数名官员已经到齐，侍卫亲军警备森严。没多久，十余名侍卫亲军押着头带枷锁的文天祥来到了枢密院。掌握着大都侍卫亲军军权的枢密副使孛罗首先发言，他对文天祥说："自古国家皆有兴废。"文天祥说："自古将领都以不做亡国奴为荣。"孛罗又说："你背叛赵㬎，拥立赵昰称帝，就是对国家最大的不忠。"但文天祥却抱着"无书求出狱，在舍到临刑"的决心，据理力争，竟使得孛罗等人无言以对。最后，文天祥慷慨地宣言："今日文天祥至此，有死而已，何必多言！"孛罗十分气愤，但又无可奈何，只能恨恨地答道："你要死，我偏不教你死！"

在随后的两三年里，文天祥虽然受尽了铁窗的折磨，但他的信念仍没有改变，就连看守他的侍卫亲军都为之感动，更不要说大都城的老百姓了。

至元十九年（1283年）十二月初八，忽必烈在准备杀害文天祥之前的一天，还想给文天祥一线生存的机会，但是文天祥拒绝了忽必烈。

至元十九年（1283年）十二月初九一大早，大都城内外警戒森严，各城门不准人员出入，街道也禁止人员通行。大都所有的禁军都出动了，他们站满了整个大都城楼。

上午10时许，一辆囚车在众多侍卫亲军的护卫下从兵马司的牢狱中出发，浩浩荡荡直往南城柴市（今北京宣武区菜市口一带）刑场。到达刑场后，文天祥面对大量的侍卫亲军，以及刽子手的大刀，神色不变，朝着南方再拜，大义凛然地说："臣报国至此矣！"

随后，刽子手的大刀让时年47岁的文天祥永远留在了中国人民的心中。

3. 爱育黎拔力八达大都夺权

大德十一年（1307年）正月，大都城内死一般的宁静，街道上频繁地出现侍卫亲军的身影，元朝皇帝成宗帝驾崩了。此时，最令人们关注的不是成宗帝的死，而是到底由谁来接替皇位的问题。一般来说，封建帝王都是采取嫡长子继承制，但是按照蒙古旧俗，帝位的承袭却不是采取嫡长子继承制，而是通过贵族大会的讨论来决定。从成吉思汗到宪宗蒙哥即位都是这样。忽必列与阿里不哥争夺帝位时，虽然各以武力为后盾，通过争战一决胜负，但两人也都召开了贵族大会，表示遵循蒙古旧俗，并得到了各自周围宗王的拥戴。忽必烈即位后，推行"汉法"，册立嫡长子真金为皇太子，作为帝位的合法继承人，并制造"皇太子宝"玉印一枚，授予皇太子。但真金却体弱多病，中年早夭，皇太子之位于是空缺。直到忽必烈老的时候，才又将"皇太子宝"玉印授予皇孙（真金的第三个儿子）铁穆耳，要他镇守北疆。但这种由嫡长子继承帝位的汉法，却遭到了蒙古贵族大会及幼子承袭父位旧俗的顽强抵抗。

正是这种情况造成了元朝中期帝位继承的无系统可循，而都是以各宗王、权臣之间争斗的最后胜负来决定。这也成了元朝统治集团内部斗争的导火线。

成宗死后，大都皇宫内掌权的是卜鲁罕皇后。卜鲁罕皇后和中书省左丞相阿忽台等人准备拥立安西王阿难答（忽必烈之孙）为帝，而在中书省掌有实权的右丞相哈剌哈孙则希望镇守漠北的怀宁王海山（真金之孙）来继承帝位。哈剌哈孙掌握了怯薛、武卫军等大都禁卫军，是一个真正的实权人物。

正月的一天，哈剌哈孙派遣密使将策立之意飞报给漠北的海山和被谪发在怀庆（今河南沁阳）的答己皇后及海山之弟爱育黎拔力八达。为了防万一，哈剌哈孙将在大都的各官府印信查封，说自己病了，足不出户，实际上是在等待海山兄弟的到来。

由于路途较远，当答己皇后和爱育黎拔力八达接到密报后，已经是二月了。事不宜迟，答己皇后和爱育黎拔力八达以吊丧为由，快马加鞭地赶往大都。二月底，答己皇后和爱育黎拔力八达到达大都。

二月底的一天夜晚，答己皇后、爱育黎拔力八达与中书省右丞相哈剌哈孙聚集在一起，商量如何发动政变，夺取皇权。

经过密谋策划，他们决定在卜鲁罕皇后摄政的前一天，也就是三月初二发动政变。随即，哈剌哈孙召集侍卫亲军中的亲信举行了一次秘密会议。此时，虽然表面上卜鲁罕皇后掌握着宫内的权力，但颇有心计和人缘的哈剌哈孙却占据着相当大的优势。

虽然此时元大都内军卫众多，并且宫禁森严，但禁卫军毕竟是为统治阶级服务的，谁掌握了禁卫军，谁就是宫内的主宰者。

三月初二夜晚，大都皇宫内灯火通明，一派喜气。卜鲁罕皇后感到无比高兴，因为她可以挟天子以号令天下了；安西王阿难答更是高兴不已，因为他第二天就要当上正儿八经的大元皇帝了；中书省左丞相阿忽台更是感觉自己前途无量，因为安西王阿难答一旦当上了皇帝，他自然是最有功的人，是他把安西王阿难答推向了皇帝的宝座。

他们都沉浸在美好的想象之中，但他们却忽略了答己皇后和爱育黎拔力八达，以及中书省右丞相哈剌哈孙。

深夜，哈剌哈孙一声令下，驻守在大都城各处的侍卫亲军把大都城都警戒了起来，宫城被围得严严实实，卜鲁罕皇后和安西王阿难答插翅难飞。还没等卜鲁罕皇后和安西王阿难答他们反应过来，哈剌哈孙已经带着侍卫亲军把他们抓了起来。安西王阿难答和阿忽台等人当场就被侍卫亲军杀死，考虑到卜鲁罕是皇后，为了不引起不必要的麻烦，爱育黎拔力八达将她谪发到东安州（今河北安次），但到那里不久，她也没有逃脱被杀的命运。

五月，答己皇后和爱育黎拔力八达北往上都，与海山相会。五月二十二日，海山即皇帝位，也就是历史上的武宗。爱育黎拔力八达虽然没有立即当上皇帝，但却因为参与夺权有功，被册立为皇太子。至大四年（1311年）正月，武宗死于大都，爱育黎拔力八达即位，也就是历史上的仁宗。

4. 南坡之变

"南坡之变"预谋从仁宗时期就开始酝酿了。

铁木迭儿是武宗和仁宗时期非常有权势的大臣，因为他深得皇太后答己的宠信。铁木迭儿是一位胡作非为，特别贪财的人。他的胡作非为引起了公愤，特别是遭到朝廷官员的一致反对。

仁宗延祐六年（1319年），御史中丞杨朵儿只、中书省左丞相萧拜住、上都留守贺伯颜及内外监察御史40多人，联名上书弹劾铁木迭儿侵占官田、牧地和收受钞币珠宝等贵重物品，纵家奴肆虐官府，欺压百姓等种种罪行。仁宗听后，十分气愤，立即命令侍卫亲军逮捕铁木迭儿，并要将其治罪。但是在皇太后的面前，仁宗的气愤又多少显得有些苍白无力。由于皇太后出面求情，铁木迭儿没有被治罪，仍安然无事。

第二年正月，仁宗死于大都，英宗硕德八剌即位，皇太后又任命铁木迭儿为中书省右丞相。这时，重新掌权的铁木迭儿兴起了大狱，以报私仇。铁木迭儿找借口先后把上书弹劾他的杨朵儿只、萧拜住、贺伯颜等人诛杀，又把他的儿子、亲信等大批人员安插在军政机要部门掌权。

英宗当上皇帝不久，他就察觉到了铁木迭儿的奸诈，于是对他采取敬而远之的态度，并任命元开国功臣木华黎的后人拜住为中书省左丞相，以削减铁木迭儿的权力。英宗的这一招起到了较好的效果，不久后，铁木迭儿因为遭到疏远而郁愤病死。

当然，英宗从铁木迭儿处顺利夺权还有一个相当重要的因素，那就是皇太后的死，这对铁木迭儿绝对是一个致命的打击。

亲政后的英宗全力处理铁木迭儿侵吞公款、贪赃枉法的遗案，追查他的私党。此时，御史官员们相继揭露这伙人的罪行。随着清算铁木迭儿的深入，其私党暗中积聚了对英宗的仇视。英宗万万没有想到，皇后的哥哥兼禁卫军统帅铁失也是铁木迭儿的私党。铁失是在铁木迭儿的信任下，在禁卫军中担任高级将领职务的，他历任禁卫军中都威卫指挥使、佩金虎符，迁升忠翊侍卫亲军都指挥使，并统领亲军左右阿速卫。在英宗亲政后，他获得了英宗的信赖，身兼保卫皇帝的多个要职，除了统领禁卫军外，还兼任太医院使兼领广惠司事，全面负责皇帝的饮食起居和医护、侍从。但是，年仅21岁的英宗没有机敏地考察铁失的品质和动向。

至治三年（1323年）夏天，英宗照常到上都巡游，而就在此时，铁失决定发动政变。

这年八月的一天，镇守漠北的忽必烈的曾孙也孙铁木儿，突然迎来了铁失的亲信。铁失的亲信告诉晋王也孙铁木儿，由铁失指挥的政变即将发生，事成之后将立晋王为皇帝。虽然也孙铁木儿曾经被皇室贵族提议为继承皇位的人选，但他当时并没有夺皇位的野心，听到铁失的这个消息，他非常惊恐。对于铁失的好心，他不仅没有领情，反而把铁失的密使逮捕，并派卫士快马奔赴上都，去报告英宗，但是为时已晚。

九月四日，英宗从上都回大都时，夜晚驻扎在上都城南30里的南坡（今内蒙古正蓝旗东北）。铁失以亲军统帅身份命令卫士们全面警戒，安排妥当之后，他便和众同谋大臣在侍卫亲军的护从下毫无阻挡、轻而易举地进入英宗的行宫御幄。铁失亲手挥刀将英宗杀死在卧室内。阿速卫士同时将随驾的、皇帝最信任的右丞相拜住杀害。

政变结束后，也孙铁木儿在漠北称帝，即为历史上的泰定帝。也孙铁木儿并不光明磊落，他很可能就是事变的参与者，起码是默认了这场阴谋，并且是政变的最大受益者，但他表面上却不承认这些。泰定帝即位后，立即封也先铁木儿、铁失等人以中书省右丞相、知枢密院事等要职。其实，这只不过是泰定帝放的烟雾弹，其目的就是要让他们放松警惕。泰定帝将前来迎候他的也先铁木儿、完者、锁南等人扑杀，又派亲信旭迈杰、纽泽等人前往大都，将铁失等人扑杀，并籍没了他们的全部家产。

泰定帝的这一举动，一方面是向世人表明他与政变叛逆者并无密切联系，另一方面是为他执掌大权扫除了一大批异己势力。

五、元代宫廷政变、皇城战事

1. 两都之战

致和元年（1328年）夏天，身体虚弱的泰定帝到上都避暑。元朝的大臣们都十分担心，泰定帝的身体已经不行了，此次到上都恐怕也是凶多吉少啊！武宗旧臣、佥枢密院事燕铁木儿与诸王满秃、阿马剌台等人甚至合谋，要是泰定帝病死在上都，因他的儿子阿速吉八还小，大家一起扑杀泰定帝的亲信大臣，共同拥立武宗后裔为帝。

同年七月，泰定帝果然在上都病死，于是，留守大都的燕铁木儿开始执行政变计划。燕铁木儿出身于显赫的钦察家族。他的父亲床兀儿是武宗海山的亲信将军和坚决拥护者，他的家庭在武宗时期达到了鼎盛。燕铁木儿备充武宗的宿卫有十多年，后来任正奉大夫、同知枢密院事。元仁宗即位后，燕铁木儿渐渐离开文职，跻身于禁卫军将领行列，被授任左卫亲军都指挥使。泰定帝去世前，他的职务是佥书枢密院事，掌领着禁卫军的兵权。

燕铁木儿在征得留居大都的西安王阿剌忒纳失里的同意后，于八月初四率剌铁木儿、孛伦等人，将大都百官召集到兴圣宫，宣布拥立武宗后人为帝。

当天黎明，大都百官齐集于兴圣宫，燕铁木儿站在人群前，大声地说："武宗皇帝有两个儿子，都很孝友仁厚，这天下应是他们的，有不从者斩无赦！"随后，燕铁木儿首先命令侍卫亲军捆绑了平章政事乌伯都剌、伯颜察儿等反对他的大臣，然后派禁卫军严守皇宫和大都城的各个门户、要道。燕铁木儿完全控制了大都。

而在上都的满秃、阿马剌台等人，则因政变预谋被倒剌沙发觉，都被处死了。此时，上都丞相倒剌沙掌握着军政大权，在军事上控制上都后，随后立阿速吉八为帝，即为天顺帝，并起兵攻向大都，以镇压燕铁木儿的政变。

为了争夺帝位，大都和上都之间展开了一场你死我活的恶战。在这场争斗中，禁卫军将领扮演着举足轻重的角色，甚至还不时地成为主角，主持军政。

但这时武宗的长子周王和世㻋远在漠北，道路遥远，未能很快到达大都。燕铁木儿怕夜长梦多，于是派大臣明里董阿去江陵（今湖北）迎接武宗的二儿子怀王图帖睦尔，并通知河南行省平章伯颜备兵扈从。怀王图帖睦尔简装轻骑从江陵出发，昼夜兼程，风尘仆仆，直奔大都。

燕铁木儿在迎接图帖睦尔的同时，又抓紧时间在大都做了充分的备战工作，并对大都禁卫军进行了整顿。首先是征调屯驻大都附近的诸卫屯田军到大都集结，命其守卫居庸关、卢儿岭、白马甸、泰和岭等要塞。其次是命令所辖州县赶造兵器，以供军需。第三是将库藏中所储针帛财物取出，赏给守城的禁卫军，收买军心，并派人谎报图帖睦尔已经到达京郊，周王和世㻋也已率军由漠北南下的消息，以安定民心。第四是利用手中所掌握的枢密院大权，征调山东、河南、辽阳等外地兵马，前来守卫大都。

八月二十三日，上都兵马开始向大都进发。

八月二十七日，图帖睦尔在形势十分危急的情况下赶到大都。燕铁木儿一颗浮着的心总算沉落了下来。

八月二十九日，上都军在梁王王禅、右丞相塔失铁木儿、太尉不花等人的指挥下，逼近大都北面的榆林。大都城内戒严。禁卫军进入了紧急戒备状态。

九月初一，燕铁木儿与他的弟弟撒敦带领大都数万禁卫军出居庸关迎敌。撒敦率领奇兵袭击上都军马，取得了胜利。上都军见不敌大都军，撒腿就跑。撒敦哪会轻易放过，于是乘胜追击，一直追到怀来。

就在上都兵马往怀来逃跑的时候，隆镇卫指挥使翰都蛮也在陀罗台袭击上都的兵马，并把灭里铁木儿、脱木赤等人押回大都。

大都首战告捷，燕铁木儿等人高兴不已，但几天后，上都军再次向大都进逼。大都再次进入紧急备战之中。燕铁木儿只得分兵，派遣他的弟弟撒敦驻守在蓟州（今天津蓟州区）东面流沙河一带，以抵御辽东军马。

形势非常严峻，但大都的皇帝还没有宣布就位。图帖睦尔本想等到他的哥哥周王和世㻋来后，让他当皇帝。但燕铁木儿等人认为，不能再等了，先立个皇帝再说。在这种情况下，图帖睦尔走上了大明殿，当上了皇帝，改年号为天历，也就是历史上的文宗。不过图帖睦尔声称，即位只是暂时摄政，一旦等到哥哥到来，便立即让位。

于是在公元1328年里，元代在上都和大都出现了天顺帝阿速吉八和文宗图帖睦尔两个皇帝。不过，他们都是任职十分短暂的皇帝，仅在位一年。

此时，上都和大都各不相让，斗争进入了白热化的程度。

九月十六日，上都军马在王禅的带领下，再度攻破了居庸关。攻破居庸关的大军如同洪水猛兽一样，直逼大都。

九月十七日，上都军进逼到大都城北仅几十里的大口。此时，燕铁木儿率大都禁卫军和其他地方的援军数万人，迎战于榆河。

九月十八日，燕铁木儿率军将王禅击退。王禅退到了红桥（今北京昌平境内）北，与前来增援的上都军阿剌帖木儿、忽都帖木儿等部军马会合，再次向大都禁卫军发动进攻，但还是被大都禁卫军顽强地击退了。

九月二十二日，两都军队主力在昌平南面的白浮原野展开决战，燕铁木儿再次取得胜利。

但是王禅等人并不想就此罢休，于是他收集败散的军队，向大都发起了第三次进攻。而此时，燕铁木儿率领的禁卫军由于战争胜利，士气十分高昂。他们严阵以待。

九月二十四日半夜，燕铁木儿命令撒敦与脱脱木儿出兵，前后夹击，斩杀上都兵数千人，投降的更是多达万余人。上都军主帅王禅只身逃走。

这次胜利对于大都起到了至关重要的作用。但是，另一部分上都军马在附马孛罗帖木儿、平章蒙古塔失等人的率领下，于九月二十六日攻破大都东北要塞古北口。燕铁木儿得到消息后，急忙命令撒敦急行军前往偷袭，自己则率大军随后追杀。上都军哪经得起大都禁卫军如此的袭击，上都军又战败了，将校投降的达万人之多，剩下的则四处奔逃，不知所去。在这场战斗中，大都军还抓获了上都统帅孛罗帖木儿等人，并将其处死。与此同时，脱脱木儿等所率的大都军马，在蓟州与支持上都政权的辽东军马也展开了激战，互有胜负。

九月二十九日，上都又有一部分军马在宗王忽剌台的指挥下攻入大都西南面的紫荆关。同时，辽东军也攻破蓟州，迫使脱脱木儿退守通州。由于这两路军马对大都构成东西夹攻的态势，大都的形势再度趋于危急。

十月初一，燕铁木儿率军东进，先去攻打兵临城下的辽东军马，将他们击退到潞河对岸。初二，燕铁木儿的军队跨过潞河，将辽东军队击溃。初五，忽剌台所率西面上都军已经抵达卢沟河畔，先锋散兵更是已经进抵大都旧南城外。于是，燕铁木儿率大军由通州向西北进发，与上都诸王太平、朵罗台等军在檀子山进行了激烈的战斗。同时,燕铁木儿又派脱脱木儿率军到卢沟河畔,与忽剌台所率领的上都军对抗。

好消息不断向大都城内传来:燕铁木儿带领禁卫军将太平、朵罗台等军马打败;脱脱木儿、也先捏与上都军忽剌台、阿剌帖木儿激战于卢沟河畔,顽强地阻住了忽剌台军。

十月初七,上都军与大都军再次展开激战。脱脱木儿扬言,燕铁木儿已经战败东北部上都军,率援军前来助阵。忽剌台等人见双方势均力敌,而对方又有强大的后援,于是撤兵西归。脱脱木儿乘势追杀,扑杀了阿剌帖木儿,并把他送到大都杀了。

十月十一日,秃满迭儿所率辽东军马攻破古北口,与燕铁木儿军激战于檀州(今北京密云)的南边,被击败,部下万余人投降。秃满迭儿于是率领残兵败将逃到了辽东。

最终,上都和大都的一场恶战,以上都失败而告终。在这次激战中,元的禁卫军得到了极好的锻炼,战斗力大大提高。

虽然两都之战结束了,但在大都内部又进行了一场你生我死的搏斗。这时,文宗图帖睦尔开始传檄海内,令各地罢兵。随后,他下令处死了王禅、倒剌沙等人,又命令泰定帝皇后弘吉剌氏迁到东安州,同时派遣使者到漠北去迎接他的哥哥周王和世㻋。

十二月,和世㻋从漠北启程南下,诸王察合台、元帅朵列捏等人率兵扈行,旧臣勃罗等人随从。当他们行到金山(阿尔泰山)时,和世㻋派李罗先走一步赶赴大都城,告诉说周王已经在途中了。

天历二年(1329年)正月,和世㻋在哈喇和林即皇帝位,也就是历史上的元明宗。宣布即位后,明宗派人到大都报信并转达他对弟弟图帖睦尔的指示："朕弟（指文宗）曾熟读史书，近来政务繁忙，是否废书不读？听政之暇，应该亲近贤士大夫，讲论史籍，以明古今治乱得失。卿等至京师，可以此言相告。"

三月，文宗图帖睦尔派燕帖木儿把皇帝玉玺送给明宗，表示自己俯首称臣的诚意。明宗知道这次平定叛乱，全仗着燕帖木儿浴血奋战，而现在他又积极拥戴，功存社稷，于是加封燕帖木儿为太师，仍为中书右丞相，还掌握着大都禁卫军的兵权。同时，明宗为了报答胞弟逊位翊戴之功，他效仿了武宗、仁宗兄终弟及的成例，宣布立图帖睦尔为皇太子，命令大都有关官员铸造皇太子之印，以便百年之后传位给这位弟弟。同时，又诏谕中书省臣，凡国家筹措钱谷、选拔官员等重大政事，先启奏皇太子，然后转报皇帝裁决。

一切布置妥当后，他才在大臣们的簇拥下向大都进发。然而，他做梦也没有想到，前面等待他的竟是图帖睦尔和燕帖木儿精心设计的一个陷阱。

图帖睦尔与和世㻋虽然是亲兄弟，并且图帖睦尔即位也有言在先，即位只是摄政一段时间，等到其兄一到，就拱手相让。但是君主的地位、皇权的魅力，特别是打败上都犹如自己打下了江山一样，这时的图帖睦尔已经是今非昔比了，他感觉到要将如此来之不易的皇位让给兄长，由皇帝改称皇太子，实在是难以接受。此外，燕帖木儿向明宗奉献皇帝玉玺时，明宗身边的大臣对他傲慢无礼，这使向来以功臣自居的燕帖木儿颇为难堪。但是明宗却忽视了燕帖木儿的重要性，他可是大都禁卫军的统领，实质上掌握着大都。于是，图帖睦尔和燕帖木儿表面不动声色，暗地密谋，决定不露痕迹地除掉明宗，夺帝位为己有。但此时，和世㻋却被蒙在鼓里，毫无觉察。

天历二年（1329年）八月，和世㻋行到王忽察都（今河北张北西北）的时候，前来迎驾的图帖睦尔带领着侍卫亲军，以皇太子的身份拜见皇帝、兄长。兄弟二人自从延祐三年（1316年）分开后，一晃就是13个春秋，那时彼此都还是孩子，如今却已经长大成人了。和世㻋在驻地大摆筵席，为胞弟接风洗尘。

场面显得十分感人，但感动之中暗藏着杀机。

那天筵席上，燕帖木儿乘和世㻋疏于防备之际，偷偷地把毒药放在他的酒杯里。于是，年仅30岁的和世㻋还没到达大都，便命丧黄泉了。燕帖木儿在一片混乱之中先抢了玉玺，然后扶上文宗，在数十个侍卫亲军的护卫下，上马疾驰，直奔上都。到达上都后，图帖睦尔宣布即位，仍为文宗，并大赦天下。

2. 帝党后党之战

元统元年（1333年），顺帝在成为元代历史上最后一任皇帝时，他还是一个不知世事的小孩。当时的顺帝根本就不具备判断世事的能力，是文宗的里后卜答失里及权臣伯颜相继把持着朝政，顺帝也仅仅是个傀儡而已。等到顺帝成年后，还算有自己的主见和作为，他清除了伯颜，诛杀了文宗的皇后及其儿子燕帖古思，任用了脱脱主持朝政。本来，顺帝的势头还挺好，但是不久后，顺帝却因迷惑于工艺制作和秘密淫乐之法而无心治国，造成了奸臣当道，结党营私，争权夺利，陷害忠良的局面。特别是顺帝的皇后、皇太子想发动政变，逼顺帝退位，而互相残杀。

顺帝的第二皇后奇氏，原来只不过是他所宠爱的高丽宫女。至元六年（1340年），奇氏被立为第二皇后，奇氏的儿子爱猷识理达腊被顺帝立为皇太子。奇氏母子二人相互勾结，把持朝政，《元史》卷二百四《朴不花传》说："内外百官趋附之者十九。"可见当时奇氏母子日益发展的权势。

让人感到不可思议的是，对于奇皇后及皇太子爱猷识理达腊不断扩张的势力，只有顺帝的近臣老的沙（顺帝的母舅）等人敢与他们争斗。于是形成了帝党与后党两大派系之间的一场激斗。

奇皇后及皇太子爱猷识理达腊利用丞相搠思监把持朝政，而顺帝则任命老的沙为御史大夫，掌握监察机构和舆论。不过，禁卫军的兵权却掌握在皇太子的手中。

至正二十三年（1363年），老的沙为了打击后党的势力，命令他的下属监察御史也先帖木儿、傅公让等人上章弹劾皇太子的得力臂膀宦官朴不花等人奸邪之罪。然而，老的沙的做法却适得其反，皇太子反而将也先帖木儿等人降职，遭到了外地。老的沙当然不甘心，又命令下属治书侍御史陈祖仁、侍御史李国凤等人再上章弹劾朴不花，结果与第一次一样，老的沙的部下又被降职，并被遭到外地。

皇太子与此针锋相对。至正二十四年（1364年），丞相搠思监禀承皇太子的旨意诬陷老的沙等人图谋不轨，并将老的沙同党蛮子、按难答识理、脱欢等人逮捕入狱。顺帝为了袒护老的沙等人，特命大赦，但搠思监还是无所顾及，将蛮子等人处死，就连老的沙也被治罪。

顺帝不能给老的沙提供安全的靠山，老的沙只有逃到驻守在大同的孛罗帖木儿军中。一天，孛罗帖木儿接到顺帝派来的密使，说是要他保护好老的沙的安全。皇太子、搠思监等人得知老的沙藏在了孛罗帖木儿军中后，他们多次派人来索取。在遭到拒绝后，皇太子、搠思监却打着顺帝的旗号，下诏书削去孛罗帖木儿的军权、官职。

孛罗帖木儿作为一名久经沙场的战将，他当然知道这不是顺帝的本意，而完全是皇太子一意孤行。孛罗帖木儿决定起兵，命令秃坚帖木儿与其他部将一起进攻大都。

于是出现了元朝历史上帝党和后党的第一次交战。

至正二十四年（1364年）四月初九，秃坚帖木儿率兵攻入居庸关，大都城告急。第二天，皇太子就派也速、不蘭奚等将领率领禁卫军迎战。秃坚帖木儿的军队似乎势不可挡，禁卫军不堪一击。也速半途退军自保，不蘭奚在大都西北的皇后店被打得一塌糊涂，只好逃回大都城。

四月十一日，皇太子听说也速、不蘭奚的军队被打败了，急忙率领侍卫亲兵由光熙门出逃，从古北口直奔兴州、松州一带，以躲避这场灾难。

皇太子逃走了，后党也就失去了核心，变成一盘散沙。秃坚帖木儿将军队驻扎在大都北的清河镇，并放言索要奸臣搠思监和宦官朴不花二人。历史上这个不敢与皇后和太子对抗的皇帝顺帝，这时才把搠思监和宦官朴不花抓了起来，交给秃坚帖木儿，并命令恢复孛罗帖木儿的官职和军权。

四月十七日，秃坚帖木儿率军浩浩荡荡地由健德门入城，与顺帝在延春阁会面。顺帝自然高兴，设宴款待秃坚帖木儿。秃坚帖木儿酒足饭饱，并得到顺帝一番赞扬后，第二天就高兴地打道回府了。

秃坚帖木儿退军后，皇太子又回到了大都。对于秃坚帖木儿扑杀自己的得力助手，皇太子十分恼火，但又十分无奈，虽然自己手握禁卫军兵权，但通过这次交战来看，禁卫军还不足以与庞大的孛罗帖木儿军队进行对抗。经过一番思考，皇太子决定将孛罗帖木儿的死敌扩廓帖木儿的军队收为己用。扩廓帖木儿很快就被皇太子的金钱和所封官位征服了。

这年五月的一天，皇太子下令，命令扩廓帖木儿出兵进讨孛罗帖木儿。扩廓帖木儿兵分三路，东路由白锁住率领3万人守卫大都，中路由竹贞等人率军4万，西路由关保率军3万，合兵进攻孛罗帖木儿。

看着来势汹汹的皇太子军，孛罗帖木儿决定与秃坚帖木儿、老的沙等人率军再次向大都进攻，以讨伐皇太子。这就是元朝历史上帝党和后党的第二次交战。

至正二十四年（1364年）七月二十五日，孛罗帖木儿大军攻入居庸关。大都的禁卫军确实不如孛罗帖木儿军有战斗力，孛罗帖木儿不仅杀死了扩廓帖木儿的部将、守关的杨同金，还打败了皇太子亲信不蘭奚率领的禁卫军。孛罗帖木儿军一路畅通，当他们到达龙虎台的时候，又与皇太子及白锁住所率领的禁卫军相遇。皇太子手下的禁卫军全无斗志，双方交手后，禁卫军很快便败回大都。

第二天，白锁住率领部分禁卫军护卫皇太子从顺承门南逃，经过雄州、霸州、河间等地，投奔扩廓帖木儿。

七月二十七日，孛罗帖木儿、秃坚帖木儿与老的沙等人率军进入大都。顺帝这次在宣文阁接见了他们，并设宴加以款待。

不久后，又任命孛罗帖木儿为中书左丞相，老的沙为中书平章政事，秃坚帖木儿为御史大夫。

十月，顺帝下诏命躲避在扩廓帖木儿军中的皇太子回京，但是皇太子拒不从命，仍在组织反攻孛罗帖木儿的军事行动。

至正二十五年（1365年）三月，孛罗帖木儿看皇太子还在外对抗，于是把皇后奇氏押出皇宫，关在皇城北面的诸色总管府中，并强迫她写信召皇太子回京。

但自从孛罗帖木儿向大都进攻开始，一直犯了一个低级错误，他在上都打了胜仗，却丢了他的大本营大同。正当孛罗帖木儿在大都欢庆胜利的时候，扩廓帖木儿已经率军从大同向大都奔来，对大都形成了包围之势。

孛罗帖木儿一方面派秃坚帖木儿率军到上都镇压异己势力，另一方面派也速出兵对抗扩廓帖木儿军队。然而，令孛罗帖木儿感到意外的是，也速率军出大都后突然就叛变了。孛罗帖木儿只得再派手下的骁将姚伯颜不花出兵通州，阻止扩廓帖木儿军的进攻，但却被也速率军偷袭，兵败被杀。顺帝见孛罗帖木儿军屡屡失败，知道其大势已去，于是密设计谋，准备除去孛罗帖木儿。

孛罗帖木儿怎么也没有想到自己一心一意为顺帝，最终却遭到了顺帝的毒手。

七月二十九日早晨，宫内一片宁静。顺帝命令侍卫亲军上都马、金那海、伯颜达儿等人埋伏在宫城内的延春阁。不久后，被诏见的孛罗帖木儿、老的沙等人入宫。他们以为顺帝是召他们商量战争的事情，虽然他们也知道由于战争的节节败退，顺帝不会再像前两次那样笑脸相迎，但绝不至于杀害他们。当孛罗帖木儿、老的沙等人经过延春阁旁边的时候，还没等孛罗帖木儿反应过来，伯颜达儿突然冲出，用刀砍向孛罗帖木儿。紧接着，上都马、金那海等人一拥而上，乱刀齐下，把孛罗帖木儿杀死了。老的沙走在孛罗帖木儿后面，看到这种情况后，知道事情不妙，急忙抱头逃窜，但由于躲闪不及时，额头上也挨了一刀。

老的沙还算对朋友忠诚，他没有自顾逃命，而是带领部分下属，携同孛罗帖木儿的老婆孩子，匆忙逃出大都城，往北奔去。老的沙逃到了上都，与到那儿镇压异己势力的秃坚帖木儿会合。但是，没多久，老的沙就被益王浑都帖木儿等人扑杀。秃坚帖木儿继续北逃，但是到了十二月的时候还是被元朝军队扑杀了。

同年九月，皇太子在扩廓帖木儿护送下，回到了离别一年多的大都。到了大都后，皇太子本想借助扩廓帖木儿的军队逼迫顺帝退位，但遭到了扩廓帖木儿的委婉拒绝。于是，皇太子又挑动其他地方割据军阀出兵，与扩廓帖木儿相斗不休。而此时，已经是元末，农民起义的烽火燃遍了大江南北、长城内外。皇太子虽然再度独揽朝政，但却没有当皇帝的福分了，因为元朝已经濒临灭亡了。

3. 明军灭元之战

元至正二十八年（1368年）七月初的一天，元朝历史上最后一个皇帝顺帝接到大都城外围亲军的传报：徐达率领明军将要到达通州了。

顺帝大惊，急忙命令大都城戒严。大都城顿时变得格外肃静，路上行人匆匆。但是大都城内的老百姓心里却暗暗高兴，他们都希望元朝被农民军替代，元朝腐败的统治终于走到了尽头。元朝末年以来，顺帝和大都城的大臣们几乎没过上几天安宁的日子，农民起义不断，并且时时都有可能威胁着大都的安危。

最具有代表性的是毛贵率军北伐。农民军领袖毛贵于至正十八年（1358年）三月十二日，率所部军队由河间、直沽进发，攻克了蓟州。蓟州被攻克后，大都城自然陷入一片混乱之中。元朝虽然还布置着众多精锐的侍卫亲军，但是近百年来的太平局势和养尊处优的闲适生活，已经使这些职业的武士、令人敬畏的禁卫军丧失了根本战斗力。听说毛贵率军逼进大都，侍卫亲军的将领和士卒们都十分害怕，毫无生气。这一点，顺帝和大都禁卫军的将领们看得十分清楚，于是顺帝命令诏征全国各地的士兵补充禁卫军，保卫大都。但是，元廷的许多大臣认为禁卫军已经腐败到无可救药的地步了，根本就无法挽救走向没落的元王朝。当时朝廷主要出现了四种主张：

第一种主张弃城而逃；

第二种主张把国都迁到偏于西北的关中；

第三种主张逃到漠北；

第四种主张据城死守。

持第四种主张的是中书左丞相太平。此时，许多大臣都在忙于布置自己的后路，而太平则连夜急书，向顺帝上奏：建议顺帝调各地军旅入卫大都。

这次顺帝没有选择逃走，他认为，自己坐了二十多年的皇位不能随手就让给人家。顺帝又下令割据在晋陕一带的军阀察罕帖木儿率军东进，驻守涿州，保卫京城。

三月十七日，毛贵率军进攻通州，在枣林与元军相遇，展开了激烈的战斗，元军战败，枢密副使达国珍战死，毛贵军队直达元朝皇帝每年春天都去行猎的柳林行宫。

大都城告急。

这时，太平果断决定将从外地调来的元军精锐部队派到柳林，由刘哈剌不花指挥，与毛贵军再次进行激烈的战斗。毛贵军队被击败。即使如此，大都禁卫军也只不过是都城边上的一个摆设而已。虽然毛贵在前有强敌、后无援军的情况下退回山东，但不管是对元朝腐败的统治，还是对驻守大都的禁卫军，都是一次沉重的打击。

还有一件让顺帝十分伤心的事是，红巾军在经过一年多的长途转战后，于这年的十二月攻占了上都，并且将蒙古统治者经营多年的上都宫阙付之一炬。上都被焚毁后，顺帝心痛不已，没想到元朝数十年的辉煌竟会毁在自己手里。

元朝，有两京岁时巡幸的制度，但由于农民的反抗斗争在两京之间时有爆发，使蒙古统治者龟缩在大都城内不敢轻举妄动，两京岁时巡幸制度不得不废止。

此后，顺帝与太平等大臣对禁卫军进行了有效的加强，他们在京城的四周设置了二十四营军队。至正十九年（1359年）十月，大都的11座城门都修筑了瓮城，建造了吊桥，以防止农民起义军突然冲进城来。但是事实表明，即使加强也不过形同虚设，因为一个城池要达到坚不可摧，需要有坚固的城池防御、勇猛的将领和素质过硬的士兵，这几个要素缺一不可。正如《元史》卷四十五《顺帝本纪》所说："军卒疲弱，素不训练,诚为虚设。"

在元朝统治行将灭亡的形势下,统治阶级内部也出现了分崩离析、众叛亲离的现象。至正十九年(1359年)三月,在大都负责警备治安的要害部门兵马司中,就发生了一次叛乱活动。京城北兵马司指挥周哈剌歹与林智和等谋叛,被禁卫军发觉,将其杀害,并株连九族。

一波未平,另一波又起。虽然叛乱很快被镇压下去了,但远在漠北的蒙古宗王也起来乘元朝统治者之危,想取而代之,夺取帝位。还有另一支更让元朝统治者害怕的军队,那就是朱元璋的农民起义军。果然,这支农民军于至正二十八年(1368年)七月,在徐达大将军的带领下来到了大都城下。但是,明军并没有立即进攻大都,而是随即兵锋东向,先消灭了驻守在永平的元军,又陆续攻克了大都附近地区的一些州县。大都渐渐沦为孤城。

闰七月二十六日,元将知枢密院事卜颜帖木儿,接到前方哨位的急报,说是徐达、常遇春等人率领北伐明军向通州进逼。卜颜帖木儿立即命令禁卫军严阵以待,准备与明军浴血奋战。但是,明军的摧枯拉朽之势,元禁卫军根本就无法抵挡,数万禁卫军很快就被明军杀光。

通州距离大都城只有数十里之遥。通州被占,意味着大都城东边的防卫已经被攻破,大都城的安危无法保障了。

此时,大都城里乱成一片,皇帝大臣们无法安宁,驻守在皇城内外的禁卫军也是魂不守舍,他们知道大元大势已去,他们只想着如何保住自己的性命,哪有心思抵抗。

闰七月二十七日,顺帝在宫城内来回走动,是走还是留,他拿不定主意。如果走的话，有可能就把大元江山让给了别人；如果留，还能保得住江山吗？还能保得住自己这条命吗？

正当顺帝思考之际，禁卫军首领上奏，说明军将于几日后攻打大都城。顺帝叹了口气，对太监说，立即召淮王帖木儿不花、庆童等大臣进宫。其实，顺帝北逃的主意已定，只是没有说出来而已，他怕此时一说出来将造成大都的大乱。

很快，淮王帖木儿不花、庆童等大臣来到了宫中。顺帝宣布任命淮王帖木儿不花为监国、庆童为中书左丞相，并要他们带领数万禁卫军，共同留守大都城。顺帝还命令皇太子保护太庙诸朝先帝的神主，自己先逃往漠北。

这天晚上，想到自己经营35年的大元江山没了着落，顺帝无法入睡，也不敢入睡，生怕太监传来不好的消息。

二十八日，顺帝在皇宫中的清宁殿召集蒙古贵族、眷属和大臣，共同商议去留大计。在这紧急关头，只有极少数人主张战死大都，与明军决一死战，大多数人都主张逃往漠北。这一结果顺帝当然求之不得，无疑为顺帝北逃增强了决心。于是，他决定北逃。

八月初二夜，大都城里一片安宁，禁卫军加强了警戒。半夜的时候，一队人马悄然从宫中出发，他们向大都城的西北方向奔去，没多久，来到了健德门。守卫在健德门的禁卫军立即打开城门，这队人马向居庸关方向飞驰。

这队人马就是顺帝带着的眷属、贵族和一些大臣，以及护卫他们的侍卫亲军。顺帝等人过了居庸关后，直奔漠北。顺帝逃走的保密工作做得相当好，他们都到了漠北，明军还以为他们在宫城内。

四天后，也就八月初二，徐达、常遇春等人所率领的北伐明军，从通州出发，由大都城东面的齐化门攻入。留守大都的元朝大臣淮王帖木儿不花、中书左丞相庆童、中书左丞丁敬可、大都路总管郭允中等人率禁卫军与明军进行了激烈的战斗，但明军势如破竹，元朝禁卫军无法抵挡，不到一天时间，元禁卫军战死的战死、逃跑的逃跑、投降的投降，大都城被明军占领，淮王帖木儿不花、中书左丞相庆童、中书左丞丁敬可、大都路总管郭允中等人全部战死。

虽然逃到漠北的顺帝还想东山再起，但他始终没有机会。元朝宣布结束。

第四章

明代北京御林军

明永乐十八年（1420年）九月，明代第三任皇帝成祖朱棣下诏第二年改京师为南京（今江苏南京），北京为京师；第二年正月，明代正式迁都北京。崇祯十七年（1644年）三月，明朝末代皇帝崇祯帝在万岁山（即现在景山）上吊自尽，明王朝宣告结束。明代在以北京为都的223年里，北京始终处于民族政治、军事斗争的前沿，保卫京师北京的安全是明代军事工作的重要任务。明廷将七八十万京营军驻扎京师，筑长城、修城池，加强北京的警备，设"上二十六卫"担负宫廷警卫，建立了一套防卫与治安制度。所以，明代的禁卫军不同于历史上其他时期的禁卫军，它既是京城的守备力量，又是对外作战的主力军。但由于明王朝又是中国古代社会从繁盛走向衰败的一个王朝，故中国在世界上的地位也在明王朝发生了明显的下降。明王朝的创立者鉴于宋、元两朝因宽纵而灭亡的反面经验，定下了对内实行严酷统治的立国宗旨。整个明王朝都体现了十足对内的、严酷的政治风格。明朝禁卫军与秘密警察合为一体的制度，正是它采取对内严酷统治的工具。而禁卫军制度的庞杂多变、管理上的混乱腐败、战斗力下降，也是明王朝衰败的原因之一。在明代的禁卫军中，锦衣卫权势最重，对明朝影响最大，它是明代内廷禁卫军的代表，是承担着侍从皇帝与展列皇宫仪仗的最重要禁卫力量。

一、明代北京防御体系的修建

在北京为都的历史中，明代既是对北京防御体系大兴土木进行修建的一个朝代，也是我国历史上最后一个修建长城的朝代。虽然明代已经出现了火炮之类的热兵器，并且中国封建社会已经开始从高峰走向低谷，但既然明王朝的皇帝们不断地进行防御体系的修建，说明城池、长城工事防御体系，对于保卫当时的北京城、保卫封建统治的核心，仍旧具有相当重要的作用和现实意义。

1. 明代北京城池防御体系的修建

元朝末年，反抗蒙古统治者的农民大起义如同暴风骤雨席卷全国。元至正十一年（1351年），爆发了红巾军大起义，并且坚持了13年之久。起义军转战各地，一度攻占了蒙古统治者的老巢上都，甚至烧毁了"富夸塞北"的帝王宫阙，并且逼近大都城下。此时，腐朽的元朝政权处于风雨飘摇之中。

虽然红巾军最终不幸失败，但在红巾军与元军浴血奋战的时候乘机在长江下游一带发展起来的朱元璋势力，却不断壮大。朱元璋在兼并了起义军陈友谅、张士诚的势力后，占领了江南半壁江山，并于元至正二十七年（1367年）派大将军徐达、常遇春率师北伐。

北伐军顺应了广大人民迫切希望结束元朝暴政的要求，得到人们的广泛支持，势如破竹，取得了节节胜利。明洪武元年（1368年）七月，徐达率北伐军直逼大都城（今北京城）。八月初二，明军进攻大都，元顺帝妥懽帖睦尔和后妃、太子以及部分蒙古大臣从健德门仓皇北逃。至此，历时98年的元朝宣告灭亡。但是朱元璋早在这年的春天正月就在南京登上了皇帝的宝座，并宣布南京为国都。徐达将大都城改名为北平。

虽然元顺帝退走蒙古高原，但他继续号称大元皇帝，时刻伺机南侵，企图复辟。在这种情况下，北平城的军事战略价值就显得更加重要了。而此时，北平城北部比较空旷，加上多年战乱饥荒，许多人要么出走，要么死亡，日益荒落。于是，明朝统治者开始修建北平城池防御体系。

在北平城防御体系的修建上，大将军徐达立下了汗马功劳。

首先加强了城防。由于元大都城垣阔大，又是土筑的，这种防御体系显然不能满足徐达等人的心理要求。于是，他们决定首先紧缩城垣，同时将四面城垣加高并砌砖。为何他们要放弃大都城的北部地区，在北城垣以南五里处另筑新墙呢？出于军事防御目的最为明显。因为大都城北部空旷，北城垣南移对防卫确实有着非凡的意义。具体负责新筑城垣工作的是指挥华云龙。考虑到军事防御，北平城东、西、南三面城垣基本上是在元土城墙的基础上，外加砖包砌而成的，这三面的城垣高达三丈，城宽二丈；南移的北城垣，则高四丈有余。

其次是加强了北平周围的防备。元顺帝退走蒙古后，还时常进行反扑，总想恢复对中原的统治。而要夺回中原的统治，首先就要夺回北平城。显然，在这种情况下只加固北平城本身的防御是远远不够的，而应该以北平为中心基地，形成完整的防御体系。徐达占领北平后，立即在北平府设了六处卫所，驻扎重兵。此外，北平城东边的通州卫、东北的永平卫、后来所设的大宁卫，都成为北平东、东北方面的屏障。而在西北地区，又有开平卫，以及后来设的宣府诸卫，成为北平西北的屏障。

不过徐达将军这种城防体系是在特殊的环境下根据形势需要而修建的，所以有许多不完善之处，当时也并未作为都城的标准来修建。明建国之后，军事虽然进展迅速，局势也很快趋于稳定，但经济仍十分困难，在这种情况下，对北平城市建筑整体设计还提不上日程。

朱棣为何迁都北平

我们今天所能看到的明京师防御体系，都是明廷确定定都北平后所修建的。其实早在洪武初年，朱元璋就有过建都北平的打算。但是，由于北方在元末遭受了很大的破坏，地旷人稀，经济凋敝；运河也没来得及修复，江南的粮食和物资无法大量北运，只得把首都建在南京。即便如此，仍有许多客观现实向明朝统治者表明，明朝的都城建立在北平最合适。

客观现实之一：明代边地各民族与内地的联系继续加强，各族统治者在政治上都与明朝保持隶属关系，各族人民与汉族人民的经济、文化交往更加频繁。当时，蒙古地方的统治者虽然与明朝处于对立的地位，但是蒙古人民与汉族以及其他各族人民的联系并没有断绝，不少蒙古族人停留在内地生产，也有不少蒙古人正在向内地迁徙。《明太祖实录》卷六六记载，洪武四年（1671年）六月，以"沙漠遗民三万二千八百六十户屯田北平府管内之地"，其中就有很多蒙古族人民。蒙古族人民从事农业经济生活的比重越来越大，牧民也迫切需要内地物资。加强汉族与蒙古族人民的联系，是两族人民的共同意愿。

客观现实之二：各民族联系的进一步加强，也要求政治上进一步统一。在当时，北平具有很多作为这个统一多民族国家都城的优越条件。北平曾经是元朝的首都，有着作为多民族统一国家首都的传统。北平离蒙古和东北都很近，又是东北与内地联系的必经之地，朱棣认为，建都在这里，便于维系对东北的统治，从而可以牵制蒙古族统治者的势力。不管是朱元璋，还是朱棣，都希望把塞外蒙古族地区纳入明朝的版图，虽然那不是一件容易的事，但他们却明白这一点：以北平为首都，把北平作为最高统帅部的驻地，就可以更及时地掌握情况的变化，更及时地部署和调配军事力量。

客观现实之三：北平背靠燕山、南瞰中原，左环沧海，右依太行，易守难攻。北平周围由西南向东北，有紫荆关、居庸关、古北口、松亭关、山海关等要隘，进可以攻，退可以守，足以保障京师安全。就连朱棣都说："水甘土厚，物产丰富。"（《明成祖实录》卷一三○）北平与南方联系也较为方便，可以取海道上下，也可以利用运河来往。当然，与东北和西北联络就更为方便了。

当然，明朝之所以能够定都北平，还得力于朱棣当燕王的时候对北平的了解，他长期驻守北平，对北平的重要战略地位有着深刻的了解。

经过漫长的酝酿过程后，朱棣决定迁都北平。不过，朱棣迁都北平多多少少掺杂了一些个人利害因素。朱棣在北平起家，他巨大的影响和军事实力都在北方。朱棣在夺得皇位后，虽然当时仍以南京为都，但他的夺位之举，仍旧受到了南京不少遗臣的非议，甚至还有惠帝的死党想卷土重来。与南京相比，北平曾是朱棣的根据地，有大批的嫡系并得到当地人民的拥护，更有利于巩固他的统治地位。另外，朱棣在登上皇位后，朝廷重臣自然换上了自己的亲信，大多是北平三卫的宿将和靖难之役中的功臣。这些文臣宿将，长期居住在燕京地区，跟随燕王多次出征蒙古有功，在燕京地区大多有自己的恒产定业，又有妻儿亲朋，不愿意搬到南京，因而当然支持迁都北平。有大臣说，北平是"龙兴之地"，是燕王的发祥之地，都城理应迁到"龙兴之地"。

永乐元年（1403年）正月的一天，礼部尚书李至刚上奏皇帝，建议将北平升为陪都。李至刚的这一说法正合朱棣的心意，心情特别高兴，并立即下令改北平为北京，设北京留守行后军都督府、行部、国子监，改北平府为顺天府。同时，北京城的各种建设也随之全面展开。明朝迁都北京就这样开始了。

当然，真正表明朱棣决心迁都北京的却是在永乐七年（1409年）。这一年朱棣巡幸北京。这次巡幸，朱棣在自己身边设置了行在六部、察院，与南京各自形成一套系统。另一件事更可以彰显他迁都的心迹。永乐五年（1407年），徐皇后病逝。徐皇后是大将军徐达的女儿，与朱棣共同征战南北，自然有着深厚的感情，是他患难与共的夫妻。但是徐皇后死后，朱棣并没有急于把她安葬在南京，而是在北京的昌平为她建造陵寝，也就是现在的长陵。细细想来，如果不是朱棣决心迁都北京，他是不会把心爱的徐皇后下葬到北京的。

朱棣迁都北京也是历经艰辛。许多大臣本来就生活在南方，都不愿意迁都，反对朱棣迁都北京。即使在迁都北京之初，仍有不少大臣反对。永乐十九年（1421年）四月初八，北京新宫中的奉天、谨身、华盖三大殿都遭到了雷击起火，全部化为灰烬。朱棣以为是上天示警，下诏求直言反省。这时，那些本来就反对朱棣迁都的大臣却借此事反对迁都。朱棣十分不满，甚至杀死了言辞激烈的萧仪。此时，反对迁都的大臣们不敢再指责皇帝，转而攻击那些拥护迁都的大臣。双方争辩激烈，朱棣命令他们于午门外跪着辩论。户部尚书夏原吉为稳定局面，主动将责任承担下来，才渐渐缓和了矛盾，迁都之议才算是平息下来。

北京城的每一处建筑无不考虑到军事防御，这是时代的需要，就像今天建筑房子必须考虑防空一样，这也是时代的需要，只是防御的方法和手段不一样。永乐四年（1406年），北京城开始建宫殿，修城垣。第二年，分遣大臣到四川、湖广、江西、浙江、山西等地征集木料为建筑用材。当时有23万工匠、上百万民夫以及大量兵士被投入宫殿建造工程。北京城的营建，从永乐四年（1406年）开始，到永乐十八年（1420年）基本结束，前后延续了15年之久。

紫禁城防御

紫禁城又称宫城。它位于皇城之中，是明朝时的政治中心。紫禁城的形制为南北向的长方形。城墙周长3400多米，南北城墙长961米，东西宽753米。城墙高达10米，墙下部宽8.6米，墙顶部宽6.6米。四个方向，每个方向开一个门。南门为正门，也就是我们常说的午门。午门城楼建筑是红墙黄瓦，朱漆大柱。午门高35.6米，双阙长50米，平面是"凹"字形。在正面和左右两侧部署兵力和火器，能严密控制午门的开阔广

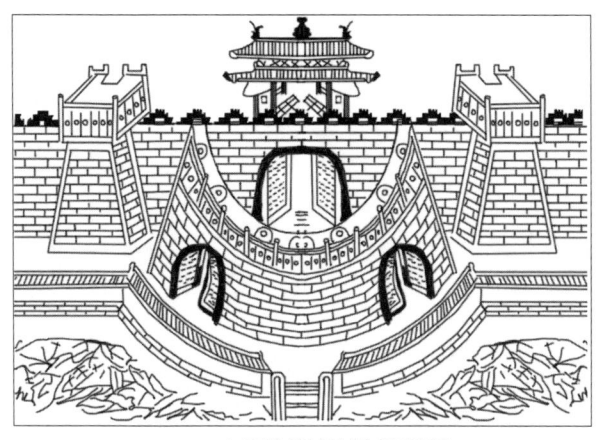

△ 明代筑城的制式示意图

场和通道。在午门双阙之下，东西各有一个小屋，这里是锦衣卫值班的处所。北门为玄武门（清朝改为神武门），东门为东华门，西门为西华门。城墙四角都构筑有角楼，居高临下可对周围瞭望、观察，对内可从4个方向俯瞰紫禁全城，对外可以观察和控制紫禁城与皇城之间的广大区域。角楼和四面城堞结合起来，可严密控制环护宫城的护城河。

皇城防御

皇城位于内城之中，紫禁城之外，也是明代拆除元大都城后重新建立的。城墙周长9千米以上，城墙高5.8米，墙基厚约2.1米，顶面宽约1.7米。皇城四周共设有7座门，正南第一道大门为大明门（清朝的时候改为大清门，辛亥革命后改称中华门）；左边是长安门，又称龙门；右边是长安右门，又称虎门；大明门向北是承天门（清朝改称为天安门），门上构筑有宏伟高大的城楼。皇城东门称之为东安门；西门称之为西安门；北门称之为北安门（清朝改称为地安门）。皇城在紫禁城

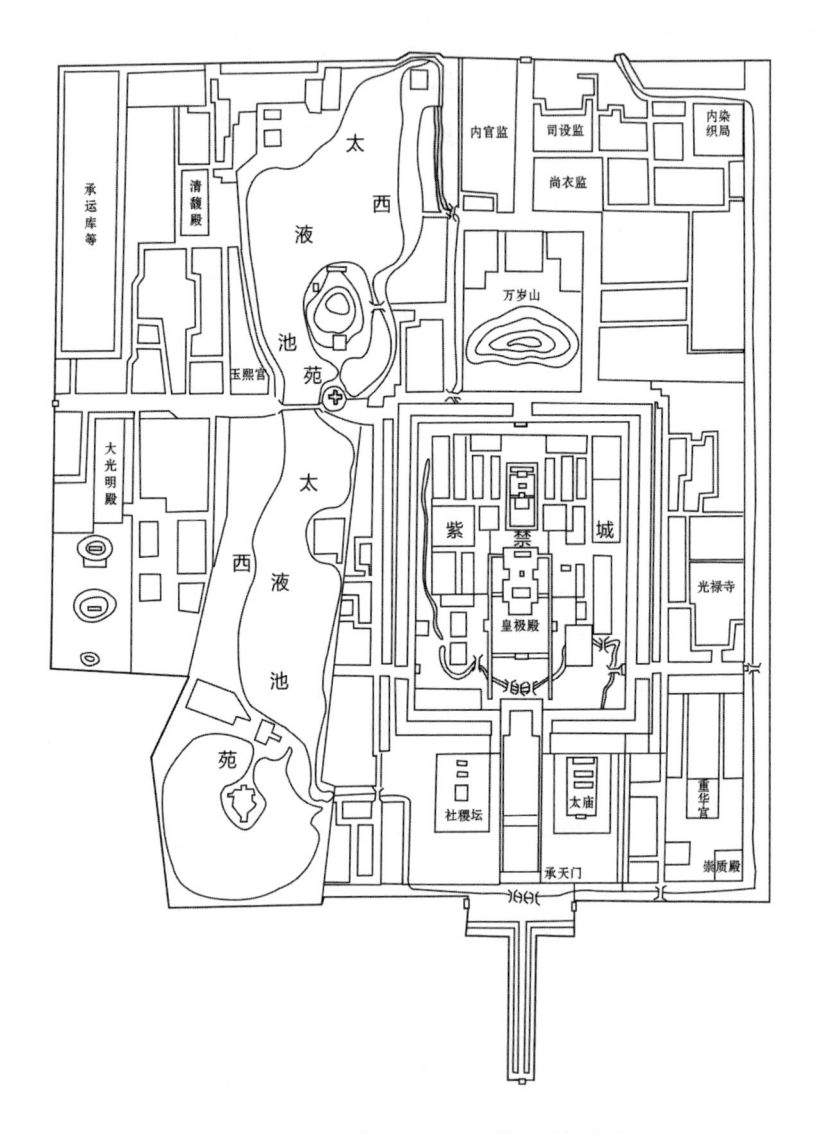

△ 明皇城、宫城（万历—崇祯年间）示意图

和内城之间，其主要作用是护卫紫禁城和支援内城作战。

内城防御

内城也叫京城，是明代北京城的主体防御工程，也是明京师御林军的主要防御依托。洪武元年（1368年）明军攻占大都后，为防元残余势力的南侵，大将军徐达命令华云龙改建北平。新建的城垣，也就是内城，将城北部（今德胜门外土城）南缩2.5千米，废东西光熙、肃清二座门，南北取径直，东西长6.3千米。新城垣在洪武四年（1371年）建成。朱棣即位，并决定迁都北京后，又开始营建北京城和宫殿、庙坛，并改土城墙为砖城墙。为了皇城南墙和内城之间增加一段防御纵深，永乐十七年（1419年）展拓南城墙，将内城南墙南移1千米，即从今天的东西长安街向南展拓至今天的前三门（正阳门、崇文门、宣武门）一线。直到永乐十九年（1421年），北京各项建筑全部完工。此后，内城又多次加固。

正统元年（1436年）十月，在九门修建城楼，大城四角修建角楼，将护城河加深，河岸用砖和石砌成，改九门木桥为石桥。为了进一步加强防御，正统四年（1439年），九门又修建了瓮城与箭楼。正统十年（1445年），又将城墙内墙改为砖砌。至此，内城军事防御设施主要包括城墙、城门、瓮城、敌台、角楼、钟鼓楼及护城河等，几乎汇集了城池防御的各种方法和手段。

内城墙的周长为25千米。东西长6650米，南北宽5350米。城墙高13米，底宽19.5米，顶部宽16米。城墙的内部是分层打实的黄土。基础顺向砌筑2米高的石条，墙体内处两面包砌2米厚的城砖。砌筑时渐渐倾斜上收，墙砖按顶顺交错垒砌，砖石缝隙灌满了灰浆并严密勾缝，使结构胶结为整体，防止不均匀下沉，确保城墙的整体稳固。城墙顶部以三合土灰浆灌实、抹平，而后再铺砌城顶方砖，将砖缝以灰浆填平，防止雨水渗透。为了保障守城禁卫军的作战和提供保卫安全，明朝的修建者还在墙顶外侧构筑雉堞共11038个。

内城有9座城门。9座城门都具有极强的杀伤力和战斗力。南为正阳门、崇文门、宣武门，北为安定门、德胜门，东为东直门、朝阳门，西为西直门、阜成门。城门上都有城楼，城门前有瓮城。南面之中的正门为正阳门，于永乐十八年（1420年）构筑，是内城最高的建筑物。城门楼三重飞檐，两层楼阁，屋脊高约42米。正阳门是卷拱门洞，宽7米，高10米，可以双车并行通过。城门洞入口处设置木质双扇对开大门。门扇外包铁皮并密排铁钉。正阳门作为紫禁城的正前门，其前面构筑了半圆形瓮城1座，瓮城门顶上构筑有高达35.5米的箭楼。瓮城、箭楼、射孔、铁制闸门，使城门形成能独立进行战斗的坚固支撑点。

内城的四角分别构筑了角楼。角楼突出城角外墙面20米，高约30米，良好的视界和广阔的射界控制着左右两个方向，并与城墙相邻的敌台构成交叉火力和侧面杀敌。敌台单面（外侧）突出于墙面，内城共有172座，间隔为60米至100米，构成配置兵力和兵器的守备点，是守御城池的骨干工程。在每个敌台后面的城墙上，构筑有一所三开间的营所城铺，供守御禁卫军掩蔽和休息。整个城墙分段构筑有9个掩蔽库，90座火药库，135个存放各种军用作战物资的储备库。

内城墙外约50米处，环城构筑有一条宽30米、深5米的护城河。在城上火力的有效控制之下，形成以阻助打、阻打结合的防御工程措施。护城河起于北京西郊的玉泉山，经过高粱桥到内城西北分为两支：一支沿着城北转向城东，再折向城南；一支沿着城西转向城南，再折向城东。护城河环绕九座城门外都筑有石桥，保障正常交通。当来敌攻打城池时，禁卫军就会关闭石桥外的铁栅阻绝交通。凡是有水道通过城墙之外的设置水关，内外三层，护以铁栅，以防止敌人由水道潜入城内。

在内城北部中心区，建有钟楼和鼓楼。只要禁卫军发现敌情，或者是在作战期间，可向城内外报警，在战斗中，还可观察和发出信号。这大概相当于今天的警报系统。

外城防御

明朝经过一百多年后，由于蒙古统治者多次派骑兵南下，甚至迫近北京城郊袭扰，直接威胁了北京城的安全。这种情况让大部分时间都在进行炼丹、斋醮的明世宗朱厚熜有些坐立不安了。这时，大臣们纷纷上书，要求修建外城，加强北京城的防御。迷信道教，想通过权术延长寿命的朱厚熜还没有糊涂到是非不清的地步，于是采纳了大臣们的意见，加筑城郭，以增强北京城御林军的防卫能力。

嘉靖三十二年（1553年），明朝增筑北京外城。原来准备建筑环围内城四周的外城，因财力不济，最后只修筑了环抱南郊，包括内城东西角、西南角的外城，外城墙周长约14千米，东西长7950米，南北长3100米，结构基本和内城相同，城墙高6.5米，城墙底部宽6.5米，城墙顶部构筑雉堞9487个，以供箭、弩、铳、炮等武器的射击。外城有城门7座，南为左安门、永定门、右安门，东为广渠门，西为广宁门（又名彰义门），北为东便门、西便门。城门上筑有城楼，城门外都以半圆形外瓮城加强回护。瓮城上构筑有高大的箭楼。外城城墙的四角城顶上构筑有角楼，城墙上构筑敌台60座，角楼和敌台、敌台和敌台构成交叉火力，能够有效地打击接近外城的敌人。外城的护城河与内城一样，也是起自玉泉山，分流到西角楼，绕城南流，再折向东流到东角楼。城门外的护城河都筑有石桥。水道通过城墙之处，均设置水关并护以铁栅。加筑外城，使北京城池的防御纵深进一步加大了，形成了一个组织完善、工程设施配套坚固、由多道城垣和沟池组合而成的环形防卫体系。

　　在外城的防御体系建设中，最值得一提的是，明朝统治者还建筑了一些城外之城，作为防守北京的阵地。洪武元年（1368年），大将军徐达命令燕山侯孙兴祖重筑通州附近的潞县旧城。景泰初年，代宗又在此城西门外建新城。万历二十三年（1595年），又加以扩建。这就是后来的通州城，也是北京东部重要的军事要地和粮仓。嘉靖十五年（1536年），在昌平东南10千米的沙河筑巩华城，驻军戍守，南卫京师，北护皇陵，真是一举两得。

　　当然，最为经典的要算是镶嵌在南郊的拱极城（今宛平城）。它建立在卢沟桥东，城池异常坚固，是拱卫北京的桥头堡。明朝末年，由于农民大起义，京师的安全直接受到了威胁。为了加强北京城的安全，崇祯十年（1637年），经崇祯帝批准，在卢沟桥畔建拱极城。崇祯十三年（1640年）八月建成。虽然拱极城方圆不过里许，但是建造得坚固而雄壮，是专门用来驻兵的，也是一个禁卫军前哨，还是一个大堡垒。它被誉为"崇墉百雉，俨若雄关"。它对保卫北京城有着相当重要的作用。

2. 明代北京长城防御体系的修建

由于明代的北京城处于民族融合的前沿，并且它又是军事战略要地，明朝统治者不仅在这里部署了大量的京营军，还加强了长城防御体系。

修筑长城，成了明朝廷一件重中之重的大事，自从洪武元年（1638年）大将军徐达攻克大都开始修筑长城，一直到最后一个皇帝崇祯帝，几乎没有停止过。不过，北京整个军事防御体系，是在洪武年间由徐达等人奠定的基础。

明代北京长城有如下几个特点：

第一，技术水平达到了空前高度。它吸收了历代修建长城的经验，利用地形，采取"用险制塞"的原则，专选高山峻岭或深沟大川等险要地形修筑长城，以增强它的防御威势，所以难度很大。其建筑也十分讲究，把城墙、敌台、烟墩以及城内外驻兵的关城、哨所相结合，形成了一个交叉的立体防线。

第二，管理完善。明代把整个长城分为九大段管理，号称"九镇"。北京的长城包括蓟镇和宣府镇两段，东起山海关，西至西洋河（今山西大同东北），全长2200多里。九镇长城的关口有一千多个，各路分管，分工严密，战时御敌，平时维修，都有定制。各个关口设"守备""千总"管理，兵额视具体情况而增减。

第三，层层设防，布局严密。为增强防御能力，许多地方设重城，最险要的地段达20多重，把长城的守备与经常性的军事指挥机构结合了起来，形成了一个庞大的军事防御体系。蓟镇长城是首都的直接屏障，建造精良，管理严密。

修建长城的历史源远流长

北京长城的修建,是从战国时期的燕国开始的。当时燕国修筑的长城从造阳(今河北怀来境内)起到襄平(今辽宁辽阳)。秦始皇统一六国后,将原秦、赵、燕北边防御城墙依自然地形连接起来,长达万余里。南北朝的时候,北魏的南长城自居庸关一带开始,向西经平型、北楼、雁门、宁武、偏关诸关而达山西河曲;北齐的长城西段自昌平南口北去,经延庆县入今张家口地区。

在北京历史上,明朝是修长城最多、修得最好的一个朝代,也是最后一个修筑长城的朝代。秦始皇时代的长城早已废毁,遗迹都难以找到,现在我们所看到的长城大都是明代所建筑的长城。明朝的时候,为防备北方部族的袭扰,花了极大的人力、物力全面修复和改建万里长城,前后共进行18次之多,历时200多年。徐达、戚继光等明朝大将,均负责过修筑北京的长城。

徐达重修居庸关

洪武元年(1368年),大将军徐达率兵攻克了大都。作为一个军事家、战略家,徐达以及远在南京的朱元璋自然意识到在北京修筑长城的重要性。于是,朱元璋马上赋予徐达修筑北京长城的重任。徐达首先想到的就是居庸关。

居庸关位于北京北部军都山的关沟中段,南距南口7.5千米,北距八达岭约10千米,是北京西北方向的门户。早在战国的时候,燕国就在这里设关塞,称之为居庸塞。从秦始皇开始叫居庸关,后来曾叫过军都关、纳款关。北魏、北齐修长城时与关城连接,成了长城的关口。但是到了元末,由于连年战争,居庸关受到了严重的损毁,已经影响了其发挥军事作用的功能。于是，明朝决定修筑长城，并对居庸关进行重修。

《延庆卫志略·关隘》上也说："明太祖既定中原，副大将军徐达以修隘之任。即古居庸关旧址，垒石为城。景泰初年（1450年）王师之门户，宜亟守备。乃以金都御使王镕镇居庸，修沿边关隘，因旧关地狭人稠，度关南八里许古长坡店，创建城垣，即今延庆卫城也……"（注：由于《延庆卫志略》为乾隆十年的抄本，此条史料有两点错误：一是，当时徐达不是"副将军"，而是"征虏大将军"。二是，文中"即古居庸关旧址，垒石为城"。其实，徐达当时所建的关城，不在元代居庸关的中心部位，而在云台以北的"上关"，以石垒城，规模也十分小，不过由于急于抗击元蒙残余势力，简易从事是完全可以理解的。一直到景泰年间，于谦上书徐达所建关城太小，才在其南的长坡店周绕云台修建长达13里的关城。）

洪武二年（1369年），徐达召集民工数千人，开始了重修居庸关防御体系工程。城周6.5千米，高14米。虽然徐达修建的居庸关有急于求成的痕迹，但明朝居庸关的始建工作却是从徐达开始的。

景泰元年（1450年），关城南移了4千米（即今天的居庸关），并在关沟南北两端建外关。居庸关与南北口之间的三道重关，构成坚固的多层次防御体系。居庸关位于三关之中，是三关的主关，关城构筑在东侧翠屏山和西侧金柜山之间，城周长近500米，城墙高10.5米，城墙底宽11.5米，城墙顶宽9.5米，整个城墙都是以城砖和条石砌筑而成的。城南、北各有一城门，门外都有瓮城。居庸关南口为南口镇，筑有城池，既可防敌迂回，也是居庸关最后一道防线。居庸关为华北通往内蒙古高原的唯一捷径，易守难攻，素有"铁门"之称。

徐达修建古北口关城

徐达重修好居庸关等长城关口后，又把修建长城的重点放在了古北口等重要关口。

古北口是华北平原通往内蒙古草原的要道，有"地扼襟喉趋溯漠，天留锁钥枕雄关"之称。明朝嘉靖年间的祝增在一块碑上是这样评说古北口的：古北口与各民族为邻，是北京的要害，国家设卫置将，把它当作重镇，天下最险要的地方，几乎都在这里。《密云县志》上也说，"京师北控边塞，顺天所属以松亭、古北口、居庸三关为总要，而古北口尤冲"。特别是辽、金时候，古北口还是从辽南京和金中都通往中京、上京的要道，当时宋朝遣使到中京、上京的人，都要从古北口经过。当年欧阳修从这儿经过时，写下了《奉使契丹过塞》："古关衰柳聚寒鸦，驻马城头日欲斜。犹去西楼二千里，行人到此莫思家。"据史料记载，从此经过的名人还有韩琦、苏辙等人，并且都留下了诗句。古北口是外敌进攻北京的第一要道，守住了古北口就等于守住了北京。

古北口早期并没有长城，战国和秦、汉时期的长城是从古北口以北很远的地方经过的。北齐天保六年（555年）修建的长城从这里经过，古北口这一带才有了长城。但是北齐时候的长城比较矮小，是土石构筑的，现在已经没有什么遗存了。唐朝的时候，在古北口设置了东军、北口二守提。金贞佑二年（1214年），在这里设过铁门关。但是，古北口真正成为一处雄关隘口，还是从明朝开始的。

洪武十一年（1378年），明廷决定由徐达主持修建古北口等关隘。所修建的古北口关城，名营城，跨于两山之间，南控大石岭，北界潮河川，城周长2千米，开东、北、南三门。徐达还在这里设置了守御千户所。洪武三十年（1397年），明朝政府又把千户所升改为密云后卫，并设了指挥使3员、同知6员、指挥签事5员、指挥1员，设左、中、右、前、后五个卫所，有正副千、百户36员。到明弘治七年（1494年），又在这里设了古北口提调，古北口的防御进一步加强。

戚继光修筑慕田峪长城

慕田峪长城位于北京城正北方的怀柔境内，东连古北口，西接居庸关，北部是军都山的崇山峻岭，越过军都山，西北是延庆盆地，正南是十三陵，再往南就是北京小平原了。

慕田峪正处在北京长城东、西两大体系的交接点上，既是京师门户，又有护卫山陵的任务。此地外平内险，易守难攻，北部地势平缓，许多地段牵马可上，蒙古人常常避开古北口、居庸关两处险要之地，而从延庆盆地沿妫水河谷东行，自永宁、四海冶方向，从怀九河、怀沙河、雁栖河等沟谷中穿行，由慕田峪、黄花城等地突袭京师北部防线。

基于以上原因，明代对慕田峪长城的修筑和防御布局十分重视。

早在北齐的时候，就已经在这里修过长城，永乐二年（1404年）正式建关。特别是到了隆庆年间，明代长城的修筑达到了一个高潮。为了加强长城的修筑，穆宗帝特地把著名的军事将领戚继光从南方调来修筑蓟镇长城，慕田峪长城是重点。

为了把慕田峪长城修得更加合理科学，戚继光来到京师后就立即投入修筑长城的工作之中。他对蓟镇长城沿线进行考察，见曲折2000里之间，士兵在长城下栉风沐雨，夏炎冬寒，十分凄苦。于是，他在修整慕田峪长城时，把战略的需要与军士们的安危结合起来。例如，他设计了跨墙建敌楼，分为三层，上层放哨，中层休息，下层存武器。

慕田峪长城多建在陡峭的山峰之上，城墙用花岗岩条石，墙体上内外两侧都有垛口，敌楼的密度很大，在一段长2250米的墙上，就筑有敌楼22座，既可以两面拒敌，又可以近距离向敌军射击。城外侧还挖有挡马坑，使防御功能更加完善。在靠近敌楼附近内侧的墙体上都筑有券门，以方便上下城墙。由于慕田峪长城自关门两侧沿山脊升起，随山势翻转，一些地段坡度很陡，这些地段的垛口不是开口的长方形，而是锯齿形的。其在一些险要的地方还修有炮台。

慕田峪长城还建有"支城"，就是在长城内外侧有高脊山梁的地方再顺山梁修出一段长城来，长度在几米到几十米之间，并且修筑有敌楼。修筑支城是为了控制制高点，保护主城的安全。慕田峪隘口的正关台建在两座山峰之间的低凹处，与其他地区的关台不同，它是由三座连在一起的空心关台组成的。它不从正中城台开门，而是从两侧沿高陡的石梯左右两侧上下。

慕田峪长城从正关台左侧起，随山势翻转奔向远方。长城由山腰直伸山顶，在山顶立一敌楼后，又突然下降，翻身向下返回山腰，又骤然升起，直到海拔940多米的地方，绕了一个大弯，其形状很像牛犄角。为了控制制高点，戚继光这种特意舍缓求险，把长城修在山巅的杰作，实在令人惊奇。

长城从"牛犄角边"继续向前延伸，经过一个名叫"箭扣"的地方，这里已经是海拔1044米的山峰了，两侧山坡陡峭，在修筑长城时，必须从山头的外侧断崖绝壁上通过，又不能把这个制高点留在外边，于是工匠们用了两根大铁梁担在断崖之上，上面再垒砌砖石。

慕田峪长城还不乏其他经典的设计之处。

戚继光不仅是著名的军事家，而且精于文史，留意名山大川的自然美，他把军事思想与美学思想巧妙地结合起来，运用于慕田峪等处长城的修筑。

由于慕田峪离北京城只有73千米，只要这里被敌人突破，敌人就可以迅速袭击北京城。所以，慕田峪自然是京营军的防守重点。同时，慕田峪地区山岭林木葱郁，景色优美。春天有桃红李白，百花争艳；夏天有绿叶青葱，树影婆娑；秋天有硕果累累，满山红叶；冬天有雪花飞舞，松柏常青。

北京长城防御体系的主要组成部分

（1）关城。关城是长城防线上的守御要点，可驻扎和部署较多的兵力，储备足够的兵器、粮食和军用物资，直接供应和支援关城所管辖范围内的作战。明朝北京御林军北部防线上的蓟镇和宣府镇长城段内关城、关塞、关堡共有71座。

（2）城墙。城墙是长城的主体部分。其走向、高度、宽度根据地形条件而定，一般高7米至8米，下宽上窄，墙顶宽4米至5米，结构样式主要有块石墙、劈山墙、砖城墙、障墙和战墙等。

块石墙是利用天然石头打制而成的块石垒砌的城墙，多构筑在山地和便于采集块石的地点，断面多为梯形。如居庸关附近的山上及河槽两侧就是梯形石墙，底宽为3米，高度为2.5米至3米。

劈山墙是在山地利用迎敌面陡峻的崖陂，加工成崖并在上面增筑部分雉堞而成。如金山长城的望京楼附近，慕田峪箭扣段长城，即为劈山式城墙。有的山不加劈墙也难以攀登的，只在顶部修女墙，为山险墙。

砖城墙是北京长城的主要组成部分，沿线的重要关隘、城堡、墩台等，几乎都是以石条为墙基，用城砖双面包砌。居庸关和八达岭长城城墙以岩石地为基础，用规整的石条砌筑城墙的基础，内外以顶顺交错的城砖砌筑两壁，两壁之间填以黄土、砖石等分层夯实，在雉堞和女墙之间的城顶，密铺3层至4层城顶方砖。城墙内侧，每间隔适当距离，以城砖或条石砌筑一个直墙半元拱顶的券门，其宽度约为1.5米、高度为2米，筑有阶梯直通城顶。在要隘和关堡城池的重要部位，构筑有登城的兵马道，以保障兵力、兵器和物资能快速机动运送。

障墙是为防止敌人攻上城墙后夺取战台而在城墙上构筑的横隔墙，一般高二至三米，一端与雉堞相接，另一端距女墙约1米，能容单人通过。障墙上有射孔，守兵可以据以射击。

战墙多数构筑在长城线上重要部位的主城墙前面40米至50米处的有利地形上，以砖、石垒砌而成，规格根据地势情况而定，高度通常为2.5米，主要特点是在整个墙面上构筑可供卧、跪、立三种姿势、梅花形交错配置的射孔，以保障在战墙内侧有更多的守卒参加战斗，同时保障有高、中、低三种火力杀伤敌人，增大杀伤效果。

（3）城台。城台按照结构样式和作战用途分为墙台、敌台和战台三种，大多构筑在城墙线上位置较高的山顶上，或者是在城墙走向变化转弯的地方，明朝北京长城共有各种城台

820余座。

墙台又叫实心台，构筑在城墙的墙体上，每隔300米至500米构筑1个。墙台的形状呈方形，一般突出城墙外侧2米至3米，略高于城墙1.5米至1.7米，顶部四周构筑雉堞，雉堞上构筑瞭望孔和射孔。墙台上构筑简易铺房，以避风雨。每座墙台有守兵14人，平时4人。墙台上配有火器、兵器、信号器材和储存1个月的粮食和饮水。

敌台通常构筑在突出于城墙的内外两侧，平面形状呈方形，结构为上下两层。戚继光任蓟镇总兵时修建空心敌台，高约9.6米，台基呈方形，四周周长为38.4米；下层以砖拱起券，中间空豁，四面有炮窗，可以发射火炮；上层建楼橹，构有雉堞。

战台通常构筑在城墙内侧制高点上，与城墙之间以战墙连接，可协同战台打击突入城墙的敌人。战台平面形状呈方形，高度12米，长度和宽度各15米，断面分为三层：上层构筑1.7米的雉堞，供射击和以烟火、灯笼、旗子等报警及相互联络；中层供守卫士兵作战，四壁构筑炮窗和射口；下层供士兵食宿和储存兵器、粮食、饮水及各种作战物资。

（4）烽燧。烽燧，又叫烟墩、烽火台、墩台、烽堠、亭障，是明代北京禁卫军的观察哨所，又是禁卫军军情警报的传送站。人们用烽燧传递情报，开始于西周。《史记·周本纪》说："幽王为烽燧、大鼓，有寇至，则举烽火。"春秋的时候，举烽火以通消息，成为各诸侯国传递情报的主要手段。

烽燧通常构筑在长城沿线可以互相通视的山头上，或通往纵深的卫、所、镇治，或京师的大路处，或道路的转弯处。大多以黄土、块石垒砌或城砖包砌而成。其通常形状为下面大、顶面小的方形台体，一般高 9.2 米，长 12.3 米，宽 10.5 米。其以"之"字形阶梯通至台顶，顶部四周构筑有雉堞，四角和中央构有发烟灶，并竖立高杆，以便升挂联络用的旗子和灯笼。登台的阶梯侧面台体中，构有炮窗、射口等。通常每一烽燧编制 4—6 人，配备的报警物品有灯笼、旗子、梆子、火药等。报警的时候，白天放烟，黑夜举火，放烟、举火的数量，依据来犯敌军多少而定。

放烟，主要使用薪柴。举火，多用火把或火斗。火把用"积薪"捆扎，"束柴草于木杆之端"；火斗又叫兜零，即柴笼，将柴草填塞斗内，挂在吊杆的尽头备用。要是敌人一旦来犯，最先发现敌情的烟墩，立即施放烟火，邻墩的守卫禁军看见了，也放起烟火，这样一墩接一墩，一直传到指挥机关；指挥机关得到情报后，立即作战斗准备，调兵遣将，支援一线守军，居民也立即进入堡寨躲避。要是遇到大队敌军进攻，烽火要一直传到朝廷。

二、明代北京警备机构

五城兵马司

朱元璋这个起自布衣的皇帝，对社会有较深的了解，为了确保社会稳定，他不仅努力建立一套健全的政治体制，还努力保证都城的安全与宁静。

洪武元年（1368 年），朱元璋下令，设置兵马司稽察奸伪，有官军 3000 多人。到晚上的时候就给官兵发巡查用的令牌，由旗军领牌检查各城门上锁的情况以及夜里的行人情况。这就是最初的五城兵马司。它属于一个管理社会治安的机构，性质相当于今天的警察、交警,所不同的是当时的五城兵马司属于禁卫军系统。

不久后,又改命在京卫所镇抚官负责,由中军都督府具体管理。

真正开始叫五城兵马司已经是朱棣当上皇帝的永乐七年(1409年)的事了。其实,五城兵马司就是东、西、南、北、中五个兵马指挥使的简称,主要负责指挥巡捕盗贼,以及疏理街道,保持市容。五城兵马司各设有指挥1人,是正六品官员;副指挥4人,吏目1人。

五城兵马司部署如下:中城兵马司衙署在城内的仁寿坊;东城兵马司衙署在城内的思成坊;西城兵马司衙署在城内的咸宜坊;南城兵马司衙署在外正阳街;北城兵马司衙署在城内的教忠坊。

在五城兵马司中,最有名的是北兵马司。北兵马司胡同位于东城区西部,东起交道口南大街,西至南锣鼓巷,长460米,宽6米。明代北兵马司署在此,胡同因此得名。

同时,五城兵马司在京城各处都设有巡捕厅,内东巡捕厅在澄清坊内,东北巡捕厅在朝阳东直门外,内西巡捕厅在金城坊内,东南巡捕厅在崇南坊内,西南巡捕厅在宣北坊内。在各个城门还备有兵马待命。

到明朝第五个皇帝宣德初年的时候,京师的盗贼越来越多,已经严重影响到了京城百姓的安居乐业。而宣宗在历史上是一个"太平天子",虽然他只在位10年,但他是个守成之君,承继了明朝开国60年来的基业,并且以自己的德政和治道而载入史册。对于影响到京城百姓安居乐业的盗贼,他当然不能容忍，于是下令增加官军数百人，主要协助五城兵马司进行抓捕。不久后，宣宗又感觉力度不够，于是又下令增加夜巡官军500人。

到嘉靖年间的时候，五城兵马司的官军就已经发展到1万余人，队伍可谓庞大。但此时，五城兵马司却受到了锦衣卫的左右，在很大程度上成了锦衣卫的一种工具。当时，锦衣卫不仅掌握着缉捕、诏狱大权，而且有权监督五城兵马司和巡捕营的行动。正如《明史》所说："京城巡捕有专官，然每令锦衣卫协同，地亲权要"，"防五城兵马司地方，每季委千户一员，百户十员，旗校二百五十名分管。城外地方，千户五员，百户十员，旗校二百五十名分巡，各缉捕盗贼"。

五城兵马司本来是为人民服务的一个治安机构，是保卫京师安全警卫的一个机构，但不幸的是，它也没有逃脱历史上臭名昭著的锦衣卫的玷污。锦衣卫与东、西厂等特务组织，不仅迫害百官，而且密布于大街小巷、茶馆酒楼，在京城制造恐怖，人人自危。锦衣卫在强化京师的治安管理中，起到了极为恶劣的作用。

三、明上直侍卫军

在明代，上直侍卫军是由皇帝直接指挥、担任宫禁宿卫的部队。虽然它编制上属于京营军，但军务却由兵部直接管理。其实，在明朝建立之前，朱元璋就先后设置帐前总制亲军都指挥使司、金吾侍卫亲军都护府和武德、龙骧等17卫亲军指挥使司、拱卫司等，掌管亲军侍卫。等到明朝建国后，朱元璋在南京设立了锦衣卫、旗手卫等"上十二卫"为天子亲军，都叫做上直卫亲军指挥使司。后来，朱棣从建文帝手中夺得皇位后，先后升"北平三护卫"和北平都司所属的燕山左卫等七卫为亲军，于是上直侍卫军称为"上二十二卫"。后来，明朝迁都北京，上直侍卫军由南京分调北京。宣德八年（1433年），又改腾骧左、右卫和武骧左、右卫为亲军，上直侍卫军增至26卫。这26卫分别是：

锦衣卫——26卫中最为著名的，也是当时权势最重的，对明朝的政治产生了深远的影响。

旗手卫——26卫中位置仅次于锦衣卫。洪武十八年（1385年），朱元璋命令旗手千户所改置旗手卫，下辖5个所，并明确规定了旗手卫的职能：在重大仪式和皇帝出行祭祀时，执掌大驾卤簿中的旗纛、金鼓，在随驾行列中，位于锦衣卫卤簿之前；宣召文武官员和奉旨承办特殊任务；守卫宫禁四门；钟鼓楼的钟鼓，旗手卫卫士每夜依时撞击，以作为京师巡警的时间凭据；宿卫时负责分守皇城南面。永乐十八年（1420年），旗手卫由南京调迁北京，当时衙署设在刑部街（今复兴门内一带），后来迁到了大时雍坊。后来，由于锦衣卫的职能扩大，旗手卫的职能相应地缩小了。

金吾前卫——洪武年间设立。其设指挥1人，秩正三品，指挥同知2人，指挥佥事4人，镇抚司镇抚2人。永乐十八年（1420年）由南京调迁北京，负责守卫皇城南面及巡警京城各门，衙署设在保大坊（今灯市口一带）。

金吾后卫——洪武年间设立。其职官设置与金吾前卫一样。永乐十八年（1420年）由南京调迁北京，负责守卫皇城北面及巡警京城各门，衙署设在保大坊（今灯市口一带）。

羽林左卫——洪武年间设立。其职官设置与金吾前卫一样。永乐十八年（1420年）由南京调迁北京，负责守卫皇城东面及巡警京城各门。

羽林右卫——洪武年间设立。其职官设置与金吾前卫一样。永乐十八年（1420年）由南京调迁北京，负责守卫皇城西面及巡警京城各门，衙署设在保大坊（今灯市口一带）。

府军卫——洪武年间设立。其职官设置与金吾前卫一样。永乐十八年（1420年）由南京调迁北京，负责守卫皇城南面及巡警京城各门，衙署设在大时雍坊。

府军左卫——洪武年间设立。其职官设置与金吾前卫一样。永乐十八年（1420年）由南京调迁北京，负责守卫皇城东面，衙署设在保大坊（今灯市口一带）。

府军右卫——洪武年间设立。其职官设置与金吾前卫一样。永乐十八年（1420年）由南京调迁北京，负责守卫皇城西面，衙署设在咸宜坊（今西城区辟才胡同一带）。

府军前卫——洪武年间设立。朱元璋创建亲军卫队之初，曾特设带刀舍人，这便是府军前卫的前身。朱元璋当上皇帝后，府军前卫负有特殊使命，即严格地选拔、训练幼年军士，使他们成为亲军卫士的重要兵源。正式入选府军前卫卫士的军人，称为带刀官，职责是轮番带刀侍卫。到了明成祖朱棣的时候，由于朱棣十分重视府军前卫，于永乐十三年（1415年），决定为皇太子设立一支幼军，由府军前卫管理，内设完备的属官。明成祖改进后的府军前卫，带刀卫官名额为40人。府军前卫的幼官是终身制，而且是世袭，有些幼军到了60多岁的年龄还没有离开岗位。其衙署设在保大坊（今灯市口一带）。

府军后卫——洪武年间设立。其职官设置与金吾前卫一样。永乐十八年（1420年）由南京调迁北京，负责守卫皇城北面及巡警京城各门，衙署设在仁寿坊。

虎贲左卫——洪武年间设立。其职官设置与金吾前卫一样。永乐十八年（1420年）由南京调迁北京，负责守卫皇城南面及巡警京城各门，衙署设在时雍坊（今西单小石虎胡同一带）。

金吾左卫——洪武五年（1372年）设立，当时称之为燕山左护卫，为燕王府护卫军，护卫王邸，有征调则听命于朝廷，设指挥使1人，指挥同知2人，指挥佥事4人。下辖前、后、左、右、中5个所和2个围子手所。其所编千户2人，百户10人；围子手所编千户1人。其刚开始的时候统兵1千多人，到洪武十年（1377年），以羽林等卫军补入，扩充为2200多人。建文四年（1402年），燕山左护卫升为亲军，改称金吾左卫，负责守卫皇城东面及巡警京城各门。其衙署设在仁寿坊（今东城区育群胡同一带）。

金吾右卫——洪武五年（1372年）设立，当时称之为燕山右护卫，其职责、职官、兵力同燕山左护卫一样。建文四年（1402年），燕山右护卫升为亲军，改称金吾右卫，负责守卫皇城西面及巡警京城各门。其衙署设在南薰坊（今东城区韶九胡同一带）。

羽林前卫——洪武五年（1372年）设立，当时称之为燕山中护卫，职责、职官、兵力同燕山左护卫一样。建文四年（1402年），燕山右护卫升为亲军，改称羽林前卫，负责守卫皇城南面及巡警京城各门。其衙署设在大时雍坊（今天安门广场西侧）。

燕山左卫——洪武元年（1368年）由乐安卫改设，隶属于北平都司。永乐四年（1406年）二月升为亲军，主要负责守卫皇城东面及巡警京城各门。其衙署设在阜财坊（今宣武门内保安胡同），后来又迁到了安福坊（今西四东大街一带）。

燕山右卫——洪武元年（1368年）由济宁卫改设，隶属于北平都司。永乐四年（1406年）二月升为亲军，主要负责守卫皇城西面。其衙署设在鸣玉坊（今西四北二条一带）。

燕山前卫——原属北平都司，永乐四年（1406年）二月升为亲军，负责守卫皇城南面及巡警京城各门。其衙署设在鸣玉坊（今西四北二条一带）。

大兴左卫——洪武元年（1368年）由飞熊卫改设，隶属于北平都司。永乐四年（1406年）二月升为亲军，负责守卫皇城北面及巡警京城各门。其衙署设在发祥坊（今新街口东街三不老胡同一带）。

济阳卫——原属北平都司，永乐四年（1406年）二月升为亲军，负责守卫皇城南面。其衙署设在北居贤坊（今东城区炮局胡同一带）。

济州卫——原属北平都司，永乐四年（1406年）二月升为亲军，负责守卫皇城南面。其衙署设在金城坊（今西城区锦什坊街机织卫胡同一带）。

通州卫——洪武二年（1369年）由吉安卫改设，隶属北平都司。永乐四年（1406年）二月升为亲军，负责守卫皇城北面及巡警京城各门。其衙署设在通州州治（今北京花丝镶嵌厂院内）南、北大街东侧（今通州卫胡同），营房在旧城南关东营、西营（今东营中、后街与西营中、后街高坨处）。

腾骧左卫、腾骧右卫、武骧左卫、武骧右卫——这是一支由内府御马监官提督的特殊亲军。永乐年间，朝廷将从蒙古逃回的蒙、汉男子收作"勇士"，供养马役，给粮授室。后来"勇士"多由养马者充任。宣德六年（1431年），专设羽林三千户，统领军士3100余人。宣德八年（1433年），以"勇士"及神武前卫官军改置侍卫上直军卫，称"四卫军"，掌率力士直驾、随驾。选本卫官4员为坐营指挥，督以内臣，别营开操，称之为禁兵，统辖千户所32个，器械、衣甲不同于其他的军队。弘治末年，"勇士"多达11780人，旗军达30170人。嘉靖年间，限定额为5403人。天启末年，又将"四卫营"分弓弩、短兵、火器加以训练。崇祯年间，又把"四卫营"改为"勇士营"，以周遇吉、黄得功为统帅，并且由于训练有素，也就成了明末的一支禁卫军劲旅。由于军士穿皂布衣甲、画虎头于上，所以又称之为"黑虎头军"。"勇士营"的衙署设在金台坊（今鼓楼大街国旺胡同一带）。

明代禁卫军之多也是历史上出了名的，它的规模仅次于宋代。在外围共同保卫京师安全警卫的部队还有规模庞大的京营军，朱棣当上皇帝并迁都北京后，驻京的兵力达到了72卫，人数达80万。造成当时北京驻军如此之多，最主要的一个原因，就是明成祖将都城定在长城脚下的燕京，从地理位置上决定了京城的防卫是件严峻的任务，这使京营军同时担负了守卫都城和守卫边防的任务。

锦衣卫

锦衣卫，明朝这一特务组织的设置，与朱元璋生性猜疑有极大的关系。

朱元璋是我国历史上少有的独揽大权的强势皇帝。朱元璋当上皇帝后,为了加强自己的统治,加大了对大臣们的监视。开始的时候,他派遣一些检校暗中侦察大臣们的举动,不过这些人并没有逮捕和审讯大臣的权力。当时最为著名的特务有高见贤、夏煜、杨宪等人,他们专门刺探别人的情况。其实,朱元璋的目的十分明确,就是要让大臣对自己和大明江山忠心不二,要他们知道恐惧,防止他们结党乱政。让大臣们感到可怕的是,他们私人空间里无论事大事小,不论家长里短,都被特务们探知,报告到了朱元璋那儿。

洪武年间一年的一天,一个叫钱宰的人因为被征编《孟子节文》从朝中回来后作了一首诗:"四鼓冬冬起着衣,午门朝见尚嫌迟。何时得遂田园乐,睡到人间饭熟时。"但,让钱宰意料不到的是,这首诗很快就被朱元璋的特务们探知到了,连诗句的内容都抄到了。第二天上朝时,朱元璋告诉钱宰,昨天的诗作得不错,只是没有"嫌"他迟,不如改成"忧"字更好些。钱宰听后,大惊失色,连忙跪在地上,吓得冷汗直流。

洪武十五年(1382年),朱元璋为了进一步加强监视,取消了军都尉府及仪銮司,特别设立了特务机构锦衣卫,成为他实行特务政治的重要手段,也形成了中国历史上有名的明代特务政治。锦衣卫隶属于皇帝的亲军体系,是亲军中的亲军,设指挥使为长,为从三品官员,下领官校,官为千户、百户,校为校尉力士,因穿橘红色服装,骑马,所以又称"缇骑"。不过,当时锦衣卫只有数百人。

洪武十七年(1384年),锦衣卫指挥使改为正三品,下属有御椅等7员,都是正六品官员。锦衣卫下辖机构有经历司、将军营、千户所和镇抚司。经历司主要负责文移出入。将军营设侍卫大汉将军1507人，设置千户、百户、总旗7人，自成一军。其只要是朝会、巡幸，都侍卫扈从，罕卫则分番入直。到明朝万历时，锦衣卫增加到了5403人，并设置坐营指挥4人。共有17个千户所，其中中、左、右、前、后五所，分銮舆、擎盖、扇手、旌节、幡幢、班剑、斧钺、戈戟、弓矢、驯马10司，各领将军校尉，以备法驾；上中、上左、上右、上前、上后、中后六亲军所，分别领将军、力士、军匠；驯象所领象奴养象，以供朝会时陈列、驾辇、驮宝之类的事。镇抚司，主要负责本卫刑名。从这个时候开始，锦衣卫就可以不通过法司，直接奉旨捕人，关入监狱，权力大增。

洪武二十年（1387年），因为锦衣卫人数众多，并且非法凌虐遭到了众人的反对，于是朱元璋取消了锦衣卫狱。

无疑，朱元璋设立锦衣卫为明代后来的皇帝做了一个恶劣的开端。

明成祖时，增设北镇抚司，专门管理诏狱。原来的镇抚司改称南镇抚司，专门管理军匠。

永乐十八年（1420年），锦衣卫由南京迁往北京，衙署就在今天人民大会堂的西侧路。在锦衣卫外，永乐帝还设东厂，因设于东安门北而得名。

成化十三年（1477年），宪宗设西厂，由汪直统领。

成化十四年（1478年），锦衣卫铸北镇抚司印信，一切刑狱不必关白本卫。后来，北京镇抚司与东、西厂并称为"厂卫"，成为特务组织。而此时，锦衣卫的人数达到了五六万人之多，临时雇佣的那些打手还不计算在内，锦衣卫几乎充满了整个京师。

嘉靖时，大臣陆炳管理锦衣卫，为了扩充势力，他居然一次就增加7000人，向户部支取十五六万人的粮饷。

锦衣卫这个特务组织，是维护皇权的重要手段，但更多的时候还是被专权的太监如刘瑾、魏忠贤等人所利用，成为打击报复大臣们的有力武器。当然，也有许多忠臣和平民百姓惨死在锦衣卫的手中。

锦衣卫既然能做其他亲军所不能做的事，一定有它特殊的权力和职责。其实，朱元璋在南京成立锦衣卫的时候，就已经明确了锦衣卫的几项职责，分别是：侍卫、巡查、缉捕、刑狱、卤簿、仪仗。

卤簿、仪仗任务——

锦衣卫在皇宫主要承担侍卫、展列仪仗与随从皇帝御驾出行的职责。明廷还特别设立6位由侯伯驸马出任的掌领侍卫官员，一位掌管锦衣卫大汉将军、勋卫散骑舍人、府军前卫带刀官；一位掌管五军营叉刀围子手；另外四位掌管神枢营红盔、明甲将军。

在卤簿、仪仗任务中，首先是参与大朝会仪仗。每年的正旦、冬至、万寿节三个大朝会的时候，在皇宫正殿奉天殿举行。这时，掌领侍卫的一名官员头戴凤翅盔、身穿锁子甲、腰悬金牌，身佩绣春刀一把，侍立在殿庭的东侧；另一名掌领侍卫的官员则站在殿庭的西侧。勋卫散骑舍人分别站在其下稍后的地方。锦衣卫轮值指挥1名，腰悬金牌侍立于殿门内殿帘的右侧。锦衣卫千户6名，身穿朝服侍立于殿门外右檐下。负责卷帘的百户2名，侍立于帘左右，等候皇帝驾至，为皇帝卷完帘后，走到千户站立的地方。负责传鸣鞭的百户4名，站立在殿门外及丹陛上下，接传鸣鞭。皇帝在进入皇极殿前，先在皇极殿后面的中极殿暂歇。中极殿设导驾官，其中锦衣卫将军10名，穿戴金盔甲，腰悬金牌、佩刀，手执金瓜。盝顶门将军8名，穿戴红盔青甲，悬金牌、佩刀，执金瓜。此时，皇极殿中，御座左右设将军118名，其中，锦衣卫占了98人，神枢营占20人。皇极殿门，站立殿门将军36人，其中，锦衣卫16人，神枢营20人。在丹陛上，站立的将军有60人，其中，锦衣卫20人，神枢营40人。皇极殿东西两侧的中左门、中右门前，站立将军16人，其中，锦衣卫8人，神枢营8人。在皇极殿前丹墀上，站立将军有1907人，其中，锦衣卫968人，神枢营939人。在皇极门上，排列将军24人，其中，锦衣卫20人，神枢营4人。同时，在皇极门东西两侧的弘政、宣治门，排列有将军24人，其中，锦衣卫16人。即使是在皇极门广场的内金水桥上，也排列着锦衣卫、神枢营将军各8人。

在卤簿、仪仗任务中，其次是参与常朝仪仗。明朝初期的时候有个规定，皇帝每天在奉天门（明晚期更名为皇极门、清朝称为太和门）上朝。但是到明中期的时候，皇帝很难遵守每天上朝的定例；到了明后期的时候，皇帝旷朝更是家常便饭。皇帝在举行常朝的时候，锦衣卫也同样分别担负首要的仪仗职责。每当上朝时，锦衣卫堂上官1人，侍立在御座西侧，负责传旨。

在卤簿、仪仗任务中，最后是参与皇帝出行仪仗。明朝皇帝因祭祀而出宫时，锦衣卫堂上官将是戎装，身佩绣春刀侍从，绣春刀十分小，都是皇帝亲自所赐。随从的锦衣卫官有把总千户2员，千、百户142人，旗校、军余、力士1402名，将军1546名，分工扈驾。千户36人，都是腰悬礼字等号金牌、擎执金炉作为前导。各项侍卫将军于卤簿、仪仗中分行。皇帝在天坛祭天时，要在这里的斋宫进行一天的斋戒，锦衣卫堂上官掌管宿卫及巡视警跸。斋宫门和天坛门，每门派千户1员、百户1员，带领将军、校尉、力士守卫。从正阳门到天坛，沿路安排传灯旗校50人，负责天坛与皇宫之间的传报。在皇帝出宫进行长途巡游时，锦衣卫同样扈驾。

缉捕与刑狱职能——

锦衣卫其实就是皇帝的私人卫队，并且负有侦刺和捉拿嫌疑人的权力。锦衣卫在明代第三任皇帝明成祖以后，因更受皇帝的重视而发展壮大。特别是锦衣卫的北镇抚司是专门管理皇帝钦定的案件，它设立了森严的监狱、逮捕、审讯、拷掠、处决等一套刑制，不受法典的约束，称之为"诏狱"。

锦衣卫的首要刑事职能是在朝堂上奉皇帝之命逮捕触怒皇帝的官员，凡皇帝下令予以杖责的官员，由锦衣卫校尉和宦官一起实施杖刑。平常皇帝在奉天门听政时，锦衣卫首领官就站立在皇帝御座的西侧，站立在东侧的是相当于宰相的内阁官员。上朝的百官，分别站在奉天门的东西檐柱外。听政时，大臣的进言随时有可能触犯皇帝，这种情况在中国以往朝代也随时发生，但是各个朝代所处理的方式、方法却大不一样。相对而言，明代较为残酷，其方法和手段，也是发展得最为完善的。它所用的是廷杖制度，专门对付那些触怒皇帝的大臣们。廷杖的实施地点就在午门外，受杖人的官服将被扒下，两臂被用草绳捆绑，跟跄押赴午门外。受杖官员被押到施刑的位置后，便传来表示开杖的厉声喝叫。而至高无上的皇帝却只决定对某位或某群官员杖责，至于官员们是死是活就不管了。因此，在朝廷上触犯皇帝而被锦衣卫打死的官员不胜枚举。明太祖时，工部尚书薛祥就在受廷杖时被当场打死。明宣宗即位初年，就将兵部侍郎戴纶杖死。正德年间，武宗有一次想带大批官吏去江南游玩，朝臣们纷纷上书劝阻，武宗不但不听，反而勃然大怒，立即下令锦衣卫将劝阻南行的 100 多位官吏统统拉下去廷杖，当场打死 19 人。在廷杖的时候，拿棍子打人的就是锦衣卫的旗校，打累了，他们就轮换着行杖，司礼监的太监坐在上面监杖。在明朝初期，被廷杖的大臣们还可以裹毡受刑，棍伤由于毡子的遮挡，伤势养一段时间后可恢复，但是到了正德初年，由于大宦官刘瑾专权，规定受廷杖的人一律要把衣服脱光，使棍直接打在肉体上，受杖刑的人，没有丝毫遮挡，有的活活被打死，即使不死，也皮开肉绽，往往造成终身残废。

  锦衣卫除了奉旨拿人以外，还有出宫侦刺、接受告密、缉捕所谓奸恶人的职责。锦衣卫侦刺的地点和对象不受限制，皇帝以外的所有人都在侦刺范围内。缇骑无所不至，消息直达宫中，夜间如有紧急密报必须直达皇帝时，缇骑们便从长安门塞进密奏文书，守门的宦官一看是锦衣卫就会立即接过，递入宫门，宫门的值班宦官很快就传递给皇帝。由于锦衣卫权力十分大，他们为了立功，没事也要找出事来。所以，从锦衣卫成立之时开始，捕风捉影、夸大事实、罗织罪名、诬蔑好人也就成了锦衣卫的正常业务，最后造成了滥捕现象。

  另外一点，就是锦衣卫镇抚司的酷刑。锦衣卫控制的监狱完全可以用统治者杀人魔场来形容。正如清初查继佐在《罪惟录》中写的:"呜呼!太祖之设锦衣,原以惩奸宄,而二百余年之锦衣狱专杀君子!"

四、明代宫廷内卫大事

1. 李时勉四逃锦衣卫魔掌

建文四年(1402年)下半年,京师一派热闹气氛。明成祖朱棣更是抑制不住内心的喜悦,虽然他在"靖难之役"中因杀害了众多亲人而有些内疚,但他还是为自己夺得了至高无上的皇权高兴不已。

一天,大臣李时勉前来觐见皇帝。李时勉是明朝历史上一位少有的性格刚烈的大臣,敢说敢当,天不怕地不怕。话说直了,难免就有些别人不爱听的话。成祖有些不高兴,因为他知道李时勉又要说些不中听的话,但作为君臣,讨论的都是社稷之事,他不好拒绝,只好接见了李时勉。

果然,这次李时勉所谈及的又是令成祖十分扫兴的事情。而李时勉却显得十分严肃。更让成祖气愤的是,李时勉竟然当着几个大臣和太监的面,给成祖挑了不少毛病。但最终,成祖还是沉住了气,表面上不时点点头,表示对李时勉进言的认可,心里却对他意见重重。成祖想,哪天栽在我手里就要好好治治你。

明成祖虽然没有立即将李时勉治罪,但他总觉得李时勉是自己的一块绊脚石,总是耿耿于怀。后来,成祖找来李时勉所有的奏章,并进行了反复的阅读,发现确实有不少值得采纳的见解。然而,历史上大多的当权者总是刚愎自用,明成祖也不例外。对于李时勉的顶撞，他自然不能容忍。

不久后，明成祖终于找到了治罪于李时勉的机会，有人诬陷李时勉，明成祖不容李时勉解释，便派锦衣卫将其抓住，并押进了监狱。不过，这次入狱对李时勉并没有多大的影响，他很快就出狱了，并官复原职。

李时勉第一次逃脱了锦衣卫的魔掌。

时隔23年的洪熙元年（1425年），明仁宗刚刚即位，李时勉一封议论时政的上书，让仁宗十分气愤。48岁才当上皇帝的仁宗同样对李时勉的直言直语无法接受，于是他把李时勉召到殿内，质问他。李时勉不仅没有当即认错，反而侃侃而谈，并不为皇帝的威严所屈从。仁宗气得直瞪眼，当即命令侍卫亲军对其施以廷杖。亲军们立即用手执的金瓜扑击李时勉。十几下后，李时勉被打得浑身是血，肋骨被打断三根，然后被拖了出去，送入锦衣卫狱。

送入锦衣卫狱就等于走向了死亡之路，因为锦衣卫监狱有着令人发指的酷刑，更何况李时勉还受了伤。历史记载，明太祖朱元璋于洪武十五年（1382年）创建了锦衣卫及其属下的镇抚司。但是后来当明初大规模的内部斗争全部结束后，朱元璋认为没有必要再用酷刑了，便撤销了锦衣卫狱，并焚毁了刑具，将狱中的囚犯交给朝廷正规的司法机构审理。朱棣当上皇帝后，增设北镇抚司，加强锦衣卫的镇压力量，并起用了一批心狠手辣的官员。明朝迁都北京后，就将锦衣卫镇抚司诏狱建立在皇城以西、宣武门内大街的西侧。锦衣卫北镇抚司专门掌理诏狱，首领为直厅百户1名、总旗1名，属员有校尉30名、办事员吏20名；典狱首领为看监百户1名、总旗帜5名，属员有校尉 100 名、皂隶 30 名、直堂把门皂隶 11 名。镇抚司牢房阴森，房间狭小而且潮湿，为了防止犯人逃跑，墙壁建有数尺厚。犯人被关入监狱后，除了会遭受酷刑外，还要遭受种种极端非人道的折磨。如犯人的饮食由犯人的家属提供，但是绝大部分却被监狱中的锦衣卫吃了。犯人的家属不能入内，也不能探视。当然，在锦衣卫的监狱中，最令人生畏的还是 18 套大刑，其中，最为酷毒的是械刑、镣刑、棍刑、拶刑、夹棍刑这五种，当时被称为"五毒全刑"。死在这里的人不计其数，这里简直成了一个屠杀场。

被拖进锦衣卫狱的李时勉大难不死，顽强地活下来了。对于李时勉为何能活下来，历史上一直存在两种不同的说法：

第一种说法。李时勉被拖进锦衣卫狱后，当时的大学士杨士奇派人偷偷地给李时勉送了烧酒，保住了他的性命。这也是明代大臣在特殊的环境中总结出来的经验和救命的偏方。

第二种说法。当时一位锦衣卫千户曾经受过李时勉的接济，为了报恩，他设法请来了医士，用海外奇药血竭治疗，保住了李时勉的性命。另外，还发生了戏剧性的一幕，李时勉被锦衣卫打折的向内弯的肋骨，在裹上新刑具后，竟然奇迹般地自然接合上了。这一巧事在大臣中传开了，大家都为之惊异。但今天我们看来，这种情况的出现也不是不可能，如果事实真是如此，显然新刑具起了较大的作用。

李时勉的不幸并没有换来仁宗帝的可怜，看着没死的李时勉，仁宗帝还是怒气冲冲、耿耿于怀，即使在临死的时候，他还对侍奉在床前的大臣夏原吉说："李时勉当廷羞辱我！"

仁宗死后，李时勉的罪也就不了了之，被放了出来。

李时勉第二次逃脱了锦衣卫的魔掌。

宣德二年（1427年），即宣宗即位的第二年，有一天，宣宗听人说：仁宗临终前还对李时勉十分气愤，并说"李时勉当廷羞辱我"。听到这事后，宣宗十分气愤，他想要不是先帝对李时勉十分痛恨，也不致在临死前还念着此事，于是立即对内使说："将他绑来，朕要亲自审讯他！"内使受命出去后，宣宗越想越气愤，火气更大了，于是重新作出决定，对锦衣卫轮值的一位姓王的指挥使下令："立即将李时勉押赴西市斩了，不必入宫觐见！"于是，就有两帮人去抓李时勉，一帮是抓来审问，一帮是抓了直接斩首。李时勉的命运完全掌握在锦衣卫手中了。

然而，命运却再次垂青了李时勉。第一帮人快速地抓住了李时勉，并且就在姓王的指挥使从端门西侧的旁门走出去时，李时勉正在内使的押送下从端门东侧的旁门入宫。一个从西门出去，一个从东门进来，李时勉就这样与死神擦肩而过了。

站在大殿中的宣宗，两眼瞪着李时勉，骂道："你竟敢触犯先帝，你奏书上写的什么，快说！"李时勉从容下跪后，说出了那封奏书的主要意思，是规劝仁宗在为成祖守丧期间不要接近嫔妃，以及不要让皇太子远离左右。

这时，宣宗的脸色渐渐缓和了，刚才的怒气也渐渐消失了。让宣宗更为折服的是，李时勉竟然把那封奏书基本上背了出来。宣宗听后，长长地叹了一口气。显然，这种叹气是对李时勉的一种钦佩。随后，宣宗对在场的大臣和李时勉说："以后注意就是，不要再追究，恢复原职。"

当然，李时勉之所以能保住性命，并恢复原职，也得益于宣宗帝具有良好的个人修养。宣宗不仅从小聪颖过人，而且刻苦认真，他还留意古今兴衰、历朝治乱的内容，从中领会治国的道理。虽然他在位只有10年，但他是个守成之君，承继明朝开国60年来的基业，以自己的德政和治道而载入史册，将明朝推向了"仁宣之治"的黄金时期。

李时勉第三次逃脱了锦衣卫的魔掌。

到了英宗年间，李时勉因看不惯掌权的宦官王振，而被锦衣卫在国子监前处以戴枷的酷刑。按理说，当时李时勉年岁已高，戴枷的酷刑又相当残酷，而锦衣卫的手段又特别毒辣，他应该是在劫难逃，但他却逃过了这一劫。李时勉又从锦衣卫的手中捡回了一条命，这是他第四次逃脱锦衣卫的魔掌。

最终，李时勉以77岁的高龄死在了家乡。李时勉的人生经历虽然曲折，但结局还算圆满，特别是比起明朝那些短命的皇帝们，他77岁的高寿算是对他最好的安慰了。

2. 逮捕李子龙案

成化十二年（1476年）下半年，皇城中一个奇怪的现象引起了锦衣卫密探的高度重视。一个道士模样的人高频率地出入宫禁，甚至还在深夜的时候来到皇宫北面的御苑万岁山（今景山），并在山上向南张望宫殿，似有不轨之图。锦衣卫密探不禁迷惑起来，是谁给这个道士开了绿灯，让他在宫禁中自由出入？

经过锦衣卫仔细的侦察，他们发现这个道士模样的人叫李子龙，擅长左道秘术，并且在宫中还有一大批忠实的信徒，如宦官小头目鲍石、郑忠等人。通过这些人，李子龙还结识了宫中的大量宦官，就连管事的太监韦舍也成了李子龙的信徒。正是这个原因，李子龙犹如得到了一张自由出入的通行证，能随时出入警备森严的宫禁。

锦衣卫很快就将此事奏报宪宗皇帝，宪宗知道这个事后，感觉这是个不好的兆头，特别是他又把此事与不久前的"妖狐夜出"事件联系在了一起。这年七月，京师北京出现了一件怪事。开始的时候，传言在西城夜间常有一个黑色的怪物来无影去无踪，既不是狐狸，也不是黑狗，并且这东西行走时如风一般快，遇人就攻击，或伤人面或咬人脚，转眼间又消失在视野之中。一时间，京师谣言四起，有人说东城也出现了怪物，有人说在南城、北城也见到了这样的怪物。虽然此事被吵得沸沸扬扬，但却没有人能够正确解释此事。那段时间，一到晚上，京师大街上就行人稀少，人们很早就关门闭户，生怕遇上那个可怕的怪物，甚至连大臣们上朝都感到十分恐惧，好像要发生什么事似的。

于是，宪宗立即命令锦衣卫捉拿李子龙。很快，京师数万锦衣卫立即投入捉拿李子龙的行动之中。由于李子龙就藏在京师城内，锦衣卫不久后就将李子龙抓获，同时将李子龙的同党，以及宫中与他有紧密联系的宦官都抓住了。

即便把李子龙等人抓住了，但宪宗感觉这样还不够安全，于是他决定增加侦刺力量。他干脆在灰厂新立了一个特务机关，即西厂，由小太监汪直提督厂事。汪直在负责审问李子龙案后，又四处探寻官民的隐私并及时报告皇帝，他借用锦衣卫的力量，在全国范围内建立了他的特务网络。

3. 壬寅宫变

嘉靖二十一年（1542年）十月，北京的天气渐渐变冷。宫女杨金英表面上看上去与往日没有什么区别，但她却一肚子的怨气。原本梦寐以求的皇宫生活，现在对她来说却成了地狱、火坑。没事的时候，杨金英就会望着这金碧辉煌的乾清宫发呆，她真想回到从前那种平凡而又普通的生活中去。

紫禁城内的乾清宫是后廷的正宫，也是皇帝的寝宫。原来只有皇帝和皇后可以在此居住，其余的妃嫔只能按次序进御，并且当夜离开，除非皇帝允准，否则不能久住。嘉靖年间的乾清宫，后部是暖阁，共9间。每间又分上下两层，各有楼梯相通。每间设床三张，或在上，或在下，共27个床位，皇帝可以随意睡在哪间屋、哪个床上。因而，即使是熟悉暖阁情况的人，一时也不易弄清他睡在哪里。这种设置，无疑是一个巧妙的防范措施。

来乾清宫后不久，杨金英发现一同来到这儿的宫女邢翠莲等人也有同样的感受。于是，几个有着共同经历和感受的宫女走到了同一条战线上。但当她们看到乾清宫门外24小时来回走动值勤的侍卫亲军时，心中又不免有一种恐惧感。出又出不去，在乾清宫待着又如同坐监狱一样难受，特别是她们还要遭受世宗的折磨，许多宫女都被世宗折磨得病倒了，有的还离开了人世。

在明朝的皇帝中，世宗是最迷信道教的一个。他为此还取了几个很长的道号，凡是道士们喜欢使用的字词，在世宗的道号中都容纳进去了。例如，他自号"灵霄上清统雷元阳纱一飞元真君"，当然这只是其中的一个。

世宗迷信道教，归根结底就是为了寻求长生之道，后来就发展为房中术。在道士的理论中，房中术正是养生术的一种。世宗认为，长生之道主要有两种方法：一种是斋醮，另一种就是采阴补阳。斋醮就是建道坛，斋沐之后，向神仙祈福。采阴补阳实际上变成了世宗既想长生，又不想节欲的借口。世宗养生除了主静、主诚、主敬之外，根本就没有节制自己的性欲，而是不断地加强所谓的房中术，以及与处女交媾，想以此来达到采阴补阳、延年益寿的效果。为此，在嘉靖一朝，为皇帝炼制春药成了道士们的一项主要任务。而春药有多种，其中以"红铅"制成的小药丸最为有名。

"红铅丸"的主要成分，就是十三四岁少女初次月经的经血。所以在世宗的时候，曾经多次在民间选宫女，每次数百人。所选宫女，除了为炼制红铅丸提供原料外，还有一个重要因素，那就是充当世宗的泄欲工具。利用这些药物，世宗不断地对少女们进行所谓的"采补"。当然，这种"采补"实际上是对少女们的一种变相摧残。此外，世宗还命令宫女们每天日出时分就去御花园中采集"甘露"，供他饮用。如此一摧残，本来身体就特别娇气的宫女们累的累倒了、病的病倒了。当然，世宗的好色、残暴也让许多宫女产生了怨恨。

十月中旬的一天，杨金英和邢翠莲聊到了伤心处。最后，她们一拍即合，认为只有把这个狗皇帝杀了才能替姐妹们报仇，只有这样姐妹们才能得以解脱，即使一死，那也值。后来，又有几个同样对世宗恨之入骨的宫女加入了她们的行列。

她们一直在寻找着下手的机会，并认为一定会有机会下手。首先，她们对乾清宫的环境已经相当熟悉，便于行动；其次，侍卫亲军虽然戒备森严，但只要她们动手快，他们根本就来不及救护。

万事俱备只欠东风。

十月二十日深夜，机会来了。那天晚上，皇帝来到了端妃曹氏的床上。不久后，世宗和端妃都睡着了。而此时，守卫在门口的太监、侍卫亲军正歪着头在打瞌睡。

世宗的呼噜声如同给宫女们下了一道无声的命令。杨金英和邢翠莲等人悄悄地从床下钻了出来，拿出宫女杨玉香搓成的一条粗绳子，杨金英则拴好绳套，邢翠莲找来一块黄绫抹布蒙住世宗的脸，其他几位宫女立刻上前按手的按手、按脚的按脚，杨金英则将绳索套在了世宗的脖子上，几个宫女马上拼命用力拉绳。眼看世宗就要一命呜呼，可惜在忙乱中杨金英将绳套打成了死结，无法勒紧，因而勒了半天也未使世宗气绝。

这时，宫女张金莲见事不好，连忙跑出去告知皇后，皇后急忙带着侍卫亲军赶来解救，世宗已经瘫痪在床上。世宗总算保住了性命。世宗虽没有被勒死，但早已吓得晕了过去，好长时间才醒过来。

事后，杨金英等宫女被严刑拷打，世宗钦定一律凌迟处死，连报信的张金莲也未放过。就连与世宗一同睡觉的端妃曹氏也被处死，世宗说是她与其他宫女合谋的。世宗在其旨谕中说："这群逆婢，并曹氏、王氏合谋杀于卧所，凶恶悖乱，死有余辜，即打问明白，不分首从，都依律凌迟处死。各该族属不限籍之同异。逐一查出，由锦衣卫拿送法司依律处决。财产抄没入宫。"

杨金英等虽尽被杀害，但世宗也吓破了胆，他立即从乾清宫搬到西苑（今中、南、北海）修道去了。此后，世宗二十几年没有再回到紫禁城里来，只是在嘉靖四十五年（1566年）十二月十四日病危时，才从西苑回到了乾清宫，当天他就一命呜呼了。

4. 海瑞与东厂

嘉靖四十五年（1566年）上半年，时任户部主事的海瑞实在是看不惯皇帝世宗迷信道教、不理朝政的现状，经过充分思考，海瑞决定豁出去，向皇帝写奏书。

海瑞是广东琼山人（今属海南），嘉靖时候的举人，有才华，更有胆识，为人也正直。虽然许多亲戚朋友都劝他还是明哲保身，不要写奏书了，但海瑞就是不听，一意要写。他料知此奏书一定会触怒皇帝，所以在上奏的时候，他安排部下先买了一副棺材，连遗嘱都写好了。为了不连累家里的仆人，海瑞还把仆人都遣散了。

东厂是明代最大的一支隶属于内廷的监察机构，严格来说，它还不属于禁卫军，但是它与锦衣卫的关系决定了它是明代禁卫军的延伸部分。东厂的职能与锦衣卫近似，原则上是奉皇帝之命，侦缉、逮捕那些被认为是危害王朝统治的人员。东厂的发明人是明成祖朱棣。朱棣在夺取皇位后，精神一直处于紧张状态，他感觉仅依靠锦衣卫并不能满足巩固皇位的需要，因为锦衣卫毕竟是设在皇宫外面，使用起来不够自如，而且担心他们做事不彻底。朱棣在举兵争夺皇位的过程中，建文帝身边的一些宦官暗中合作，出了大力，朱棣即位后觉得内臣还是更可靠一些，用起来也较便利，于是在迁都北京后，便设置了一个由宦官掌领的侦缉机构,由于该机构设在东安门北侧(今王府井大街北部东厂胡同一带),因而定名为东厂。与东厂不同的是,锦衣卫指挥大多是由皇帝宠信的武将担任,宦官担任的情况很少,但东厂却是由宦官担任厂主。在皇帝勤政的情况下,东厂是皇帝直接控制的监察机构;在得势宦官把持朝政的情况下,东厂就成了宦官的工具。东厂的侦缉范围几乎无所不包,原则上是缉访谋逆、妖言、大奸恶,实际上则包括了朝廷会审、大狱等。皇帝从东厂处获知的各项情报,比从锦衣卫处获知的要便利得多,因为锦衣卫只能用奏书的形式上报,而东厂太监可以随时、直接向皇帝禀报。所以,当时京城无论大事小事,都可以到达皇帝耳中。

不久后,海瑞的那封奏书报到了世宗那里。

一天,世宗偶然读到了海瑞写的奏书,还没读完,就气得脸红脖子粗。随后,他将那封奏书重重地掷到地上,对一旁的太监说:"赶紧把海瑞抓起来,不要让他跑了。"这时站在世宗身边的宦官,即东厂首领黄锦准备说话了,因为他早就掌握了海瑞的有关情况,于是从容说道:"此人一贯以痴闻名,听说他上书时,自己料知会触怒皇上,所以事先买了一副棺材,跟老妻、儿女都诀别了,家里的仆人也都遣散了,现在正在朝中等待发落,他不会逃的。"

世宗听了黄锦的话后,一想,世界上竟还有这等人,内心平静了许多。世宗一时变得默然无语了,然后他又命令太监捡起海瑞的奏书,再读了一遍,竟被海瑞直言不讳的勇气所感动,但他还是为之叹息。为了显示皇帝的威严,世宗派锦衣卫把海瑞抓了起来,但并没有将海瑞杀害。

当然，海瑞能逃脱一死，与东厂有着相当大的关系，当时世宗发怒时，要不是宦官黄锦的一番话，海瑞可能就被斩首了。

几个月后，海瑞的上奏得到了灵验，世宗的病情加重了。这年的十二月十四日，世宗被众人从西苑抬回宫城的乾清宫后就去世了。世宗死后，海瑞被放了出来。后来，他又先后担任过应天巡抚、南京吏部右侍郎和南京右佥都御史等职。

5. 梃击案

万历四十三年（1615年）五月初四傍晚，喧哗了一天的紫禁城总算安静了下来。

此时，慈庆宫内显得更加宁静。第一道门没人守卫，第二道门有两个老宦官守卫：一个已经七十岁，一个六十余岁。他们无精打采，像两棵沧桑的老树站在那里，毫无生气。

突然，一个陌生的男子手持枣木梃从东华门进入皇宫，径直来到了慈庆宫。

这一点有些让人奇怪，如此戒备森严的紫禁城怎么会随便让一个陌生男子从东华门进到皇宫呢。这也是本案后来一直争论的一个焦点问题。

为何说奇怪？只要我们看一看戒备森严的宫廷警卫就明白是怎么回事了。

还在洪武三年（1370年）四月的时候，明太祖朱元璋封朱棣为燕王，镇守北平。朱棣当时就在燕王府设立了燕王护卫指挥使司，统领燕山左、右、中三护卫，护卫王邸。各护卫开始的时候只有兵力1000多人，后来扩充为2200多人。永乐十九年（1421年），成祖朱棣迁都北京，将原来在南京的上直侍卫军调守北京，担任宫廷警卫。为加强宫廷警卫，朱棣命令，先后升燕山左、右、中三护卫和原北平都司所属的燕山左卫等七卫为上直侍卫军，原来的"上十二卫"扩大为"上二十二卫"，兵力达到了20万人之多。在宣德八年（1433年）的时候，明宣宗再增腾骧左、右卫和武骧左、右卫为亲军，上直侍卫亲军扩大到二十六卫。上直侍卫亲军分别担负随驾宿卫、皇城守卫和都城巡警等任务。平时，当直将军共有数百人，早晚都守候在午门，深夜的时候还要打更值班。特别是皇城的守卫由旗手、金吾、羽林等20个卫担负，可谓戒备森严。为了保卫宫廷的安全，皇城内外警卫林立，门禁森严，就连五军都督府的官员都要每天晚上轮值。内皇城左右设坐更将军100人，每更20人轮流值更。四门设走更官8人，交互往来巡逻检查，每更持印官员在巡检簿上加盖印章。宫城城墙与筒子河之间四周设有40处卫舍，也叫铺舍或者是红铺，每处有10名军士日夜守卫。卫舍四周共设有28个铜铎，作为警戒信号。每天从初更时候开始，从阙右门外第一个卫舍发铜铎，值勤士兵手摇铜铎传到第二个卫舍，连续传递到阙左门外第一个卫舍为止，第二天早晨再将铜铎送到阙右门第一个卫舍重复发铎传递。即使是皇城外四周，也设有72处卫舍，每处有10名士兵守卫。卫舍四周设有78个铜铎，每天夜间从长安右门第一个卫舍发铜铎，一直传递到长安左门为止。皇城各门卫舍及大城各门卫舍的守卫军士，共有8333人。当时为了保证皇室的安全，建立了庞大的宫廷警卫机构，同时也建立了一套严格的警卫规章制度。对守卫的军士规定，值勤时不许顶替，不得擅离职守，不得拨散队伍，不得过问官员军民奏事，不得索要财物。对弃置兵杖的侍卫亲军，由锦衣卫官校和巡视给事中、御史拿送法司问罪，决杖一百，并且发配到辽东边卫差操。同时，明皇陵的戒备也十分森严，派遣了重兵守卫。在天寿山陵区（今十三陵）设置了护陵监，专门负责陵寝的护卫。护陵监设神宫监军，下辖巡山军、巡逻军、御卫监军、御女监军、朝房看料军、金钱山军、悼陵军，共有甲士6204人。另外，在每一座陵寝中各设了一卫，分别负责陵寝的外围警卫。后来，又设了永安营、巩华营，分别统兵1000人、3000人，士兵没事的时候操练，有警卫时则负责把守天寿山各个关隘。

话说这个陌生男子手持枣木梃进了慈庆宫第一道门，看到无人守卫，于是又大摇大摆地来到了第二道门。

守卫在这里的是两位老宦官，还没等他们反应过来，这个陌生男子手中的枣木梃就已经迎头打下了。两位老宦官自然是不堪一击，倒下了。这个陌生男子又快速大步地向太子寝宫窜去。这个陌生男子显然是为杀太子而来的。但是此时太子朱常洛不在这里，陌生男子扑了个空。这时，太子内侍韩本用闻讯赶到了，与同来的七八名太监将这个陌生男子擒获，交给东华门的守卫指挥使朱雄收监。

五月初五，太子朱常洛把此事告诉了神宗。神宗听到这件事后感到十分震惊，于是立即派人对这个陌生男子进行提审。当天，御史刘廷元就将审问结果上奏给皇帝。这个陌生男子叫张差，是蓟州井儿峪的流民，语言颠三倒四，看起来有点颠狂。

五月初十，刑部郎中胡士相等官员又对张差进行了审问。但这次张差却说，是因为自己被人烧了柴草，要来京城申冤，在城里乱跑，才误入到慈庆宫的。审问者发现，张差前后说的有些不一样，其中一定有文章。但是，胡士相还是按照在宫殿前射箭、放弹、投砖石伤人的法律，决定对张差问斩。此后，皇太子朱常洛在万历一朝中的地位及其安危，始终是侍卫亲军以及一些正直的官员们关心的大事。这时，一些官员就提出了疑问，慈庆宫在紫禁宫里的禁卫虽然不是最严的，但也不是一般人想进来就能进来的地方，这背后一定隐藏着更大的阴谋。

第二天，刑部提牢主王之寀在牢中亲自审问了张差。王之寀采取了一定的手段，逼张差说出了实情。张差说他是受太监的指使，目标是要杀害皇太子。

五月二十日，刑部的胡士相进一步提审。这次，张差说得更清楚了，他是受太监庞保、刘成的指使去慈庆宫杀太子的。此时，大臣们心里似乎都明白了，太监的后台就是郑国泰。

神宗的皇后没有生育，他的长子朱常洛，是他前往慈宁宫向李太后请安时，与宫女王氏发生关系所生。但由于他并不喜爱王氏，在李太后出面的情况下，神宗才勉强承认。皇三子朱常洵出生后，形势发生了变化。在神宗的嫔妃中，朱常洵的生母郑贵妃既漂亮又机灵，最受皇帝宠爱。当时，形成了立皇长子为太子和立皇三子为太子的两派，展开了10多年的"马拉松式"争吵。直到万历二十九年（1601年），神宗才在群臣的压力下，立朱常洛为皇太子。因郑贵妃一心想伺机废掉太子，而郑国泰就是郑贵妃的父亲，所以大臣们自然把此事与他联系在了一起。

由于事情涉及到郑贵妃，所以神宗不愿意把事态进一步扩大。郑贵妃也日夜向神宗哭泣。神宗知道此事牵涉到太子，解铃还须系铃人，非太子朱常洛不能解。最后，由太子出面，判处郑贵妃亲信刘成、庞保,以及被他们利诱的张差死刑。

随后,神宗又发布了一个严苛的诏令,要求锦衣卫在皇城的每座门,设置一个大号的枷刑刑具,只要是接到报告,看起来像奸细的人,就可以擒获,打一百棍后,就地关入"枷号"中,示众一个月。

当然,这种带有政治背景的宫廷案件,即使是再森严的警卫,也无从保证皇宫的绝对安全。

五、明代宫廷政变、皇城战事

1. 于谦保卫京师之战

正统十四年(1449年)十月初一,塞外的瓦剌军大举南下,矛头直指北京。瓦剌军首领也先和脱脱不花汗率主力部队,挟持着明朝历史上的第六任皇帝英宗朱祁镇,掠过大同城东门外,直捣北京。初三,也先前锋抵达紫荆关北口,接着顺关直入,功势十分凶猛。与此同时,瓦剌军的另一部骑兵约2万人,正从北京北部的古北口进犯密云。

初四,瓦剌军另一别部500名骑兵掠夺宣府后,又过洪州堡,再转攻北京北部的居庸关西南的白羊口。当时风沙十分大,能见度相当低,兵马都分不清了,白羊口的明朝守将谢泽战死,白羊口宣告失陷。

古北口和居庸关,这是北京北部两道称之为天险的关口。如果这两处被攻破,北京城将面临极大的危险。情况万分紧急。此时,明朝兵部立即宣布,号召将士们卫国杀敌。

北京为何会在这个时候面临阵容强大的敌人?为何明朝

皇帝朱祁镇会出现在瓦剌军手中？此事还得从英宗朱祁镇亲征说起。

正统四年（1439年）四月，蒙古瓦剌部太师脱脱病死，他的儿子也先继承了王位。也先依靠强大的军事力量，多次扰乱明朝的北部地区。正统十四年（1449年），瓦剌军兵分四路，大举南犯。以也先率领的大军为主力，兵锋直指明朝最重要的北边重镇大同。明大同镇参将吴浩在猫儿庄战死，驸马都尉井源等四名将都战败了。随后，明朝塞外的城堡几乎全部陷落，边关危急的报告一天几次地送到英宗手里。英宗看着来势汹汹的瓦剌军，急成了热锅上的蚂蚁。经过思考，英宗决定派遣驸马都尉井源等四名将领各率领一万大军抗击也先的军队。谁知，井源等四位将领刚刚出发，太监王振就诱劝英宗亲自出征。此时才23岁的英宗毕竟没有什么城府，王太监这么一说，他居然就同意了。

王振原来只是一个县的地方教育官员，在永乐末年的时候，他自愿净身当了太监。因为他和一般太监出身不同，在宣德年间，便被选入东宫侍奉太子朱祁镇。这样一来，王振便成了英宗的启蒙老师，英宗也一直称他为"先生"。英宗对王振很信任，也很惧怕。后来英宗当上了皇帝，王振便被授为司礼监。然而，王振却是一个极不识趣的人，他自以为是皇帝的老师，就作威作福，不把一般人看在眼里，什么事都敢做。正统六年（1441年）九月，为庆祝奉天、华盖、谨身三大殿及乾清、坤宁两宫的落成，英宗大宴文武百官。按照规矩，宦官不得参与外廷的大宴。王振很不高兴。英宗派人来看王振。王振还当着来人的面发起脾气，并说："周公辅成王，我就不能在那里坐一坐？"来看王振的人回去把这事跟英宗说了，英宗一想，他毕竟是自己的老师，便下令开东华中门，召见王振，甚至全朝的文武百官都在门外迎接他。这时，王振的脸上终于露出了微笑。王振不仅耀武扬威，而且干预朝政，到了朝中许多大臣见了他都要下跪的地步。王振也好大喜功，看到也先率军来了，就动员英宗盲目出征。

　　英宗如此轻率，自然引来了大臣们的反对。时任兵部尚书的邝埜和兵部侍郎于谦都极力劝说英宗，不要贸然行动。吏部尚书王直率领大小群臣100多人跪在地上求情，可年轻气盛的英宗哪里听得进忠臣们的话。英宗很想显示一下自己的作战指挥能力。英宗帝甚至十分苛刻地命令，要在两天之内，把所有出征的准备工作做完。英宗命令郕王朱祁钰留在京师，以驸马都尉辅佐。兵部尚书邝埜等人从军出征，兵部侍郎于谦代理兵部的事情。英宗还命令，赏给在京师操练的50万大军，包括三千营、五军营、神机营等官兵，每个军丁白银一两、棉袄一件、棉裤一件、鞋子两双，并发炒面三斗，作为军丁口粮。共发兵器、用具达80余万件。把总以上的军官"加赐钞五百贯"。同时，还命令已经是75岁高龄的老将军张辅"护驾"，命太师、成国公朱勇率师从征，户部尚书王佐、兵部尚书邝埜、文官内阁学士曹鼐、太常寺少卿黄养正等，共计100余名大臣扈征。

　　正统十四年（1449年）七月十七日，英宗带着50万禁卫军，浩浩荡荡地从北京出发了。朝中大臣，几乎有一半随同英宗出征了。他们出居庸关，过怀来，奔宣府（今河北宣化）。由于连日风雨，再加上物资准备不足，军队纪律混乱，士气低落，怨声载道，还没有到大同，粮食就已经全部吃光了，沿途许多士兵都饿倒了。

兵部尚书邝埜再次请求皇帝回师入关，以禁卫军精兵殿后护驾。但是王振不予理睬。邝埜想到皇帝大帐里申奏，被禁卫军挡住了。王振骂道："腐儒知道什么是用兵！你再言语就立即扑杀！"邝埜心急如焚，十分激动地说："我为社稷和天下百姓考虑，为他们说话，有什么可怕？"王振听了生气地对守卫的禁卫军说："把邝埜押出去。"

被押出的邝埜只得在军帐中与户部尚书王佐相对流泪。其实，邝埜在担心，论军事上的指挥能力，英宗又怎么能与也先相提并论呢？一个是善于用兵的战将，一个是年轻冲动、毫无战斗经验的皇帝。

行走了14天后，也就是八月初一，英宗帝得意地进入大同。随后，英宗帝和王振便打算出大同继续北进，扫荡瓦剌。随行的大臣、将领没有一个人愿意挺进。户部尚书王佐和坠马受伤的邝埜在营地外的草丛中，跪了一整天，伏请皇帝回京师，不能再涉险北征。特别是钦天监的官员看过天象后，忧心忡忡地对王振说："天象发出了警告，不能再往前进。如果出现意外，圣驾遇险，谁能负责？"王振居然理直气壮地说："如果是这样，那就是天命！"

这时，坏消息不断传来。先派出的驸马都尉井源等四位将军各率领的一万兵马不足以抵挡瓦剌军，瓦剌军将会直扑皇帝御营。

形势万分危急。英宗帝还不知天高地厚，不当一回事。禁卫军统帅王振还在一意孤行，甚至期望皇帝能亲临自己的老家，达到自己衣锦还乡的目的。

到了傍晚的时候，一块黑色的网状云笼罩御营，雷声震天，大雨倾盆。王振站在御营大帐中，看着帐外的雨幕，十分生气。此时，侍卫亲军送来紧急情报：前军西宁侯朱瑛、武进伯朱冕全军覆没，朱冕也战死了。这时，王振才感到不安起来了，但他故意不以为然。直到王振的心腹近侍送来镇守大同的宦官郭敬的密信，说是瓦剌军势不可挡，形势十分危急，决不可北进，他才打算班师回京。

第二天，王振宣布班师回京。在出发之前，大同总兵官郭登急速进告随驾的学士曹鼎，说车驾回京最好从紫荆关走，这条路线肯定安全。曹鼎奏报王振，王振根本不听，却固执地要借班师回京的机会，让皇帝的车驾绕道到他自己的故乡蔚州。于是，数十万禁卫军按照王振的路线回师。临近王振老家时，王振又觉得这数十万大军会踩坏庄稼，数次改变行军路线。这样折腾来折腾去，他们的行军速度变得异常缓慢。即将到达土木堡的时候，探马亲军飞骑奏报，瓦剌军追到！

禁卫军开始出现骚动。这些从未经历过战争的禁卫军将士们面色苍白起来。禁卫军统帅王振急了，八月十三日，他急令太师、成国公朱勇率领3万禁卫军精骑迎击瓦剌军。然而，朱勇却是个有勇无谋的人，当他带领着3万大军还在半路上的时候，瓦剌军早就在山岭两翼设下了埋伏，以逸待劳，突然向朱勇骑军发动夹击。处于被动状态的禁卫军几乎全军覆没。就连恭顺侯吴克忠、都督吴克勤奉命抵御大量涌至的瓦剌军时，也战败阵亡了。

这时，王振率领侍卫亲军护着皇帝匆匆向安全地带转移。英宗一行来到了离怀来城仅有20里的土木堡。当时邝埜建议：

天色还早，应该紧急行军，赶紧入关，到怀来城，以保卫皇帝的安全。但是他的这个建议被王振拒绝了。王振瞪着眼对邝埜说："数千余辆辎重还没有赶到，能走吗？"邝埜只得干着急。王振又命令全军就地待命。邝埜想再次闯进御帐，拼死劝说皇帝入关，但是王振命令守卫的禁卫军把他赶了出来。

于是，英宗帝就和大队军马在土木堡驻扎下来。土木堡，没有天险遮蔽，更没有水草，又是交通要道，易攻不易守，正是敌骑折冲之地。

八月十四日，正当英宗帝准备带着大队军马离开土木堡，向关内出发时，前方探来军情，瓦剌军已经杀到了。瓦剌军对明军形成了包围圈，一层层地逼进了。大军被困在土木堡，不敢前移半步。连续被围两天两夜，禁卫军又饥又渴，浑身无力。这时，王振命令禁卫军就地取水，但深挖两丈，仍不见出水。而距此地向南15里就有一条河，但禁卫军却得不到水，因为那里已经被瓦剌军占领了。

瓦剌军首领也先感到进攻的时机已经成熟了，于是指挥瓦剌军兵分两路，沿麻谷口两侧向明军发动攻击。守护谷口的、饥渴难耐的禁卫军将士虽英勇阻击，但是瓦剌军却越战越多、越杀越勇，他们吃饱喝足后轮番攻击。守护谷口的禁卫军自然死伤惨重，渐渐支撑不住了。

麻谷口一开，英宗和他的侍卫亲军便没有退路了，只有坐以待毙。

八月十五日，也先采取了一种谋略，即派使者持书面见皇帝假意求和，实际上是在准备大规模进攻。英宗帝信以为真，立即要学士曹鼐草敕讲和书，并派遣两位通事随瓦剌军使者同去。王振以为和议已定,下令立即传示三军,起驾移营。当皇帝车驾南行不到三四里时,瓦剌军从四面八方展开了全面攻击。王振知道上当了,于是传令部队乘机急速转移。但是,禁卫军缺乏组织,刚刚一移动,马上就乱套了。向南没走三四里,也先的骑兵就像急风暴雨一般冲了过来。禁卫军毫无准备,争先逃命,互相挤压;也先骑兵大刀乱砍,弓箭连射。明军有的栽倒在地,鲜血直流;有的在马蹄底下,被踩成了肉泥。

此时,英宗帝面色苍白,在侍卫亲军的团团护卫下,骑着骏马试图突围,但终究无法冲破瓦剌军的重围。

这一仗,禁卫军死伤数十万人,横尸遍野,惨不忍睹。朝中大臣,如兵部尚书邝埜、户部尚书王佐等50多名大臣也全部遇难。还有20多万头战马,以及无数的盔甲武器,数不尽的财物,全部丧失。禁卫军统领王振也得到了应有的惩罚,被护卫将军樊忠用铁锤打死。

突围没有成功,英宗帝被侍卫亲军护着落荒而逃。但是瓦剌军一次又一次地冲击,把保卫英宗帝的侍卫亲军冲得七零八落。混乱之中,英宗帝不会骑马,也跑不动,身边的侍卫被冲散了,英宗帝只得找个地方,向南盘膝而坐,听天由命了。

其实,此时英宗帝旁边还有太监喜宁。不过,喜宁早就暗通瓦剌,并向也先详细地告知了明廷虚实。恰在此时,一位瓦剌士兵赶到,索要英宗穿在身上的衣甲,英宗不理他,瓦剌兵便挥动武器想动手,被赶来的另一个瓦剌兵制止了。这个瓦剌兵从衣着上看出英宗不是一般的人,便报告了也先。也先急忙找两个出使过明朝的人前来辨认,认出此人就是明朝皇帝。这样,英宗帝在土木堡之役中,成了也先的俘虏。

在土木堡战败被俘的禁卫军校尉袁彬，重新侍从在皇帝身旁。袁彬奉命派遣使臣持着皇帝的手书，告知怀来守将，皇帝被俘，必须立即送交大量金帛。守将哪敢打开城门，于是使臣吊绳子而上了城墙。守将得知皇帝被俘后，立即派人快马驰奔京师。

八月十七日，英宗被俘的消息传到京师，也传进了深宫。孙太后等人都号啕大哭起来，在哭声中他们准备了大量的贵重物品，想送到也先营中赎回英宗。但是，也先认为英宗奇货可居，不但没有放回，反而挟持他到大同、宣化等地，企图骗开城门。由于守卫边关的将士们没有上当，也先只好把英宗帝转移到塞外。

英宗被俘这一突然事件的发生，以及大批文武百官的被害，使明朝京师陷入了极大的混乱。当时，从前线溃败下来的禁卫军士兵布满了京城各地。在这种紧急情况下，负责留守京师的英宗弟弟、郕王朱祁钰便召集了大臣会议，讨论应付紧急事变的对策。侍讲学士徐珵抢先发言，他说："看星象，算历数，明朝天命已经过去，只有南迁才能解除大难。"他的迷信说法自然遭到了许多大臣的反对。兵部侍郎于谦厉声说道："京师是全国根本，不能轻易改变，谁再主张南迁，就应杀谁的头。"他建议赶紧从全国各地调集援兵，保卫北京，进行一场殊死的北京保卫战。大学士陈循也十分同意于谦的看法。这样，誓死保卫京师的决策就定了下来。

八月二十日，英宗的母亲孙太后下了两道诏书：一道是立英宗的儿子见深为皇太子，正位东宫；另一道是命令郕王朱祁钰管理朝政，百官都要听从他的命令。

郕王朱祁钰总理朝政后，鉴于许多大臣在土木堡之役中已经遇难，便对各政府机构的官员做了调整。京师禁卫军中的士卒及马匹，分为较强壮的和老弱不堪参战的，那些强壮的部分都已经跟随英宗亲征，在战场上陷没，留在北京的疲卒羸马不到十万。在这危难之际，于谦的沉着和自信便成为朝廷的一种资本。于谦请郕王朱祁钰发下一道檄文，号令两京、河南的备操军和山东、南京沿海的备倭军，以及江北、北京的诸府运粮军，急赴京师，共同保卫北京。

八月二十一日，于谦升任兵部尚书。这也是明廷后来能取得北京保卫战胜利的重要因素之一。于谦升任兵部尚书后，毅然以社稷为重，清醒地认识到要想保卫北京，首先应该刷新自王振专权以来被搞得混乱不堪的朝廷政治。为此，于谦作出了积极的贡献，主要有三个方面的成绩：

一、打击宦官势力，清除王振死党。王振在土木堡之变中死去，可以说是死有余辜。但是他此前培养了一大批死党，如今还有相当大的势力。要是不清除王振的死党，朝廷就不能稳定。在于谦等人的建议下，郕王朱祁钰于八月二十三日登临午门代理朝政，当着满朝文武百官的面，宣读弹劾王振及其死党的文章："（王）振倾危宗社，请族诛以安人心。若不奉诏，群臣死不敢退。"（《明史纪事本末》卷三十三《景帝登极守御》）朱祁钰当时虽然没有完全表明态度，但当朝的大臣们纷纷要求杀灭王振死党，随之，这种呼声已经震动殿堂，许多大臣都哭着求朱祁钰，要求族诛王振死党。王振的死党锦衣卫指挥马顺等人也在场，看到大臣们如此，竟然用恶语骂在场的大臣们。大臣们本来就对王振及其死党恨之入骨，马顺等人还这样嚣张,自然又引来了部分大臣的不满与气愤。大臣曹凯抓住马顺的头发,怒骂道:你以往依王振作威,今天还敢如此放肆!大臣们都愤怒了,当朝抓住马顺就打起来,最后竟将他打死。同时被打死的还有王振的另两个死党:一个是毛贵,另一个是王长。随后,大臣们又把王振的侄儿王山也抓来了,大臣们更是气愤,指着他就骂,一时朝班大乱。看到这种情形,郕王朱祁钰十分害怕,准备离开。于谦立即上前拦阻,并镇定地说:"顺等罪当死,勿论。"(《明史》卷一百七十《于谦传》)这时,大臣们的情绪才有所稳定,于是于谦下令将王山处死。

这件事的发生虽然突然,但于谦处置得当,朝臣们大为信服。吏部尚书王直赞扬于谦说:"国家正赖公耳,今日之事,若非你如此处理,像我王直这样的人,有一百个也没什么办法。又族诛王振全家,籍其产,抄出'金银六十余库,玉盘百(面),珊瑚高六七尺者二十余株,他珍玩无算'。"(《明史》卷三百零四《王振传》)

以于谦为首的大臣对王振死党的诛杀,对正统以来宦官权势是一次严重的打击,这对于争取民心、积极备战京师无疑起到了重要的作用。

二、辅立景帝,稳定皇权。英宗被俘,朝中无主。国不可一日无君,这是中国人自古就有的共识。当时,虽然立了英宗的儿子为太子,并且王振的死党得到了有效的铲除,但太子才二岁,根本就不能起到任何作用。朝廷仍然不稳定。在这种情况下,大臣们自然想到让郕王朱祁钰当皇帝。但郕王朱祁钰并无当皇帝的野心,听到大臣们的建议后,他再三推让。于谦给郕王朱祁钰分析了当时的形势,认为瓦剌既然挟持了英宗,必然轻视明朝,会大举南下。此时,另立皇帝一是稳定臣心、民心,二是可以绝瓦剌要挟之口实。于是,于谦等人提出"社稷为重,君为轻"的政治主张,立即促使皇太后决择。九月,皇太后孙氏在于谦为首的大臣建议下,宣布郕王朱祁钰即位,遥尊英宗为太上皇。郕王朱祁钰当上皇帝客观上对明朝的局势起到了稳定作用,这样从大局上使英宗被俘以来所造成的混乱局面得到了改变。与此同时,又多方面选拔了有才干的文武官员,安排到各个重要岗位上,组成团结抗战的坚强核心。在军事上,也是积极备战,整顿禁卫军,选拔得力的将领加强独石口、居庸关等重要关隘的防守力量,大力加强了京师的防守。于谦用人也不拘一格,如石亨,因为在阳和之战中逃回而被关进牢中,但由于他确实有军事才能,于是于谦下令放了他,并让他总领京营兵。

三、调兵马,广储备。自从英宗帝被俘后,于谦就一直认为,瓦剌军直犯京师是迟早的事。所以,无论从军力、物力上,都需要尽快地做好一切准备。于是,于谦调南京、北京、河南备操军和山东及南直隶等地的军队,急赴京师,全力备战。他以辽东都指挥范广升任副总兵,佐理禁卫军的操练,调山东都指挥韩青协守紫荆关等。同时,选拔了新提拔的将领孙镗、卫颖、张仪、雷通等人分兵守九门要地。至此,于谦已经备军20多万。在物资方面,于谦也做好了充分的准备。瓦剌军很快通过了卢沟桥,兵临都城。在西直门外,瓦剌军摆开战阵,英宗则被安置在德胜门外休息。其实,这个时候也先也不想倾其全力与明朝一决高低,毕竟瓦剌军还没有重建元朝的实力。也先如此轻易地一路打败了明军官军,直抵大明的都城脚下,并非长期预谋的结果，运气成分很大。虽然此时京师一片紧张气氛，但于谦准备相当充分。

十月初八，新皇帝朱祁钰命令于谦提督各营军马，所有京师将士都受他管辖，保卫北京。面对大敌当前，大兵压境之势，石亨建议将禁卫军退守城内，坚壁清野，以避兵锋。石亨的这种想法遭到了于谦的强烈反对，他主张坚决出城迎战，他说："奈何示弱，使敌益轻我。"于是他委派兵部侍郎吴宁代理兵部的有关事宜，亲自指挥各路将士，共22万，列阵在九门之外。都督陶瑾安带兵驻守在安定门，广宁伯刘安带兵驻守在东直门，武进伯朱瑛带兵驻守在朝阳门，都督刘聚带兵驻守在西直门，镇远侯顾兴祖带兵驻守在阜成门，都指挥李端带兵驻守在正阳门，都督刘得新带兵驻守在崇文门，都指挥汤节带兵驻守在宣武门，于谦与石亨率副总兵范广、武兴埋伏在德胜门。

十月初九，于谦命令兵部侍郎吴宁，准备抗击瓦剌军，并下令："临阵将不顾军先退者，斩其将。军不顾将先退者，后队斩前队。"（《明史》卷一百七十《于谦传》）并明确，各将领都要亲自督战，要披盔甲，给禁卫军做出榜样，鼓舞禁卫军士气。

十月十一日这天，于谦就派副总兵高礼、毛福寿迎击瓦剌军于彰义门外（今北京广安门外十余里的地方）土城北，斩杀数百人，夺回被掠百姓千余口，挫败了也先的先锋。随后，投降瓦剌的宦官喜宁唆使也先邀请明朝大臣讲和，并索要金帛万万计。明朝自然知道也先的阴谋，决定不派大臣"迎驾"，只派小臣前去试探虚实。于谦派了礼部侍郎王复等人出城见"太上皇"。也先借口王复、赵荣等人是小官，不与之接触谈判，并点名要于谦、王直等大臣谈判。

消息回报到明朝廷，于谦等人坚持抗战，拒绝求和。于谦慷慨挥泪，激励驻守在京师的禁卫军说：大片田地已经丧失，京城已被敌人包围，这是我们的耻辱，全体将士应该不怕牺牲，替国家报仇雪耻！

十月十三日，明军同瓦剌军在德胜门外展开了大战。

于谦派石亨领禁卫军埋伏在德胜门外的居民空舍中，另外还派数名骑兵作为急先锋，冲向瓦剌军，战斗刚刚开始，这些骑兵就后退。也先立即指挥万余名精骑，向明禁卫军追来。于谦见时机已到，急令副总兵范广的神机营火炮、火铳一齐发射。与此同时，石亨的伏兵也冲出，前后夹击，也先的军队惊惶失措，阵脚大乱。禁卫军将士英勇冲杀，把瓦剌军打得一败涂地。也先弟孛罗、平章卯那孩，号称铁颈元帅，在这场战斗中也被炮火击毙。

于是，瓦剌军又转攻西直门，驻守在这里的孙镗率兵迎战，两军展开了激烈的战斗。孙镗带领禁卫军斩杀瓦剌军前锋数人。这时，高礼、毛福寿率兵从南面过来增援，两军战斗进入白热化。在激烈的战斗中，高礼身中炮火，孙镗兵死伤惨重。他们被瓦剌军围攻，战场也渐渐地移近城门。

情况万分危急。城门上的守将程信急忙下令放箭和发射火炮助战。幸亏这时石亨率兵从北面赶来，瓦剌军一时处于三面被围的局面，只好向西南方向退去。

十月十四日，瓦剌军又进逼到彰义门（今广安门）土城，于谦派遣毛福寿等人在京城外西南一带街巷要道设置障碍，埋伏神铳短枪，当瓦剌军攻城门时立即猛击。随后，于谦又派副总兵武兴、都督王敬等人,率领禁卫军到彰义门外迎击瓦剌军。

禁卫军的前队用神铳短枪冲锋,后队则张弓搭箭紧跟,很快击败瓦剌军主力前锋。瓦剌军狼狈溃退。由于监军太监想争功,率领数百名骑兵追击,导致禁卫军大乱,副总兵武兴也牺牲了。瓦剌军见此乘机反扑过来,又攻到了土城边。

当地居民纷纷上屋,喊声震天,尽力飞投砖石,打击瓦剌军。很快,毛福寿等人率领禁卫军来增援,瓦剌军一看明军援军旗帜,就仓皇退却。京城军民抗敌士气更加高涨。禁卫军在德胜门、西直门、彰义门都取得了胜利。

两军经过5天激烈的战斗,瓦剌军死伤惨重,士气低落。同时,瓦剌军的另外5万骑兵围攻居庸关,守将罗通智斗瓦剌军。当时正是天寒地冻的时候,罗通命令将士们汲水灌城,让水结冰,冰又硬又滑,瓦剌军的骑兵根本就不敢靠近城堡。攻城7天,罗通追击三次,斩杀无数瓦剌军的骑兵。前有坚固的北京城,后有居民的袭击,又听说各地明援军将要到来,也先怕归路被截断,于是拥着"太上皇"朱祁镇由良乡西行。

于谦得知瓦剌军夜间逃跑后,立即命令石亨等将领率领禁卫军,乘夜举火把追击,也先的军队又伤亡不少。也先率领残兵败将,出紫荆关退去,禁卫军追至此关后没有再追。

于谦领导禁卫军,打退了瓦剌的侵扰,挽救了明朝的危亡。后人有诗赞美于谦:"銮舆北幸国无人,保障须凭柱石臣。不是于公决大议,中原回首尽胡尘。"

于谦带领禁卫军打退了瓦剌军的进攻,取得了北京保卫战的胜利,实践了他对景帝的承诺。后来,为了加强京师禁卫军的战斗力,于谦对原有的三大营体制进行了改造。在调拨三大营兵组织京师九门防御时，于谦发觉，三大营各有统兵官，互相之间不易协作，临期调发，兵将都不熟悉。于是，于谦又从三大营中选拔出十万兵士，分为五营团练，制订了团营法。以50人组成一队，每队设队长，百人为两队，设领队官，千人设把总，五千人设一都指挥。体统相维，兵将相识，依据遇敌的多少以调度禁卫军人马。后来，增加了五万兵，将五营军改建为十团营。十团营建立后，于谦对新建的京师禁卫军又制定了严格的训练标准。

2. 夺门之变

景泰元年（1450年）八月二十一日，英宗帝朱祁镇被俘一年后，终于被也先放了回来。回到阔别一年的故乡，英宗帝心中不禁感慨万分。虽然现在自己还被称之为太上皇，但今非昔比了，此时没有了一年前至高无上的皇权。现在坐在金銮殿上的是朱祁钰。英宗丢失的不仅仅是一年的美好时光，还有自己的大好江山。

代宗朱祁钰与英宗朱祁镇是异母兄弟。代宗比英宗小一岁。代宗的母亲是吴贤妃，英宗的母亲是孙贵妃。代宗自从正统十四年（1449年）九月即皇位以后，便对迎回英宗的事不太热心。不仅如此，他在景泰三年（1452年）五月，还废弃了英宗儿子朱见深的皇太子位，而立自己的儿子朱见济为皇太子。英宗返回京师，代宗也只是迎拜于东安门。为了不让英宗复位，代宗把这位被尊为太上皇的哥哥关入东华门外南宫。这里高墙厚院，门窗紧闭，锁头封锢，只开一个小窗口供递饮食。这里由靖远伯王骥统领一支禁卫军把守，戒备森严，严禁任何人出入。

英宗朱祁镇心中很不是滋味。然而，事情却又在朝着英宗有利的方向发展。景泰四年（1453年）十一月，代宗唯一的儿子皇太子朱见济死了，御史钟同主张再立朱见深为皇太子。礼部郎中章纶还要求代宗在每月初一、十五和各种节日率领文武百官，在宫城的延安门朝见太上皇。代宗对此非常不高兴，把钟同、章纶关进了锦衣卫的监狱。

其实，代宗自从儿子死后，就处于深深的矛盾之中，他既不愿意把皇位归还给英宗，又不忍对英宗的儿子朱见深下毒手。恰在这时，他的皇后杭氏也死了，后宫生活的平淡让他感觉到无聊。长时间的心情郁闷，代宗在景泰八年（1457年）正月得了重病。当时，太子储位还没有定下来，于谦和许多大臣一次次上书请景帝早立东宫。

正月十二日，代宗召见了石亨。石亨见代宗确实病得厉害，活不了几天了，便找张𫐐、曹吉祥、徐有贞商量，打算在代宗死后让英宗复位。徐有贞对代宗的怨恨由来已久。他原来只是翰林院侍讲，在保卫北京时，发表了谬论提出迁都，遭到了大臣们的反对。代宗当政，他改名徐埕为徐有贞，因为治理河道有功，升为左副都御史。后来，他想当国子监祭酒，托于谦向代宗说情。代宗发现他就是徐埕，也就没有答应，因此他一直怀恨在心。张𫐐在英宗正统年间就已经是前军都督了，代宗即位后，一直没能升官，反而被关进监狱。石亨和曹吉祥是见风使舵的人，他们也拥戴过代宗，如今眼看着代宗病危，皇帝一旦驾崩，英宗复位，自己的性命恐怕都保不住了，于是背叛代宗与徐、张二人勾结起来。他们认为，代宗已经危在旦夕，如果代宗一死，为争夺皇位必然出现激烈斗争，鹿死谁手实难预料。为了防止不测，自己还不如趁代宗病重之机先下手为强发动宫廷政变，迎英宗复位，必获功臣荣耀。

正月十四日晚，这帮阴谋复辟的人在夜色的掩护下，秘密聚集在徐有贞家。徐有贞说："太上皇当年出狩，不是出宫游乐，而是为国家！况且天下士民的心都向着太上皇，而当今皇帝却置之不问，这正是时机。可是，太上皇知道吗？"这时，石亨、张𫐄说一天前已经秘密通报。徐有贞自认为精通星象，于是在十六日的夜晚，他煞有介事地走出家门，爬上自家屋顶算卦，然后走下屋顶，装模作样地说："事成在今夜，机不可失！"于是，众人分头行动起来了。

禁卫军都督张𫐄调禁卫军严守各城门。当夜四更时分，石亨拿出门钥偷偷地打开了长安门，统领内廷禁卫军一千余人进皇城。守门的宿卫十分惊奇，但是不明真相，都愣着不知道该干什么好。禁卫军进入长安门后，徐有贞又命令禁卫军将长安门反锁，并把门钥投入水中，以防止外兵再入。

石亨、徐有贞急忙奔往南宫，但是南宫的门十分坚固，根本就打不开。徐有贞急忙命令禁卫军卫士数十人取来一根巨木，大家举着撞门，又命令勇士翻墙入南宫，从里面撞门，并内外合力推墙，墙破门裂，禁卫军进入南宫。

这时，太上皇朱祁镇早在等待，看到石亨、徐有贞等人来了，他便立马从屋内走出。徐有贞命令禁卫军护驾英宗帝，急急地赶往内宫。朱祁镇原来对这帮人并不熟悉，众人各自乘机报上官职、姓名，目的显然是等待请功。当他们来到东华门的时候，被守门卫士拦住了，问他们是何人。这时，朱祁镇立即大声地说："我是太上皇。"卫士一听是太上皇，不敢阻挡。于是，朱祁镇等人来到了后宫。进来后，他们直奔皇帝日常上朝的奉天门。在奉天门外，他们又遭到了守门卫士的阻拦。卫士们举起手中的金瓜要击杀徐有贞，被英宗喝止了。

事变众人将放在殿庭角落的御座推到了正中，英宗再次登上了告别八年之久的皇帝宝座。

这时，天快明了，代宗原先说要在十七日视朝，百官都准备上朝。百官上朝的时间到了，而天色还没有全亮。皇宫钟鼓齐鸣，百官随着打开的宫门入宫，准备朝见病中的景帝。只是大家感觉从奉天门传来的呼噪声不同以往，却见徐有贞站在百官面前，大声说道："太上皇已经复辟，快去朝贺！"这时，百官才大梦方醒。英宗本来就是老皇帝，又宣布百官"任事如故"，况且石亨等人以数十万禁卫军要挟，也只好如此了。朱祁镇又登上文华殿，命徐有贞为兵部尚书兼学士入内阁，参预机务。接着再登上奉天殿，进行了即位大典。

夺门之变成功后，英宗复位。参与夺门之变的所有人员都进职封爵。代宗在病榻上听到这一消息时，连声说了几个"好"字，再没有讲什么。得势后的徐有贞、石亨等人随即编织罪名，置于谦于死地。罪名是于谦和另一位大臣王文要迎立藩王承继皇位。这完全是莫须有的事。但是朝中大臣没有人敢站出来为于谦辩护，因为于谦"以定社稷功，为举朝所嫉"，加上他孤芳自赏，从不结交党羽，独来独往。于谦的"谋逆罪"很快就获得了通过。不过，在最后做决定的时候，英宗有些迟疑，他承认于谦有功于社稷，对于处死于谦有些犹豫不定。徐有贞则急切地说："不杀于谦，复辟就无名！"英宗终于痛下决心，命令将于谦和王文、舒良等大臣一同弃市问斩。

于谦被杀,祸及全家。他的妻子被派遣戍边,长子于冕被派遣卫戍龙门,小儿子于广由裴姓太监秘密陪同逃到了河南考城县。当锦衣卫到于谦家抄查时,什么值钱的东西和谋逆的罪证都没有查出来,就连抄查的锦衣卫都因为他家的简朴而深表惊奇。天顺三年(1459年),于谦的灵柩由其女婿朱骥运回浙江故乡,葬于西湖三台山麓。成化二年(1466年),明宪宗为于谦平反昭雪,将他的故宅改为"忠节祠"。

3. 曹石反叛

英宗复辟后,第一件事是迫害于谦以及其他所有的抗战派,第二件事是替死有余辜的大宦官、英宗自己的老师王振进行了平反。如果说八年之前的英宗还太年轻、太幼稚的话,那么年过而立之年的英宗应该有所成熟,但他没有,他还没有醒悟过来,继续着他的昏庸与顽固。

英宗帝对王振还追念不已,一上台就恢复了他生前的官爵,而且用香木精心雕刻了王振的形象,进行招魂,并重新埋葬。先不说王振给国家带来了多大的灾难,就是对英宗帝本人,若不是王振的诱惑、怂恿,也不致让自己因当了俘虏而失去帝位。这样一来,景泰以来抑制宦官势力的正确作法不能继续,造成了阉党势力的复起。

这时,两个在夺门之变中有重大贡献的人成为了焦点。一个是曹吉祥,另一个是石亨。曹吉祥,滦州人,曾经是大宦官王振的部下。正统初年,云南少数民族起义,英宗派出明军前往镇压,曹吉祥就任监军。后不久,他又参与征伐兀良哈和镇压福建以邓茂七为首的农民起义。景泰年间,他总督京营,由他和刘永节制团营,这是明代自开创以来内臣监管京师禁卫军的最高职务。此后,他开始把持京城军事大权。正因为如此,曹吉祥和石亨利用手中的禁卫军权,才顺利地发动了夺门之变。英宗复辟,曹吉祥积极参与,英宗认为他是作出了重要贡献的人,便将他提为司礼太监,并让他总督京营。在明朝,京营是占有重要地位的。如今京营全部权力都掌握在曹吉祥手里,势力之大,可想而知。他的长子曹钦,从子曹铉、曹铎等都提升为都督。他的门客也冒功请官,居然有上千人被封了官。石亨,陕西渭南人。他武艺高强,不仅善于骑射,还十分有胆略。但他性格反复无常,且很有野心。瓦刺军入侵,石亨在同瓦刺军的交战中失败,朝廷将他免职。后来,由于于谦惜才,加之朝廷需要,石亨被免罪,而且复职。在京师保卫战中,他也确实作出了贡献。英宗准备复辟,石亨异常积极主动地同曹吉祥、徐有贞配合。复辟成功后,他又同徐有贞一唱一和地加害于谦,全然不念昔日他败于瓦刺军时被于谦救护之情及患难共事之义。夺门成功,石亨进封为忠国公,继续掌管京师禁卫军。他的侄子石彪守大同,为都督同知,并充任游击将军,地位高贵。

掌握着禁卫军权的曹吉祥和石亨,他们的权势不相上下,京师的人都叫他们为曹石。两人互相勾结,多次公开抢占民田,遭到了一些正直官员的弹劾。有一位御史上书弹劾,英宗看到奏书后,对大学士李贤和徐有贞说:"御史敢这样直言,真是国家的福分!"站在皇帝身旁的曹吉祥十分气愤,当场就要治那位御史的罪,被英宗帝制止了。后来,这件事传到了石亨的耳朵里。石亨怒气冲天,指责御史胡言不实,进而迁怒于李贤和徐有贞,称他们是后台主使。石亨对曹吉祥说:"如今,内廷是你的天下,外朝由我统领,李贤之流这样诬陷,其用意很明显啊!"

徐有贞在夺门之变中也是有功之人,他在升任内阁首辅后,想再立功名自固,这样的想法自然与不可一世的石亨格格不入。石亨与曹吉祥在皇帝面前猛烈攻击徐有贞,而御史又多次上书揭露石亨、曹吉祥的违法事端,于是英宗对这三个人都有了一定的看法。皇帝这时采取了对谁都不全信的方法,他让锦衣卫统帅门达等人侦伺实情上奏。让英宗帝没想到的是,门达正依附于曹吉祥、石亨。门达把此事密告他们。三人达成一致。门达和给事中王铉分别上书皇帝,说都御史耿九畴党附首辅徐有贞和大学士李贤,唆使御史诬蔑石亨。这时,曹吉祥又玩起了心眼,乘机在皇帝面前跪奏,说:"臣等万死一生,舍命迎皇上复位,内阁大臣一定要杀了我等而后快!"曹吉祥的戏还演得十分动情,说的时候声泪俱下,伏在地上痛哭不起。皇帝被曹吉祥的假象迷惑了,决定将弹劾他们的御史夺职戍边,将徐有贞和李贤降职。

一天,内阁赞善岳正入值文渊阁。英宗帝问他:"你何以辅佐?"岳正回答说:"内臣、武臣权势过重。"皇帝顿时明白了岳正的意思。岳正退朝后,将此事告知了曹钦、石彪,劝他们辞却兵权。曹钦、石彪大惊,急忙把此消息告诉了曹吉祥。曹吉祥急忙面见英宗帝,摘下官帽,跪在地上哭着请求皇帝将自己处死。皇帝问清缘由,召来岳正,问他为何把谈话泄露。岳正却说:"这二人必定会背叛陛下,我这是防患于未然,以全君臣共难之情。"皇帝极不高兴。曹吉祥、石亨自然也不高兴，对岳正恨之入骨。后来，岳正被谪调广东任钦州同知。

石亨等人恃宠骄狂，无所顾忌。一天，石亨率领千户卢旺、彦敬进入皇宫禁地，直入文华殿。英宗帝看到来了陌生人，十分惊讶，问石亨："他们是何人？"石亨满不在乎地说："这是微臣的两个心腹，迎复之功，这两人功劳最大。"石亨当即请英宗帝下旨，擢升这二人为锦衣卫指挥使。石亨所表现的种种骄狂，英宗帝自然有些不快，但念及夺门之功，也就容忍了。

一天，英宗帝向李贤咨询政务方面的事情。英宗帝问："朝廷政务该如何治理？"李贤说："权力不能下放，望陛下独断。"英宗帝点了点头，表示认同。随后，英宗帝问李贤："你如何看待夺门之功。"李贤说："迎驾还说得过去，'夺门'二字，如何能传示后世呢？陛下顺应天命，复收长位，门何必夺？而且内廷门哪能夺呢？当时有人邀我参与此事，我没同意！"英宗听了李贤的话感到十分吃惊，说："为何没有同意呢？"李贤说："景帝卧病不起，群臣自当上表请陛下复位。这样名正言顺，没有可疑虑的，更不至夺门。如果事泄，这班人倒没什么可惜的,但陛下又将置于何地？这些人只是想借机图个富贵，哪里想什么江山社稷！"英宗帝听李贤这么一说，脸上的表情也变了，他似乎领悟到了什么。

天顺二年（1458年）三月，石亨的心腹、兵部尚书陈汝言的贪污罪被揭发。陈汝言家的财物之多令人震惊。英宗帝知道此事后，命令将赃物陈列在宫殿、廊庑下，并召集石亨等人来验看。

触景生情。英宗帝的良心受到了谴责，此时想到了被处死的前任兵部尚书于谦。英宗帝还当着官员们的面说："于谦在景帝一朝始终受宠，死时家无余赀；而今陈汝言当了不到一年的兵部尚书，竟然得了这么多贿赂！"石亨立即明白英宗帝的话外音，立即把官帽摘下来，跪在地上，无言以对。不过，英宗帝当时并没有治石亨的罪。

天顺三年（1459年）正月，锦衣卫奉命调查大同总兵石彪的行迹。八月正式逮捕石彪，但是石彪不服。锦衣卫在他家中抄得绣蟒龙衣等物，认为其有篡位野心，以此作为证据，立即将他逮捕，关入锦衣卫狱。石彪在锦衣卫狱中遭到了严刑拷打，只得承认自己图谋不轨，并把他的叔叔石亨也供了出来。英宗帝看在石亨立有军功面上，没有给石亨定罪，只是罢免了石亨的兵权和一切职务，令他回家休闲。石亨被剥夺兵权后，心中很不是滋味。这时，他才想到谋变，但他的行动很快被锦衣卫密探侦察到了。

石亨为何回到老家后又想谋变呢？一是，他被剥夺一切职务后心生怨恨，想报复；二是，他认为自己在大同一带有较好的军事基础。在石亨当权时，他曾经来往于大同和京师之间，有一次看着紫荆关对左右侍卫说："如果严守此关，据守大同，京师无可奈何！"当年有一个擅长妖术的人叫童先，他曾向石亨出示神秘的妖书，书上写道：惟有石人不动。实际上，他在暗示石亨举兵起事。石亨自信地对他的私党说："大同兵马甲天下，我一直优厚对待，石彪又统镇大同，完全可以依恃。有一天让石彪取代李文，佩带镇朔将军印信，专制大同军事，北拥紫荆关，东据临清，决开高邮堤坝，断绝饷道，京师不用血战就可拿下。"几年后，蒙古人袭击延绥，石亨奉命带领数万京师禁卫军出京迎战。童先再次劝石亨起兵反明，石亨却大大咧咧地说："这事不难。只是，天下兵马都司还没有全换上我的人，等换好了，再起事不晚。"童先却有些着急地说："机不可失，时不再来啊！"石亨没有听童先的。童先私下对身边的人说："这哪能成就大事！"

天顺四年（1460年）正月，京师出现了彗星，朝野十分惊恐。锦衣卫指挥逯杲以亲军统帅和皇帝心腹的双重身份上书密奏皇帝：石亨心怀怨恨，与其侄孙石俊密谋不轨。英宗帝又把这份密奏拿给大臣们看，同时下旨逮捕石亨，关入锦衣卫狱。禁卫军奉旨逮捕了石亨，经过一番严刑拷打之后，曾经不可一世的石亨惨死在狱中，落下了个悲惨的下场。石彪也被弃市问斩。就连石亨的私党童先等人也全被处死。

石亨事败，曾经与他同流合污的曹吉祥虽然没有被牵连治罪，但他开始变得不安起来。此前，曹吉祥也培养了自己的一批蒙古降丁武勇，倚为心腹，还为他们争取了不少的朝廷赏赐。这些降附的蒙古武勇也把自己的命运与曹吉祥系在了一起，认为一旦遭遇不测，都会死无葬身之地。曹吉祥家中还豢养着食客，其中一位名叫冯益。一天，曹吉祥的儿子曹钦问冯益："历史上有没有宦官子弟当天子的？"冯益说："你的本家曹操就是中官之后。"曹钦大喜，立即决定举行兵变。天顺五年（1461年）七月的一天，曹钦与他的死党、官任都督的蒙古降将伯颜也先等数十人密谋："逯杲等侦缉紧急，再不起事，就是第二个石彪！"经过决议，他们决定第二天天明起事，并选定番汉敢死军500人，约定天明朝门大开时，曹钦拥兵入内，废掉皇帝，杀死总领京营禁卫军的孙镗、马昂，曹吉祥所拥内廷禁卫军作为内应。而在此时，英宗帝正命令怀宁侯孙镗西征，由兵部尚书马昂监军，不过还没有出发。

密谋已经定下来，曹钦大摆宴席，当夜盛情宴请众降将、降丁，并一一厚赏，准备三更以后开始行动。孙镗在出征前要陛辞皇帝，便提前宿在朝房，朝房是大臣办公、值夜和等待上朝的地方，位置在承天门外。当夜在朝房值宿的还有大臣吴瑾。曹钦的宴席进行到一半的时候，大约已经是深夜二更时分了，蒙古降将中有一位叫马亮的人，怕事情败露，自己生死难保，悄悄地离开席位，迅速赶到朝房密告吴瑾。吴瑾立即把这个消息报告给孙镗。两人急忙赶到承天门西侧的长安右门，但是无法进去，两人便在纸上急书，由于都是武臣，不善于表达，只好写上：曹钦反，曹钦反。这一紧急奏章从长安右门的门缝投进去，由守门的内廷侍卫迅速转送到宫中。

英宗帝听说曹钦要发动兵变，立即下旨逮捕曹吉祥，并命令皇城各门和京城九门的禁卫军，紧闭各门，不许开门。内廷卫士当即逮捕了曹吉祥。而此时正准备起事的曹钦对这些变故一无所知，他正率兵来到长安门，只见平日天亮时就开启的皇城门户现在还紧紧地关着。曹钦知道事情不妙。于是，曹钦转往他一直痛恨的锦衣卫统帅逯杲的私宅，逯杲正准备出门奏报皇上。曹钦迎面撞见，当即将逯杲杀死，并碎其尸首。曹钦接着领兵驰入西朝房，与曹铎一道追找痛恨的都御史寇深。看到寇深后，曹钦的部下挥刀削下了寇深的肩膀，接着再一刀，把寇深一劈两半。

长安街上一时变得混乱起来，正准备入朝的大臣们以为是征西的禁卫军出发了，后来一听说是叛兵造反，大臣们一哄而散，各自逃命去了。大学士李贤正在东朝房等待上朝，却听见外面喊杀声传来。李贤惊慌出房，没走多远，就被一拥而上的甲士围住了，一人要切李贤的肩臂，一人要割他的耳朵，一人从后背用刀顶住他。这时，曹钦提着逯杲的人头驰奔过来，他叫手下先不要杀李贤，下马拉着李贤的手说："今天是逯杲激起的兵变，实在万不得已，请立即为我草拟一道章疏进呈皇帝！"接着，又捉来尚书王翱。李贤被迫为曹钦起草了一份章疏，投入长安左门门缝。

这时，长安门依旧紧闭着。曹钦率领着这帮亡命之徒攻打长安左门和右门，又放火。守卫长安门的禁卫军亲军卫士拆掉御河岸砖，用来垒实长安门，以抵御叛军。曹钦带领军队在门外呼叫，以助声势。曹钦本来想杀了李贤，但最后还是放了他，领兵去追兵部尚书马昂。

这时，天已经亮了。孙镗派两个儿子急忙召集准备西征的京营禁卫军。但是孙镗考虑到太平年月安逸惯了的京兵，听说谋反未必会出来杀敌，况且没有皇帝的诏书，兵士可以拒绝出营。于是，孙镗让他儿子在兵营外大喊，说刑部关押的囚犯越狱了，要是谁抓获了就可以得厚赏。果然，有两千多名征西将士，全副武装地出发了。这时，孙镗骑在马上对将士们说："没看到长安门的大火吗？是曹钦领兵谋反！但他的人马少，活捉或杀死他的赏重金！"将士们被孙镗的气概所激励，大声应命。这时，工部尚书赵荣也披甲跃马奔驰在街道上，大声地喊道："愿意杀贼的，跟我来！"

禁卫军开始向曹钦的军队进攻。曹钦没能攻开长安左门，转而又去攻打皇城东门东安门。他们又动用火攻法，点燃了东安门。东安门内原来就堆放着树枝，也烧着了，火势十分猛烈。

但是叛军仍然无法进入皇城。

面对着孙镗统领的京营禁卫军，叛军抵挡不住，散了一部分。但曹钦杀红了眼，仍旧顽固地反抗着。

一直战到中午时分，曹钦中箭负伤，准备骑马奔逃。大臣吴瑾带领五六名卫士也参与了平叛，在路上碰到了曹钦的人马。虽然曹钦正在逃跑，但穷途末路的他们还是具有相当大的战斗力，他们把吴瑾一众人全都杀死了。

曹钦返回他们的驻地东大市街，与前来追剿的禁卫军相抗拒。曹铉率领一百余名骑兵驰奔，与禁卫军作最后的较量，一次次地打退了禁卫军的进攻。

双方战到了傍晚时分。

孙镗在后督战，他命令神射手放箭，他自己也在后面放箭杀敌。不久后，禁卫军杀死了曹铉。孙镗的儿子孙轵在激烈的战斗中砍伤了曹钦的肩膀，但孙轵却被曹钦的卫士杀死。

曹钦感到大势已去，立即统率兵马想从朝阳门逃走，但由于朝阳门被守得死死的，没有成功。他又想从安定门、东直门、朝阳门逃走，但各门都被禁卫军紧闭着。

晚上，北京城下起了大雨，曹钦逃不出北京城，只好逃回家中，继续进行顽抗。禁卫军将曹钦的家团团包围。曹府门第被禁卫军攻开，禁卫军大声叫喊着蜂拥而入，见人就杀。

曹钦一见无路可走，投井自尽了。曹铎死在了禁卫军的刀下。曹钦家大小全被杀光。三天后，曹吉祥被处死。他的党羽和家庭成员也都被杀死或被流放到岭南。

4. 镇压刘六、刘七起义

明朝中期，民不聊生。北京城街道上的老百姓来往匆匆，不敢与人多说一句话，街道角落到处是乞丐的身影。凶残的锦衣卫布满了北京城，不管走到哪个小胡同都能碰到锦衣卫。整个北京城笼罩在一片恐怖之中。

正德六年（1511年）三月的一天，年仅20岁的武宗帝在紫禁城内接到了兵部的急奏，说是刘六、刘七等人已经会合，率领大队起义军来到了京畿地区。武宗帝知道起义军到达京畿地区意味着什么，他惊恐万分，这也是他当上皇帝后遇到的最为严重的兵事之一。武宗帝在大臣们的建议下，宣布北京立即戒严。兵部命令禁卫军全副武装进入紧急状态，并派出部分兵力到霸州、文安等地镇压起义军。

刘六、刘七等人的起义是由于当时社会矛盾所引发的。明朝正德年间，由于武宗荒淫无道，加上宦官掌权，独断专行，老百姓处

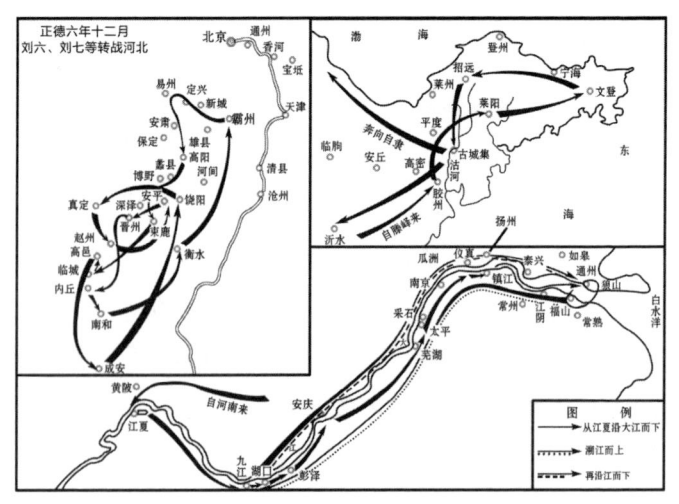

△ 刘六、刘七等起义军北方战场转战经过示意图

于水深火热之中。在重重剥削、压迫之下，各地爆发了农民起义。

刘六、刘七兄弟原籍是顺天府文安县人。刘六原名叫刘宠，刘七原名叫刘宸，两人从小就彪悍，并且擅长骑射，早就以侠义而闻名文安、霸州一带了，并结交了不少仗义之士。刘六、刘七性格豪爽，是普通的农民。在明朝，文安人有到北京当宦官的习俗，刘六、刘七"因乡曲故"，曾有机会到北京，并进入了紫禁城，也就是说，刘六、刘七都曾有过在京城服兵役的经历，他们目睹了宫内的腐朽情况，这使他们产生了推翻腐朽统治的念头。

到霸州、文安等地镇压农民起义军的是右都御史马中锡和惠安伯张伟。他们统领着禁卫军出师，与起义军在彰德、河间一带激战。长期在北京城内从未出过战的禁卫军毫无战斗力。他们偶然也能侥幸地打胜仗，但从总体上来看，还不足以镇压农民起义军。有的禁卫军将领同情起义军，暗中与起义军"通气"。

在这种情况下，马中锡向武宗帝上奏，他说，强盗本来也是良民，是由于酷吏与贪官所逼迫，建议对起义军招抚。马中锡还对他的部下下令，对农民军不要赶尽杀绝，要是他们投降便不能将他们处死。但是，马中锡的这种开明思想并没有得到明廷上层统治阶级的同意，所以在马中锡与起义军举行谈判的同时，明廷还在调集边兵前来增援，还是想以武力解决。

明廷的这种行动，刘六、刘七当然看出来了，但他们并没有拒绝与马中锡的谈判。

一天，马中锡带领几名禁卫军来到起义军大营。刘六、刘七十分礼貌地接待了他，同时，他们也一针见血地指出：

"今阉臣柄国，人所知也。马都堂能自主乎？"（《明史》卷一百八十七《马中锡传》）谈判虽然没有取得成功，但刘六、刘七十分守信地把马中锡送出大营。然而，马中锡却因为自己的主张，换来了"故纵贼"的罪名，被捕入狱，不久死在狱中。马中锡的死亡，更加坚定了农民起义军坚持武装斗争的决心。

正德六年（1511年）七月的一天，农民军的先头部队悄悄地来到了北京阜成门外，杀死牌甲常礼和巡城的御史。牌甲常礼和巡城的御史被杀的消息传到紫禁城后，久不上朝的武宗帝十分惊慌，不得不召集内阁大臣入左顺门询问军情，并立即宣布京师戒严，还紧急调动所有京营禁卫军，甚至把宣府、延绥等地的边军也调到北京。农民军得到这个情报后，审时度势，暂时放弃了攻打北京的计划。

这年十一月底，起义军转战到山东之后，又辗转回到了霸州，准备在十二月一日武宗到天坛祭祀的时候，来一个迅雷不及掩耳的袭击，把武宗置于死地。然而，消息却过早地被泄露出来。兵部尚书何鉴得到此消息后，立即写了一个密报送给武宗帝。武宗帝看到这个消息后，十分害怕，立即宣召何鉴入宫。经过商量，兵部传令城内的勋戚和武官赶快带领禁卫军分守京师的九门，又派人通知通州、良乡等地的守备官，立即调遣兵马到京城南羊角房、南海子、卢沟桥等处下营。起义军得知情况有变后，只好再次放弃攻打北京、刺杀皇帝的计划。

正德七年（1512年）正月初八，刘六、刘七领导的农民军再次攻入霸州，北京城再次戒严。京师禁卫军列阵城门。皇帝除派兵分守卢沟桥、羊角房和草桥等地外，还下诏提督军务陆完、总兵毛锐带兵赶到北京，以加强北京的防卫力量。明军与起义军大战于文安，起义军损失很大。

这年三月，刘六、刘七的农民军在山东遭到明朝边兵和当地地主武装十余万人的重重包围，损失惨重。就是在这种情况下，刘六、刘七等仍率领骑兵300多人突出重围，轻装北上，很快又聚集了大量的农民武装，并在北京周围地区大败明军。京师再一次震动，立即戒严，数十万京营禁卫军守卫北京城。但这次，起义军并没有在有利的形势下直逼北京，而是南下，到河南解救友军。当刘六、刘七率军到达河南后，河南的这支友军已经被明军打败，他们只好继续南下，进入湖北，最后终于因寡不敌众而失败，刘六、刘七战死。

5. 庚戌之变

15世纪中叶，蒙古族著名首领达延汗统一了大漠南北。达延汗死后，他的大儿子图鲁博罗特后裔继承了汗位。新汗年幼，人称"小王子"。但是达延汗的其他子孙，不尊奉新汗，他们各自拥众据地，独霸一方。这样一来，蒙古新汗徒有虚名，蒙古广大地区又陷入封建贵族割据的局面。俺答汗就是在这种情况下涌现出来的一位蒙古族强有力的历史人物。

俺答汗是达延汗第三个儿子巴尔斯波罗特的次子。他统领十二土默特，即今天呼和浩特一带。后来，俺答汗拥有十万余骑兵，称雄于蒙古各部落。达延汗时期，由于蒙古与明朝的关系紧张，当时的"通贡""互市"中断。双方不断的战争，给汉蒙人民带来了生命和财产的巨大损失。但是俺答汗统治以后，蒙古地区经济有了较大的发展，急需与中原互市贸易，换回他们短缺的生活必需品。而明朝还是采取关闭政策，拒绝贸易往来。蒙古因和平开放市场的要求得不到满足，于是采取了武力掠夺的手段。双方矛盾逐渐升级，常年战争不断。

嘉靖二十六年（1547年）四月，蒙古又派使臣到明廷，向明廷交了一封信。信中说，蒙古愿与明朝休战和谈，并向明廷赠送黑头白马一匹、白骆驼七峰、骟马三千匹，希望明廷回赠白缎、大神卦袍等物，且保证西起甘肃、东至辽东，双方边界之间不进行破坏活动，友好相处，为和平互市创造必要的条件。

当时，明朝大同总督翁万达上书，建议接受蒙古的要求，但是嘉靖帝还是听从了巡按御史黄汝桂的意见，认为俺答汗求贡是假，抢占是真，于是就没有答应。

俺答汗只有继续以战争的方式解决这些问题。

嘉靖二十九年（1550年），是庚戌之年。

这年的八月十四日，蒙古兵大举出动，集结在滦河，而马兔河、以逊河流域的蒙古军则顺潮河川南下，进攻古北口，直接威胁北京的安全。古北口是北京东北的门户，能否攻破这个关对于攻占北京城十分重要。前不久，明朝的兵部尚书丁汝夔曾请调兵加强古北口等地的防守，但是没有得到支援。古北口的守卫自然没有加强。这不能不说是明廷的一个重大战略失误。

蒙古兵以数千个骑兵攻墙，明朝的将领都御史王汝孝率领一队京营军前去迎战。明京营军的攻势十分猛烈，火炮矢石打得像雨点一样密集。看着攻势凶猛的明禁卫军，蒙古兵假装无法抵挡，纷纷后退。禁卫军看到自己猛烈的攻势起到了作用，想一鼓作气把蒙古兵打败，于是乘势追击后退的蒙古兵。当禁卫军追击到防御薄弱的黄榆沟墙时，俺答汗率领蒙古精骑数千人从墙后破墙而入，从背后突然攻击王汝孝的军队。对于这突如其来的"神兵",明军一下子慌了手脚,本来还算整齐的军队一下子被冲散了,纷纷丢盔弃甲,逃往附近的山谷密林中。

俺答汗抓住了这一有利机会,顺利南下,攻占了北京城附近的怀柔、顺义等地,长驱直入,直达通州。蒙古兵就扎营于潞河以东20里的孤山、汝口等地。巡按顺天御史王抒一边召集部分京营军集结在潞河西岸,一边连夜上书告急,向京师请援。

消息传来,京师震惊。嘉靖帝宣布,京师立即戒严。嘉靖帝急诏各镇兵勤王,同时命令定西侯蒋傅、吏部左侍郎王邦瑞督守京师九门,又命令锦衣卫都督陆炳、礼部侍郎王用宾守皇城四门。兵部尚书丁汝夔好不容易才集中了五六万人,出城后还不敢战斗。其实,刚开始的时候,京营劲旅不少于七八十万人,也不乏才将猛将。自从三大营变为十二团营,又变为两官厅,虽然人数不如当初了,但还有京营军38万余人。而现在武备松弛,京营军也只不过14万人左右,而真正能参加操练的人不过五六万人。随后,明廷又招募了市民和武举生员共4万人协助守城。

八月十八日,咸宁侯仇鸾率大同兵2万人支援京师。他的兵马就驻扎在通州河西,与俺答汗骑兵对峙于通州河东岸。但是勤王的军队出来得太匆忙,准备不充分,粮饷不济,饥疲不堪,战斗力自然也就十分弱了。

在这个紧急时刻,嘉靖帝下令调集的各地勤王军也陆续赶到了京师,有保定都御史杨守谦的五千骑兵和延绥副将朱楫率领的三千骑兵,还有河间、宣府、山西、辽阳各地的兵马也先后到达,共有5万余人。嘉靖帝任命仇鸾为大将军,统帅各路明军,分别防守北京各城门。

没多久,俺答汗率领蒙古兵渡河到达西岸,随后派遣前锋700余骑兵驻扎在北京安定门北面的教场。明将杨守谦与朱楫不敢迎战。

兵临城下,北京城内一片紧张气氛。嘉靖帝更是坐立不安。数十万禁卫军面对着蒙古兵竟然不敢主动出城迎战,只在城门死守。

八月二十一日,俺答汗的大部队也抵达城郊,但他见北京城防守严密,明军众多,不敢冒然攻城,于是掳掠了北京近郊的明朝陵寝和西山、良乡、黄村、沙河、大榆河、小榆河等地。

面对蒙古兵的大肆掳掠,许多人纷纷要求主动出城攻击。一天,蒙古兵在北京东直门外捉到了御厩内官杨增等人,并将他们押到了俺答汗那里。俺答汗没有杀他们,而是想以他们为使者,让他们进城向明廷递交一封信。信中要求明朝答应同蒙古进行"通贡"和"互市",只要答应就撤兵。

嘉靖帝急忙召集大学士严嵩、李本、礼部尚书徐阶等大臣商议,想听取他们的意见。但严嵩主张坚壁困守,让俺答汗饱掠自去。兵部尚书丁汝夔按此主张,命令各将闭营不战,任由蒙古兵掳掠。嘉靖帝也犹豫不决,一直没有给俺答汗回话。

此时,蒙古军已经掳掠大量人畜财物,但是不敢攻城,他们开始向白羊口撤去。

仇鸾为了掩人耳目,率领部分骑兵假意进行追击。但让仇鸾深感意外的是,他们的假戏变成真了。八月二十六日,当他们追到昌平北的时候,蒙古兵杀了个回马枪。京营军哪能与蒙古兵相对抗,顿时军队乱成一团,急忙回逃。京营军战死的、被踩死的达千余人。

九月一日，蒙古兵避开明军追击，从古北口撤回。

北京之危解除，京师也松了口气。

俺答汗率领蒙古骑兵从北京城下撤兵后不久，明朝大将仇鸾向嘉靖帝上奏，主张同蒙古和平互市，结束双方的军事对峙。当时仇鸾正得宠于嘉靖帝，加上明朝宣府、大同总督、内阁首辅严嵩等人都赞成和支持仇鸾的主张，嘉靖帝于是同意开设互市。不久后，俺答汗又派使者前往明朝要求互市贸易。明廷决定在大同、宣府等地开设互市，一年定为春、秋两季各开市一次。当然，明朝对此事十分重视，派遣兵部侍郎前往大同，总理互市全部事宜，而以将军徐洪坐镇大同，监督互市。

事实证明，和平才能求得发展，战争只能带来创伤。

6. 袁崇焕率军保卫北京之战

崇祯二年（1629年）。这一年是明朝最后一个皇帝崇祯上位的第二年。崇祯几乎集中了明朝皇帝们所有的特点，如机智和愚蠢、胆略与刚愎、高招与昏招。不过在他复杂性格的背后，同样是复杂的政治形势。他在位期间，正值明朝封建王朝的没落时期，各种矛盾和问题都充分地暴露出来。农民起义、后金军队的入侵、灾荒、大臣之间的党同伐异，都是让崇祯帝十分头痛的事情。不过，他还算是励精图治，上台后除掉了魏忠贤，并于上台的第一年就重新起用了被撤职的袁崇焕。

袁崇焕，字元素，号自如，祖籍广东东莞，落籍于广西藤县。由于是南方人，崇祯帝私下里称他为"蛮子"。袁崇焕的才华，主要体现在军事上，即使在他被杀之前的一段时间，崇祯帝仍是以为"守辽非蛮子不可"。袁崇焕是明末最善于与后金军队作战的明军将领。他是一名文臣，万历四十七年（1619年）的进士，却在天启六年（1626年）就做上了肩负东北防务重任的辽东巡抚，这充分说明了他突出的军事才能。袁崇焕"不爱钱，不怕死"的性格，赢得了士兵们的拥戴。当然，他的杰作应该还是指挥宁远之战，他以不足2万人的兵力打退了五六万后金军的进攻。这也是抚顺之战以来，8年间明军与后金作战取得的唯一一次大胜利。

崇祯二年（1629年）十月，后金汗皇太极率兵从龙井关（在今喜峰口之西）毁边墙进入关内，攻陷了近畿重镇遵化，屠杀了三河县全城的人民。

十一月，皇太极率领的八旗兵攻占了遵化，并越过蓟州，绕过三河，经过顺义，进至通州，渡河驻营城北。这月六日，八旗兵攻占了张家湾。八旗兵气势汹汹地直逼北京城。

崇祯帝急忙宣布：京师戒严。明京师禁卫军全副武装，进入了紧急战备状态。明朝兵部尚书兼右副都御史袁崇焕知道皇太极绕道进逼北京之后，立即率领9000劲旅，连夜从关外赶往北京。当时，为了国家利益，袁崇焕冒了巨大的风险，因为军队在没有得到皇帝允许之前，擅自率军直达京师，弄不好是要掉头的。但是，在紧急情况下，如果先请示，经皇帝批准后再行动，那就晚了。当时，袁崇焕对将士们说："北京很危险，现在顾不了那么多了，如果能使北京平安无事，就是我因此被处死，也绝不遗憾。"他的话使士兵们很受鼓舞，大家不顾疲劳，加急行军，终于提前三天到达通州。崇祯帝任命袁崇焕调度各镇援兵，相机进止，抗拒后金兵。

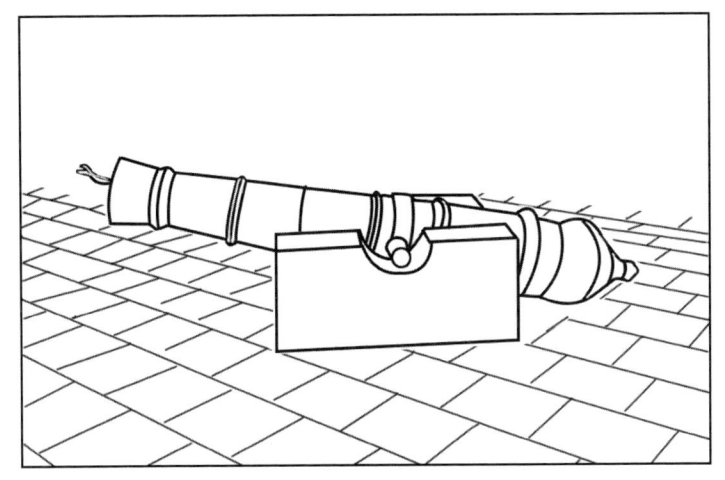

△ 明代禁卫军使用的神威大将军铁炮模型图

袁崇焕赶在八旗兵之前，列阵于广渠门外，严阵以待。但是袁崇焕此举，却留下了话柄。有人说，袁崇焕没有设法阻止后金军队，接着就退守京城，此举无异于纵敌深入。一时间，谣言四起，说袁崇焕与后金有密约在先，是故意引后金军队入关的。这便是后来袁崇焕被处死时遗体被民众"抢食"的原因。当然，这是后金实施反间计的结果。

十一月二十日，八旗兵抵达北京城下，扎营德胜门外城北土城关的东边。宣府总兵侯世禄、大同总兵满桂率领援兵与禁卫军一道守卫德胜门。皇太极率领八旗兵右翼四旗以及蒙古兵攻德胜门，侯世禄军队被冲散，满桂率领部分禁卫军在城下奋勇抗击，城上禁卫军则发炮支援满桂，但炮弹反而误伤了不少满桂的军队。满桂负伤，只得退入德胜门瓮城，但他仍带领禁卫军死守城门。

就在德胜门激烈战斗的时候，北京城的另一边——广渠门也发生了激烈的战斗。当时，八旗兵共有骑兵数万人，而袁崇焕仅有骑兵9000余人，加上驻守在广渠门的禁卫军，加起来也不足10000人。但是，袁崇焕的军队纪律严明，对老百姓秋毫无犯，得到了北京人民的大力支持。袁崇焕把军队摆成品字形，自己居中坐镇。八旗兵首先向左右两侧冲击，企图冲乱明军阵脚，结果没有达到目的。于是就倾其全力来闯袁崇焕主阵，企图一举击败主帅。但是，明军在袁崇焕的率领下，与八旗兵激烈战斗达十余小时。袁崇焕横刀跃马，冲在阵前，与敌人刀颈相交，舍生忘死。经过袁崇焕军队和禁卫军的奋勇冲杀，终于大败八旗兵，并乘胜追击，取得了保卫北京之战的胜利。但是，八旗兵在广渠门大败之后，率兵沿南海子趋良乡：兵分两路，一路屠固安，一路屠房山。

十一月二十三日，袁崇焕入宫觐见崇祯帝，请求入城休整。此时，袁崇焕还不知道，后金已经使用了反间计，爱猜忌的崇祯帝不仅断然拒绝了袁崇焕的请求，还对他产生了戒备之心。但是，崇祯帝用了比较"高明"的做法，他在召见袁崇焕的时候，脱下貂皮大衣为袁崇焕披上，用温情脉脉的面纱来掩饰自己的猜忌之心。崇祯帝的这种做法，与前不久除去魏忠贤的心机如出一辙。回去后，袁崇焕继续带兵在外围与八旗兵激战。

十一月二十七日，袁崇焕击退了皇太极的军队，京师外围局势趋于平静。皇太极在军事上失利后，特别嫉恨袁崇焕，于是正式设反间计加以陷害。一天，他故意让两个在南海子被俘的太监听到有关袁崇焕与皇太极有密约的谣言，然后悄悄地把他们放了。谣言就这样被带进宫廷。本来对袁崇焕就有所猜忌的崇祯帝信以为真，于是下决心要把袁崇焕杀了。

十二月初一，崇祯帝在平台召见了袁崇焕等人。满怀一腔爱国之心的袁崇焕满以为皇帝的召见是为了给自己授勋奖赏，特别高兴。刚进宫不久，几个锦衣卫就扑了上来，当着皇帝的面把袁崇焕抓了起来。

祖大寿是袁崇焕的部将，他听说袁崇焕被捕，立即率领1.5万兵力东返，离开京师战场。后来还是靠着狱中袁崇焕的亲笔书信，才将祖大寿及守辽军队召还，并收复永平、遵化一带。一些别有用心的人想利用袁崇焕来整倒内阁辅臣钱龙锡，说钱龙锡与袁崇焕两人早就密谋与后金议和。

不久后，袁崇焕的家被抄了，他的妻子和儿女都被流放了。崇祯三年（1630年）八月，袁崇焕被明廷凌迟处死。袁崇焕被害后，曝尸原野，乡人害怕祸及自己，不敢过问。当时，他的一个忠实的仆人佘义士，趁夜深人静偷偷地将尸体运走，埋葬在北京广渠门内广东旧义园，并终身守护，不肯离去。

袁崇焕遭诬陷一事，直到清廷修《明史》的时候才真相大白，并于乾隆年间为袁崇焕平反昭雪。一代杰出将领，总算是可以安息了。

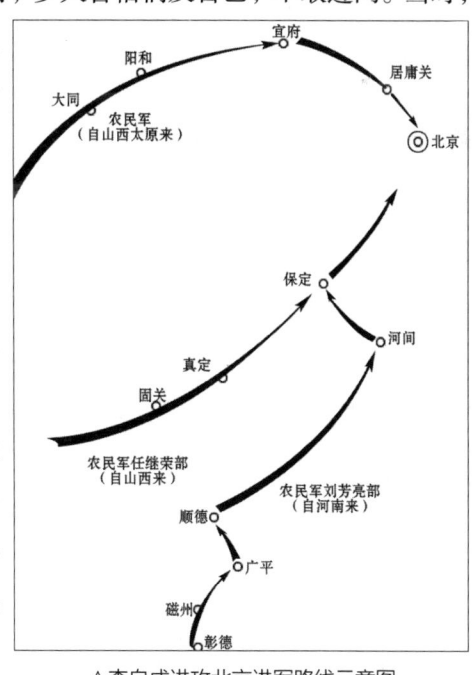

△李自成进攻北京进军路线示意图

7. 抵抗李自成进攻北京之战

这是一场带有规律性的朝代更替的悲惨战争。这也是明朝曾经强大的禁卫军最后的正规场合大战争。崇祯十七年（1644年）正月，李自成在西安建立了大顺政权。他的目的十分明确，那就是推翻明朝的统治，建立新的政权。二月，农民军从陕西长驱直捣北京，沿途受到了广大人民的欢迎。正如顾炎武在《明季实录》中所说："举国纷纷，尽以为时雨之霈。"听说李自成的农民军要进攻北京城，北京城内的勋戚官僚感觉自己的末日快要来了。有些人急忙收拾起金银细软，筹划着如何逃跑。一些北京居民则公开扬言，只要农民军一到，就立即开门请进，丝毫不掩饰他们对农民军的期待。不仅广大城市居民准备迎接农民军，就连一些失意的士大夫也在宫墙上贴出了"此处不留人，自有留人处"的揭帖。

还不算太昏庸的崇祯帝要做最后的挣扎。他命令，三大营的军队在城外驻防，每座城门和城内的各街巷都配备守军，安置大炮。但是，崇祯帝的这些努力很难让北京的市民和勋戚官僚信服。他们知道，已经失去军事攻击力的明廷必将失败。

今非昔比。曾经为保卫北京作出过重大贡献的京营禁卫军，到明亡的时候不仅毫无战斗力可言，也已经人心涣散，没有任何凝聚力了。

在崇祯帝统治的17年里，明王朝积弊并没有得到改观，当然做为明朝重要军队的京师禁卫军也无法得到改善。这种因素的存在，注定了明王朝的覆亡是不可避免的。崇祯帝登上皇位后，他深知禁卫军对自己的皇位是何等重要，但他对禁卫军的建设，也没有什么高明之处，只是继承了前期的一些习惯性做法，用宦官监督京营。京营提督之下，设总理捕务二员，提督禁门、巡视点军三员，都从宦官中任命。宦官首领其实就是京师禁卫军的首领。

崇祯二年（1629年），崇祯帝任命太监沈良佐、太监吕直提督九门及皇帝城门，太监李凤翔总督忠勇营，提督京营。

崇祯五年（1632年），崇祯帝任命太监曹化淳提督京营戎政。

崇祯七年（1634年），崇祯帝任命太监马云程提督京营戎政。

崇祯十年（1637年），崇祯帝任命太监李名臣提督京城巡捕。

崇祯十一年（1638年），崇祯帝任命太监曹化淳、杜勋提督京营。

崇祯十五年（1642年），崇祯帝决定罢撤宦官提督京营。

崇祯十六年（1643年），崇祯帝又决定将京城兵权交给宦官，任命太监王之俊提督捕营，任命王承恩督察京营戎政。

其实，崇祯帝对于禁卫军的实际状况并不清楚。

崇祯十年（1637年），崇祯帝曾举行了一次誓师检阅。当时境内的农民武装攻陷了仪真、六合，崇祯皇帝调发京师禁旅勇卫营1.2万兵力赴援江北。出师前，崇祯帝乘坐銮驾检阅禁旅，群臣都穿戴礼服，策马随从在皇帝的驾后。这时，只见铠甲、旌旗构成了令人振奋的景观，禁卫军军士们望见皇帝的御驾，都高呼万岁。崇祯帝很少见到这样的场景，心中自然高兴，于是急忙派人将统帅陆完学召进御幄，赐给他御酒。其实，这些只不过是禁卫军一种仪式而已，不值得特别奖赏，可见崇祯帝对军队并不了解。

崇祯年间，全面由宦官掌管京师禁卫军，这在整个明代也是十分突出的。但实际上，宦官并不懂得军事，他们做事的动机就是为了满足个人的威福。这也是造成禁卫军军心涣散的一个重要原因。

对于禁卫军的训练，崇祯帝也十分重视，他曾下旨严申，但是没有人严格监督执行。事实是，每天教场上只有二三百个禁卫军士兵在那里做样子，并且每天天色还很早就收操了。想想看，十万禁卫军，一次只抽验一小队人马进行训练，那不是在蒙混过关，又是在做什么？有一次，崇祯帝问戎政侍郎王家彦京营管理的有关事情。王家彦回答说："现在要做的只有严格禁止士卒买人顶替之事，改操练之法，也许会有一些作用，但是已经来不及了。"

三月十五日，李自成率领的农民起义军进抵居庸关，明总兵唐通投降，起义军迅速过关。与古北口一样，居庸关同样是北京北部的重要关口，居庸关失守，京师自然告急。

三月十六日，李自成率军攻入昌平。昌平守军投降，只有总兵官李守镕誓死不降，拔刀自杀了。农民军占领了昌平。早在进入昌平之前，李自成就先要探知京师守备的虚实，便派遣士卒化装成小贩，又冒充部、院的办事员吏，到京城刺探官方的情报。只要明廷一有举动就立即传到李自成那里。

而禁卫军与农民军相比就差远了。明廷对于战事有着严格的保密规定，不许传抄边报，战事的真实情况，兵部以外就没有人知道了。这次李自成攻陷昌平，兵部派出的侦察骑兵，都被李自成的人抓走了，没有一个人能回来。

  这一天，崇祯帝着急地召集大臣们议定国家大事。在会上，崇祯帝装出十分镇定的样子，但是大臣们却个个相顾无语，垂头丧气，会议自然是毫无结果。

  三月十七日，李自成的先头部队极为顺利地进至阜成门外。开始的时候，北京城内竟然毫不知晓。这时，崇祯帝又召见大臣们，问他们如何是好。大臣们都默默无语，一筹莫展。有的大臣认为国家将要亡了，性命难保，当场痛哭起来。此时，崇祯帝也是仰天长叹，绕着大殿狂走。不时，他还捶胸顿足，大声疾呼道：内外诸臣误我，误我！随后不久，传来军情，李自成的军队到了彰义门。

  此时，北京城内外的三大营禁卫军，一看李自成已经逼近，有的自动解散了，有的投降了，真正在城墙上守着的也是极少数。当然，禁卫军之所以不肯尽职，并非毫无抵抗力，其中一个重要的原因就是许多士卒已经有半年没有领到军饷了。军官们驱赶士卒上城守卫，但士卒们大多不肯上前。

  直到此时，崇祯帝还不清楚京营禁卫军的实际状况。禁卫军弃守的情况对明廷十分不利。担任总管戎政事务的襄城伯李国祯汗流浃背地奔到皇宫午门前，宦官阻挡他入宫。李国祯大声叫道："都什么时候了，君臣能见面的次数已经不多了！"宦官问："有什么要紧的事？"李国祯说："守城禁军都不服从命令，都卧在地上。用鞭子抽起一个人来，另一人又卧下了。"宦官这才让他见皇帝。崇祯帝召见了李国祯。崇祯帝得知这一情况后，只得派出三四千名内操宦官参与守城。

  三月十八日，农民军加紧攻城，城上仍有守城禁卫军在发射大炮。农民军对守城禁卫军说："快开城门，否则将你们斩尽杀绝！"听农民军这么一说，本来就涣散的禁卫军士兵害怕了，改放空炮，不装铅弹，只放出点硝烟。有意思的是，他们还挥手示意农民军，让他们后退一点，然后再放空炮。

李自成亲自在彰义门外督战，侍从在他身边的有太监杜勋。农民军架设云梯攻打西直门、阜成门、德胜门。明禁卫军根本就没有抵抗意识，纷纷自动逃散。城外三大营溃降后，明军的高级武器、巨炮等，都被农民军获得。

农民军又用刚刚获得的武器攻城，一时间，攻城的炮声轰鸣。在城墙的一处，明军的万人敌大炮发射，却误伤了数十名自己的人。一时间，守城士卒乱成一团。

此时，受崇祯帝信赖的宦官首领们还掌握着各个城门，但他们并不用心抵抗，而是想着如何与李自成沟通，以免城破被杀。而那些心急如焚的朝官们都无法过问守城的事情。左都御史李邦华到正阳门下，想登城了解情况，竟然被宦官拒绝了。兵部尚书张缙彦多次来到各城门下，想检视一番守御情况，也被宦官阻挡回去了。张缙彦急忙上书皇帝，崇祯帝这才赐给他一封亲笔诏书，允许他上城。张缙彦又来到彰义门前，然而让他震惊的是，堂堂的大门，竟然只有几个人在那里守着，其他人都已经溜之大吉了。这时，兵部侍郎王家彦对张缙彦说："这里两个箭孔才有一个兵守着，要守住彰义门，恐怕要调兵增援。"王家彦刚说完，就听见李自成的农民军砍墙的声音。守在这里的三个首领中，只有王承恩向农民军发炮，而宦官曹化淳和曹化成却在饮酒，若无其事。

李自成为了减少攻城军队的伤亡，他一边大军围城，一边派杜勋进北京城劝降。杜勋来到北京城根，因城门紧闭进不去，于是由守城太监用绳子将他吊到城墙内，去见崇祯帝。

杜勋转达了李自成要崇祯帝"禅位"的意愿。没多久，崇祯帝便派亲信与杜勋谈判。但是，谈判一直进行到晚上也没有达成一致。最主要的一个原因就是崇祯帝不想"禅位"。

就在此时，起义军攻破外城，进入城里。崇祯帝在殿前来回徘徊，无计可施。忽然，内官张殷来到崇祯帝前，对他说："皇爷不须忧愁，奴辈有策在此。"崇祯帝忙问："何策？"张殷说："贼若果入京城，只需投降，便无事矣。"崇祯帝一听十分生气，拔剑当场把他刺死了。

当李自成的农民军占领外城，其他城门被起义军围得水泄不通时，崇祯帝出皇宫，登上煤山（今景山），看到城周围都是烽火，知道大势已去。他在那里徘徊许久，伤心欲绝地回到乾清宫。

这一夜，是崇祯帝在紫禁城的最后一夜，他根本就无法入睡。一位宦官奔告皇上内城已经陷落。崇祯帝问道："大营兵都在哪里？李国桢现在何处？"那个宦官回答说："大营兵都散了，皇上赶快逃吧。"说完，那个宦官就先跑了。

十九日凌晨，天还没有亮，皇城已经无人把守，昔日的禁卫军早已经不见了踪影。崇祯帝鸣钟想召集百官，但无一人到来。崇祯帝全身都瘫软了，在太监王承恩的陪伴下，他企图趁天不亮逃出城外，但没有取得成功。在走投无路的情况下，崇祯帝决定一死。不过在临死前，为了不让自己的皇后、贵妃、女儿受辱，他勒令皇后、贵妃自尽，然后挥刀亲手杀死、砍伤了自己的两个女儿。在寿宁宫杀害女儿之前，他哭着说："汝何故生我家？"可见崇祯帝伤心之至。随后，崇祯帝带着太监王承恩跑到煤山,写了一封遗诏后,吊死在寿皇亭前的一棵槐树上。太监王承恩算是最效忠崇祯帝的一个了,他也在崇祯帝的旁边上吊,陪着崇祯帝去了。

中国御林军 辽、金、元、明、清、北洋时期 北京禁卫军

第五章

清朝北京御林军

清朝是中国历史上最后一个封建王朝，也是一个由少数民族统治的王朝，社会矛盾和民族矛盾异常尖锐。清朝最高统治者为了维护其利益，集八旗兵力之半约10万人厚集京师（今北京），号称"禁旅八旗"，以保卫皇室和都城的安全。"禁旅八旗"中的镶黄、正黄、正白旗称为上三旗，由皇帝直接统辖，为皇帝亲军，是清朝禁卫军的核心力量；正红、镶白、镶红、正蓝、镶蓝旗称为下五旗，由诸王、贝勒、贝子分领。"禁旅八旗"按任务又分为郎卫和兵卫。郎卫以满、蒙贵族子弟为主组成，由侍卫处领侍卫内大臣、御前大臣统领，负责皇帝的翊卫扈从和营卫禁廷、更番侍值等任务。兵卫先后设骁骑营、护军营、前锋营、步军营、火器营、健锐营、圆明园八旗内务府三旗护军营、内务府三旗包衣营、善扑营、虎枪营、神机营等，由都统或统领率之，分别负责守卫京师、皇城、禁苑和随从皇帝出巡、狩猎等。清朝末年，随着清王朝的日趋腐败，"禁旅八旗"也走向衰落，在英法联军、八国联军两次入侵北京之战中，十几万京营禁军形同虚设，致使帝国主义列强的铁蹄两次蹂躏北京。因"禁旅八旗"终归无用，清廷被迫改用新军担负宫廷警卫。初调袁世凯统领的武卫右军入值宿卫，后武卫右军改编为陆军第六镇，与陆军第一镇轮流宿卫。甲午战争后，清廷改革军制，按新式陆军营制编练宫廷警卫部队，叫做禁卫军，由摄政王统领，但训练还没有结束，清王朝已告灭亡。这是在中国几千年历史上唯一一支命名为"禁卫军"的禁卫军，同时，它的短命也宣告了封建帝王"御林军"历史的终结。

一、清朝北京城池防御体系的衰退

1. 北京城池不再坚不可摧

在历史上，明代的崇祯皇帝也算得上是一个励精图治的好皇帝，但他接手的却是一个千疮百孔的烂摊子，即使费尽心思也无力回天了。当然这也是历史发展的必然，就像冷兵器时代的渐渐结束，城池防御体系必然要走向衰退一样。

崇祯十七年（1644年）正月，李自成率领农民军从陕西长驱直捣北京。自古被称为天险之关的居庸关，在历史上曾经发挥过重要作用，一直是北京北部一道难以攻破的屏障，但农民军出其不意地突破了居庸关，这对驻守在北京城内的明朝禁卫军来说，是一个极坏的消息，也是心理防线的摧残。因为那里是他们防御体系的第一道重要关口，那里被攻破，北京城将告急。第二天，农民军攻城的战斗就打响了，明朝的御林军一触即溃，毫无防守之力，架设在城墙上的辎重巨炮也被农民军缴获了。

三月十八日，农民军猛攻彰义门、阜成门、西直门、德胜门。

晚上，彰义门首先被攻克。农民军占领北京城外城后，随即向内城发动更加猛烈的进攻。这时，还待在紫禁城内的崇祯皇帝见大势已去，他知道即使是再坚固的城池也无法保护他和他的江山了，第二天凌晨便在煤山（即景山）上吊身亡。崇祯帝吊死的第二天，李自成就率领大队农民军进入北京城，并在外朝武英殿建立政权，处理政事。

中国紫禁城的城墙巍峨雄壮，世界称奇。可是，高大的城墙丝毫没有抵挡住李自成一路高歌、所向披靡的"闯"字大旗。然而，李自成的皇帝宝座尚未坐稳，东北多尔衮的八旗兵又踏过山海关，攻占了北京城。看样子，随着火炮的使用，北京城并非坚不可摧了。

2. 摄政王多尔衮迁都北京

崇祯十七年（1644年）九月，年幼的顺治帝福临从盛京（今沈阳）抵达北京。十月，顺治帝宣布定都北京。当然，真正决定定都北京的并不是顺治帝，当时顺治帝只是一个6岁的小孩，他什么都不懂，只不过是个摆设而已，主政的是摄政王多尔衮。自清军占领北京后，多尔衮就开始与诸王贝勒大臣议定，他们一致认为清朝应该建都燕京。与前几个定都北京的朝代相比，清朝定都时军事战略上的考虑就相对较小。

北京城头王旗的轮番变幻反复地证实着一个真理，城池防御体系对于一座城市、一个国家来说是一道抵御外敌入侵的坚固屏障，但是，与城池防御共同存在的还有政治、经济、军事、外交方面的因素，交战双方的力量对比也绝非仅凭城墙的高低即可判定其强弱。

历朝历代在建立朝代之初，都有将城池大修的习惯，而清朝定都北京后，基本上沿用了明朝的北京城，城池和宫殿的规模仍旧用明朝的，只是将战乱毁坏的部分加以修葺，门殿名称略有改换。例如，正阳门内大明门改名为大清门；皇城正门承天门更名为天安门；外廷三大殿皇极殿、中极殿和建极殿以及皇极门，分别易名为太和殿、中和殿、保和殿及太和门；内廷三大殿乾清宫、交泰殿、坤宁宫称谓没有变化，但它们的功能有所改动，交泰殿为尊藏御用宝玺之处，原为明皇后起居的坤宁宫西暖阁改为祭神的地方、东暖阁辟为皇帝大婚的洞房；玄武门改称为神武门。大清门内千步廊东侧的六部等中央官署的设置与明制相同，西侧的衙署建置则作了调整。

　　清朝的统治者完全沿用了明朝的北京城，没有做什么变动，就连紫禁城在内，也只是对建筑物作了一些重修和局部的、小范围的改建、增建工作。这说明了什么？其一，明代建设的皇城已经相当完善，并且保存相当完好；其二，说明在封建社会里，御林军以城池作为防御体系的时代渐渐衰落。

　　有一件事足以说明工事防御体系在清朝的渐渐淡化。有一年，古北口的总兵上了一个奏折，说他管的那一段长城有好几处都倾塌了，要求进行修筑。然而，康熙帝却不以为然，他这样批示："秦筑长城以来，汉、唐、宋亦常修理，其时岂无边患？明末我太祖统大兵长驱直入，诸路瓦解，皆莫能当，可见守国之道，惟在修德安民。民心悦则邦本得，而边境自固，所谓'众志成城'者是也。如古北、喜峰口一带，朕皆巡阅，概多损坏，今欲修之，兴工劳役，岂能无害百姓？且长城延袤数千里，养兵几何方能分守？"康熙帝认为，耗费大量的人力物力长期修建长城是得不偿失的一种行为，应该提倡以修仁德服敌，以众志成城。康熙帝对长城修筑的淡漠，也说明了以城池和长城作为御林军防御手段的时代即将成为历史。

虽然清朝统治者没有对北京城内城、外城进行大规模的修建，但此时的北京城池对于驻守在北京城的清朝中央禁卫军来说，依然是一道天然的屏障，禁卫军的驻防几乎都是以城池作为依托的。

3. 北京城御林军防御设施及部署

清朝北京内城的防守，分为皇城和大城。

皇城，由满洲八旗分旗划界驻守。每旗设步军校2人，负责各汛守卫。每汛设步军12名，每座栅栏设步军3名。另外，还设有1名军校，率步军120名，负责管理街道洒水、河道等。

镶黄旗负责紫禁城北，东自北箭亭起，西至地安门甬路，北边从火药局城墙起，南到三眼井。共分汛10处，栅栏18座。景山后，设管理街道步军校。

正白旗负责紫禁城东北，东自内府库东口东墙起，西至景山东墙为止，北边从三眼井起，南至银闸、风神庙。共分汛11处，栅栏10座。景山东门，设管理街道步军校。

镶白旗负责紫禁城东，东自骑河楼东墙起，西至北池子止，北自宣仁庙起，南至北池子南口，并望恩桥北。共分汛10处，栅栏13座。北池子街道，设管理街道步军校。

正蓝旗负责紫禁城东南，东自东安门东城墙起，西至南池子街止。北自北池子街并望恩桥，南至菖蒲河城墙止。分汛11处，栅栏9座。南池子口，设管理街道步军校。

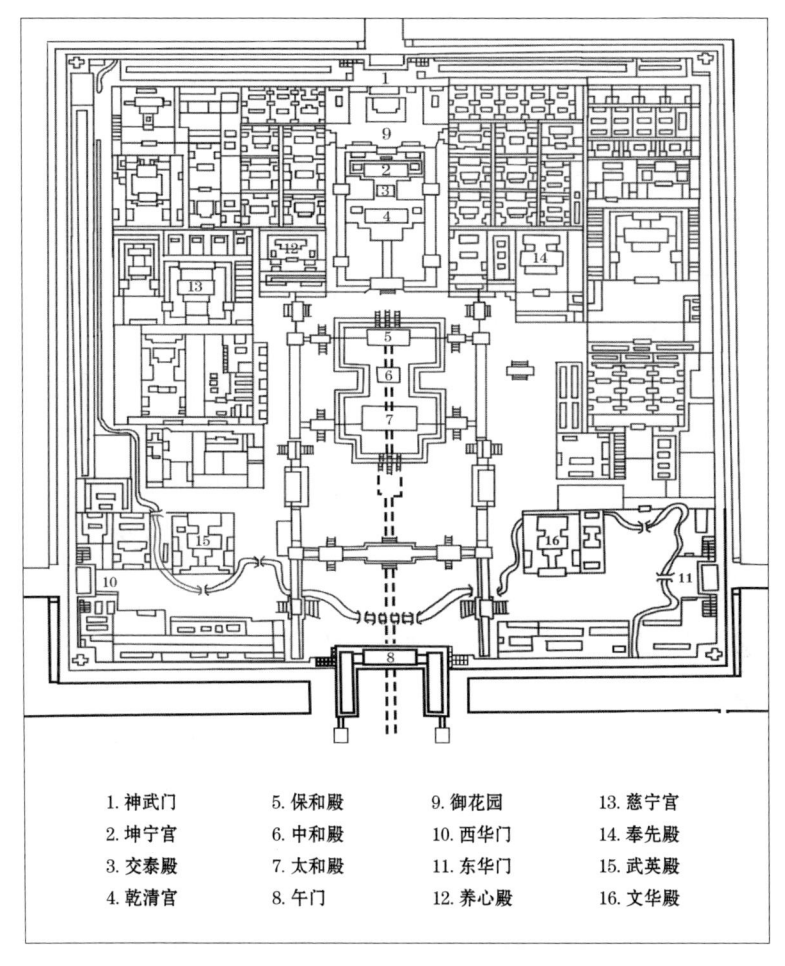

1. 神武门	5. 保和殿	9. 御花园	13. 慈宁宫
2. 坤宁宫	6. 中和殿	10. 西华门	14. 奉先殿
3. 交泰殿	7. 太和殿	11. 东华门	15. 武英殿
4. 乾清宫	8. 午门	12. 养心殿	16. 文华殿

△清代紫禁城（清乾隆十五年）示意图

正黄旗负责紫禁城北，东自地安门甬路，西至西什库止，北自侍卫教场城墙起，南至宏仁寺。共分汛12处，栅栏16座。地安门内，设管理街道步军校。

正红旗负责紫禁城西北，东自景山西门起，西至西安门城墙止，北自宏仁寺，南至西安门甬路。共分汛12处，栅栏17座。

景山西门，设管理街道步军校。

镶红旗负责紫禁城西，东自大高殿门，西至西安门城墙止，北自西安门甬路，南至大石槽城墙止。共分汛12处，栅栏24座。光明殿后，设管理街道步军校。

镶蓝旗负责紫禁城西南，东自西华门起，西至西苑门止，北自慎刑司起，南至南府城墙止。共分汛12处，栅栏9座。西华门外，设管理街道步军校。

大城内各处汛守，分旗划界防卫。其他界与八旗的居址是一致的。但在同一旗内，满洲、蒙古、汉军的汛守地界，与其居址又不完全相同。例如，位于大城东北部的镶黄旗，满洲的北部，本蒙古居址，但满洲的汛守却一直向北延伸至安定门城根。也就是说，满洲的汛守地界，不但包括自己的住地，还包括蒙古的住地。蒙古的汛守地界则向东移，包括一部分满洲和一部分汉军的住地。

内城的九门，另有禁卫军驻守。每门设城门领、城门吏和门千总各2人，均为满洲籍。又设门甲30名，门军40名。康熙三十八年（1699年）又规定，除正阳门城门领、骁骑等，都由八旗补充。其他内城八门城门领、城门吏、千总都各按本翼调门看守，旨在避免瞻徇。具体方法是，镶黄旗与正蓝旗对调。镶黄旗地界的安定门由正蓝旗看守，正蓝旗地界的崇文门由镶黄旗看守。按同样的方法，正白旗与镶白旗对调，正黄旗与镶蓝旗对调，正红旗与镶红旗对调，看守城门。

据乾隆年间的史料记载，北京内城的九门城墙上，共有房241所，每所3间，共有房间723间，主要用来收储灯旗、信炮、火药。同时，还设有堆拨135所，并设有步军堆拨87处。

清朝的北京城门，与明代一样设有炮位，每门额设炮手 2 名。为了加强北京城的安全，禁卫军在城门上设置了大量的大、小铜铁炮。不过，由于炮多时不用，各城门真正能使用的炮并不多。乾隆七年（1742 年），清廷对设置在内城九门上的大、小铜铁炮进行了清点，仅外城永定、东便二门就查出不能用的大、小铜铁炮 92 门，能用的炮有 1872 门，不能用的炮都是存储年久而造成的。为了安全起见，禁卫军从中选出 200 门，运到卢沟桥演放验看，又选中 160 门，在每座城门上安装 10 门。后来，设置在城门上的大炮依然没有大的改进。据嘉庆四年（1799 年）的统计表明，当时正阳门等 16 座城门存储炮共有 1937 门，内除各城门信炮 57 门，并三千斤以上及历年久存各炮外，真正能用的得胜炮等只有 94 门；神机神枢炮 1729 门，都因为膛宽口大，试放的时候都不能射远。最后不得不选择损坏锈蚀的 826 门，改铸成得胜大炮 160 门，又从现存的炮内，选出 80 门，共 240 门，分储各城门。清朝从嘉庆四年（1799 年）开始，每年都要将 60 门炮运到卢沟桥演放，四年轮一周。

清朝的北京外城七门由禁卫军中的巡捕五营守卫。如北营分为四汛，因德胜门外地方广阔，北营参将驻扎在这个地方，游击驻护安定门外。在德胜汛，设都司一员。安定、东直、朝阳三汛，各设守备一员。右营同样分为四汛，因为考虑到阜成、广宁二汛人口稠密，而且管辖着西山一带，于是参将驻扎在阜成门，游击驻护广宁门。右安汛，有海子围墙，设都司一员。阜成、西便、广宁等门，各设守备一员。

彻底摧毁清朝城池防御体系的还是洋枪洋炮。清朝从 1644 年（崇祯十七年）到 1911 年（宣统三年）的 267 年中，北京城遭受了两次外敌入侵。这两次外敌入侵使北京城遭受了很大的破坏，多处城墙、城楼被炮火毁坏，城内的一些王公府邸和前门外商业街被付之一炬，侵略者在京城中烧杀抢掠，许多北京人惨死在侵略者的刀枪之下。曾经坚不可摧的城池防御体系在洋枪洋炮下变得不堪一击。

二、清朝京师警备机构

1. 侍卫处

侍卫处是清宫侍卫机构。在清朝统治者入关前就有"侍卫"，当时的侍卫机构叫"领侍卫府"，后来定名为"侍卫处"。衙署设在紫禁城隆宗门外，下辖亲军营。

顺治元年（1644年），定领侍卫内大臣（正一品）6人，内大臣（从一品）6人，散秩大臣（从二品）无定员，一等侍卫（正三品）60人，二等侍卫（正四品）150人，三等侍卫（正五品）270人，蓝翎侍卫（正五、六品）90人。领侍卫内大臣从满洲都统、内大臣或各省满族将军中选授；内大臣从散秩大臣、八旗都统、前锋统领或护军统领中选授；散秩大臣的人选没有定限，由皇帝从年轻的宗室成员或中级武官中选授。康熙三十七年（1698年），增宗室侍卫。雍正三年（1725年），增四等侍卫。在所有的侍卫中，以御前侍卫为最高，乾清门侍卫次之。

在皇帝身边日常侍从、值宿的高级侍卫，称为御前侍卫、御前行走，稍次一级的是乾清门侍卫、乾清门行走。这类高级侍从的首领称为御前大臣。御前大臣在宗室王公中选任，无定员，掌翊卫近御并兼管章奏事务。在以往朝代，这项职责都是由皇

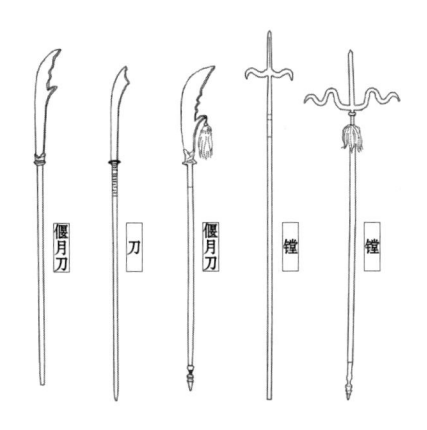

△ 清朝禁卫军习武兵器示意图

帝宠信的宦官首领担任的,只有西汉的大将军曾享有这种职能。

清朝御前大臣领导的御前侍卫、御前行走、乾清门侍卫、乾清门行走员额没有限定,职责是在内廷侍值、稽查官员出入、带领被召见的官员入殿、扈从皇帝出行。这类高级侍卫都属于高级武官,而非普通卫士,御前侍卫居武官二品,许多满洲将相都是从御前侍卫做起的。御前侍卫、御前行走都侍从于皇帝近前,乾清门侍卫则侍立于皇帝所在的殿外檐下,而非专门守卫乾清门。乾清门侍卫是从一等优秀侍卫中的满族成员中选拔的,乾清门侍卫中的贵戚子弟或俊才,可以提升为御前侍卫。御前侍卫、乾清门侍卫以外的侍卫亲军中的侍卫,一概称为大门上侍卫,或三旗侍卫。

2. 步军统领衙门

步军统领衙门,又称九门提督。步军统领衙门许多人不熟知,但提到九门提督,则是一个人们耳熟能详的名字。在清朝,九门提督是一个相当重要的位置,也是极具实权的警备机构。

清朝得硕亭在《草珠一串》中写到："一双蔗棍轿前催，曲巷回过喊若雷。更有双鞭前叱咤，威风扬起满城灰。"这首诗描述的就是九门提督巡城时不同寻常的景象。九门提督中的九门一般指的是内城九门，即德胜门、安定门、东直门、朝阳门、崇文门、正阳门、宣武门、阜成门、西直门。

顺治初年，清廷以八旗步军营负责京师治安保卫，步军营设步军统领掌率。康熙十三年（1674年），清廷又命令步军统领兼提督京城九门的事务，从这个时候开始，人们习惯称步军统领衙门为九门提督。康熙三十年（1691年），又命令步军统领兼管京师绿营马步兵巡捕营，并铸"提督九门步军巡捕三营统领"印信。雍正七年（1729年），改名叫步军统领衙门，统领是正二品官员，并简部臣1人协理刑名。乾隆四十六年（1781年），巡捕营增为五营，步兵统领开始称"提督九门步军巡捕五营统领"。到嘉庆四年（1799年），升为从一品衙门，并增设左、右翼总兵各1人，与步军统领同堂坐办公务。步军统领衙门的衙署开始的时候设在宣武门内京畿道胡同，后来移到了北城地安门帽儿胡同，所以，又称步军统领衙门为北衙门。

由于步军统领衙门位置特殊，所以步军统领都是由皇帝特简亲近大臣担任，如清朝著名的贪官和珅就担任过步军统领。步军统领衙门设有司务厅、理刑科、习案科、兵缺科、厅科房、满折房、汉折房、清档房、底档房、挂号房、门军房、皂班房、俸饷处、查案处、激筒处、技勇厂等机构。步军统领衙门下辖有八旗步军营、巡捕五营。光绪二十七年（1901年）夏，步军统领衙门增设警务处，左、右翼分设警务所。光绪三十二年

（1906年），由于整顿机构，设总司以总其成，下分设司务厅、左司、右司三大职能机构。总司设郎中3人，员外郎5人，候被员外郎4人，主事5人，候被主事11人，司务1人，笔帖式34人，学习笔帖式4人，掌监察左、右司一切公务，并会审重要案件、审核稿件等。

当然，最让人生畏的还是步军统领衙门权力之大，是他们对京城实行严密的控制。北京城到处布满了堆拨房即巡查兵岗，在内外城以及城墙上共1100个，连同城外的共有1461个。城内街道胡同各处树立栅栏，共有1746处。每处栅栏都有出入的门，起更后即行关闭，除了奉旨差遣以及紧急军务应及时启门外，平时王公以下官民禁止行走，步军校等分定街道，轮班值宿，步军协尉仍行巡逻，全城实行宵禁。同时，为了加强京师警戒，还在北海琼华岛的白塔山上及内九门各安放了信炮五门，树立旗杆五枝，后定内九门各设10炮，外七门各设5炮。要是遇到紧急情况就放炮击警，一处放炮，各处炮声皆应，官兵们听到炮声后进入紧急戒备状态，听候使唤。

△ 北海白塔山

步军统领具有一定的断狱权,在拿获违禁犯、奸匪、逃盗后,审系轻罪,步军统领衙门可自行完结。步军统领衙门在内城崇文、宣武、朝阳、阜成、东直、西直、安定、德胜门设有监狱。

3. 五城察院及五城兵马司

五城察院又称五城御史衙门,主要是稽查京师地方治安的警备机构。为何叫五城御史呢?因为京师分为东、南、西、北、中五城,所以叫五城。每城设满、汉御史各1人,共10人。中城察院衙署在兵部洼,东城、南城察院衙署在正阳门内西、城下道北,西城察院衙署在高碑胡同,北城察院衙署在红井胡同。五城察院的任务实际上就是防范人民起来反抗。

五城察院统辖五城兵马司。五城兵马司设置于顺治元年(1644年),各设指挥1人,正六品;副指挥2人(康熙年间裁1人);吏目1人;经承总计43人(中城7人,东城8人,西、南、北城各9人)。五城分为十坊,五城兵马司各司京城二坊,负责治安管理。乾隆三十一年(1766年),东、西、南、北四城副指挥分别移驻朝阳、阜成、永定、德胜各门外,兼辖关防。五城兵马司衙署:中城指挥署在鹞儿胡同,副指挥署在西猪市大街,吏目署在北芦草园;东城指挥署在花儿市,副指挥署在永定门外,吏目署在打磨厂新开路口;西城指挥署在广宁门大街,副指挥署在阜成门外,吏目署在椿树三条。光绪二十八年(1902年),北京设工巡局掌管京师治安。光绪三十一年(1905年)七月,撤销五城御史。

4. 京城巡防处

京城巡防处是专门针对太平天国北伐而成立的临时军事防务机构。

咸丰三年（1853年），由于太平天国北伐军不断逼近京师，清廷不断调兵遣将，全力加强北京防务，逐渐形成对抗北伐军的京师防御体系。五月十八日，咸丰帝连续指派王公重臣专责都城防务。当天，他就发出上谕，命令御前大臣、科尔沁郡王僧格林沁等人专门办京城各旗营巡防事宜。九月初七，咸丰帝谕令惠亲王绵愉总理京城巡防事宜。由于北方精兵陆续被调到京师附近，咸丰帝将统兵大权交给亲近重臣。九日，授惠亲王绵愉为奉命大将军、僧格林沁为参赞大臣。十月初五，经过绵愉等巡防大臣奏准，正式成立京师巡防处，并指命大臣花沙纳、达洪阿、穆荫等专门负责巡防处的事情。京城巡防处设大将军1人，参赞大臣1人，巡防王、大臣若干员，以及监印官4人，办事官48人，看守文卷官6人，书吏54人；下设文案处、营务处、审案处、粮台处。

京城巡防处的任务主要有两方面：一是加强对北京市民的控制，二是有效地组织对北伐军的抵御和进剿。

京城巡防处不仅规定了严密防范的措施，还调集援军层层设防。根据"事权归一"原则，巡防处有权调遣各路援军，并负责筹备军需。咸丰五年（1855年），由于太平天国北伐军失败，京城巡防处也于这年的五月初十撤销。

5. 京城善后协巡总局

京城善后协巡总局是清末京师临时设立的治安警备机构。

光绪二十六年（1900年）七月，八国联军入侵京师，慈禧太后、光绪帝逃往西安，京城变得混乱无序。这时，京城的绅商们着急了，为了维护自身利益，他们在城内组织巡缉公所，雇佣巡捕，维持治安。这个组织也就是京城善后协巡总局的前身。八国联军撤离北京后，为维护京城治安，清廷设立了京城善后协巡总局及各分局。协巡总局设专职大臣1人，兼职大臣4人，以及提调、总办、会办和巡捕官等。总局下设文案处，负责撰拟文稿及收发诸事；营务处，主要负责巡查防戍及缉捕盗贼；发审处，主要负责审理各项案件。京城内依八旗方位设分局，皇城依左、右翼各设善后协巡局，下各设8个巡捕处。协巡分局设总办、帮办、巡警等官；巡捕处设巡捕捕头、巡捕等。光绪二十八年（1902年）八月，京城善后协巡总局、分局、巡捕处撤销。此后，清廷在北京设工巡局、巡捕队、巡警部巡警总厅等警察机构，掌管北京的治安。

三、清朝的中央禁卫军

1. 亲军营

亲军营是禁卫军中皇帝最贴身的侍卫部队，他们宿卫在紫禁城内，是禁卫军中的亲军。亲军营附属于侍卫处。

侍卫处的主要任务就是选拔八旗兵组为亲军，由领侍卫内大臣统领，内大臣、散秩大臣翊卫扈从。平时分两翼宿卫：乾清门、内右门、神武门、宁寿门为内班，太和门为外班。要是遇上皇帝朝会、祭祀等活动，则宿卫道路。

亲军营每佐领下有2人，共995人，以亲军校75人、委署亲军校77人领之。亲军中每旗挑选60名骑射技艺好的亲军到侍卫内班充当内廷宿卫，近距离保卫皇帝，而其他的亲军则轮流在太和门等处宿卫。

清朝初期多尔衮执政的时候，对侍卫亲军的招选范围与标准，都有明确的规定：在京三品以上官员，以及在外总督、巡抚、总兵等官，各送亲子一人入充侍卫，学习本朝礼仪，察试才能之后再相应任职；要是上述官员没有亲子的，可送亲兄弟的孩子入充侍卫，但是宗族中的远房血亲是不能送来的。这些规定到了顺治帝亲政后不再实行，此时侍卫改为从上三旗中选拔。这时清廷要求所有供职皇宫的侍卫，都从上三旗中选，所以又叫上三旗侍卫。后来，还增置了汉人侍卫亲军，不过入选的都是武举中的优秀人才，一般的汉人只能望而却步。

2. 骁骑营

骁骑营既是清朝禁卫军中的一支主力部队，也是八骑兵中最基本的作战部队，在保卫京师中起着相当重要的作用。骁骑营还有与其他营伍不同之处，那就是骁骑营编入本营后，并不离开原来所在的八旗，遇有情况时随时集中，他们主要是保卫京师内城九门、外城七门的安全。

天聪八年（1634年），皇太极定随固山额真（旗主，后来定汉名为都统）行营马兵为阿礼哈超哈，是当时的精锐部队，这是最为原始的骁骑营。顺治十七年（1660年），正式定汉名为骁骑营，其马兵称为马甲。满洲、蒙古八旗每佐领下选马甲20人，汉军每佐领下选马甲42人，共约2.89万人。京营八旗的骁骑营，满洲、蒙古、汉军各自为营，共24个营。汉军骁骑营附有枪营、炮营和护炮的藤牌营。驻防八旗则以满、蒙、汉混合编组为营。由此不难看出，满、蒙骁骑的优势在于骑射，而汉军骁骑营的优势在于掌握新式武器。

与步军营一样，骁骑营也作为戍守京师的八旗基本武装力量，承担着守城的职责，并且两营的规模相当，可以换岗。

骁骑营以皇城为中心，按方位驻扎。内城的九门，其中八门即安定门、德胜门、东直门、西直门、朝阳门、阜城门、崇文门、宣武门各按八旗所聚居的方位，安排值守。如安定门、德胜门由聚居在京城北部的正黄旗、镶黄旗骁骑营值守。内城九门的正南门正阳门由满、蒙八旗轮流值守。京师外城是明代就已经修建的南部护城，共设七座大门，即东便门、西便门、广渠门、广宁门、左安门、右安门、永定门。清廷把这七座门的安全守卫交与八旗汉军骁骑。其中以镶黄旗、正白旗值守东便门、广渠门，以正黄旗、正红旗值守西便门、广宁门，以正蓝旗、镶蓝旗、镶红旗、镶白旗值守永定门、左安门、右安门。

每骑的骁骑将士分为四班轮流值守所指定的城门。以骁骑校 1 人、骁骑 50 人为一班，由高于骁骑校的军官 1 人掌管。当时城门外建有骁骑营值班的营房，值守的军士们在上值期间就住在这些营房里。当年雍正帝还规定，正阳门的值守从值守内城其他八门的满、蒙官兵中，共派任军官 4 人、骁骑校 4 人，且从每旗抽调骁骑 10 人，组成 4 班，每 10 天轮值一次，目的是为了加强内廷安全警卫。

要是遇上皇帝出巡时，骁骑营就要增强京师的保卫力量，以防不测。这主要分为两种情况：一种情况是，要是皇帝在京师附近巡游与居留时，骁骑营就会在九门城墙上每旗增加六汛，各城门内增设一汛，在京城街道上每旗增设十汛；另一种情况是，要是皇帝出北长城，或者是南下外省时，每旗则增设十五汛。为了防止夺权之变，此时骁骑营完全代替平日专职守城的步军，而撤下来的步军则会到京师大街小巷设防。城上负责守卫的骁骑营官兵则比平常更加警惕，昼夜值班。

3. 前锋营

前锋营是满、蒙八旗中最精锐的部队。

天聪八年（1634年），以巴牙喇营前哨兵为噶布什贤超哈。顺治十七年（1660年），定汉名为前锋营，设前锋统领、前锋参领、前锋侍卫、前锋校等官。前锋营从满、蒙八旗每佐领下选2名前锋组成，定员1770人，分别编为左、右两翼。镶黄、正白、镶白、正蓝为左翼，正黄、正红、镶红、镶蓝为右翼。设前锋统领2人，是正二品官员，分掌左、右翼前锋的政令；协理事务参领和侍卫各2人；前锋校、笔帖式各4人，掌奏章文移。下设有前锋参领8人，委署前锋参领4人，前锋侍卫8人，委署前锋侍卫4人，空衔花翎8人，前锋校96人，空衔前锋8人，委补蓝翎长8人，掌分辖营众。

前锋营装备有鸟枪881支，海螺16个。

前锋营官兵在战时充当先锋，平时则专门护卫皇帝出行。皇帝到达行营后，前锋参领和前锋侍卫8人率领前锋校和前锋兵士120人，于御营前周围一二里外，察看地形地势，设立卡伦（即警戒带）。在卡伦的入口处，竖立前锋营的飞虎旗。同时，派前锋兵沿着卡伦侦察情况，禁止周边的行人喧哗。在卡伦入口的两边，依次安置着帐房。要是没经允许进入卡伦里面的人,则以军法处置。当皇帝起行的时候,前锋营将士则身带弓箭,骑在马上,站在道旁,形成一个马队长列。当皇帝的车驾走到前头时,前锋营的官兵再整队策马,在侍卫亲军、护军营之后扈从御驾。皇帝检阅八旗兵时,前锋营充当首队。

4. 护军营

护军营是清朝禁卫军中担负职责最多的一支禁卫力量。

护军营在清朝入关前称巴牙喇营。顺治十七年(1660年),定汉名为护军营。护军营从满、蒙八旗每佐领下挑选17名护军组成,按旗分设,共1.5万人。护军营各旗设置护军统领1人,共8人,都是正二品官员,掌握军令;协理事务护军参领、副护军参领各8人;护军校、笔帖式各16人,掌奏章文移。

当时的八旗护军统领衙门驻守情况如下:

镶黄旗护军统领署驻在金太监寺胡同;

正黄旗护军统领署驻西直门内崇元观后宽街;

正白旗护军统领署驻东四牌楼十条胡同;

正红旗护军统领署驻西四牌楼臭皮胡同;

镶白旗护军统领署驻朝阳门内驴市胡同;

镶红旗护军统领署驻西单牌楼报子街;

正蓝旗护军统领署驻崇文门内干面胡同;

镶蓝旗护军统领署驻屯绢胡同路北。

护军营平时守卫紫禁城内外,稽查出入人员,要是赶上皇帝出巡,则扈从宿卫。

皇宫紫禁城以内的守卫,专门由护军营中的上三旗将士承担。宫中护军统领亲自值守的门户有顺贞门、景运门、午门。

顺贞门是御花园通往神武门的重要门户，在这里设有护军统领1人，参领1人，护军校2人，护军18人。乾清门广场东侧的景运门，也是内廷的一个重要门户，在这里设有护军统领（或前锋营统领）1人，掌管值守，在此门执行宿卫的护军将士有：司钥长1人，护军校3人，笔帖式（掌管文书档案）2人，阅门籍护军1人，护军17人。在景运门对称位置的隆宗门，掌管值守的是代理统领职能的一名资深参领，官方称之为"协理统领事务参领"。在保和殿后，通往内廷的后左门、后右门，设护军参领各1人，护军校各3人，笔帖式各1人，阅门籍护军各1人，护军各12人。由此往南，太和殿东西两廊的中左门、中右门，设有护军校各2人，阅门籍护军各1人，护军各8人。保和殿及东西两廊的内库，设护军校各1人，护军各4人。中和殿设护军校2人，护军3人，东西两廊设护军校各1人，护军各4人。在紫禁城内，设护军参领值守的重要门户还有东华门、西华门、神武门、苍震门、启祥门、吉祥门。

紫禁城内，设护军守卫的门户共有70多处，并且在每个值班房舍内备设弓箭、长枪等兵器。在王公与文武百官出入的重要门户，专派护军2人，执红棒坐在门外，亲王以下贵族出入，执棒的护军不必起立，对于擅自入门的或者是不遵守下马规定的贵族或官员，则可挥棒责打。

紫禁城内的值宿护军，每夜传筹，共设13筹。紫禁城内每晚有3个周回在传筹。第一个周回是自景运门（乾清门广场东侧的门）发筹，传筹护军向西走过乾清门前、再出隆宗门（乾清门广场西侧的门）向北，沿着内廷北部绕一圈再回到景运门，是一个周回，共设5筹。第二个周回是从隆宗门发筹，向东出景运门，向南行，沿着太和门以内的范围传筹，绕一圈后回到隆宗门，也设5筹。第三个周回是从中左门（太和殿东侧的门）发筹，在太和殿院内循环传递，共设3筹。

皇城以及皇城外围的栅栏门守卫，专门由护军中的下五旗将士承担。紫禁城外围的守卫，在顺治、康熙年间是由骁骑营承担的，后来雍正帝改用下五旗护军担负，分定界址守卫。东华门、西华门外以南的地段，由正蓝旗、镶蓝旗护军守卫；东华门、西华门以外北至北城的两个角，由镶白旗、镶红旗护军守卫；东华、西华门北面中部一带，由正红旗护军守卫。下五旗守卫的皇城地区，周环共设16个堆汛。值宿在皇城的下五旗护军，每夜同样传筹。每晚从午门东侧的阙左门发筹，传筹护军循行向西、向北，沿着皇城的16个堆汛传递，经过其间的8个栅栏，再回到阙右门，共设8筹。

在护军营中有一支较为特殊的部队，那就是圆明园护军营，全称是圆明园八旗、内务府三旗护军营，是由圆明园八旗护军营和圆明园内务府三旗护军营（即三旗包衣营）于雍正二年（1724年）组成。圆明园护军营独立于八旗护军营之外。其实，它的性质与八旗护军营性质一样，因为清雍正以后的皇帝，每年有三分之一的时间居住在这里。这里成了他们的行宫。圆明园护军营包括八旗护军3632人，马甲300人，养育兵1826人，共5758人；内务府三旗护军113人，马甲30人，养育兵160人，共303人。所以，圆明园护军营共有兵力6000余人。其设掌印总统大臣1人，总统大臣若干人，掌握全营政令。八旗护军营设营总8人，各旗1人；护军参领8人，各旗1人；副护军参领16人，各旗2人；委署护军参领32人，旗各4人；

护军校128人，旗各16人，分别按旗统辖营伍。内务府三旗护军营设营总1人，三旗各设护军参领、副护军参领、委署护军参领各1人，护军校3人，副护军校1人，按旗分辖营众。同时，圆明园设有官学4所。圆明园护军营的主要任务是护卫圆明园，保证皇帝驻园以及出入园途中的安全。不过到了乾隆朝以后，圆明园的守卫任务主要依靠内务府三旗护军营。清朝晚期，英法联军和八国联军进攻圆明园时，护军营不堪一击，连打都没怎么打就逃之夭夭了。

5. 步军营

在清朝中央禁卫军中，步军营负责京师地区的守卫、门禁、缉捕、巡夜、稽查、断狱、编查保甲、执行禁令等事，并兼有卫戍、警备、警察、法院的性质。步军营的规模与骁骑营相当。

顺治初年，清廷以八旗满洲、蒙古、汉军步兵合组为步军营，担负着京师地区的守卫。后来，步军营编制不断完善。步军营主要分八旗步军营和绿营巡捕五营两部分，乾隆朝的总兵力为3.1万人左右。

八旗步军营约为2.1万人，设翼尉，左右翼各1人；协尉、副尉，每旗各3人；捕盗步军校，每旗满洲3人，蒙古、汉军各1人；步军校，每旗满洲21人，蒙古、汉军各8人；委署步军校，每旗满洲5人，蒙古、汉军各2人。另外，它还设有城门领、城门吏、门千总和信炮总管、司信炮官等。八旗步军营的捕盗步军校专任缉捕事情；城门领、城门吏等掌内城九门、外城七门门禁；信炮总管、司信炮官，掌守白塔信炮。

八旗步军营守卫在内城九门、外城七门，平常按照各自的分管之地，白天稽核行人出入，夜晚则负责锁城门、守卫门禁。各城门的启闭由城门领的步军官员掌管，每天按时启闭。城门守兵平时严防并抓捕偷越城门的人，禁止周围民户依城墙搭建席棚，禁止闲杂人员在近门处歇宿。要是宫中举行朝会时，步军营则负责掌管午门外的秩序。要是皇帝的车驾出宫拜谒陵寝或前往木兰围场时，扈驾的队伍中也有步军营的成员。皇帝出行前，车驾所必经的道路，先由步军修垫扫除，并在街道设置阻隔的长幛，进行戒严。一般来说，在皇帝出宫前往天坛举行祭天仪式的前一天，步军统领为了确保皇帝的安全，要在皇帝必经的正阳门值宿，并派步军翼尉1人、协尉4人在天坛祀所值宿。天坛外墙以内的地区，步军营共设24汛，以步军尉16人分别统辖。每汛设领催1人、步军6人，在皇帝祭天期间，整夜巡逻警戒。天坛外墙以外的地区，由巡捕营设置40个汛所，每汛设步兵4人防守，每10汛由1名千总统辖，由2名守备往来稽查。步军参将、游击各1人，在要路上防守。

绿营巡捕五营主要负责京师外城和近郊的防卫与治安。它原来隶属于兵部，清初的时候，在兵部职方司下组建了南北两个巡捕营；到顺治的时候，又增设了巡捕中营；到康熙的时候，将这巡捕三营交给步军统领统辖。乾隆四十六年（1781年），增设了左、右二营，至此巡捕机构共有五营。巡捕五营共有马兵4000人，战兵3000人，守兵3000人，共1万人左右，士兵完全由汉军充当。

在步军营的兵种中，人们最感兴趣的可能是建在北海的白塔信炮。白塔信炮建于顺治十年（1653年），当时共设置了5座信炮，炮的旁边竖立了旗杆。在这里设置有信炮总管1人，监守信炮官8人，领催4人，炮手8人，步军16人。鸣炮时，由白塔的信炮先鸣，然后各城门上的信炮相呼应。各旗官兵听到炮声后，立即披上甲胄，奔往集合地点，朝廷文武官员同样会汇集宫前待命。但是白塔鸣炮必须以皇帝的谕旨为准，要是发生危机，皇帝就会派人持金牌前往北海白塔。该金牌是专门为鸣炮特制的，牌上印有"鸣炮"二字。不过，这种情况在清朝历史上没有发生过。

清末，由于改革兵制，按新式陆军营制对步军营进行了编练。光绪三十年（1904年），左、右两翼编练枪队步兵1000人。宣统元年（1909年），以此兵队为基础，选择精壮兵增编为游缉队马队1个中队、步兵9个中队。随后两年，续增游缉队8个中队。

6. 火器营

火器营是禁卫军中的一支特种部队。它担负着京师的守卫，当皇帝出巡时则备扈从。清军操练火器开始于汉军八旗。康熙二十二年（1683年），汉军八旗中每旗专设一营操练鸟枪。康熙二十七年（1688年），火器营组建，当时定名为汉军火器兼练大刀营。康熙三十年（1691年），康熙帝感到火器威力无比，具有较强的战斗力，为了加强京城守卫，他下令从满、蒙八旗每佐领下抽调鸟枪护军3人、鸟枪马甲4人、炮甲1人，共7395人，正式组建火器营。乾隆二十八年（1763年），火器营裁鸟枪马甲，每佐领下增设鸟枪护军3人，并在每佐领下设鸟枪护军6人、炮甲1人。后来，又增加了养育兵1650人，连同鸟枪护军5200余人、炮甲880人，总名额达到了7700余人。该营原来在城内,乾隆三十八年(1773年),有一半移到了城西的蓝靛厂,叫外火器营,而没有搬走(留在城内)的叫内火器营。内火器营分枪营和炮营,分习枪、炮,每旗有子母炮5门;外火器营专门练习鸟枪,鸟枪护军每人有鸟枪1杆。火器营的训练从每年7月持续进行到次年4月,每月逢四逢九日演炮,逢二逢七日演鸟枪,逢六日校射。每年春、秋两季,火器营会在安定门外的禁卫军校场会操。每年秋后,火器营还在卢沟桥演放子母炮。

清朝所有的禁卫军都有扈驾的职责,火器营也不例外。皇帝出宫祭祀或巡游时,火器营也派出士兵随行:在天坛祭天时,按照规定,火器营会派8名军官、160名士兵在坛内宿卫;皇帝出巡时,会派军官3人,士兵100人扈驾。

在清中央禁卫军中,火器营还是一支战绩显著的部队。康熙三十五年(1696年),康熙帝亲自率兵出征噶尔丹,火器营掌印总统大臣马斯喀带领禁卫军随驾。马斯喀带领的是镶黄旗鸟枪军,主要负责扈驾。康熙帝驻军什巴尔台后,马斯喀日夜护卫着皇帝的御营。当战事进行到最为激烈阶段后,康熙帝授与马斯喀平北大将军称号,命他挥师西进,驰赴巴颜乌兰。当时噶尔丹叛军已经遭遇西路清军,在昭莫多大战中失败。马斯喀与西路军会合,收降敌1000余人,大胜归来。回到北京后,马斯喀因功升任议政大臣。

7. 健锐营

健锐营是清朝中央禁卫军中专门练习云梯的一支特种部队,又叫"健锐云梯营"。

乾隆十三年（1748年），清廷为了对金川用兵，从前锋营、护军营中选了部分年壮健勇的士兵数千人，专门演习云梯攻城战术，并随征金川。由于这支以前从未有过的特殊部队征金川有功，乾隆帝于是命令在香山专门组建健锐营，分为左、右两翼，初建时的兵力为1000人。乾隆二十八年（1763年），从护军营中选了1000名护军补入，并定员2000人。乾隆三十三年（1768年），增定前锋水战兵1000名、赶缯船32只，练习水战，水师教习由天津、福建水师营选送。乾隆四十一年（1776年），清廷又将平定金川所俘人员专门编一番子佐领，设佐领、防御各1人，骁骑校2人，领催4人，马甲54人，隶于健锐营下。嘉庆二十四年（1819年），健锐营又增设了火班，专门负责宫内及圆明园救火。

此后，健锐营的官兵一直从事云梯、鸟枪等训练，还曾经在昆明湖练习水操，但是没有再被派遣出征。作为禁卫军，健锐营同样有扈驾的职责，皇帝出巡时，他们派出官兵总数的十分之一，在翼长的统领下扈从。

8. 内务府三旗包衣营

内务府三旗包衣营由三旗包衣骁骑营、护军营、前锋营组成。顺治初年的时候，设内务府镶黄、正黄、正白三旗，隶属于领侍卫大臣。康熙十三年（1674年），改隶内务府总管大臣。康熙三十四年（1695年），又改为侍卫大臣领导。雍正元年（1723年）的时候，再改隶内务府总管大臣，后来也一直由内务府统领。

三旗包衣骁骑营，每旗设骁骑参领、副骁骑参领、满洲佐领各5人，旗鼓佐领6人，内管领、副内管领各10人；三旗设骁骑校 36 人，领催 264 人，分辖营众。骁骑营任务不多，主要负责紫禁城内武英殿等 31 处的值宿与守卫任务。

三旗包衣护军营，由三旗包衣马甲内选护军 1200 人组成。每旗设护军统领 1 人，护军参领、副护军参领、委署参领各 5 人，护军校 33 人，护军蓝翎长 5 人，分掌营众。护军营主要负责紫禁城内廷北部和景山的宿卫，以及内廷后妃的出行扈从。其中，皇宫御花园与神武门之间的门户顺贞门，是内务府护军营值守的重点。在皇宫东部重要宫区宁寿宫，也同样设置上述官兵宿卫。紫禁城内太后、皇子的宫殿门户也都由护军营执守。护军营中专门设有救火的防范兵，宫中若着火，就会用激桶扑火。皇帝出宫祭祀太庙、社稷和祭天地时，在午门外两旁陈列的 40 盏照明灯，都由护军营守护。

三旗包衣前锋营的将校与士兵都是从护军营中抽调的，前锋营的最高职务为前锋校委署前锋参领，每旗各 2 人，下有前锋校、委署前锋校，前锋营士兵共 114 人。他们的主要任务是在皇帝面前演习骑射方面的技艺。

9. 善扑营

善扑营是清朝中央禁卫军中专门为皇帝演习掼跤、射箭、骑马等技艺的部队，扈从则备宿卫。

掼跤是满族的传统武功之一，在满语中称为布库。清初的时候，在上驷院中就有掼跤好手，并且随时奉命为宫廷习武和娱乐服务。

说到善扑营的成立还与康熙帝智擒鳌拜有关。

康熙八年（1669 年）的一天，刚刚到朝廷任要职不久的一等侍卫索额图接到年仅 16 岁的康熙皇帝的密召。索额图匆匆地入宫。原来，康熙帝交给他一项秘密使命，要他精选数十名健壮少年，在时机成熟时捉拿鳌拜。索额图从小就入宫任内廷侍卫，终日陪伴在少年皇帝康熙的身边，深得皇帝的信任。索额图选出来的这批少年成了禁卫军善扑营的第一批成员。

康熙八年（1669 年）五月，时机基本成熟，索额图辞去了吏部侍郎要职，上书皇帝，请求继续在皇帝身边护卫。康熙帝欣然同意，命令索额图任职内廷，为内廷一等侍卫。于是，索额图把选送来的少年组织起来，再加入一些小宦官，同康熙帝玩，练习摜跤。康熙帝每天和这数十名少年在大殿外摸爬滚打，虽弄得一身灰尘，但显得十分开心。他们并不回避鳌拜，即使是鳌拜入内，他们也照样玩个不停。鳌拜是从战场上浴血过来的人，感觉少年皇帝不过是贪玩而已，看了这些少年的游戏，他只觉得可笑。

经过商量，他们决定以召见的形式解决鳌拜，并作了周密部署。五月十六日这天，康熙帝在乾清门内南书房召见鳌拜。其实，这天一大早一等侍卫索额图早就奉旨召集众少年侍卫入宫。康熙帝还亲自到队前训过话了，他问队员们："你们都是我的心腹卫士，今权臣鳌拜专权揽政，你们是听我的还是听从鳌拜的？"队员们发誓，效忠皇帝，宁死不辞。于是，康熙下达了逮捕鳌拜的密旨。

这天上午，鳌拜还像平常那样，大摇大摆地来到宫中，并且毫无戒备地来到皇帝召见的南书房。这时，康熙帝赐座上茶，鳌拜顺势坐上了一张由一名小侍卫在背后扶着的椅子。其实，这是一等侍卫索额图事先准备好的一把断了一条腿的椅子。索额图把茶端了上来。不过茶杯事先在沸水里煮过了。鳌拜接过茶，说了一声"好烫"，失手掉落了茶杯。与此同时，扶着椅子背的小侍卫也将手松开，椅子立即翻倒，鳌拜一屁股歪坐在地上。顷刻之间，索额图和经过训练的少年侍卫一拥而上，将鳌拜按住。虽然鳌拜身强力壮，功夫也不错，但毕竟他只是孤身一人，十几名少年一举生擒了鳌拜。

收拾鳌拜后，康熙帝加强了禁卫军建设。随后，康熙帝下旨选八旗中的壮健卫士，择优入充禁卫军，特设掼跤处，成立禁卫军善扑营。善扑营也是当时最受皇帝厚遇的一支禁卫军。

善扑营虽然属于禁卫军，却不像其他的禁卫军那样被赋予具体的任务，其基本职能就是在清廷款待蒙古藩王的宴席上或皇帝游猎期间举行的大宴上，上演掼跤节目，或与蒙古勇士竞技。清朝皇帝每年在皇宫中正殿、西苑紫光阁、张三营行宫、木兰月牙城等地设宴，与蒙古藩王饮宴的同时，欣赏善扑营的掼跤。乾隆皇帝十分喜欢观赏比赛，对于其中的佼佼者他都能叫得上名来。当然，在掼跤场上，掼跤手也是极好体现自己的机会，那些身体强壮、勇猛自信的善扑营士卒，将有机会被皇帝破格提升为高级武官。

10. 虎枪营

虎枪营是专门辅助皇帝捕猎大型凶猛野兽的禁卫军。虎枪的形状类似长矛，主要是靠尖利的铁锋击刺野兽。

康熙二十三年（1684年），黑龙江将军向朝廷选送了40名擅长捕虎杀虎的勇士，以入充禁卫军，在皇帝游猎时护从左右。康熙帝便将这批勇士编入上三旗侍卫中，由此增设了虎枪营。

虎枪营由总统掌辖，开始的时候设1人，后增无定员，从王公或御前大臣、领侍卫内大臣内选任。上三旗每旗各设虎枪总统2人、虎枪长7人、虎枪副长7人，三旗虎枪兵共600名。虎枪兵是从所有禁卫军亲军、前锋、护军、骁骑官校中选拔的精锐。皇帝出宫狩猎时，虎枪总统率领虎枪营随驾，每天轮流10人在皇帝驾前，执虎枪作为前导。在狩猎地安营后，虎枪营侍卫四处侦查虎豹出没的踪迹。在御营周围安设伏弩和犁刀，防御猛兽。

在狩猎的行动中，虎枪营侍卫300人随在皇帝前后左右，10人持虎枪前行，要是遇到老虎则立即作好刺杀的准备，但必须有皇帝的命令才能冲上前去追杀。虎被杀死后，敬献给皇帝。最先冲上前去杀虎立功的侍卫将获得厚赏。

11. 神机营

神机营是清晚期创建的一支使用新式武器的禁卫军，在当时属高科技装备的部队。

神机营这个名称，早在明代的时候就有了，但明代的神机营相当于清朝的火器营。道光十九年（1839年），御前大臣奕纪上奏请示组建神机营，并把印信都铸好了，但没有建成。咸丰十年（1860年），英法联军打进了京师。这之后，清朝统治者才感觉建立神机营势在必行。于是，第二年便组建了神机营，兵员是从八旗原有的禁卫军诸营中选出来的，共有兵员1万名，设置专操大臣16人、帮操侍卫章京22人、带队章京196人统辖，到同治时增至约3万人。神机营衙署就设在崇文

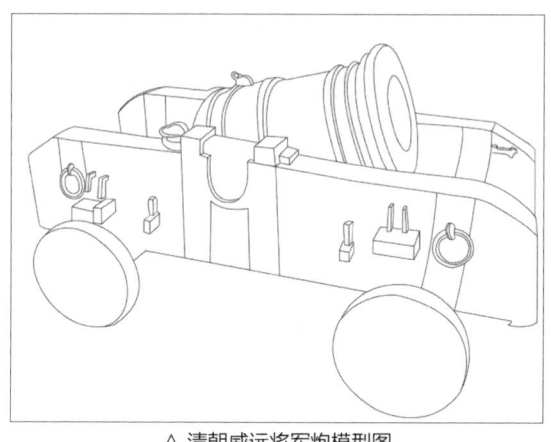

门煤渣胡同。

神机营使用的武器是西方近代武器装备，正因为这一点，神机营组建后就成为了清末禁卫军的主力，其官署的规模也是空前庞大。同治初年，左、右翼技艺队习洋枪洋炮，称"威远队"。光绪年间，马步队改名为"威霆制胜队"。

△ 清朝威远将军炮模型图

神机营主要负责紫禁城及三海墙外的巡缉守卫，皇帝出巡则扈从警跸。同时，它又是清廷用来控制全国的战略机动力量。每天，神机营的管带1员、营总1员，各带兵10名，守在宫中值房。另有队官4名，各带兵20名，分驻在皇宫的四角值守。另外，负责三海墙外守卫的神机营官兵会同八旗各营中的枪兵技勇之士，共810名轮流值宿，内分为10班，每日更替一班。他们值守时还要传筹走更。

12. 禁卫军

在八国联军入侵北京之前，清廷对担负京师宫禁宿卫任务的禁旅八旗还是十分信任的。但光绪二十六年（1900年），八国联军进攻北京，担负保卫京师任务的禁旅八旗弱不禁风，三五下就被八国联军打得落花流水。

此时的禁旅八旗已经是强弩之末了。清廷试图改变局面，重振武备。光绪三十一年（1905年）六月，兵部奏请按陆军章制设扈卫军，清廷随即发布了改革禁卫军的诏令。不久，御前大臣会同兵部制定了《变通武备章程》，主要是"精研兵学自王公大臣始，修明武备自宫禁守卫始"。同时，对这支重新组建的禁卫军作出了新的规定：扈从御驾的侍卫一律佩刀，在前面引走的大臣和后扈侍卫各执新式枪械，由统领、管带官掌领翊卫。皇帝在京城内出行时，就派步队二队前后护卫。皇帝在京城外出行时，则派步队一营、马队二队前后左右护卫。

扈卫军的挑选相当严格，由各军中选拔品学兼优的兵士充任，年龄为17~25岁，身高四尺以上，五官端正，家世清白，没有不良嗜好和前科，并且学历必须是陆军学堂毕业的。皇帝出行的时候扈从，在城里的时候则守卫。扈卫军由御前大臣管辖。侍卫亲军、前锋营、护军营等各营官兵，分别派人考察，素质好的送陆军学堂深造，不合格的则被裁汰。以前禁旅八旗用的弓箭等旧式武器全部裁撤。

说到禁卫军的重新组建不得不提到一个人，他就是光绪帝的胞弟载沣。在义和团运动时期，由于清廷"得罪"了西方列强，载沣奉命前往德国向德国皇帝谢罪。载沣是一个很有责任感的人，在德国期间，他不仅较为圆满地完成了本职工作，还认真地考察了德国皇家卫队，他对德国军队的服饰、装备和军容十分羡慕。回国后，他投入了相当精力致力于改建禁卫军。清末禁卫军的重建，载沣的功劳相当大。

光绪三十四年（1908年）十月，光绪帝和慈禧太后在两天之内相继病逝，载沣之子、年仅三岁的溥仪被立为皇帝，载沣这个摄政王也因此成为当时清廷的头号实权人物。第二年十二月，载沣派贝勒毓朗和陆军部尚书铁良训练一批禁卫军将领，并从各旗营中选拔壮勇作为新式将领的候备人。于是，他们成立禁卫军训练处，地点在东安门外西堂子胡同内。训练处设军咨官 6 人，办理文案及综理筹备、考功、军略、调派、教育、训练等事宜；执事员 10 人，受命于军咨官，分任筹备、考功等各事；书记员、绘图员、印刷员、收支员、递事员、司事生、司书生、印刷手等 68 人。同时，训练处还下设军械、军法、军需、军医四科。

宣统元年（1909 年），新建的禁卫军又仿日本和德国禁军编制，奏定禁卫军营制。其实，此前步军统领荣禄也曾仿外国军队组建了新式陆军和定武军。荣禄后任兵部尚书，将编练的新军定名为武卫军。义和团运动失败后，各省都开始编练新军。光绪三十年（1904 年），清廷设立新军练兵处，编制了三十六镇新军。京师有禁卫军，近畿有陆军新军第一镇和第六镇。第一镇驻在京师北部，第六镇驻在南苑。每镇设军官 700 余人，士兵 11700 余人。在镇之下的编制是协、标、营、队。新建禁卫军的军制实际上也是仿上述的新建陆军，以镇为单位，镇以下设协、标、营、队、排、棚。新建禁卫军为一镇两协。步队二协、协下二标、标下三营、营下四队、队下三排、排下三棚，每棚兵 14 人。以此计算，步军禁卫军每协就有 6048 人，两协兵共 12096 人，但实际编练时却没有达到这个数字。新建禁卫军还设有马队、工程队、炮队、辎重队、军乐队。后来，新建禁卫军又增设了警察队，协助保卫皇宫。

但是这支禁卫军却在清朝接近灭亡的时候，发生了根本的变化。因为此时，这支军队的掌握者不再是摄政王载沣，而是清廷的新任内阁总理大臣袁世凯。

光绪三十四年（1908年）十二月十一日，袁世凯罢官回到河南老家，而禁卫军的大部分改革就是载沣在此时实施的。后来，由于辛亥革命爆发，清政府为挽救其垂危统治，被迫起用遭放逐的袁世凯，这也为后来袁世凯夺权禁卫军埋下了伏笔。宣统三年(1911年）九月二十六日，袁世凯就任内阁总理大臣，并重新组建内阁。内阁名单是：

内阁总理大臣袁世凯。

外务部大臣梁敦彦，副大臣胡惟德。

民政部大臣赵秉钧，副大臣乌珍。

度支部大臣严修，副大臣陈锦涛（辞职不就）。

陆军部大臣王士珍，副大臣田文烈。

海军部大臣萨镇冰，副大臣谭学衡。

学务部大臣唐景崇，副大臣杨度（辞职不就）。

司法部大臣沈家本，副大臣梁启超。

邮传部大臣杨士琦，副大臣梁如浩（梁士诒署理）。

农工商部大臣张謇，副大臣熙彦。

理藩部大臣达寿，副大臣荣勋。

上面这个名单中，有许多君主立宪派的人物，如梁启超、张謇都名列榜上，其实很多人都没有到北京来就职。袁世凯责任内阁成立后，摄政王载沣就被解除摄政王地位而恢复了他的醇亲王封号，并退归藩邸。

袁世凯责任内阁组成后，最重要的事情是要把清廷的军事大权掌握在自己手中，这是最切实的问题。袁世凯最擅长权术，如果不能控制军队，主持责任内阁也没有用，所以他在组阁的同时，就要把北方和北京的军事大权完全掌握在自己的手上，他已经取得了近畿北洋各镇和毅军姜桂题等的节制调遣全权，可是北京城内还有军咨府大臣载涛（宣统帝的叔父，载沣的兄弟）统率的禁卫军，这支禁卫军在北京就足以使袁世凯不敢恣意妄为。这支禁卫军是载沣做摄政王时组成的，可以说组织这支军队的目的完全是为了保护满族亲贵。禁卫军全是满人，他们待遇好，训练好，装备也好。袁世凯组阁后便向清廷建议，革命军大敌当前，为了振奋军心，鼓励士气，禁卫军应该起一种倡导和示范作用，皇族大臣也该为臣民表率，所以应由皇族大臣率领一部分禁卫军出征南方。

袁世凯的这个提议很光明正大，可是这样一个提议，就足够把载涛吓得魂飞胆破。载涛是出了名的胆小之人，他一听袁世凯要点他为帅，立刻找到庆亲王奕劻，求他向袁世凯说情，请免了他的"军役"。在满洲皇族亲贵中，奕劻和袁世凯最有交情。奕劻贪财，袁世凯能投其所好，虽然隐居洹上村，可是仍不时对奕劻有所报效，因此，奕劻任内阁总理大臣时便曾对载沣兄弟宣称，这个总理大臣职务非交给袁世凯不可。载涛的请求正合了袁世凯的希望，他同意不调载涛上前线，同时也接受了载涛辞去军咨府大臣的职务，并立即推荐自己的老朋友徐世昌继任军咨府大臣，于是禁卫军的统帅权也由皇族手中移转到了袁世凯手中。

除了安置徐世昌为军咨府大臣外，袁世凯还从汉口调回冯国璋。当时，冯国璋是荫昌下面的第一军总统。这个第一军是一个战斗编制，为了对南方革命军作战而编组的，下辖第六镇（统制李纯）、第二镇的第三协（协统王占元）、第四镇的第八协（协统陈光远）。袁世凯调冯国璋回京师，派冯国璋为禁卫军军统，以切实掌握禁卫军军权。同时，他调第二军总统段祺瑞署理湖广总督兼统冯国璋的第一军，驻节孝感，全权主持前线和革命军作战任务。

此外，袁世凯还把自己带进北京的卫队编为拱卫军，派段芝贵为拱卫军统领，负责北京城内的护卫，而把原来的禁卫军调到北京城外驻扎。这支清末禁卫军便由此退出了历史的舞台。

四、清朝宫廷内卫大事

1. 夜盗宁寿宫

乾隆四十年（1775年）七月，正值盛夏。此时，北京热浪不断，紫禁城更是异常炎热。

由于紫禁城年久失修，有的地方墙皮已经开始脱落。于是，内务府在六月的时候就把这个情况向乾隆帝上奏。乾隆帝毫不含糊，立即下谕召集工匠进行修补，神秘而又宁静的紫禁城便开始变得喧闹起来。在此期间，为了加强紫禁城的安全保卫，宁寿宫不仅有侍卫亲军数百人在这里昼夜巡逻，还增调了数十名护军营的官兵来这里值勤。

一天到晚，这里除了叮叮当当锤子敲击石头的声音外，就是禁卫军们来回走动的身影。在这里施工的工匠们都不敢多看宫内一眼，生怕因此惹出个什么事端来。因为不仅监修官员们盯着他们，护军更是严密监视着他们。工匠们都知道，这里是皇宫，要是多看一眼，可能会因此惹来杀身之祸。

七月初四这天傍晚，天特别炎热。喧闹一天的紫禁城工地总算是平静下来了。工匠们身带腰牌,一个接一个地接受护军们的严格检查后,走出东华门、神武门,离开紫禁城。工匠们身带的腰牌,是他们出入紫禁城的通行证,如果把这东西丢了,就如同犯下了滔天大罪。所以,工匠们把腰牌当作了自己的命。清王朝为维护宫廷的安全,在不断加强禁卫军的同时,还制定了一系列宫卫的法律、法规。法律规定:凡是擅自进到紫禁城午门、东华、西华、神武及禁苑者各杖一百,擅自进到宫殿门杖六十,坐一年牢,擅自进入御膳所及御在所者绞。宫内只有值班宿卫可带兵杖,非值班宿卫,凡是持寸刃入宫殿门者绞,入紫禁城内者杖一百,发边远充军。门宫与宿卫官军故纵者与犯人同罪。擅入行宫门与擅入紫禁城门同罪。凡是到城门外下马牌不下马而竟过者笞五十,看守人役失于防范者笞四十。内务府所雇工匠,凭借发给的关牌到里面做工,并由指定的门出入,出入门时要由护军进行点名,并查看相貌。要是有冒名顶替的,本人及代替的各杖一百,到时候应该出来而还没有出来的绞。即使是守卫的人员出入宫门也要凭门籍,要是没有门籍而擅自到宫内的人杖一百。到了晚上,即使是有门籍也不能出入宫殿门,要是进到宫内杖一百,出宫的杖八十,没有门籍而夜晚进到宫内的,罪加二等,夜晚带杖到宫殿门的绞。

工匠们也十分小心,护军们、亲军们也十分认真。

数小时过去了,紫禁城似乎一切都十分平静,什么事也没有发生。其实,负责检查的护军们并没有核对工匠的人数,这是他们的疏忽,他们认为在自己的眼皮底下不可能有什么事情发生。

午夜时分,一个黑影从宁寿宫前码放的建筑材料堆中闪出。这个人蹑手蹑脚地登着脚手架迅捷轻巧地爬上了皇极殿屋顶，摘下瓦头铜钉、荷叶，然后匍匐在天沟里藏好。天亮后，他神不知鬼不觉地混进干活的人群中，在同伙的掩护下将赃物带出了神武门。这一次偷盗并没有被内务府以及护军和侍卫亲军们发现。

在接下来的一个多月中，这样的事情在宁寿宫数次发生。

一个多月后，宁寿宫的佣人们发现，宁寿宫里的皇极殿被盗了，并丢失了不少贵重物品。宁寿宫被盗，自然惊动了乾隆帝。宁寿宫是乾隆帝下令增建的，是为自己年老归政后，辟出的一个养老的地方，他自然十分关注。清朝的宁寿宫位于紫禁城的东北部，明代这里比较空旷，只建有几座宫殿，是供太后、太妃们养老的地方。清朝的宁寿宫于康熙二十八年（1689年）初建，乾隆年间进行了扩建，光绪年间又进行了重修。康熙皇帝修建宁寿宫是为了皇太后颐养天年，而乾隆帝则是为自己养老而修的，只是后来并没有住到宁寿宫来。到清末的时候，慈禧太后晚年在这里居住了19年之久。宁寿宫宫区，面积很大，可以分为四个部分，一部分为皇极门内的皇极殿和宁寿宫，一部分为养性门内的养性殿、乐寿堂、颐和轩等处，一部分为西路的宁寿宫花园，一部分为东路的畅音阁一带。宁寿宫的正南门原来是宁寿门，乾隆年间，清政府在宁寿门的南边，建立了这座皇极门。皇极门内就是宁寿门。皇极殿是宁寿宫宫区最大的宫殿，形制与乾清宫相同。这座宫殿康熙年间就叫宁寿宫，乾隆扩建之后，更名为皇极殿，而将它的后殿定名为宁寿宫。皇极殿悬挂着乾隆皇帝御书的匾额"建极康宁"，对联是"惟以永年，敷锡厥庶民，向用五福；慎乃在位，佑启我后人，抚绥万方"。在殿内，东边设有铜壶刻漏，西边设有鸣钟。皇极殿后面的宁寿宫，形制上同于坤宁宫，康熙初建时作为宁寿宫后殿。

这一切都是在监修官和护军的眼皮下发生的，直到八月初二才被觉察。在如此严密的宿卫制度下，竟然让宁寿宫失盗了，这令乾隆帝大为恼火，所有在此案中失职的人员都受到了处罚。特别是负责内廷宿卫的散秩大臣、宁寿门的侍卫亲军，以及负责宁寿宫守卫的护军统领等，都受到了处罚。当然，案子很快也就有了结果，侍卫亲军认为，在如此戒备森严的地方，也只有内部的工匠才有机会得手。那个数次偷盗的工匠被查了出来，后被处决。

2. 顺贞门行刺嘉庆皇帝

嘉庆八年（1803年）闰二月十二日，虽然时值冬春交接，乍暖还寒，但道边已经垂杨抽绿，河堤枯草冒青，一派万物苏醒的气象。这天，清朝历史上的第七任皇帝嘉庆帝，准备到圆明园游玩一趟。圆明园是专供皇帝驻跸听政以及游乐的地方，清朝自从康熙年间起就开始在北京修建畅春园、圆明园、静明园、静宜园、颐和园、南苑等行宫苑囿。

此次到圆明园，嘉庆谕令一切从简，文武随员仅定亲王、步兵统领绵恩以及喀尔喀亲王拉旺多尔济和御前侍卫丹巴多尔珠、珠尔杭阿等12人随侍，百余名护兵开道前往圆明园。今天嘉庆帝心情非常高兴，兴趣盎然地游玩着。

为何今天嘉庆帝非常高兴呢？这与当时的社会背景分不开。自从乾隆末年到嘉庆登基后，由于臣吏乱纲，盗贼蜂起，这些年是民不安生。特别是乾隆平治之下的种种隐患，到了嘉庆朝的时候就全部暴露出来了。在清朝的皇帝中，嘉庆还算具有驾驭能力的一个皇帝，由于他的努力，能勉强维持大局。社会不安定，他这个皇帝也当得不安心、不踏实。经过嘉庆帝的努力，全国的治安有所起色，逐渐四海清平。虽有一些烦事滋扰，却是不足为患。

这日游幸圆明园，嘉庆登临山高水长阁放目远眺，不禁神爽心悦。随从的大学士庆桂见皇上兴致极佳，便乘机奏请道："圣上摄政以来，纷扰不绝，未得一时安闲。然皇上秉持执定，内外不懈，得以澄清四海荒乱，万民仰福。理应祷天祭祖，慰告皇祖在天之灵，乞请下荫黎庶，确保天下和宁，亦百姓之福也。"嘉庆帝听了后心里自然高兴。

直到傍晚时分，嘉庆帝才意犹未尽地带着百余名随从人员从圆明园回到了紫禁城。侍卫们前簇后拥，随同圣驾缓缓而入。两旁卫士皆侧立端肃，不敢有丝毫懈怠。嘉庆帝坐在黄帷轿内拈须沉吟，对侍卫们的表现感觉十分满意。然而，一场震惊整个朝廷的大事就要发生了。

在清朝有个习惯，皇帝从热河（今河北承德）或者是圆明园回宫的时候，都要从神武门入宫，从西苑回宫的话，则从近处的西华门入宫。神武门，在明代的时候叫做玄武门，清朝的时候为了避康熙帝玄烨的名讳，改叫神武门。同午门一样，神武门楼上设置有钟鼓，由銮仪卫负责鸣钟击鼓。皇帝在热河或者是圆明园居住时，每天黄昏一更之前，神武门鸣钟一百零八声，每更击鼓，至第二天天明的时候再鸣钟。要是皇帝在宫中居住，只每更击鼓，不鸣钟。作为皇宫的后门，神武门也是后妃或皇室人员出入皇宫的专用门。皇帝出外巡幸时，可以由午门出宫，但随行的嫔妃必须从神武门出宫。如果皇帝侍奉太后出宫，则同太后一同从神武门出宫。另外，皇帝每次从神武门入宫后，都要在正对着神武门的顺贞门前换轿。

这一点，正为陈德行刺皇帝提供了机会。

轿子拐过神武门里弄，随即折向顺贞门。正当嘉庆帝换轿时，突然从神武门内西大房南山墙后跑出一个人，手执小刀，直扑向皇帝。嘉庆帝急忙躲回御辇。当时，侍卫、护从们惊呆了片刻，然后就是一片混乱。这时，随驾的定亲王、步兵统领绵恩首先冲上去，本能地扑向凶手，随即抓住凶手的一只手，死死拖住，凶手一面狂叫，一面拼命挣扎。定亲王绵恩高叫"抓刺客"，旋即感觉左臂一麻，竟让凶手挣脱了。这时随员侍卫一拥而上与刺客扭打起来。绵恩定眼一看，才辨出喀尔喀亲王拉旺多尔济等都在内扭成一团。侍卫们七手八脚推倒刺客，摁住不放。很快喧嚷骤停，众人定目一瞧，见地上紧缚一人，身量不高，身着护兵制服，头发蓬散，双目尽赤，面额已是血红一片，犹自狂呼乱叫，嘴里喷着血沫，如困厄的恶魔，全身痉挛似的扭曲滚动。

这时，定亲王绵恩动动胳膊，才觉得疼痛起来，低头一看，左袖已被鲜血染浸，湿红了一片。那是因为被小刀划了臂肘，当时没顾得上细看。绵恩又指使众兵卫四处搜寻，凡有可疑人等，一律拿下查审。护卫军应声，分路而去。

吩咐完后，绵恩等随侍大臣急于探视皇上。只见黄帷轿停靠在顺贞门牌楼底下，四周团团簇拥着御前侍卫，人人拿着刀，如临大敌。绵恩走了过去，向前奏禀："陛下圣安，刺客仅一人，现已被拿获。为防廷门各隅暗藏同党，臣已遣人搜查，如有，谅其绝难逃脱。敬请圣驾勿忧。"嘉庆帝惊魂未定，勉强稳定心神正身坐起。接着，各位文武官员都上前来，诚惶诚恐，叩拜请罪。嘉庆帝略一正色，即挥手令起，严斥各门要守，要快速查出责任人。谕令一下，禁卫军闻风而动，分别由定亲王绵恩、护军章京、侍御喀喇、沁公丹巴多尔济等亲自督兵彻查，凡是行迹可疑的人，一律严加盘问。当晚，嘉庆帝颁发了谕令，重申门禁："大内门禁，关防实为紧要，是以朕谆谆降旨教导，原恐不法之人滋生事端。"

这一夜，皇城内灯火通明，禁卫军搜查大小客栈，闹得整个北京城鸡犬不宁。就连那些流落街头的、不三不四的市井无赖，都被锁进了牢房。

如此戒备森严的内廷居然会有人来刺杀皇帝，嘉庆帝发火也就不足为奇了，并且对禁卫军还要大动干戈地整顿。按理说，不管是谁要到内廷来行刺皇帝也是插翅难飞的。清朝的宫廷警卫是十分森严的，不管是内廷，还是皇城，以及禁苑。清朝的内廷宿卫由侍卫处掌管，由995名侍卫组成的侍卫亲军担负。侍卫处的6名领侍卫内大臣，分为六班，每天都率领各班侍卫轮流值班。各班按轮值门户位置，又分为内班和外班，具体情况是：宿卫乾清门、内右门、神武门、宁寿门的为内班，由散秩大臣1人管理，侍卫亲军20人，白天在门口守卫，晚上则锁门；宿卫太和门的为外班，以领侍卫内大臣领掌，散秩大臣2人随班入侍。中和殿由侍卫什长3人带领，侍卫亲军30人宿卫。内廷宿卫的主要任务是：皇帝在宫中行走时，领内大臣、散秩大臣、御前侍卫等10人担任御驾前引，御前大臣等2人担任御驾后扈；要是皇帝在上朝，或者是与大臣们商量朝政的时候，御前大臣统领御前侍卫、御前行走、乾清门侍卫、乾清门行走，在内廷值班，领侍卫内大臣、内大臣、散秩大臣及持刀侍卫等则在丹陛上守卫皇帝；要是皇帝出宫时，御前大臣、御前侍卫、乾清门侍卫等随从，在扈从队伍中，担负着皇帝驾前、驾后和驾两旁的护卫。总之，只要是皇帝生活或者是工作的地方，都会安排众多的侍卫，进行严密的保护。清朝的皇城守卫，是由八旗护军营、前锋营、内务府三旗包衣营和步军营共同负责的。上三旗护军营在紫禁城内守护的门户共有70多处，其中设景运门值班大臣1人，以前锋统领、护军统领10人轮流值班，管理着紫禁城各门，并率领各值班宫兵守卫宫廷。要是遇到皇帝车驾行幸，东华门、西华门、神武门各增设护军统领或协理统领事务的护军参领及前锋参领1人。不管什么时候，上三旗护军参领、副参领都要到太和门坐班，这是雷打不动的。下五旗护军营担负着紫禁城外各门的守卫。前锋营担任皇城守卫，与八旗护军营一体委派。前锋统领与护军统领轮流担任景运门值班大臣。内务府三旗包衣营主要担负着紫禁城内武英殿等31个地方的值宿和守卫任务，以及顺贞门等12处宫门的守卫及扈从等任务。

但事情就是在如此森严的警戒下发生了。人们不禁怀疑，一个刺客怎么会潜入皇宫深处，并且还是藏在后宫禁地的西大房后呢？

第二天早晨升朝的时候，满朝文武都比往常来得早。众人都战战兢兢、目不斜视，堂上再没有了往日的喧哗，大臣们生怕皇帝不高兴而对自己不利。嘉庆帝束带整冠，龙行虎步登上殿来，只是声色内敛，沉稳地坐下。一会儿，他才令六部九卿文武百官有疏即奏，不得延误时辰。文武官员们总算是松了口气。嘉庆帝刚说完，国子监祭酒法式善上本奏到："闻昨日惊驾，诸臣忧恐，幸龙体安泰，尚可慰之。然此而非同小可。自圣上训政以来，尚属首例，不可疏究，此定为教匪流寇冒窜为乱，散落京城受使而为，其猖源一至于此，宜于及早剪灭，杜免后患。内贼一日不除，则民一日不安。伏乞圣上从速讯查，抑止恐吓之势，以儆效尤。清肃宫禁闲吏役使，确保大内安宁为要。"

嘉庆帝听后，感觉这个奏子提得好，于是准奏了。接着，又有工部、礼部、刑部、内阁、军机处等上本奏禀，也是有关提速清理此案的事情。嘉庆帝经过权衡，决定诏令内阁大学士庆桂偕同刑部会堂讯审，并要求查出主使者及同党。

那刺客是什么人？他为何铤而走险，谋刺皇上？经过查实，这人叫陈德，北京人，47岁，不是土匪，而是天子鼻息底下的人，并且就在内务府当佣役。也正是这个便利条件，才使他有机会来到神武门。这也是陈德能够得逞的主要因素之一。内务府是中国清朝管理宫廷事务的机构，为清朝特有，始设于顺治初年。这是一个十分特殊的机构。至顺治十一年（1654年），仿明制改内务府为十三衙门；后来，裁十三衙门，复设内务府。从此，内务府这个名字就这样定了下来。内务府的组织渊源于满族社会的包衣（奴仆）制度，主要人员分别由满洲八旗中的上三旗（即镶黄、正黄、正白旗）所属包衣组成。最高长官为总管内务府大臣，正二品，由皇帝从满洲王公、内大臣、尚书、侍郎中特简，或从满洲侍卫、本府郎中、三院卿中升补。凡皇帝家的衣、食、住、行等各种事务，都由内务府承办。内部主要机构有广储、都虞、掌仪、会计、营造、慎刑、庆丰七司，分别主管皇室财务、库贮、警卫扈从、山泽采捕、礼仪、皇庄租税、工程、刑罚、畜牧等事；上驷院管理御用马匹，武备院负责制造与收储伞盖、鞍甲、刀枪弓矢等物，奉宸苑掌各处苑囿的管理、修缮等事，统称七司三院。内务府还有三织造处等30多个附属机构。此外，负责管理太监、宫女及宫内一切事务的敬事房也隶属总管内务府大臣管辖。辛亥革命后，废帝溥仪仍居宫内，为皇帝服务的内务府也得以保留，直至1924年（民国十三年）溥仪被驱逐出宫为止。

　　陈德为何要刺杀皇帝呢？原来，陈德的妻子死后，岳母又瘫痪在床，两个儿子还没有长大成人。行刺皇帝前，他受雇于孟家。当时，陈德带着全家老小都住在了孟家。一段时间后，孟家人嫌他家人多，把他辞退了，并清走了他全家。陈德带着一家人，无奈地只得借住在朋友黄五福家。陈德这个人，性情比较疏狂，喜好豪饮、闲聊，家中的生计自然处于危机状态之中。最终，陈德厌倦了这种无奈的生活状态。为了能够痛痛快快地死去，陈德选择了刺杀皇帝，因为这样一定会被当场处死，死个痛快。

　　当然最大的问题出在了禁卫军身上，如果守门护军能够严格守门，陈德和他的儿子就不可能进入宫中；如果从东华门至神武门的巡守人员能恪尽职守，陈德也就没有机会实施他的刺杀行动。

　　最后，陈德没有痛快地死去，他被凌迟处死，他的两个儿子也被绞死。同时，为了整顿禁卫军，嘉庆帝也撤销了一大批渎职的守门侍卫和护军官兵。

这个案子了结后,嘉庆帝命令领侍卫内大臣、御前大臣、军机大臣、前锋营统领、护军营统领、内务府大臣一起商量,就皇宫禁卫拟定了一个办法。主要是为了整顿禁卫军,要求所有值守人员必须严格执行这个办法。但两年后,这样的事情又同样在神武门发生了。

嘉庆十年(1805年)三月初一,一个名叫萨尔文的人持刀,想强行进入神武门。此时,守门的章京、护军面对这一突如其来的情况,竟慌了手脚,一时之间连刀都找不到,乱成了一团,不知所措。最后,他们还是仗着人多才夺下了萨尔文手中的刀,将他砍伤并抓住。

这件事又传到了嘉庆帝耳中。嘉庆帝对守宫禁卫军的表现十分不满,立即下了一道诏书:"显系彼时伊等未佩带腰刀!"

3. 军机章京萨隆阿盗金印

同治三年(1864年)六月,在一场激烈的巷战中,清军从携印突围的太平军将士手中得到了太平天国金印和另两件玉玺。几天后,两江总督曾国藩把这三件玺印,作为最重要的缴获物,上报两宫太后和同治帝,并派专人送到北京,交付军机处。曾国藩在奏言中说:"……至军机处交片查取伪玉玺二颗、金印一颗,臣于十六日专赍送谢恩摺件,并将三印送军机处矣。理合覆奏。伏乞皇太后、皇上圣鉴。"(见《曾文正公文集》卷二十、二十一奏稿)

清廷把金印交给军机处保管,可见其重要性。金印之所以能牵动清廷皇帝和官员们的心,主要有两方面的因素:

其一，此金印是以一百余两黄金铸造的，本身就是一件贵重物品。"天王金玺"为纯金制作，从保存下来的天王圣旨原件上看，印面呈正方形。印面的上边饰双凤朝阳的图案，左右边饰行龙图案，下边饰海水江牙的图案，印面的文字为："太平天国金玺大道君王全奉天诛妖斩雅留正。"

其二，被称之为"国宝"的"天王金玺"是太平天国时期的一方金印。金印到手，意味着太平天国走向灭亡。咸丰元年（1851年），洪秀全领导的太平天国农民革命在广西桂平县金田村起义，建立了"太平天国"。后来，太平军攻占了江宁府，改称"天京"，以此作为首都，建立起农民革命政权。在进行北伐和西征的同时，颁布了《天朝田亩制度》，初步建立了政治、经济、土地、军事、文化等制度，并在此时镌刻了"天王金玺"和玉玺。它是太平天国最高权力的信物，使用于天王的诏书及重要的国家文书之上。同治三年（1864年）六月，湘军统帅曾国藩率清兵攻打"天京"，斩杀太平军多人，并夺取金玺一方、玉玺两方，印玺宽约七寸。曾国藩缴获三方印玺后，大为惊喜。他是个有学问之人，在处理善后事宜时，不忘把玺印送交朝廷。曾国藩在送呈清廷"天王金玺"时，还把玺印作为以后修史参考用，并在上奏折中提出"所有伪玉玺二印，金印一方，臣当差赍送军处机，俾方略馆有所考焉"。

清廷相当看重这件物品，把它放在了军机处保管。在乾清门内右门前西侧的一排值庐，是清雍正以后军机处所在的地方。乾清门横街对面，与这排值庐相对的五间房舍，是军机章京值班处。自从明代开国皇帝朱元璋取消了宰相制度之后，明清两代就不再有宰相的职位了。明代和清初的内阁大学士，都是皇帝的高级秘书。到了清朝雍正时，又特设军机处，取代了原来的内阁，成为新的机要秘书班子。

军机处的南窗上，悬挂着雍正皇帝题写的匾额"一堂和气"。说到这个匾额的来历，那还是前几年的事了。当时，受雍正重用的军机大臣鄂尔泰与张廷玉不和，后来雍正帝亲自出面才调解了这场纠纷，并题写了这个匾额。

军机处是一个效率非常高的机要班子，但在这里工作的官员们都反映这里的办公处所非常狭小拥挤。这里虽然小，却是极其重要的部门，不是军机处的成员绝对不准入内，就是王公也不例外，要不然会受到严厉的惩罚。皇帝还特派监察大臣在军机处旁的内务府值房，监视出入军机处的人员。

同治四年（1865年）八月十七日清晨，刑部郎中兼军机处的满章京萨隆阿经过一层层侍卫亲军，来到军机处上班。军机处值房在隆宗门内北侧的排房内，即皇帝居住的养心殿外。另有满、汉军机章京数人，也是由皇帝圈定认可的。军机章京的值房在路南，即军机大臣值房的对面房内。军机章京值房又分满屋和汉屋。供满、汉章京分别使用。汉屋负责军机处的对外联系。三颗玺印就存放在汉屋的柜子里。按理说，萨隆阿是满章京，他应该在满屋值房工作。当他经过汉屋值房时，发现汉屋内空无一人，就连柜子都开着。金印就放在柜子里面。萨隆阿见旁边没人，于是进屋把金印拿出来，迅速溜回到满屋藏好。实际上，萨隆阿是一个好财之徒。自从一年前金印放到军机处后，他就开始打这个一百余两黄金金印的主意了。

萨隆阿当时怀着一种侥幸的心理。他知道，过去宫中多少盗案发生后，总是以最下层的苏拉、太监作为怀疑对象，不至于怀疑到章京大人身上，更何况清朝定制，挑补章京要经所在衙门保举，经军机大臣亲自考试，合格者带领引见，再经皇帝圈定后才能录用。满章京则以"内阁中书、六部、理藩院郎中、员外郎、主事、笔帖式兼充"。在当时的32名章京之中，萨隆阿是满人，又是官任刑部郎中的执法者，从官职上看，他在众多章京中是资历品位较高的人。同时，按军机处内部的分工，汉屋负责军机处的对外联系，因而，两江总督曾国藩交来的这个金印，照例在汉屋内收管。而身为满章京的萨隆阿，他的办公地点是在满屋（满章京值房），这是汉屋内发生的事件，于他是毫无责任的。更何况，章京在宫内值堂是两班轮换的，事情发现得早，可以推向上一班；发现得晚，那正好在下一班任上。萨隆阿都能推诿。还有，萨隆阿认为，要是金印一经熔化，即已销毁赃物，"捉贼拿赃"，这一下岂不赃证全无了吗？

这天傍晚的时候，萨隆阿将金印带回了位于东单牌楼东观音寺胡同的家里。刚开始的时候，萨隆阿不敢进行处理，只是藏在家里，他准备等到风声过去后再进行处理。

紫禁城内丢了金印惊动了皇帝和文武百官，同治帝立即命令内务府查办此事。同时，驻守紫禁城的侍卫亲军也变得紧张起来了，不仅加大了警戒力度，还对侍卫亲军进行了调查摸底。一时间，内廷宿卫军变得紧张起来，因为金印的丢失，他们也逃脱不了干系。

此时，一批在军机处内服役的苏拉、厨役纷纷做了替罪羊。当时出任军机大臣的是恭亲王奕䜣，他同时兼任总管内务府大臣，事出后立即指令内务府慎刑司出动，把一些苏拉、厨役全部抓了起来，一一拷问。但他们倒都是些硬汉子，没有一个屈打成招，因此迟迟不能破案。

调查一度陷入僵局。而此时，萨隆阿以为自己做的一切都天衣无缝。七天后，他找到熟人，也就是东四牌楼万盛长首饰铺的伙计王太、王金，谎称说他的叔叔在外省做道员，带回块金印，是用四十吊的价钱买的，让王氏二人将金印熔化成十根金条，每根金条约重十一两，其中八条带回家藏起来，另两条兑换成银钱。由于萨隆阿的贪心和首饰铺王氏二人的无知，致使珍贵的国宝化为了金条。从此，这件珍贵的太平天国历史文物即消失于人间。

奕䜣认为军机处是皇宫内的重要机构，有禁军把守，就连朝廷内的重臣都不准靠近，问题肯定是出在军机处内部了。无奈之下，又出动了内务府番役处，由番役头目保祥、德荫和委署头目英奎等，走出紫禁城外查访。

奕䜣的准确判断扭转了案件的局势。

十一月中旬的一天，番役们居然查访到了那家首饰铺。经过内外仔细的查询，查访到首饰铺曾熔化过一方金印，便顺藤摸瓜，经审问王太、王金二人后，真相大白了，找出了盗贼萨隆阿，奏明了两宫皇太后和皇上，解除了萨隆阿的军机章京职务，并革了刑部郎中，交刑部"严行审讯，按律定拟"。

4.谋刺摄政王载沣

清朝末期的时候，全国各地革命党人异常活跃。一些革命党人将暗杀清朝的权贵作为推翻清政权的手段之一。而在这些权贵中，摄政王载沣自然是一个重量级的人物。

为何说载沣是一个重量级的人物呢，这还得从光绪帝去世时开始说起。光绪三十四年（1908年）十月二十一日，37岁的光绪帝去世。就在同一天，慈禧太后连接发了三道谕旨：一是立摄政王载沣之子为嗣皇帝；二是宣布溥仪即为同治帝的嗣子，又为光绪帝的嗣子；三是命令摄政王载沣为监国。

不过在第三道命令中，慈禧太后还是明确规定了摄政王的权限："所有军国大事，悉秉承予之训示，裁度施行；俟嗣皇帝年岁渐长，学业有成，再由嗣皇帝亲裁政事。"从此不难看出，光绪帝死的这天，慈禧太后还没有意识到自己也会很快死去，仍将最后裁决权抓在自己的手中。没想到仅仅过了一夜，慈禧的病情就急剧恶化。此时，慈禧感觉自己可能会不久于人世，才留下遗嘱："予将危笃，恐将不起，嗣后军国政事，均由摄政王裁定，遇有重大事件，必须请皇太后懿旨者，由摄政王随时面请施行。"

也就是在一夜之间，载沣由必须依照慈禧太后意志行事的大清国二号人物，上升为按照自己的意志行事的一号人物。几个小时后，慈禧离开人世。而此时，革命党人的异常活跃与清中央禁卫军的衰退没落形成了鲜明对比。此时的清禁卫军不足以保障清统治者的安全了。

清末，以孙中山为首的革命党人频繁活动，但是在光绪三十三年（1907年）至光绪三十四年（1908年）间，一系列起义均告失败，革命志士牺牲的同时，同盟会组织内部也严重分裂，很多人情绪低落。这些都刺激了当时还是坚定革命者的汪精卫走上极端的道路，他要效仿当年吴樾血溅五大臣、徐锡麟安庆刺巡抚，组织暗杀团，"藉炮弹之力，以为激动之方"。

一开始，汪精卫和他的暗杀团并没有明确的目标。他们曾经打算暗杀广东水师提督李准和直隶提督端方,但是都没有成功,还差点暴露。不知是谁提议,暗杀团突然意识到"京师"才是根本之地,在那里才能成事,振奋人心。于是,宣统元年(1909年)八月,暗杀团先锋黄复生先到北京。十一月,汪精卫带着战友兼爱慕者陈璧君等由香港入京。

暗杀团在琉璃厂开了个守真照相馆做掩护,假戏真作地干着摄影的买卖。最先他们想暗杀的是庆亲王奕劻,但奕劻戒备太过森严,未能得手。与此同时,暗杀团得知贝勒载洵、载涛等人从欧洲考察外国海军归国,便准备到车站炸他们。汪精卫等拿着盛炸药的铁壶,在东车站口等候,陈璧君在骡车上接应。可是火车到站时,站上戴红顶花翎的人太多了,他们根本辨认不出哪个是目标,也只好放弃。

几次不成,大家决定"擒贼先擒王",就杀摄政王载沣——当时皇帝溥仪的父亲,实际的掌权者。大家认为不能再用装不了多少炸药的铁壶,就专门跑到骡马市大街鸿太永铁铺订做了一个可盛四五十斤炸药的铁罐做暗杀工具。但是暗杀团成员却都不是搞爆炸的料,他们笨手笨脚,埋炸药时被暗探发现。虽然他们尽力地掩饰真实的身份,但他们的活动绝不是一个小小的照相馆就能够掩饰的。他们没有长辫子,每天西装革履进进出出,早就引起了巡捕的注意。

载沣的醇亲王府在后海北岸,每日上朝必经甘露胡同、鼓楼西大街、地安门大街,过景山至紫禁城。暗杀团原准备在鼓楼前的矮墙上投掷铁罐,但偏偏鼓楼大街改修马路,载沣改变了上朝的线路,几经周折,汪精卫等人终于决定在王府附近的小石桥上(现在这座小桥已经不复存在)埋炸药,接出一根引爆电线，人躲在桥北边的阴沟里用电发火引爆，炸死摄政王。

宣统二年（1910年）二月二十三日深夜，有人发现，什刹海摄政王府旁的银锭桥下有两人牵电线，形迹可疑。这两个人见行动被察觉，于是飞快地逃离了现场。这个情况很快就被反映到左翼委翼尉兼游缉管带振林那里，他立即把这个情况转呈给贝勒、步军统领毓朗。此时，整个北京城的禁卫军都行动起来，进入警戒状态。禁卫军迅速赶到，经过一番搜查，在桥下搜出了炸弹。清政府还请来了外国专家鉴定，发现炸弹外罐为外国制造，罐上螺丝却是中国产的。清廷顺藤摸瓜，查到制造螺丝的铁工厂，继而侦查到"守真照相馆"曾有人到该厂购买过螺丝。

这家照相馆位于北京琉璃厂火神庙夹道，由喻培伦、黄复生、汪精卫等人开设。经查，他们都是革命党人，开照相馆只是一个掩护而已，主要在馆内制造炸弹，企图谋杀摄政王。汪精卫等人很快就被禁卫军抓捕。按照大清律令，谋刺摄政王应当凌迟处死。但是当时的清政府已经到了穷途末路，为了稳定民心，也不敢轻易下手。当时统治层有两种争论：部分官僚包括摄政王自己在内，认为应该对他们判处死刑；但是以民政部尚书肃亲王善耆为代表的一部分人，却认为在预备立宪期间，杀几个革命党人，无济于事，反而会使更多的革命党人铤而走险，为了"标榜立宪，缓和人心，并羁縻党人起见，不如从轻发落为佳"。

预备立宪是清政府最后的挣扎——预备实行君主立宪所采取的一系列措施，当时人们已经不再信任清政府的各种花招，如果他们再屠杀革命党人，后果可能不堪设想。所以，载沣同意了善耆意见，判汪精卫和黄复生终生监禁。汪精卫一进监狱，便抱定了必死的决心。他写了一首《被逮口占》："慷慨歌燕市，从容做楚囚。引刀成一快，不负少年头。"汪精卫成了青年们敬仰的对象。据传为了表示革命的决心，他甚至企图自杀，一次他看到狱中有口小井，就想跳井而死，但井内口小，小得不能容身，自杀没成；还有一次见墙壁上有颗铁钉，就想一头撞死，但钉子太高，撞不到，又没有死成。

汪精卫被捕之后，孙中山非常关心，陈璧君等更是费尽心机，要救他出来，但是都没有成功。直到宣统三年（1911年）八月十九日武昌起义爆发，清政府眼见着自己就要灭亡的时候，才想出一条祖先经常用的办法：释放政治犯，以求天下太平。九月六日，清政府发布《罪己诏》；九日，开放党禁；同日，内阁奏请释放汪精卫等人，并说："窃见汪兆铭（即汪精卫）等一案，情罪似出有因……在汪兆铭等，以改良急进之心，致蹈逾越范围之咎……而当日朝廷不忍加诛……合亟仰悬天恩俯准，将此案监禁人犯汪兆铭及黄复生等，悉予释放。"于是在宣统三年（1911年）九月十五日，汪精卫被开释，获得自由。

经过这次谋杀事件，载沣进一步认识到禁卫军对于统治者地位的重要性。宣统三年（1911年）夏天，禁卫军编练完成，共组建和培训了步队营四标、马队营一标、炮队营一标、工程队营一标、辎重队营一标、机关炮队营一标以及军乐队、警察队各一队，共有兵力一万二千余人。这年的七月，清政府还举行了一个检阅仪式，摄政王载沣作为最高统帅，在德胜门外两黄旗校场对新建禁卫军进行了检阅。当时，禁卫军官兵都身着新式军装，各按营队编列队伍。当载沣登上检阅台时，军乐队奏响新编定的军乐《崇戎谱》，训练大臣载涛郑重地呈上《官兵名册》和《礼节图说》。载沣走到右翼，训练官报告全营官队和官兵人数，然后率领属下两协统领官护从摄政王前行。巡视完步军后，载沣重新登上了检阅台。禁卫军开始演练军阵、操演队形等。

检阅结束的时候，禁卫军全军举枪致敬，军乐队再次奏响军乐。载沣怀着满意的心情乘车离开校场。第二天，载沣就以皇帝的名义下诏，嘉奖了禁卫军官兵。可惜好景不长，没多久，辛亥革命爆发，中国历史上的最后一个封建王朝——清朝便宣布结束了。

五、清朝宫廷政变、皇城战事

1. 康熙帝驾崩前后帝位争夺战

在清朝历史上，胤禛夺得帝位虽然没有大动干戈，但却是以禁卫军作为后盾而夺得帝位的。

康熙六十一年（1722年）十一月十三日，北京城内外充满着紧张的气氛。街道上到处是禁卫军的身影，亲军营、骁骑营、前锋营、护军营、步军营等禁卫部队都已经进入了紧急战备状态。禁卫军全副武装，头上戴着头盔，手里的大刀闪闪发光。街上行人更是稀少，偶尔有人经过，也是匆匆而过。

原来，这一天，清朝历史上在位最长也是最有作为的一位皇帝——清圣祖康熙帝在畅春园驾崩了。众所周之，康熙帝8岁当上皇帝，14岁亲政，16岁清除了专横跋扈的大臣鳌拜。这些虽然与他的祖母孝庄太皇太后的帮助分不开，但也反映了这个少年皇帝的聪明和才智。后来，他又平定了"三藩之乱"，和俄国签订了《尼布楚条约》，平定了准噶尔部首领噶尔丹的叛乱，妥善安置了喀尔喀蒙古。他还多次出巡，下令根治黄河，发展农业生产。在勤政之外，他还认真学习，精通天文、历法、数学等自然科学。在封建帝王中，他实在是个了不起的人物。但是，到晚年的时候康熙帝却因为皇位继承人问题陷入了深深的痛苦之中。

康熙帝一生共生有 35 个儿子、20 个女儿。除了早夭的外，叙齿排行的儿子有 24 人，到康熙帝去世时，他们的年龄分别如下——

  皇长子胤禔   50 周岁

  废太子胤礽   48 周岁

  皇三子胤祉   45 周岁

  皇四子胤禛   44 周岁

  皇五子胤祺   43 周岁

  皇六子胤祚   42 周岁

  皇七子胤祐   42 周岁

  皇八子胤禩   41 周岁

  皇九子胤禟   39 周岁

  皇十子胤䄉   39 周岁

  皇十一子胤禌 37 周岁

  皇十二子胤祹 37 周岁

  皇十三子胤祥 36 周岁

  皇十四子胤禵 34 周岁

  皇十五子胤禑 29 周岁

皇十六子胤禄　　27 周岁

皇十七子胤礼　　25 周岁

皇十八子胤祄　　21 周岁

皇十九子胤禝　　20 周岁

皇二十子胤祎　　16 周岁

皇二十一子胤禧　　11 周岁

皇二十二子胤祜　　10 周岁

皇二十三子胤祁　　9 周岁

皇二十四子胤祕　　6 周岁

在康熙帝的后妃中，孝诚仁皇后赫舍里氏门庭显贵，是领侍卫内大臣噶布喇的女儿，也是大臣索额图的侄女儿。康熙四年（1665 年）七月，她被册立为皇后；康熙十三年（1674 年）五月初三，生皇二子胤礽的当天就去世了，年仅 22 岁。康熙对胤礽特别怜爱，在胤礽一岁零七个月的时候，就正式立他为太子了。为了好好培养这个未来的皇帝，康熙皇帝对胤礽进行了认真的教育。他亲自教胤礽识字，还请了一些有学问的人做胤礽的老师。太子刚长到几岁，康熙帝就请了汤斌与耿介两个当詹事府的詹事与少詹事，专门辅助太子的成长。

胤礽在青少年的时候并没有辜负康熙帝的期望，在康熙帝的 24 个皇子中，他的确比较出类拔萃。他精通满、汉文，骑马射箭的本领也不错。那时，康熙对胤礽的期望值相当高，也对他十分信任。康熙三十五年（1696 年），康熙帝第二次亲征噶尔丹时，他让胤礽留守京师，并授权让他处理各部院的奏章。结果胤礽表现十分出色，很好地完成了父皇交给的各项使命。康熙三十六年（1697 年），康熙帝第三次亲征噶尔丹，再次把留守京师的重任交给了胤礽。可是，这一次胤礽却没有像上次一样圆满地完成使命。胤礽在行使职权时犯了较大的过失，使康熙帝感到十分恼火。主要有三个方面的事情：第一方面是胤礽因故动手打了平郡王讷尔素、贝勒海善、镇国公普奇，这与康熙帝对王公大臣们的宽厚仁慈作风相违背。第二方面是胤礽派人抢了蒙古王公进贡的驼马，损害了蒙古王公对清政府的感情，也不符合康熙帝对蒙古各部的政策。第三方面是胤礽对他奶妈的丈夫，即内务府总管凌普，向属下人随意敲诈勒索的行为采取放纵的态度。

不过，康熙帝认为，这还没有到废胤礽太子之位的地步，只是对他进行了教育，依然保留了他的太子地位。康熙四十七年（1708年）八月，康熙帝外出打猎，途中第十八子胤祄因病被困在一个叫拜昂阿的地方，当时他还只有8岁。狩猎完毕后，康熙帝要胤礽随他一起去看胤祄。可是，细心的康熙帝却发现，胤礽对他的小弟弟漠不关心，连句问候的话都没有，明显缺乏兄弟情谊。康熙帝还发现胤礽一个不好的习惯，每到晚上的时候，胤礽总要到他的帐篷外，隔缝观看。这自然引起了康熙帝的不满和猜疑。当时康熙帝想，是不是胤礽想夺位。康熙帝也提醒过胤礽，但胤礽并没有太重视，依然我行我素。看到胤礽毫无改过自新的样子，康熙帝经过激烈的思想斗争后，决定重新考虑太子的废立。

九月十六日这天，在一个叫布尔哈苏台的地方，康熙帝把诸王、大臣们召集到一起，当众宣布了胤礽的罪状。当时康熙一边说一边哭，还没有说完就当场昏倒了。这天，康熙帝废掉了胤礽的太子之位。

胤礽被废除太子之位，也并非只有以上原因，还有一个重要原因，那就是受明珠的冤害。在康熙帝公布的罪状中，有一条说胤礽想为索额图报仇。

　　索额图原来是保和殿大学士、侍卫内大臣，与太子胤礽有密切的交往。康熙四十二年（1703年）五月，索额图因随便议论国事的罪名被逮捕，不久后便死在牢房里。而明珠在康熙帝面前却说太子胤礽为索额图鸣不平，使得康熙帝怀疑胤礽想为索额图报仇。由于明珠出此一招，不仅加速了废除胤礽太子之位，索额图的两个儿子格尔芬与阿尔吉善，以及胤礽的两个侍从官哈什太与萨尔邦阿，也都被砍了头。

　　明珠是何许人士？他又为何能左右皇帝，对太子胤礽产生如此大的影响呢？明珠原来是叶赫部牛录额真尼雅哈的儿子。他年少时在皇宫中当侍卫，年龄比康熙帝大几岁，与康熙帝的关系十分密切，长大以后得到康熙帝的重用，先后任过内务府总管、弘文院学士、刑部尚书、都察院左都御史兼经筵讲官、户部尚书。在对待吴三桂等三藩问题上，明珠支持康熙帝。康熙十六年（1677年），明珠被提拔为武英殿大学士。后来，明珠取代了索额图，任内大臣，兼议政大臣。再后来，他又当上了领侍卫内大臣。明珠徇私受贿，卖官捞钱，是一个名副其实的贪官。他甚至控制了左都御史以下的六科给事中等言官，对康熙帝封锁消息，规定凡是这些言官给康熙帝的奏章，他都要事先看看草稿。明珠的这种做法，后来被人告发，他才被免去大学士职务。可是不久后，他又当上了内大臣。

　　太子被废后，康熙帝让长子胤禔看管胤礽。康熙帝一行返回北京城后，他觉得让胤禔一个人看管胤礽不合适，于是又加派了皇帝四子胤禛（后雍正皇帝）。当时胤禛只是个贝子爵衔，没有多高的地位。长子胤禔一直认为自己立太子的可能性不大，于是就在胤礽身上撒气。他找了一个喇嘛，天天搞邪术诅咒胤礽，还在康熙帝面前说："皇八子胤禩有帝王相，应立为太子。皇上如果要杀胤礽，不必亲自动手，有人愿做这件事。"当时，康熙帝听了十分生气，立即下令把胤禔也关了起来。皇八子胤禩是个比较能干的人，并且和明珠的关系较好。明珠经常在康熙面前说胤禩的好话，后来康熙真让胤禩代理内务府总管。但是，没过多久，康熙帝看出胤禩是个一心想谋害胤礽的人，于是又把他免职并关了起来，且革去了他的贝勒爵位，和他有关系的一些人也都被凌迟处死。

康熙帝在惩罚了自己的三个儿子以后，心中自然不高兴。不久，他又不得不释放了胤礽，叫他住在咸安宫，同时也恢复了胤禩的贝勒爵位，但胤禔的运气就没有那么好。

康熙四十八年（1709年）三月初十，胤礽被重新立为太子。但是，胤礽并没有把握住机会，三年后的康熙五十一年（1712年）九月三十日，他又被废了太子之位。康熙帝再次把胤礽幽禁在咸安宫，不许他外出，也不许他与别人往来。康熙帝决定再也不重新立胤礽为太子了。可是谁能成为太子的继承者呢，这也成为康熙帝晚年最为烦恼而且始终没有能够解决的问题。

在康熙的24个皇子中，大体上可以分为三派：

第一派以皇二子胤礽为首，皇三子胤祉是他的同伙。很明显，胤礽被废，胤祉也没有机会继承皇位。

第二派以皇四子胤禛为首，皇十三子胤祥、皇十七子胤礼与他是同一伙的。胤祥是敬敏贵妃所生，胤礼是纯裕勤妃陈氏所生。这一派里面，不管是谁，康熙帝都从来没有想过立他们之中的一个为太子。

第三派以皇八子胤禩为首，他的同伙是皇长子胤禔、皇九子胤禟、皇十子胤䄉、皇十四子胤禵。胤禩、胤禔不可能当太子了，而胤禟则是宜妃郭络罗氏所生，胤䄉为温僖贵妃钮祜禄氏所生，他们似乎也没有引起康熙皇帝的注意。如此说来，胤禵极有可能接替胤礽当上太子。

胤禵是皇四子胤禛的同母弟弟。康熙五十七年（1718年）冬天，他被任命为抚远大将军，主持西北地区军务达4年之久，当时被认为是康熙帝最中意的皇位继承人。康熙帝也曾对西北地区的蒙古族首领说过，大将军王是我皇子，确系良将，带领大军，朕知有带兵才能，故令掌生杀重任。尔等或军务，或巨细事务，均应谨遵大将军王指示。不难看出，这是康熙帝在有意培养胤禵，以便以后水到渠成地立为太子。而康熙六十一年（1722年）十一月十三日这天却发生了意外，当上皇帝的却是当时并未被人看好的皇四子胤禛。

不过，在历史上关于康熙死亡原因有多种说法。

一种是自然病亡说。这只是康熙帝众多死因之说中的一种。《皇清通志纲要》中说：十一月初十，"上幸南苑，不豫，回畅春园，十三日甲午戌刻，上升遐"。列为当今高等学校文科教学参考书的《中国历史大事编年》基本上也持这种说法。

一种是突然暴亡说。《清圣祖实录》说，康熙帝于六十一年十月二十一日赴南苑打猎，十一月初七，龙体欠佳，于是返回畅春园。初九，令皇四子胤禛代他到南郊行冬至祭天大礼。初十到十二日，胤禛每天派太监和亲军到畅春园向父皇问安，可是都说，"朕体稍愈"。也就是说，康熙帝的病在一天天好起来。可是，十三日，却突然传来消息，康熙帝死于寝宫。

还有一种就是现代人们所演绎的毒害说。

虽然我们今天无法确定康熙帝到底是怎么死的，但对于以上三种说法，我们都无法否定。从上文的分析来看，毒害说也并不是不可能的。

康熙六十一年（1722年）十一月初七，康熙帝由南苑回到畅春园。第二天，就得了轻微的感冒，在当天就好了。为了在冬至（十五日）这天举行大祀，康熙帝决定从初十开始，到十四日止，在这里好好休养五天。他还向大臣们说了，在这五天里，无论发生什么事情，都不要向他报告。就这样，康熙帝为休养，不处理政事，也不让皇子们在他身边，更不让文武百官前去打扰，一时间处于和外界完全隔绝的状态。而早在心里就有夺皇位野心的皇四子胤禛及时抓住了这一机会，串通好了当时负责整个京师守卫的禁卫军步军统领隆科多，还结交了年羹尧。

胤禛为何要找隆科多？一是因为隆科多是步军统领，手里有大量的禁卫军，位高权重。还有一个原因就是隆科多与康熙帝关系不一般，非等闲之辈，他所说的话极具权威性，也能镇服各皇子。

隆科多，满洲镶黄旗人，是与清王室联姻的佟佳氏家族的成员。他的姑姑是康熙皇帝的生母孝康章皇后，他的姐姐是康熙皇帝的第三任皇后，他的父亲是一等公佟国维，被康熙帝尊称为舅舅。

隆科多是佟国维的第三个儿子。由于他本人的条件非常出众,健壮英武,武艺高强,康熙二十七年(1688年),他以贵胄的身份选充侍卫亲军,被授予一等侍卫。隆科多为人豪爽,广交朋友,因此在侍卫中威望极高。

康熙三十二年(1693年),隆科多由一等侍卫调任负责皇帝仪卫的銮仪卫銮仪使。两年后,皇帝又命他兼任镶白旗汉军副都统。康熙四十三年(1704年),隆科多就已经迁任上三旗正黄旗蒙古副都统。正当隆科多仕途通达、一帆风顺的时候,却出了点意外,康熙四十四年(1705年),他的部下违法犯罪,激怒了康熙皇帝,皇帝责备他不踏实做事,纵容手下人胆大妄为,于是罢革他副都统和銮仪使职务,命他仍在一等侍卫上行走。隆科多在这个位置上一待就是六年,这六年里他还算是守规矩,再次给康熙帝留下了较好的印象。这样他也为自己的再次升任赢得了机会。康熙五十年(1711年),隆科多被任命为提督九门步军巡捕三营统领,即步军统领,又叫九门提督,主要负责京师各座城门和治安事务。这是一个相当重要的位置,一般的人是得不到这个位置的。康熙五十九年(1720年),隆科多又兼任起理藩院尚书。特别是康熙六十一年(1722年)十一月,康熙帝病情恶化后,康熙帝对隆科多授以重任,授命他以皇亲贵戚和京师九门提督、理藩院尚书等多重身份,统领京师禁军,负责京师和皇城禁卫,尤其是亲领宫禁和行宫畅春园警卫。

十一月十二日晚,经过缜密预谋后,隆科多严密控制了畅春园。十三日,康熙帝病情恶化,急召在南郊代行祀天礼的皇四子胤禛从斋所速回畅春园,接着急召了皇三子胤祉、皇八子胤禩、皇九子胤禟、皇十子胤䄉、皇十二子胤祹、皇十三子胤祥。隆科多作为康熙帝信赖的大臣，也被急宣入内，列在御榻之前。这时，奉旨前来御榻前的皇子们全被隆科多的禁卫军挡在宫殿外。皇子们还没有进去，里面就传出康熙帝驾崩的消息，隆科多宣读遗诏，传皇位给皇四子胤禛，胤禛当时就登基。

  但历史上也有一种说法，说是十二日晚，隆科多在康熙帝的食物中投放了致命的毒药。药性发作后，康熙帝虽然没有立即死亡，但已经处于深度昏迷之中，这时隆科多一方面严密封锁消息，一方面又假传康熙帝圣旨，把皇子们急忙召到畅春园，告诉他们康熙帝已经病危。皇子们立即参加了对康熙帝的照料和抢救工作，实际上他们已经处于被隆科多变相软禁的状态中，失去了自由，也不能纠集亲信，组织自己的力量。与此同时，胤禛抓紧时间，在京城内外布置好了自己的应变军队，等到一切安排妥当之后，才从容不迫地最后一个来到畅春园。隆科多在康熙帝停止呼吸以后，当着众皇子们的面，口头宣布捏造的康熙帝的遗诏，把皇位传给了皇四子胤禛。

  当然，这只是一种传说，是真是假，我们无从考证。

  雍正皇帝胤禛能当上皇帝，在内得到了隆科多的支持，在外得到了暗中牵制皇十四子胤禵的年羹尧的帮助。所以，雍正帝对这两位将军自然是感恩戴德。登基后，雍正帝立即重重奖励他们二人。

  隆科多以负责京师九门守卫和亲领畅春园警卫而拥皇四子即皇帝位，自己进而位极人臣，但他万万没有想到，这种荣宠仅仅维持了五年多，五年多后，他竟然惨死在畅春园内。

  雍正皇帝是位严厉、多疑且毫不心慈手软的人物，他像历朝历代皇帝那样，最恨朝臣结党营私。当上皇帝不久，他就着手加强皇权，大力削除诸王权力和势力，无情地打击和消灭朝廷重臣的朋党集团。雍正皇帝也多次提出过警告，严禁朋党门户，还曾下诏指出："朋党最为恶习，明季各立门户、互相陷害，此风至今未息"，"此朋党之习，尔诸大臣有则痛改前非，无则永以为戒"。可惜通达人情世故、熟谙权术的隆科多没有引起警觉，依然沉醉于拥立首功之中，作威作福，贪污受贿，放纵子弟和亲从胡作非为，结果自然是把雍正皇帝惹怒了。

雍正三年（1725年），雍正帝下旨剥夺了隆科多的兵权，解除了他步军统领的职务。隆科多的第二个儿子玉柱原任禁卫军銮仪使，因行为恶劣，雍正帝也把他的官位免除，交给隆科多管束。这只不过是悲剧的开始。随后，雍正帝又下令收缴了隆科多拥立之功得到的所有荣誉和赏赐品。这年五月，雍正帝下令削夺隆科多太保及一等阿达哈哈番世职，发遣到阿兰善等处修城垦地。隆科多在禁卫军的押解下，赴阿兰善等处修城当苦差，垦荒种地，苦不堪言。雍正五年（1727年）闰三月，宗人府告发隆科多私藏《玉牒》善本。《玉牒》本来是皇家宗谱，神圣之物，明确规定"除宗人府衙门，外人不得私看，虽有公事应看者，应具奏前，敬捧阅看"。在当时，私藏《玉牒》就是犯大不敬之罪。对隆科多有成见的雍正帝抓住此事大做文章，把他革去一等公爵位，并令诸大臣对其议罪。诸王、大臣奉命罗列隆科多罪名，大罪洋洋洒洒共有41款之多，其中：大不敬之罪就有五款，欺罔之罪四款，紊乱朝政之罪三款，奸党之罪六款，不法之罪七款，贪婪之罪十六款。

按照诸王、大臣议奏，隆科多罪当立斩。但雍正帝还是念拥立旧情而没有杀隆科多的头。雍正特地在畅春园外造屋三间，将他永远禁锢。与此同时,将隆科多大儿子岳兴阿革职,第二个儿子玉柱发配到黑龙江当差。

雍正六年(1728年)六月,隆科多在畅春园外禁锢之舍中郁郁死去。

2. 天理教徒袭击皇宫

嘉庆十七年(1812年)正月,各地人民还沉浸在春节的喜庆气氛中,一个叫林清的直隶(今河北)人秘密来到河南滑县道口镇,与一个叫李文成的木匠会面。他们商定在来年的九月十五日午时,八方同时举行起义,由林清攻占北京,李文成率众北上,派一千名精兵化装成商贩,于九月十五日赶到北京,支援林清攻打皇宫。

为何定在嘉庆十八年(1813年)九月十五日?这还得从嘉庆十六年(1811年)说起。当年天理教组织"八卦九宫,林李共掌"。正好这年八月,"彗星出西北方"。李文成认为,这是"天意","星射紫薇垣,主兵象。应在酉之年、戌之月、寅之日、午之时"起来造反。这一时刻正好是嘉庆十八年(1813年)九月十五日午时。这个建议,在这次河南滑县道口镇首领会议上得到了确认。后来,李文成一再叮嘱林清,届时,一定要等滑县援兵赶到后才能动手。

一场袭击皇宫之战正在孕育之中。

林清和李文成是何许人也?他们就是清朝有名的天理教首领,他们领导了被嘉庆皇帝称之为"自古以来未有之奇变"的事件。

天理教是白莲教的一支,也叫八卦教,是嘉庆期间民间秘密宗教中影响较大的一个教派。在京郊的天理教以农民和手工业者为骨干，城里的奴仆、雇工、小贩和店员，甚至还有下层的太监和贫苦的旗人也参加了这个组织。天理教具有广泛的社会基础，几乎包括了各个劳动者阶层。从这里我们不难看出，当时社会已经相当腐朽，人民过着相当艰苦的生活。林清为直隶（今河北）大兴县黄村宋家庄人，是北京天理教的首领，也是天理教的天皇。林清小的时候当过药铺的学徒，打过更，后来在衙署里当过差役，曾有一段时间住在北京西城灵境胡同的灵济宫里。那时候，他常去灵济宫北边的西安门买卖鹌鹑的小市上，化装成卖鹌鹑的小贩。当时，有许多清宫里的太监常来小市买鹌鹑回去"斗鹌鹑"（一种赌博方式），林清通过这种方式渐渐熟悉了一些下层的太监，并在他们当中发展教众，成为后来进攻紫禁城的内应。与此同时，林清还以家乡大兴县黄村为基地，在农民当中秘密发展教众，积聚力量。由于教众当中也有少量小地主和下层官吏，故他们入教要缴纳"根基钱"，并造册登记，许诺起义成功后，偿以地亩官职。天理教的另一个首领是李文成，河南滑县人，是天理教的人皇。

林清自从正月与李文成会面后，他后来又往返河南几次，互相商量通气。林清回到北京后，立即组织了一支140人的突击队，并安排了宫中太监的接应工作，还发动了旗人参加斗争，作好了进攻皇宫的部署。如此一来，参加斗争的不仅只有汉人，还有满人。

嘉庆十八年（1813年）七月，嘉庆帝去木兰行围，北京城内的大批侍卫亲兵都随驾出京了。清宫空虚，形势对起义农民非常有利。林清果断决定按计划进行。

嘉庆十八年（1813年）九月十五日中午，原来宁静的皇宫一下子变得喧哗起来。200名天理教徒，头裹着白布，兵分两路，像突然从地下冒出来的一样，出现在东华门、西华门外，并由这两处杀入紫禁城。冲进东华门的天理教徒由陈爽率领，刘呈祥随后，太监刘得才、刘金接应引路；冲进西华门的天理教徒由陈文魁率领，刘永泰随后，太监张太、高广幅接应引路。教徒们挥舞着钢刀，举着"大明顺天""顺天保民"的旗帜，杀声震天，十分勇敢。

原来天理教徒都乔装打扮了一番，并以白布裹首为号，陆续潜伏在紫禁城东华门、西华门外，只等时间一到，宫内的太监一接应，他们就夺门而入。

守卫在皇宫的清中央禁卫军猝不及防，惊慌失措。这主要是两个方面的原因造成的：一是天理教徒速度迅猛，二是皇宫内空虚。而调动守在外围的部队毕竟还需要一些时间。

其实，在前一天，这200名天理教徒就已经在林清的安排下，化装成商贩，由宣武门潜入北京城内，他们以白布裹首为标志，分别集结在菜市口、珠市口、前门、鲜鱼口等地方，只等时间一到，就在太监的接应下向皇宫发起攻击。不过，天理教徒们行动的保密工作并非做得十分完美。天理教徒祝现参与天理教活动的情况，早就被他的族人、在豫王府当差的祝海庆察觉，就连天理教准备在九月十五日起义的绝密计划，也在一个星期之前被祝海庆所掌握。当时，祝海庆知道这个情况后，连夜赶赴北京城，把这个惊天动地的消息秘密告诉了禁卫军中的佐领善贵、参领伊精阿、护卫拜绷阿三个人。听了这个消息后，拜绷阿表示怀疑消息的真实性，但他觉得如此非同小可的情报绝不能隐而不报，于是在左思右想后把这个消息上报了豫王裕丰。王爷裕丰并没有将此消息当回事儿，说是要等查明后再办。这一查不要紧，这份重要的情报就这样被他搁置起来了。几天后，卢沟桥的巡检对在辖区内的林清等人起事情况也有所察觉，他们及时上报了宛平县县令，县令已经准备抓捕林清等人，但不知什么原因，他既没有向上级报告，也没有动手抓人。当时，素有"九门提督"之称的步军统领吉伦早就从营员举报中知道林清等人可能起事的情报，可是这位步军统领却不是一位称职的统领，保卫皇城本是他的份内之事，他却为摆脱干系，借口前往白涧迎接皇上，率领步军营的一队骑马侍从匆匆奔出左都门。这时，有一名士兵上前拉住他的轿子，悄悄地对他说："都中情形大有叵测，尚书请留。"然而，吉伦却装着一本正经的样子说："近日太平乃尔，尔作此疯语耶。"说完，马车便匆匆离开了北京城。

　　从东华门进行攻击的天理教徒，来到东华门时，宫门半开着，有许多人正往里面运煤，由于起义军攻城心切，争着进入门内，与卖煤人发生了争执，露出了暗藏的武器，守门的亲军察觉后立即将门关闭，这样一来，攻击东华门的天理教徒大部分没有进入东华门，只有五六人冲入。冲入东华门的天理教徒虽然人少，但他们却十分顽强地打到了景运门（内廷东门），杀死了不少清廷护军。而没有攻入东华门的教徒们，见门卫森严，各自逃回。

　　攻打西华门的天理教徒在太监的引导下，80余人全部攻入了西华门。他们打着"大明顺天""顺天保明"的白旗，登上紫禁城的城墙。战斗进行得非常激烈，他们连续攻进文颖馆、造办处和内膳房，直抵养心殿和中正殿，在隆宗门与清廷护卫军展开了争夺宫门的激战。现在我们参观故宫博物馆时，看到的隆宗门匾额上的箭头，据说就是这次激烈战斗留下的遗物。

这时，从北京城逃回大兴的教徒向林清汇报"禁城有备不能攻"时，林清并没有采取应变措施，仍静待河南援军。然而，河南天理教徒已经有变，只是林清不知情而已。

在天理教徒攻击皇宫之前，李文成命牛亮臣率几百名教徒在滑县山区悄悄地制造武器，被滑县老安司巡检刘斌发觉。被捕的铁匠受不住皮肉之苦，很快就供出了实情。滑县县令强克捷迅速将此事密报卫辉府知府和河南巡抚。然而，两级知府只认为这只是一般性的地方盗匪，没有作出什么反应。但滑县县令强克捷认为这件事不同寻常，于是他派衙役逮捕了李文成和牛亮臣。衙役对李文成和牛亮臣两人进行了严刑拷打，他们两人屁股都被打烂、脚胫被夹断，但并没有吐露秘密。强克捷无奈，只得把他们押解到河南巡抚正法。这个消息传开后，李文成的徒弟黄兴宰、黄兴相等人被迫提前造反，于九月七日率3000多名教徒冲进了滑县县衙，杀死了县令强克捷，救出了李文成和牛亮臣，占领了滑县县城。秋狩木兰之后，正从承德避暑山庄返回京城的嘉庆帝得知此消息后，大惊失声，当天连发几道上谕，调兵遣将，进行围剿和堵截。因此，北上驰援的天理教徒遭到了清军的拦阻，使北上驰援的计划落空。

九月十四日下午，正黄旗汉军曹福昌向林清提供了一个重要情报：嘉庆帝将于十七日返抵白涧，按照惯例，北京城内留驻的大臣们都必须前往迎接，到时北京城内空虚，正是发兵造反的大好时机。可是林清却认为九月十五日这个造反日期是"天定"的，不能随意更改，加之林清对滑县发生的变故一无所知，他决定仍按原计划发动起义。

这时，有一位作内应的太监站出来说：紫禁城太小，派太多的人马杀进去反而施展不开，况且天理教徒人人身怀神术，还是少派些人马为好。林清听了觉得有理，于是决定只派200人进攻紫禁城。

现在，在隆宗门外大败清军的部分天理教徒，已经从门外廊爬上了皇宫大内的高墙。这道障碍一旦突破，后果将不堪设想，紫禁城将成为造反者的天下。这时，正在上书房读书的皇子们获悉了这个消息，顿时一片惊慌。同时，得知这一消息的宫中诸王大臣惊愕无策，有的甚至准备逃跑。当时31岁的皇次子旻宁（即后来的道光帝）很快就镇定下来了，急忙命令太监取来鸟枪、腰刀等武器，冲出书房迎击天理教徒。

正当旻宁冲出书房时，发现两名天理教徒已经爬上了养心殿墙头，正准备朝这边冲来。旻宁不觉出了一身冷汗。他镇定地在养心殿台阶下举起鸟枪，瞄准墙头的教徒，首发打死一人，再发又打死一人。两个朝这边冲来的天理教徒都被旻宁打死。

无疑，皇次子旻宁过人的胆魄和过硬的军事技能，为这场皇宫保卫战赢得了宝贵的时间，他也成了这场保卫战中的核心指挥人物。随后，旻宁还发布了数道命令：一是火速将皇宫事变奏报尚在京外的嘉庆帝；二是关闭紫禁城的四座城门，并命令健锐营和火器营两个清中央禁卫军中的特种部队进宫；三是安慰居住储秀宫的皇母，并派皇三子绵恺保护她，要求他不离皇母半步；四是亲自率亲军到西长街一带访查；五是派谙达侍卫到储秀宫东长街巡查警卫，以防不测。

天理教徒进攻受挫后，决定发动火攻，欲焚烧禁闭的隆宗门。这时，留守京城的仪亲王永璇等人，带领健锐营、火器营1000余人，从神武门陆续开进宫内，把紫禁城围得跟铁桶一般。健锐营是清中央禁卫军中专门习云梯的特种部队，火器营是清中央禁卫军中专司枪炮火器的部队。天理教徒已经是插翅难飞了，他们被迫退到武英殿外，最后被清禁卫军全部杀死。

清中央禁卫军从陈爽等人口中得知林清在黄村后，立即派出大量部队包围黄村，他们把黄村包围得严严实实。第二天黎明的时候，清亲军将林清抓住。

九月十六日，嘉庆帝正在护军营的保护下向白涧行宫行进。突然，宫中亲军送来旻宁等人的飞报。嘉庆皇帝被突如其来的宫廷变故惊得目瞪口呆。他怎么也没有想到，自己东巡秋狩木兰后，宫中禁卫军立即松弛下来，为天理教徒杀入禁宫提供了良好的机会。他立即嘉奖旻宁，并将他封为智亲王，同时他所持有的那杆枪也大大沾光，加封为"威烈"。嘉庆帝觉得表彰还没有到位，后来他又当着诸王大臣的面褒奖旻宁，夸他"忠孝兼备，岂容稍靳恩施"。旻宁谢恩，并十分谦虚地说，当时"事在仓猝，又无御贼之人，势不由己。事后，愈思愈恐"。

九月十九日，嘉庆帝回到宫中，并在南海瀛台亲自审问了这位天理教首领。

九月二十三日，清亲军将林清杀害。至此，天理教武装起义袭击皇宫宣告失败。

3. 抵御太平军进逼京畿

咸丰元年（1851年），咸丰帝刚刚登基，清朝就发生了一场惊天动地的大事。在广西桂平县金田爆发了一场历史上极其罕见的农民起义。它在历史上被称为金田起义,建号太平天国,军队被称为太平军。这次起义战争历时10多年,纵横18省,规模十分浩大,战斗也十分激烈,斗争水平十分高超,这是中国封建社会农民起义战争的最高峰。

太平天国的领袖建都金陵后,率领部队北伐和西征。大约在咸丰三年（1853年）三月,东王杨秀清命令镇守扬州的天官副丞相林凤祥、地官正丞相李开芳,带领部分部队回到天京（今江苏南京）,领受"扫北"任务后,于四月会齐春官副丞相吉文元等人的部队,共9个军的番号,约2万余人,从天京出发,开始向清王朝的统治中心直隶进军。

太平军的目的十分明确,他们最终的目标就是直指皇城北京。

咸丰三年（1853年）四月的一天,杨秀清在给带领北伐军征战的林凤祥、李开芳的一份诰谕中说道:"尔等奉命出师,官居极品,统握兵权,务宜身先士卒,格外放胆灵变,赶紧行事,共享太平……谕到之日,尔等速急统兵起行,不必悬望。"（《太平天国文书汇编》第175页）从此,可以看出太平军北伐的目的。

其实早在咸丰二年（1852年）年底,清政府已感到事态严重,但为了不影响民心,清廷千方百计地封锁消息。但纸是包不住火的,清军的败绩依然不胫而走。各种各样的传言在北京城内流传,如太平军进军长江流域了,太平军攻克武汉了,太平军攻占天京（今江苏南京）了,太平军快到北京了等。

消息传来,北京城内一片惶恐。钱店关闭,市场萧条,京官们、富商们纷纷携妻带子逃离北京城。据咸丰四年（1854年）二月，巡城御史凤保在一份报告中记载："自今春以来，京官之告假出都，富民之挈家外徙，总计不下三万家矣。各街巷十室九空，户口日减，即如北城，向来烟户最繁，臣等查上年北城现户仅八千有余。一城如此，五城可知。"（《太平天国资料丛编简编》第5册，第348页，中华书局1962年版）

清廷在惊恐、慌乱之余，部署禁卫军不断加强北京城的防务，以抵御北伐军的进攻。当太平军北伐军挥师北上之后，京城就已经岌岌可危了。咸丰帝谕令京师各旗营兵勤加训练，并在各城门外及官厅旁设立栅栏，缉拿北伐军密探。同时，又紧急抽调察尔马队官兵4000名，马匹5000来京；调哲里木、卓索图、昭乌达东三盟蒙古兵各1000名，在热河围场听候调遣；调盛京（今沈阳）步兵3000名、吉林马队2000名奔赴天津，拱卫京师。为了加强京师防务，咸丰帝不仅调兵遣将，全力加强北京防务，还渐渐形成了对抗北伐军的京师防御体系，其中重要的一环当属京师巡防处的设立。特别是重用了咸丰帝叔叔辈的绵愉，绵愉是嘉庆帝的皇五子，是一个不可多得的大臣。

咸丰三年（1853年）五月十八日，咸丰帝发出上谕：著派御前大臣科尔沁郡王僧格林沁、步军统领花沙纳、右翼总兵达洪阿、军机大臣内阁学士穆荫，专门负责京城的防务。

五月十九日，咸丰帝又起用了已革大学士赛尚阿襄办防务。

九月初七，咸丰帝谕令惠亲王绵愉"总理巡防事宜"（《清实录》第41册，第588页）。

此时，巡防大臣们也立即着手制定巡防章程、增兵筹饷、调集军械、构筑工事、严密巡查，并侦探北伐军行踪。由于北方精兵都陆续来到了北京附近，故咸丰帝认为必须有一个德高望重，且具有丰富经验的大臣来当大将军。无疑，惠亲王绵愉走进了咸丰帝的视线，于是咸丰帝授惠亲王绵愉为奉命大将军，科尔沁郡王僧格林沁为参赞大臣，命"恭亲王奕䜣、定郡王载铨、内大臣壁昌会办巡防"（《清史稿·文宗本纪》第4册，第727页）。

咸丰三年（1853年）十月初五，经绵愉等巡防大臣奏准，正式设立了京师巡防处，并命令原派巡防王大臣花沙纳、达洪阿、穆荫等人专门负责办理。京师巡防处的任务主要有两个：一是加强对北京民众的严密控制，二是有效地组织对北伐军的抵御和进剿。京师巡防处还议定了《京城巡防章程》，规定了12条严密防范的措施：（一）查获奸匪，以军法从事，容留者同罪，获犯弁兵升赏；（二）住户铺户，五家互保，不得容留罪人；（三）饬地方官驱逐娼赌；（四）严缉私造火器火药，加等治罪；（五）夜犯加重惩治；（六）起更后不准售卖物件；（七）严禁酗酒滋事；（八）无赖之徒，讹诈抢夺，照棍徒律发遣；（九）民人斗殴，加等科罪，弁兵参革；（十）严禁米石出城；（十一）士宦商民，不得无故迁徙；（十二）谣言惑众，严拿治罪。

为了确保京师的绝对安全，巡防处调集了援军层层设防，在近畿的天津、通州、宝坻、霸州、固安、良乡、卢沟桥、磨石口、马驹桥、密云等处层层设置重兵。北京各城门的戒备更是达到了空前的森严。经过部署，北京内城、外城安设了大小铜炮1830尊，其中仅西直、广安两座城门上，就设有大小炮位258处，还准备了大量的铝铁炮、抬枪、鸟枪、弹药等。同时，内城的9个门都添设了士兵守卫：东面的东直门、朝阳门，驻有兵丁3583名；南面崇文门、正阳门、宣武门，驻有兵丁4067名；西面的西直门、阜成门，驻有兵丁3797名；北面的德胜门、安定门，驻有兵丁5708名。紫禁城各门以及各处街道，更是增加了大量的护军。外城的7座门，即东便门、广渠门、左安门、永定门、右安门、广安门、西便门，也配备了6600名兵丁把守。

以惠亲王绵愉为首的巡防诸大臣坐镇北京城内，在层层设防、严密控制北京城的同时，不断派出大量八旗兵和步军统领衙门官兵搜集情报，及时掌握了北伐军驻地、兵额、进军方向等情报，指挥各路精兵对北伐军实行围追堵截。

虽然清廷已经动用了所有的禁卫军，以及外调了不少部队补充京师，但太平军还是不断派遣坐探到固安、通州，甚至潜入北京城内。他们收集军事情报，并作为将来攻城的内应。根据当时的文书档案记载，在两军对峙期间，巡防处审理的北伐军嫌疑犯案件多达300起，监禁和被害的人有700多名。这只不过是清廷公布的保守数字，实际数字不知要超过这个记载数的多少倍。

咸丰三年（1853年）二月，步军统领衙门抓捕了太平军可疑人员。经过逼问，那个太平军说，太平军的坐探三五成群陆续来到了北京。10天后，步军统领衙门又在白云观抓获一名正在探听消息的北伐军坐探。十一月十五日，步军统领衙门在宣武门外的菜市口抓获了一名太平军密探。经过拷问，其供出了一些实情：他于十月初的时候就同李四儿、王贵子两人来到北京，从广安门进到北京城，然后来到菜市口，由于没有找到住处，他们四处流浪。

后来，又有数名太平军坐探来到北京。祁州人王大，奉命到北京城内正阳门外租房，以备大司马陈初进京居住。他在广安门外被禁卫军发觉。天津人邢海山，是在湖北参加太平军的，后来随太平军打到杨柳青，并先后两次到北京城内探听消息。京师巡防处发现了他，将他逮捕并杀害了。通州人杨明，原来是香山正红旗火药库的更夫，曾经在僧格林沁驻王庆坨营服役，后来投了太平军。他也参加过杨柳青战斗，由于作战勇敢，取得了上级的信任。一天，他又奉命同几位太平军一起去香山抢火药，由于事情泄漏被捕，参加抢火药的全体太平军都被清禁卫军杀害。

由于京城防守严密，北伐军的坐探人员屡遭逮捕，以致太平军的潜伏、内应计划难以实现，但是，太平军这样频繁的派遣活动，必然牵动清朝最高统治者的神经，造成统治中枢极大震动。

这支由林凤祥、李开芳率领的北伐军在京畿直隶地区转战大概有一年多，但由于孤军深入，援兵难济，他们的兵力还是很难和清军相抗，结果是寡不众敌。

咸丰五年（1855年）一月十九日，僧格林沁攻陷了直隶东光县东连镇，北伐军受到重创。北伐军主将靖胡侯林凤祥受了重伤，并被僧格林沁抓住，押到京师。清廷把林凤祥当作重犯，又把他当作一件胜利品。刚开始的时候，林凤祥被押到了巡防处，后来又转到了刑部。当时，北京城的许多市民都来看热闹，想看看这个北伐军的首领到底长得啥模样。八天之后，也就是一月二十七日，北京城内人流涌动，人们纷纷奔向宣武门外的刑场。没多久，由禁卫军重兵把守、被关在囚车上的林凤祥来到了。虽然在东连镇的那场战斗中，林凤祥受了重伤，但是人们根本就看不出他是一个重伤者。只见他站得挺直，两眼直视前方。马上就要动刑了，但林凤祥没有显示出丝毫的畏惧，行刑者手中的刀砍在林凤祥的身上，但直到死去，林凤祥都没有叫出一声。北京城的居民们亲眼见证了这位勇士的顽强。

不久后，僧格林沁率军攻克了冯官屯，太平军北伐军的另一名主要将领李开芳被俘。随后，李开芳也在北京遇害。至此，北伐军全军覆没。

4. 抗击英法联军侵占北京

英法联军侵略北京是一场侵略战争，它不同于北京历史上的其他战争，其他战争都是民族内部之间的矛盾。特别是清光绪二十一年（1895年），日本以攻占北京相威胁，强迫清政府签订丧权辱国的《马关条约》后，有人要求北京迁都。当年，康有为在有名的"公车上书"中，痛陈京师近海无险可守，鸦片战争以后，外夷屡以进攻京师为要挟，迫我赔款割地，建议"迁都以定天下之本"。他还指出："夫京都建自辽、金，大于元、明，迄今千年，精华殆尽。近岁西山崩裂，屡年大水，城垣隳圮，闾阎房屋，倾坏无数。甚者太和正门、祈年法殿天故而灾，疑其地气当已泄尽。王者顺天，革故鼎新，当应天命，谓宜舍燕蓟之旧京，宅长安为行在。"当然，在当时中国千疮百孔的情况下，提出迁都，也无非是拆东墙补西墙的做法，今天看来，并不是明智之举。但康有为先生所言现状，以及那种焦急的心情，完全能够让世人所理解。

曾经自以为是的清中央禁卫军，没想到经不住洋枪洋炮的两下子打击，就纷纷败下了。这时连咸丰帝都弄不明白了，怎么连禁卫军都不行了？晚清时候的禁卫军已不再是清朝鼎盛时期的禁卫军了。到了嘉庆年间，禁卫军军纪废弛，懈怠散漫的风气十分严重。嘉庆皇帝自从亲政以后，就十分关注禁卫军的状况。嘉庆六年（1801年），嘉庆帝就已经注意到皇宫和京师城门的守卫都存在着问题了。看到禁卫军军纪散漫，嘉庆帝十分着急，他立即下了一道上谕："向来紫禁城内派有六大班，诸王、文武大臣及前锋统领、护军统领等轮流值宿，严密稽查。乃日久渐涉疏懈。又总管内务府大臣等，从前均轮班上夜。会亦废弛。以致太监及护军人等，竟敢乘夜赌博，无所畏忌。禁地森严，岂可不加意整肃！"按道理说，每次皇帝出巡时，京城九门应该增派骁骑营士兵巡逻值班，但是那些被增派的士兵往往不愿意到岗，竟然雇人顶替。后来，这样的事情被嘉庆帝知道了，于是他命令兵部、步军统领衙门重申禁令，严禁守城军允许他人冒名顶替，并同时详细制订了巡守城墙的章程。即使如此，禁卫军也是江河日下，难以恢复往日的局面了。守卫宫门的侍卫和护军，值守时常常会忘记佩带腰刀，遇到王公大臣经过才匆忙地把腰刀佩上。后来，清禁卫军更是松懈到了无可救药的地步了。以东华门守卫的松懈为例，门外的货郎竟可以挑着烧饼担子，从东华门进到宫里去卖。皇宫失窃事件更是时有发生。更让人不可思议的是，连疯子都进了紫禁城，来到太和殿，待了一晚都没有被守城的禁卫军发现。

在清中央禁卫军中，最值得一提的就是八旗兵。正是他们的衰落，在很大程度上影响到了北京城的安全。八旗兵是清统治者南征北战的劲旅，他们对清王朝的兴建立下了汗马功劳。特别是清朝定都北京以后，为了巩固满族的统治和旗人的优越地位，确定了"八旗者，国家之根本"的立国方针。依照这个方针，清统治者将八旗兵丁分区驻扎在北京城内城和外城，对皇室所居的紫禁城形成了"众星拱月"之势。但当历史发展到19世纪中叶的时候，清朝国势越来越衰微，八旗兵的生计问题变得十分严重，不少旗民日趋贫困。由于旗人难以维持生计，不仅毫无战斗力可言，不少八旗兵甚至被逼得铤而走险，八旗兵向皇帝告状、到衙门闹事的事件时常发生。

咸丰四年（1854年）六月初一，内务府镶黄旗旗员吉年，家中上有老下有小，又不能当差，所领的俸银宝钞也贬值了，连借钱的地方都没有了，他气得不行，于是写了呈子，直奔东华门的惇郡王府。来到惇郡王府后，吉年就大骂管理户部的军机大臣是头号大奸贼。守卫的官兵立即把吉年抓了起来。但即使如此，吉年的举动已经影响了整个京城。咸丰皇帝知道后，十分恼火，立即命令步军统领衙门将这个八旗兵处死。

其实，以咸丰帝为首的清统治者想错了，这样的方法不仅不能平息矛盾，反而会使矛盾加深。咸丰八年（1858年）二月初五，正当咸丰帝要出宫的时候，八旗兵万升、吉庆、觉罗景秀三人，分别在西直门外、西华门、乾石桥跪着向皇帝诉苦。《中国近代货币史资料》就记录了万升的诉状，"万升，年三十六岁，正白旗蒙古六甲，喇德安佐领下人，当护军差使。有母亲赵佳氏，现年五十九岁，并有妻子及二子一女。每月应关钱粮十一吊有零，因钱票多有大钱，行使不便。百物昂贵，目睹母亲挨饥受饿，该人钱债归还不起，情急无奈，起意叩阍，求主子天恩，把大钱停止了，就把万升发遣了，也与（于）国家有益。今日有管声音差使在西直门外广通寺庙门口站段，圣驾经过，我把腰刀马鞭丢弃，就在道旁跪下。实因贫苦难度，并没有指名控告的人，也没有人主使，只求治罪。所供是实"。

  清咸丰十年（1860年）六七月的时候，英法联军再度进攻天津，不过他们这次没有像上次那样被守军击退，他们攻占了天津，并直向北京进犯。咸丰皇帝原来是想靠僧格林沁率领的清禁卫军把英法侵略军赶走，但一看到天津失陷了，这位历史上少有的好色皇帝就表现出了一副怕死相，他一面派大臣求和，一面派人在城内外搜集车马，准备拉着自己的家当逃走。当时有不少大臣纷纷上奏请求皇帝不要逃走，要坐镇指挥，稳定军心、民心，只有这样才能取得北京保卫战的胜利。咸丰帝怕人们说他怕死、没良知，故他在一面准备逃跑的过程中，还一面装腔作势地表示，即使英法联军打到通州一带，还要带部队在北京坐镇指挥，稳定军心。

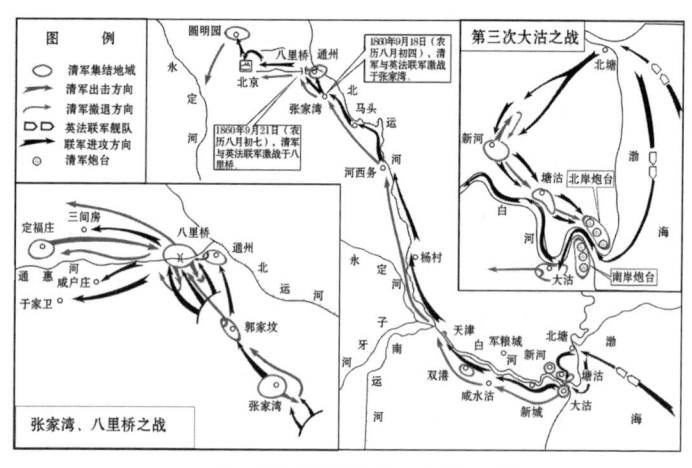

△ 抗击英法联军侵入北京之战示意图

这时，北京城更是戒备森严，自从这年的七月以来，北京的九门，就开始由满洲九卿带禁卫军把守，每座城门上都设了炮位，而内宫紫禁城则由王公带兵驻守。

八月初，英法联军16000人从天津一路烧杀直逼北京。位于通州的张家湾一地有许多妇女被逼自杀，可见侵略者的残忍。此时，北京大惊，乱成一团。同时，清政府还派人与侵略军议和。因为英国代表执意要进京换约，实现公使驻京的目标，清政府代表没有同意，所以谈判破裂。清政府还扣押了英方代表39人，作为人质押回北京，关入大牢中。不过，这39名人质中有21人在监禁期间死亡。英法联军首先开始进攻张家湾，僧格林沁率领绿营步兵和蒙古骑兵共17000人英勇迎击。战场上枪炮声大作，硝烟弥漫。正当战斗激烈的时候，清军突然派出骑兵出击，想偷袭侵略军。然而，装备着最新式阿姆斯特朗大炮的联军炮队立即猛烈地炮击清军骑兵，又发射了大量的火箭，打得清军骑兵大乱。清军骑兵都拼命地往回跑，而这一来又冲击了自己的队伍，造成自相践踏，清军乱成一团，哪还有什么战斗力可言，都往北京方向跑去。英法联军乘胜追击，一举攻陷了通州。

僧格林沁又带领禁卫军在北京城东20余里的八里桥一线布防，并加强了力量，继续抵抗英法联军。这三部分清军总兵力超过了3万人，其中，骑兵约有1万人。

八月初七凌晨4时，英法联军在法军总司令孟托班的指挥下，以法军第一旅为东路、英军为西路、法军第二旅为南路，向部署在八里桥的清军发起进攻。清军对此也有准备，以胜保所部据守八里桥，抗击南路法军；以僧格林沁部迎击西路英军；

以瑞麟部迎击东路法军。总的作战计划是，先用骑兵出击，步兵则隐蔽在附近的灌木丛和战壕中等待时机对敌人发起进攻。

清军的骑兵冒着敌人的炮火，向联军两边发起了冲锋。然而，在冲锋时，不断有战马因中弹而高高跃起，然后倒下，不断有牺牲和负伤的士兵满身鲜血滚落马鞍。当冲到距离敌人40多米远的地方，清骑兵停下射箭，然后再冲锋。然而，骑兵的箭无法与联军的洋枪洋炮相抗衡，他们火力十分密集，在两军相距二三十米的距离上，发射排枪和火炮，清军的骑兵成批地倒下了，最后不得不败退，伤亡十分惨重。咸丰帝这时醒悟了，如今的骑兵不再是他们老祖宗打江山的那会儿了，凭着肥壮的战马就打遍了整个中国。

这时法军第二旅随即向八里桥进攻，法军大炮炸得八里桥上乱石横飞。胜保部列阵坚守，也受到了重大的伤亡。这时僧格林沁指挥他的骑兵往来穿插，想把英军与法军第二旅分割开来，再与胜保部协力击溃法军第二旅。这个想法不错，但清军的武器无法与英法联军相对抗。迎击东路法军的瑞麟最先溃败。胜保负伤落马，他的部队也溃败。僧格林沁率领部队与英军激战，他见英军分兵来到了他的侧后方，于是自顾逃命，乘着一辆骡车逃回城里。

八里桥战败的消息传到城里后，咸丰帝带着家属和臣子们逃往承德。那些王公大臣、汉官、富户也早已迁出北京。北京城里粮食价格暴涨，驻守在城门的清禁卫军几乎毫无准备，只得把内、外城的许多城门赶紧关闭，用土堵塞，留一两个向西的城门通行。

张家湾、八里桥战争的失败，给清廷很大的震惊。这已经证明，北京不再安全了，驻守在北京的禁卫军不再是北京的守护神了。客观地说，在打张家湾、八里桥之战之前，清朝的统治者以及以僧格林沁为首的驻京部队，还是有一定斗志和信心的，但经过张家湾、八里桥之战，他们似乎看到了自己与洋人的差距，产生了畏惧心理，于是溃不成军、不战自败。特别是咸丰帝的逃跑更是扰乱军心、民心，加速了北京的被侵占。其实，经过张家湾、八里桥之战的英法联军同样损失惨重，他们来到高大的北京城城墙边时，虽然有洋枪洋炮，但心里也没有什么底，他们甚至认为要攻克这个城十分困难，以致指挥主攻的法军司令孟托班回到法国后，被拿破仑三世皇帝封为"八里桥伯爵"。这对清政府是一个莫大的讽刺。

英法联军驻扎在通州一带，加紧进行休整，想早一点进攻北京城。同时，参加八里桥之战的剩余清军也退入了北京城内或近郊。其实，两军战斗力都下降了不少。英法联军为了抵御严寒，法军司令孟托班强令通州城供应300头牛以及其他食物，并制作羊皮服装，等待天津的作战物资运到。损失惨重的英法联军，看着高大的北京城墙也没有攻而克之的信心了。看来，御林军皇城防御体系还起着相当重要的震慑作用。

北京城禁卫军戒备森严，内外城门都紧紧地关闭着，只留了西直门供行人出入。但却因为军情吃紧，又传来咸丰帝北逃的消息，禁卫军的斗志自然锐减。驻扎在朝阳门、德胜门外的僧格林沁与瑞麟的军队自从八里桥一战失败后，就变得如同惊弓之鸟，再也不敢出击了。他们还向后退，开始退到东直门外，后来退到安定门外。面对着英法联军，北京城的东郊竟然数十里的地方没有禁卫军驻守。

城内的防守是咸丰帝出逃前亲自部署的，城内防守由大学士文祥任九门提督，与左翼总兵西凌阿一同负责维持城内的治安，以及守卫北京城的安全。豫亲王义道、吏部尚书全庆等8位满族大员奉命驻守内城，户部尚书周祖培等4人负责驻守外城，内务府大臣文丰负责照料圆明园。此时的九门守兵，不足万人，毫无军纪，形同虚设。守城的禁卫军连武器都不齐全，甚至连饭都吃不上，于是到处抢掠，有时连城门都没有禁卫军守卫。后来，文祥等人开仓放米，才勉强维持下来。为了遏止日益蔓延的抢米之风，文祥等命令五城巡防部队拿获抢劫者便立即正法。

正当英法联军为进攻高大的城墙而发愁的时候，由于咸丰帝的仓皇出逃，使得事态反而向着有利于英法联军的方向发展了。

侵略者永远是贪婪的。当英法联军得知咸丰帝都已经逃出北京时，变得更加肆无忌惮。此时，由于咸丰帝的出逃，整个北京城乱了，驻守在北京城的禁卫军也乱了，毫无战斗力。

自清咸丰十年（1860年）八月二十二日开始，英法联军从东向西占领了北京近郊，追击清兵进入到圆明园行宫，并开始了零散的抢劫。按理说，当时圆明园内驻守的护军营有6000兵力，还是能在一定时间内抵御英法联军的，但当他们听说英法联军到来后，纷纷逃出圆明园，逃到了更远的郊外。八月二十七日，联军司令部竟然堂而皇之地成立了"捕获品处理委员会"，在圆明园里统一拍卖赃物，价款由全军分配，物品分别运回英国和法国收藏。一个庞大的东方大国，就这样看着万余洋人把自家的稀世珍宝运走。

九月五日，英法联军以人质被囚禁在圆明园为由，下令彻底焚掠圆明园。于是3500名英法联军向江水一样涌进了园内，到处掠夺，并放火焚烧。

经过此次劫烧，这座世界上最大、最精美的皇家园林，变成了一片废墟。

英法联军入侵北京，共在北京城郊抢劫骚扰近50天，给整个北京人民带来了深重的灾难，直到天冷了，才在九月底离开北京。让北京人民心痛的是，撤退的时候还迫使北京地方政府准备大批车辆，装载抢劫的赃物，仅法军所抢劫的物品就装满了三百辆车之多。眼睁睁地看着英法联军载着宝物的浩大车队离开北京……曾经作威作福的清禁卫军，在北京人民的心目中威信大失。它成了一支腐败并且毫无战斗力的军队了。

当年，英法联军还强迫清朝政府签订了《北京条约》。条约中规定，允许英、法派遣公使进驻北京。咸丰十一年（1861年）二月十五、十六日，法、英公使分别抵京进驻使馆。此后，至清同治十二年（1873年），俄、美、德、比、西、意、奥、日、荷等国相继在东交民巷设立使馆。

5. 辛酉政变

宫廷的每一次政变都离不开禁卫军，辛酉政变也不例外。

咸丰十一年（1861年）七月，体弱多病的咸丰皇帝病死在热河行宫（今承德避暑山庄）。这个刚满30岁的皇帝，在他离开人世的时候留有遗诏，主要交待了两件事：一是立皇长子载淳为皇太子，一是派载垣、端华、景寿、肃顺、穆荫、匡源、杜翰、焦佑瀛八大臣"尽心辅弼，赞襄一切政务"（《清朝档案史料丛编》第1辑，第83页）。消息传出后，京师朝野一片喧然。

咸丰帝的去世，成为政变的前奏。

八大臣根据遗诏拥立载淳当上了小皇帝，这时，26岁的那拉氏慈禧以皇帝生母的身份与咸丰的皇后钮祜禄氏同尊为皇太后。然而，慈禧却是一个野心勃勃的权欲狂，她对咸丰的遗诏和八大臣对她的限制十分不满，并决心抓住咸丰帝刚死、载淳还年幼这个有利时机，推翻咸丰遗命，公开从王公大臣们手中夺权。八大臣自然是慈禧的心腹大患，因为他们手中掌握着禁卫军的兵权，他们八人中分别兼职着步军统领、管理火器、健锐营、皇帝禁军的差事。如果不把他们的军权解除，慈禧将无法安心地返回北京城，更无法夺得清廷的最高统治权。

咸丰帝死后的第三天，慈禧就开始了这场斗争。当时，她以西宫太后的名义，派遣密使请恭亲王奕訢前往热河，商议大计。刚开始的时候，八大臣对奕訢前往热河行宫一事是反对的，主要原因是，咸丰帝的临终遗诏中没有把他列入八大臣的行列。虽然八大臣将奕訢列入了治丧委员会的名单，但还是不允许他到热河参加皇帝的丧仪。但正在此时，慈禧的密使却无形中给他打了气、鼓了劲。奕訢感觉自己的腰板直了，因为有西太后在给他撑腰。经过这么一折腾，八大臣还是让奕訢去了热河，毕竟咸丰是他同父异母的兄弟，不让他到热河与皇兄遗体告别，从人情上说不过去，再加上他已经不在八大臣之列，让他去一趟热河也不会有什么事。

八月初一清晨，恭亲王奕訢到达了热河行宫。奕訢很会作秀，到达行宫后，他趴在皇兄的梓宫前放声大哭。当时正是做殷奠礼的时候，人很多。众人看着奕䜣伤心欲绝的样子，听着他那悲痛的哭声，无不泪下。据《热河密札》记载，他是咸丰帝死后十多天里，哭得"最为伤心"的一个。

随后，两宫皇太后召见奕䜣。奕䜣又请与端华等人一同觐见皇太后。当时，端华与肃顺等人并没有怀疑奕䜣，于是让奕䜣与慈禧这对叔嫂单独谈了约一个小时的样子。通过密谈，他们达成默契。

一天晚上，军机章京曹毓瑛秘密前往奕䜣住所。曹毓瑛一直与奕䜣关系不错。不过，奕䜣还是没有完全把将要政变的消息透露，只是隐晦地说了回京之后，将有非常之举。

八月初八，奕䜣先行返回北京城。

而此时，八大臣以为自己已经牢牢地控制了朝政，得意忘形，不太重视笼络手握兵权的实权人物。这个致命的错误，是他们最后失败的重要原因。最严重的是，他们还把统兵大臣胜保推到了自己的对立面。

那还是八月初二的时候，兵部侍郎胜保明知朝廷已经下令不准各地统兵大臣到热河吊丧，但那天他偏偏前往热河吊丧，而且不等批准就兼程北上。八大臣考虑到他手握重兵，只好准许他前往。可胜保又出花样，提出要向皇太后和皇上请安的要求。八大臣变得不高兴起来，说向来臣工无具折请皇太后安之例，并指责胜保不明事理，违背体制。后来，胜保还在八大臣的强烈要求下，承认自己一时糊涂，并写了一份检查。检查是写了，但八大臣却得罪了这位兵部侍郎。胜保回到北京城后，见了也是刚刚从热河回京的恭亲王奕䜣，并了解到奕䜣准备政变的计划。胜保是个见风使舵的人，加上与八大臣的过节，他决定站在两宫太后和奕䜣这边。

为了巩固自己的成果，八大臣曾主动拉拢僧格林沁，但僧格林沁根本就不吃这套。僧格林沁当时是钦差大臣，曾任过御前大臣、科尔沁亲王，指挥着一支八旗劲旅。后来，他们又试图说服手握王牌军队的曾国藩出来反对太后干政，结果也是希望落空。

八大臣失去统兵大臣的支持后，就变得弱不禁风起来，根本就经不起大风大浪了。他们不仅未能争取到各路统帅的拥护，反而弄巧成拙丢了手中的兵权。当时，端华是步军统领，统率着在京的八旗步军和在京经营马步军，共有3万多人，他还掌管着京师九门的管钥，身居要职，位置自然是举足轻重；载垣也兼了銮仪卫掌卫事大臣、上虞备用处管理大臣的职务，掌管着皇帝的侍卫队与仪仗队，负有随侍皇帝渔猎、率领三旗侍卫入值的责任；肃顺也是兼任着响导处事务大臣，掌握着一支皇家侦察部队。也就是说，当时的端华、载垣、肃顺三人统领着京城和皇帝的禁卫军，他们手中的这些部队控制着皇帝和宫廷，非常重要。端华、载垣、肃顺过于自信，以为慈禧和奕䜣对八大臣赞襄制度不敢提出异议，认为自己已经控制了局势。九月初四，他们竟面奏皇太后和小皇帝，说自己差事太多，一齐辞去了上述重要的职务。他们这样做，当然是慈禧和奕䜣求之不得的好事。慈禧这人十分精明，为了防止肃顺等人看出自己的野心，在委任奕䜣同党瑞常等人接任步军统领等要职的同时，特地委任端华暂署行在步军统领之职。于是，到了关键的时候，肃顺等八大臣所拥有的武器只有两只空心拳头了。

慈禧与奕䜣布下了天罗地网，等待着把八大臣收进网中。

九月二十三日，是回銮京师的日期。小皇帝在热河丽正门外跪送老皇帝灵柩启程返京，然后从间道先行，提前赶回京师，准备跪迎灵柩进京。因此，回銮队伍分为两支：一支以小皇帝和两宫太后为首，走间道；另一支由肃顺、仁寿等人为首，护送咸丰帝那笨重的灵柩，从大道缓慢而行。睿亲王仁寿等人是皇太后的人，他们一路上暗中监视着肃顺派的一举一动。担负途中护卫任务的大军多达26000余人，其中主要是胜保的兵马。慈禧利用这一时机，昼夜兼程，提前4天回到北京城，为政变赢得了宝贵的时间。

与此同时，奕䜣在京师则以两宫皇太后的名义，命令步军统领仁寿、神机营都统德木楚克扎布、前锋护军统领存诚，以及恒祺、胜保等带兵迎驾。特别是奕䜣已经布置了所有的禁卫军，政变已经在他们的控制之中。

九月二十九日中午，两宫太后抵达北京德胜门外。奕䜣率在北京城的王公大臣们出城门迎接。两相会见，两宫太后涕泪交加，痛哭不止，同时，向众大臣倾诉肃顺等八位辅政大臣欺辱孤儿寡母的种种逆行。特别是慈禧显得更为可怜。这时的小皇帝也跟着母亲哭得昏天黑地的。王公大臣们听后，个个义愤填膺，对肃顺等逆臣已经恨得咬牙切齿。慈禧回到宫中后，立即商量政变之事。

九月三十日，两宫太后正式召见恭亲王奕䜣以及桂良、周祖培、贾桢、文祥等大臣，数尽了载垣等人的罪状，并把在热河就拟好的密旨交给了恭亲王奕䜣当众宣读。在谕令中，解除了载垣、端华、肃顺的一切职务，并命令景寿、穆荫、匡源、杜翰、焦佑瀛五人退出军机处。正在这时，载垣、端华等人赶到，大声说"太后不应召见外臣"，并要各大臣退出。太后更加生气，急忙命令恭亲王奕䜣传谕："前旨仅予解任，实不足以蔽辜。著恭亲王奕䜣、桂良、周祖培、文祥即行传旨：将载垣、端华、肃顺革去爵职拿问，交宗人府会同大学士、九卿、翰、詹、科、道严行议罪。"（《清朝档案史料丛编》第1辑，第102—103页）

这时，随着奕䜣一声令下，一群侍卫如狼似虎地扑了过来，将载垣、端华两人拿下。载垣、端华还一副亲王派头，大喝一声："谁敢动？！"侍卫哪里再将他们放在眼里，擒住二王，夺下二人的冠带，拥出隆宗门，关进了宗人府。

此时，肃顺护送梓宫才到密云县，睿亲王仁寿接到密令，连夜率领一队禁卫军前去拘捕。这时，肃顺已关门休息。仁寿等人砸开院门，冲了进去。只听得肃顺在卧室里大声叫骂。仁寿等人管不了这么多了，砸开卧室之门，直闯而入，将正拥着两个小妾在床上睡觉的肃顺抓住。肃顺这时候才如梦初醒。

至此，辅政八大臣全部落网，两宫太后于是命令召开廷臣会议，讨论皇太后亲理大政和另选近支亲王辅政事情。十月初二，两宫太后下令授恭亲王奕䜣为议政王，在军机处行走，并领宗人府府令。第二天，奕䜣又被提升为总管内务府大臣。

十月初七，经过内阁会议决定，拟定肃顺等人罪状，判处肃顺斩立决，勒令载垣、端华自尽。两宫太后立即批准执行。当时，载垣、端华于宗人府上吊身亡，肃顺也同时被杀于菜市口。景寿、穆荫等五人则被革职，发配边疆。

6. 抗击八国联军入侵

八国联军入侵北京，已经是晚清期间的第二次入侵了。然驻守在北京的禁卫军全力以赴，但走向没落的清中央禁卫军已经无力回天了，根本就没有能力保护皇帝和京师的安全了。与清咸丰十年（1860年）第一次入侵一样，这些强盗在古城北京恣意焚毁、杀戮、劫掠，想尽最大限度地从北京的土地上得到所能得到的东西。而这次侵略者变成了8个。这次北京受害的范围更广，程度更深。他们进攻北京时的路线基本相同，八国联军从天津向通州的张家湾、八里桥进逼，占领通州后，他们又直逼北京城下。

清光绪二十六年（1900年）七月八日，八国联军攻占了通州。当天，八国联军各国司令官召开会议，决定在通州休整一天，十日进军北京城郊，十一日正式攻城。

通州失守后，当时驻守在北京城的清禁卫军约有7万人。兵力部署是：

荣禄的武卫中军30营，分别驻守在内城西华门和棋盘街；

董福祥的武卫后军25营，分别驻守在广渠门、朝阳门、东直门；

宋庆、马玉昆的武卫左军万余人，驻守在永定门外的南苑一带；

八旗、绿营兵2万余人，分别驻守在内城九门和外城七门；

神虎营、神机营等39营，分别驻守在各城楼；

八旗前锋营和护军营驻守在紫禁城。

另外，约有5万义和团军分别驻守在东西河沿、东西珠市口、菜市口、花儿市等地。

北京城防名义上是由军机大臣荣禄负责，实际上并无统一的指挥和部署，城郊没有兵力进行阻击，城内又不进行工事构筑，只是靠着老祖先留下来的古城墙进行抵御。

让人可笑的是，在七月九日那天，俄军为了争得第一个攻入北京城的"美誉"，竟然于当天晚上提前悄悄地向北京城进军。其他国家的军队听到这个消息后，也纷纷跟进，争先恐后地向北京城进发。

光绪二十六年（1900年）七月十日，八国联军对北京发起总攻。上午，日军攻打朝阳门、东直门，遭到了清禁卫军密集的步枪和火炮还击，双方激战十几个小时，最后日军以伤毙200余人的代价占领了这两处城门。武卫后军首领董福祥得知有几座城门被攻破后，立即调驻守在广渠门的禁卫军援助。然而，董福祥的调兵却为英军进入北京城提供了机会。下午2时，英军乘广渠门空虚的时候，最先攻入北京城内。随后，英军又通过崇文门西边城墙下面的御河水闸爬入内城，窜入东交民巷英国的使馆内。随后，俄军、日军、法军相继攻进城内。

而此时，坚固的城楼都被八国联军的炮火摧毁了，清禁卫军逃散。

七月十一日凌晨，联军又进攻紫禁城。处在紫禁城内的慈禧太后和光绪帝听到洋枪洋炮声，意识到情况不妙，于是40年前的那一幕又重演了，不过上次是咸丰帝，而这次却成了慈禧。他们都是凌晨出逃的。

凌晨6时，慈禧带着光绪帝、隆裕皇后等人经神武门、景山西街、地安门、西直门、高梁桥，一直跑到颐和园。稍稍休息后,他们又从颐和园出来,过青龙桥、红山口、望儿山、西北旺,在距离北京70里的贯市过夜。第二天一大早,他们又经过南口、居庸关、康庄、怀来、宣化、大同,一直跑到了山西太原。在山西太原大概住了10天,他们感觉那里还是不够安全,于是又逃到了陕西西安。

同时,驻守北京城的军机大臣荣禄也无心应战,开始收集散兵,从西直门出逃,逃往保定。这时,北京城内的大部分禁卫军都已经溃散,只有义和团和部分爱国官兵筑起街垒坚持与八国联军作战。

慈禧的逃走自然给八国联军入侵北京带来了方便,也为他们占领紫禁城提供了机会。七月十二日的时候,八国联军就占领了紫禁城,并把司令部设在了紫禁城。这是一个十分可悲的现实,这个曾经被人们认为是戒备森严的内宫,前天还是皇帝大臣们工作、生活的地方,现在居然变成了八国联军的司令部。八国联军一进入北京城,就疯狂地进行烧杀抢掠,强奸妇女,成为人世间最野蛮、最凶暴的强盗和恶魔。八国联军的统帅德国陆军元帅瓦德西在他的回忆录中也这样供认,"所有中国此次所受毁损及抢劫之损失,其详数将永远不能查出,但为数必极重大无疑……因抢劫时所发生之强奸妇女,残忍行为,随意杀人,无故放火等事,为数极属不少"。

最终,清政府还是在卖国的基础上与侵略者达成了协议。光绪二十七年(1901年)八月三日,清政府与11个帝国主义国家分别签订了《辛丑条约》,这是令中国蒙受最大耻辱的条约。从此以后,外国侵略者在北京可以直接对清政府指手画脚。

外国驻华使馆刚开始设立的时候,东交民巷的管理权仍在清政府手中，治安事宜由步军统领衙门及巡城御史负责，街区内由满洲正蓝旗、镶白旗官兵驻守，巷内及东口设有步军值班的官厅，东西两端路口设有栅栏，由清中央禁卫军日夜守护着，每日黎明启开，上更后关闭。然而，当八国联军入侵北京后，西方列强以保护使馆为名，行瓜分中国之实，强行派兵入京"护馆"，使中国的主权一步步丧失。

7. 北京起义

辛亥革命爆发以后，袁世凯被清廷任命为内阁总理大臣。宣统三年（1911年）九月二十三日，袁世凯率领着大批卫队来到北京，掌握了清朝的军政大权，并把自己的卫队编为"拱卫军"，代替了清廷的禁卫军而控制北京。同时，同盟会汪精卫等人被保释后，与北方革命党恢复了联系。由于当时武昌起义军受到清军援兵的攻击，从汉阳退守武昌，北京的革命党人陈雄和高新华即开始策划武装起义，攻打京师和紫禁城，策应南方的革命运动。汪精卫以老同盟会会员的资格领导了北京的革命。袁世凯为了表示对革命党人的支持，拿出5200元给汪精卫，说是作为起义的经费，并主动提出派他的长子袁克定率兵3000人"响应"起义。

一支队伍是由陈雄领导。当时26岁的陈雄是新军第六镇的下级军官，在武昌起义后随军来到北京。他和其他革命党人原计划在南下清军出发时，在前门车站刺杀领兵出征的荫昌。后来，他们因为车站警备森严而没有找到下手的机会。在得到汪清卫的"配合""安排"下，十月九日晚10时左右，起义信号响了。隐蔽在内城东南一所大宅院附近的陈雄等人，正准备发起攻击。还没有出发,却突然出现了大队人马,陈雄等人以为是袁克定率领的响应起义队伍,便上前迎接。不料,那队人马却不管三七二十一,动手抓起人来。原来这队人马是袁世凯的拱卫军。陈雄知道上了袁世凯的当,当时敌我悬殊太大,陈雄掏出手枪自杀身亡。其他被捕的队员,几天后也被处死。

另一支起义队伍由新军第六镇军官高新华带领。高新华所部原来驻防正定,由第六镇统制、革命党人吴禄贞领军。这支队伍隐蔽在安定门附近,当他们听到起义炮声后,命令队员们轰炸安定门的清军营。清军大乱,敢死队乘势占领了安定门。不过,由于起义计划泄露,高新华率领的起义队伍很快就陷入清步军营、拱卫军等中央禁卫军的包围。起义的队员们虽然英勇奋战,但终因寡不敌众,不得不退出安定门,向永定门外撤退,中途被打散。高新华子弹打完后,在永定门外投井自杀。

在这次起义中,袁世凯老谋深算的一面体现得淋漓尽致。

中国御林军
辽、金、元、明、清、北洋时期
北京禁卫军

第六章

北洋军阀时期北京御林军

1912年（民国元年），中国历史上最后一个封建王朝——清朝灭亡后，北京成为北洋军阀统治中心。袁世凯及皖、直、奉系军阀为巩固他们的统治地位，都在北京部署了大量自己派系的部队，任命亲信统辖北京的军警机构，以加强卫戍警备，并为此而多次发生军阀混战。为了加强北京的安全警卫，北洋政府相继成立了禁卫军、拱卫军、京卫军、步军等警卫部队，担负公府警卫和京城警备。1928年（民国十七年）6月，国民革命军北伐军进入北京后，标志着北洋政府覆亡。随后，南京国民政府取代了北洋政府，行使对全中国的统治权，于是南京成了中华民国的首都，北京改称北平特别市，不再是中国的都城了。北平除了作为华北地区的政治中心，除日伪统治时期外，城市警备任务由南京国民政府北平驻防部队担负。值得指出的是，在北洋政府时期，虽然清朝已经灭亡，但紫禁城内仍旧驻守着御林军，保卫着清王室的安全。宣统皇帝逊位以后，根据民国成立时所订的《清室优待条件》，溥仪仍旧居住在紫禁城内，侍卫人员照常留用。1913年（民国二年）11月，原来担负清皇宫警卫的护军改编为护军队。1915年（民国四年）5月，护军队再次改编为护军警察队，隶属于护军管理处。护军警察队共有2个队，分别驻守在神武门和武英殿瓷器库。同时，北洋政府也派兵对清皇宫进行警卫。开始的时候，北洋禁卫军步兵有1个标负责，后来改由中央陆军第16师第31旅第62团负责，团部就设在神武门，部队分别驻守在清宫及景山内。后来，由于陆军第16师在第一次直奉战争中战败被遣散，此处的警卫工作改由步军统领衙门统辖。1924年（民国十三年）10月"北京政变"后，冯玉祥命令京畿警卫总司令鹿钟麟将末代皇帝溥仪驱赶出紫禁城，担负清宫守卫的警卫部队也随之被改编。

一、北京城池防御体系的没落

皇城一般有两重，内为城，外为郭；城郭之外，又挖掘护城河，注水为池，以增强防御能力，与城并称为"城池"。在以刀、枪、戈、矛、弓箭等冷兵器作战的时代，御林军利用城池防御外敌的入侵，以及为保卫皇城的安全作出了重大贡献。当时作战，常常是围绕着争夺重要城池而进行的，城池便成为作战的重要阵地。坚城高墙对据点固守的军队来说，具有重要意义。也正因为古代皇城城池防御体系的重要性，也才有了"金城汤池""固若金汤"等词语的出现。但是当历史发展到北洋政府的时候，虽然坚固的城池在某种程度上还能为警卫部队的警卫工作起到一定作用，但已经不能起到实质作用了，对抵御大规模军队的进攻已经无济于事了。冷兵器时代的城池防御体系，走向了自己的没落。这是战争形态变化的结果，进入热兵器时代，城墙用于战争防御的使命已经渐渐失去了作用。

北京城经过几个封建王朝的精心经营，造就了一座典型的、完备的、封建时代的历史文化名城。从城市规制、建筑布局到管理设施，无不体现着皇权至上的原则和思想。但当时的统治者在修建皇城时都是基于两点考虑的，除了皇权意识外，还有一点就是为了防御。第二点相当重要。

1912年（民国元年）2月，清朝末代皇帝溥仪退位。按理说，当时溥仪等人要完全搬出紫禁城，但是在袁世凯的庇护下，宫城后半部的所谓内廷仍由逊位的清帝占用。到1914年（民国三年）的时候，宫城前半部分的武英殿已先行开放了。第二年，又开放了文华殿，以及太和、中和、保和三大殿，并辟为古物陈列所。

不管是紫禁城，还是外环护着的皇城，曾经都是御林军用来加强统治者警卫的重要防御工事。虽然此时"九门提督"这个防御机构还存在，但城池防御体系已经名存实亡，只是成了城市里的一处文物古迹。正因为如此，北洋时期的北京城池防御实际成了摆设，当时的执政者还拆除了皇城，打开封建时代的禁区。这标志着北京城池防御体系在北洋时期的彻底没落。

紫禁城外环护着皇城，周长9千米，开四张门，分别是天安门、地安门、东安门、西安门。以前，为了体现皇权，以及加强城内警卫，皇城各门出入限时，一般人不得穿行。1913年（民国二年），北洋政府首先开辟了天安门前的东西大道，神武门与景山之间也允许市民通过了，从而打通了紫禁城南北的东西两条交通干线。随后，又拆除了中华门内的东西千米走廊，以及天安门前东西三座门两侧的宫墙，并先后开辟了南池子、南河沿、南长街、灰厂、翠花胡同、宽街、厂桥、五龙亭等处的皇城便门。1923年（民国十二年），北洋政府又陆续拆除了皇城城墙，到1926年（民国十五年）时，只剩下了太庙以西天安门至北新华街的一段。为了打通西南部外城与内城的交通，1924年（民国十三年）又在正阳门与宣武门之间开城门，并叫兴华门，后改称和平门。

此时北京城的城池防御体系已经失去了军事战略价值。在1917年（民国六年）反张勋复辟之战的时候，讨逆航空队是开着轰炸机对辫子军开战的。想必，此时再高再坚固的城墙也无济于事了。还有1924年（民国十三年）冯玉祥发动"北京政变"，携带着大炮的大军直达北京城，守城军队没有任何办法阻挡，北京城墙几乎没有一点防御价值了。

虽然此时的城池防御体系已经不能抵挡大规模的外敌入侵，但对于北洋政府的公府警卫来说，它还能起到一定的作用。这些城池仍旧是警卫部队的依托。当时，内城守卫队的警卫工作在很大程度上就是以城池为依托的。

二、北洋政府北京主要警备机构

1. 步军统领衙门

清朝的时候，步军统领衙门是京师北京重要的卫戍警备领导机构，它又叫九门提督，是清朝皇族控制的一个警察性质的军事机构。到北洋政府的时候，步军统领衙门同样是守卫首都北京的重要机关，并且享有相当特殊的权力，直接听命于总统。

1912年（民国元年），袁世凯夺得政权后，开始了自己的专制独裁统治。在北京临时政府的组建过程中，以袁世凯为首的北洋军阀势力,占有明显的优势,并把北京牢牢地控制在自己的手中。这也标志着北洋军阀统治的开始。7月14日,北洋政府对清朝的步军统领衙门进行了改组重建,并明文规定,改组后的步军统领衙门直属于大总统袁世凯指挥。当时的步军统领衙门设统领1人,也叫做九门提督,左、右翼总兵各1人,下设参事厅、秘书科、军事科、执法科、警察科、会计科、庶务科这一厅、六科。1913年(民国二年),军警督察处归并过来,步军统领衙门的权力得到进一步加大。

1918年(民国七年)1月,步军统领衙门再次整编,裁撤参事厅,改设总参议厅、总务厅、军事科、执法科、军需科、营翼总稽查处。总参议厅设总参议等职。总务厅下辖机要股、秘书股、庶务股。军事科下面辖片调股、训练股、考功股。执法科下辖军法股、刑事股、民事股。军需科下辖收支股、预算股、官产股。营翼总稽查处设处长、坐办、襄办各1人,总侦缉长2人,预审官3人,帮审官2人,稽查官19人,稽查员8人;同时下辖看守所。第二年,总务厅又改设厅长、秘书长,并撤销秘书股,增设政务股、统计股;营翼总稽查处改称稽查处。1921年(民国十年)2月,总参议厅改称参议厅,设左、右参议各1人。

1924年(民国十三年),冯玉祥"北京政变"后,组建了新内阁,以前的机构和组织都进行了全面的改组,曾经显赫一时的九门提督终于退出了历史舞台。

北洋政府时期的步军统领衙门管辖着左、右两翼,中、南、北、左、右五营和内城守卫队、卫队营等部队。

步军统领衙门共历经7任统领,从第二任统领江朝宗身上我们就可以看出北洋政府时期警卫部队的不良风气。

江朝宗，字宇澄，安徽省旌德县人，原来是清朝毅军姜桂题的部下，后来又追随袁世凯，在清朝末期的时候当上了北京的步军统领，统辖五营兵马，负责整个北京的治安。步军的统领衙门也叫北衙门，在北京的地安门外帽儿胡同，这个衙门负责审判北京城里发生的刑事案件，民国时期步军统领衙门取消之后这个地方就改为北平宪兵司令部了。

北洋时期，江朝宗当上了步军统领。后来，袁世凯想当皇帝，江朝宗是大典筹备处的官员之一。当黎元洪当总统的时候，张勋以督军团的名义发出通电，要黎元洪下令解散国会。可是解散国会的命令必须有国务总理的副署才能有效，而当时的国务总理段祺瑞不但拒绝副署，并且辞了职，代总理伍庭芳也拒不签字。这时，江朝宗竟然毛遂自荐，专为副署这个解散国会的命令当了几天代理国务总理。张勋复辟的时候，江朝宗又以"民国代表"的名义同张勋进宫，面见溥仪，奏请复辟。有意思的是，江朝宗在北京城里挂上了黄龙旗，段祺瑞成立了讨逆军包围了北京城，打的是红黄蓝白黑的五色旗，江朝宗这时还是九门提督。为了安定人心，江朝宗让人出了个安民告示，底下的年月既不写中华民国，也不写大清，只写阴历五月二十、阳历七月八日，这样两边都不挑眼，就连他的家馆先生颜玉泰给他代写对联时，写的也是"风摇大树根长定，月到中天影不移"这两句。后来张勋复辟失败，段祺瑞又当上了国务总理，首先免了江朝宗的步军统领职务，给了他一个"迪威将军"的名义。江朝宗就此下台。而下台后的江朝宗依然自鸣得意，还让人给他刻了两方图章，一方是"曾秉国钧"，另一方是"迪威将军"。

再后来军阀混战,直奉战争、直皖战争,一派打败了退出北京,打胜的还没进入北京的那几天,江朝宗就和王士珍几个人成立一个维持会,临时维持北京的治安。七七事变后,宋哲元军队撤出北京,江朝宗又出来组织维持会,日本军部叫他出任北京市长,从此他就当上了汉奸,后来大汉奸王克敏把江朝宗排挤下去,没过多久江朝宗就病死了。

2. 京畿卫戍总司令部

袁世凯死后,继任大总统黎元洪决定成立一个新的警备机构。1917年(民国六年)8月17日,黎元洪总统府内张灯结彩,各军队要员来来往往。原来,这一天大总统黎元洪宣布设立京畿警备司令部。皖系军阀的段芝贵当上了司令员。1919年(民国八年)9月3日,刚当上大总统不久的徐世昌又改建京畿警备司令部,叫做京畿卫戍总司令部。11月19日,北洋政府公布了《京畿卫戍总司令部组织令》,命令称,京畿卫戍总司令部设司令1人,并任命段芝贵继续担任司令员,直属于大总统指挥。该命令明确指出,京畿卫戍总司令部下设参谋、秘书、副官、执法、军需、军医六处,所担负的职责分别是:警卫京畿地方;灾害救防;保护公署和官府;防护陆军各建筑物。京畿卫戍总司令部所管卫戍部队由陆军部指挥,特殊情况下,可以由陆军部派遣京畿附近部队归卫戍总司令部调遣。京畿卫戍总司令部为加强部队的管理,制订了规章制度,如部队外出规则:(1)士兵成伍外出均由官长率领,服装应着整齐,军服束皮带、肩领章、码号服要齐全,穿军鞋打裹腿,骑兵营则着皮鞋,由值星官检查毕,方准外出。如1人因公因事外出时,其服装亦由值星官如法检查。（2）节假、例假、慰劳假、事假，凡外出时均须遵守前条之规定。（3）前项外出之士兵，应于早饭后出营，晚饭前归营（准事假不在此例），如有特别情形时得变更其时间。（4）当休假期内，如遇勤务或演习、校阅，不能休假时，各大队长（团长）得酌定日期补给休假。（5）士兵如遇因公外出时应领取公出证，挂于军服第二纽（扣）之上，始准外出，至归营时交还。（6）士兵逾假期之外，如有重要事件必须请假外出时，应将外出情形陈明本棚头目，由本棚头目转呈连值日官再行禀明连长酌量准假。（7）士兵外出之服装，由连值日官指定及外出时由连值日官检查。（8）士兵外出时应将公出证、外出证交步哨查验，如无公出证或外出证者，应由营卫兵禁阻。（9）士兵携带物品出营时，应将物品持出证交卫兵查验。（10）士兵外出后，遇有紧急情形或驻扎地附近有变故时，虽无命立即迅速归营。（11）外出时对于地方人员，须以和平接洽，不得有躁暴行为致生恶感。（12）在道路中行进时，须服装端正，姿势严整，不得沿路饮食或任意歌唱，尤不准携带不雅观之物品，致失军人体统。（13）如有未尽事宜，随时增改或删除之。

1924年（民国十三年）10月，冯玉祥"北京政变"后，京畿卫戍总司令部裁撤。11月3日，内阁重新任命，重新组建京畿警卫总司令部。与冯玉祥一起参加了"北京政变"的鹿钟麟当上了司令员。为了加强管理，1925年（民国十四年）8月14日，北洋政府颁布了《京畿警卫总司令部暂行条例》，并规定直属临时执政管理。同时，京畿警卫总司令部在各城门设立守卫处。

1926年（民国十五年）4月，国民军退出北京城，奉军、直鲁联军来到北京。联军临时成立了京师警备总司令部，并由直鲁联军第11军军长王翰鸣担任总司令。当时，由于直鲁联军军纪败坏，遭到了中外人士的反对，张作霖一气之下免除了王翰鸣的职务，并且复设了京畿卫戍总司令部，并请王怀庆出山担任司令员。9月27日，张作霖还是让自己的嫡系奉军第10军军长兼第8师师长于珍接替王怀庆任司令员。第二年6月，北京军政府成立，随后不久，京畿卫戍总司令部撤销。

在整个北洋政府时期，京畿卫戍总司令部叱咤风云。但当时的京畿卫戍总司令却也是臭名昭著，特别是总司令王怀庆，他是历任司令中任职最长的一个，他曾以第13师师长兼任京畿卫戍司令和步军统领达七年之久，并博得"宣武上将军"的称号。透过这位身居要职的京畿卫戍司令，我们可以看出当时北洋军阀的腐败和不良风气。

在北洋军阀统治时期，北京东四牌楼十一条胡同有一所规模宏大的宅第，门前有四名武士，手执长矛，鹄立守卫。院内亭台池沼，山石花木，大都是从圆明园迁移而来。这就是王怀庆的"公馆"。

王怀庆除了这所富似王侯的宅第以外，还有四处优游休憩的花园。王怀庆虽然拥有数处风景宜人的花园，可是令人难以想象的是，他却喜欢经常蹲在厕所里面办公。他这个厕所兼"宣武上将军"的办公室，是两间宽敞整洁的屋子，中间设有一"大便椅"，椅下铺细净炉灰，椅前设办公桌，上陈办公文具。其属下有请示报告事宜，都必须聚集在厕所听候指示。他在厕所处理公事，常常持续二三小时之久。于是知情人便给他起了个小名，叫"王拉"。

在王怀庆的"公馆"和花园中，用公款养着数十名副官、差役人员，其中还有来自清宫的太监。他的一举一动都有专人伺候着。他去花园游玩散步时，随身副官陈二总要携衣包一个。有时一阵凉风吹过，王怀庆两臂一伸，陈二立即将衣服穿在他身上。

陈二是王怀庆最亲近的副官，大部分人不知道他的名字，习惯叫他陈二。王怀庆的部下都称他为陈二爷。陈二原来是王怀庆任大名镇守使时专为他剃头、修脚的人，因为伺候得好，迎得了王怀庆的欢心，于是便成了王怀庆的"红人"。王怀庆以数名空额兵饷作为陈二的工资。随着王怀庆的一次又一次升迁，陈二也随着水涨船高，居然成了王怀庆身边的要人。机关的负责人为了讨好王怀庆，还每月送给陈二一份参议的"干薪"。陈二虽然不是什么达官显贵，但他的家庭生活却非常阔绰豪华。

第一次直奉战争后，曹锟出任总统，升任王怀庆为热察绥巡阅使。曹锟原来是希望他到承德组织巡阅使署，将京畿卫戍司令让出。但是王怀庆不愿出京，于是就一拖再拖。原来是因为承德有个棒槌山，王怀庆忌"棒槌打磬"不祥，所以不想去，只是在北京成立了热察绥巡阅使署军务处，派一中将参议驻承德联系。

第二次直奉战争爆发，吴佩孚派王怀庆为第2军总司令，出冷口，经朝阳，趋义县、锦州。王怀庆在北京的宅地养着，其实是不想受命，故意迟迟不去，后来因为朝阳方面情况紧急，不得已才决定出发。当时司令部也没有组织起来，只带了参谋长、参谋、参议数人及随身副官等。他还事先选定了农历八月十九日这个宜于出征的黄道吉日，并且选定经由德胜门出城，取其得胜凯旋的意思。到火车站登车的时候，由事先特地物色来的一个名叫王得胜的军官跑步向前，高声大喊道："王得胜迎接将军！"王怀庆颔首微笑，登上专车，向东方出发。

火车到达滦州的时候，改为徒步行军。当时直军因为奉军进攻朝阳十分紧急，正等待王怀庆部驰援，王怀庆却毫不在意，仍旧按平时行军的速度，每日按站行军60里，而且还要从容不迫地摆出一副行军的仪仗。最前面是30匹马队，其次是一乘马军官手举着绣有"宣武上将军王"这6个大字的大红旗，再次是2名刽子手，背负着大砍刀，紧接着他的承启副官，然后就是他自己乘坐的四人大轿，轿后紧随他的坐马，马后是一群副官为他携带着各种随身用具，甚至连便盆都带着随时听用，殿后的是卫队营和机枪小炮等特种兵部队。

第一日在迁安宿营时，接到了前方急电，朝阳已经被奉军攻陷，王怀庆立即严令坚守柏寿阵地，如有贻误，以军法论罪。然而，守军节节败退，王怀庆不得不仓皇抄小路逃走。

王怀庆的第13师缺额很多，各部少则三成，多则五成，而且从不补齐。王怀庆就把这些缺额的饷项纳入自己的腰包，当时把这叫作"吃空额"。王怀庆总以为自己的队伍是专门拱卫京畿的部队，而自己对内又向来采取中立的态度，因此根本就没有实际作战的准备。

王怀庆逃走后，知道后面没有追兵，于是又恢复了乘坐四人大轿的排场，轿后跟随着坐马和几名副官，只是那绵延两里的行军仪仗取消了。事后他才知道，他的卫队营和几十匹马队早已跟随行李大车先期逃进了冷口。

这时，吴佩孚令胡景翼率部应援第 2 军，不久胡部竟然将第 2 军从北京招募的 600 名新兵连同枪械弹药全部劫走，并将带队的团副打死。王怀庆得到此消息后，更不敢离开队伍了，以免被胡景翼吃掉，并率部脱离了战场和兵站的补给线，力避与胡部接触。一天，张敬尧奉吴佩孚命来对王怀庆说："冷口、滦州间战况紧急，请你率部收复凌源，抄敌后路。"王怀庆说："现军中无衣无食，恐难再战，请速运服装给养，即率队出发。"

实际上，王怀庆已经无意再战，张敬尧走后，他立即率部队北行，翻山越岭，开至平泉县的八沟。后来，王怀庆得到冯玉祥班师回京的消息后，走投无路，便给黄郛内阁打电报请示。黄郛复电要王怀庆将军队交给米振标整编，他本人立即回京。王怀庆没有听黄郛内阁的，想把部队开往宣化。这时，张作霖派张九卿前来，并带有鲍贵卿的信件，劝王怀庆把军队交给奉军改编，并请王怀庆去沈阳，王怀庆仍旧不去。

后来，王士珍亦派员携函见王怀庆，劝他速离开部队，回天津居住，并建议将步兵改编为两个旅，骑、炮兵亦由奉军的骑炮兵整编，名为奉军，但人员仍旧，如王怀庆将来需要部队时，还可索还。如果王怀庆不愿去沈阳，可由鲍贵卿护送回天津，北京、天津的财产由奉方尽力保护。到这个地步，王怀庆没有其他想法了，将武器人马清册造齐后，即出发乘专车去天津居住。

1926 年（民国十五年）4 月，国民军第 1 军撤离北京，北京一时陷入了无政府状态。吴佩孚推荐王怀庆任京畿卫戍司令。王怀庆率毅军第 3 旅进入北京。以前王怀庆任卫戍司令时，警察总监和宪兵司令都在他的控制之下，所有北京治安方面的权力完全掌握在他一人手中。此次东山再起，警察总监李达三则为张作霖所派，宪兵司令王琦又为张宗昌所派，他们只听张作霖和张宗昌的指挥，而奉军的纪律性又极差，以致他这个卫戍司令对地方秩序很难维持。

当时前门一带的妓女因为仗势争风，往往发生军人用手枪打伤游客的事件。清室某王公的儿媳到东安市场游玩购物，被张宗昌塞进汽车抢走。王士珍为此找到王怀庆，请他立即设法营救。王怀庆当晚立即去见张宗昌，和张宗昌一直谈到深夜一两点钟。王怀庆见谈得很投机，便提议要和张宗昌结拜兄弟。结拜兄弟后，王怀庆才把话题引到这件事上来，说了很多好话，张宗昌才答应立即将人送回。

王怀庆看到北京的治安情况如此，对公事便不愿多问，而把主要精力放在清理曹锟私产方面。曹锟自被冯玉祥拘禁，私产多已不知去向，他为了保持小站练兵时的"道义"，要把曹锟的私产进行一次清理，同时借机把自己的私产也清理一番。他为此还特地成立了军事法处，邀请了一批京、津失业军政人员，供给饮食和住所，希望借助这些人查对曹锟的财产。

在清理他自己的财产时，他的原机要课长马光鲁突然发了神经病。据说此人是王怀庆的亲戚，王倚之为腹心，委他为机要课长，当时凡想要趋附王怀庆来升官发财的人，都要请马光鲁为他们说情。王怀庆在热河战败去天津以后，马光鲁就把王怀庆交给他的公债票、股票及贵重物品等，凡是旁人所不知道的，都给变卖处理了。王怀庆在天津居住时，马光鲁始终避不见面，王怀庆也是缄口不言。这次王怀庆复职消息传出，马光鲁家立即门庭若市。等到王怀庆到北京任司令员时，他的秘书长首先把秘书处的编制名单请王怀庆批示,第一名就是机要课长马光鲁,王怀庆马上就在"马光鲁"三字上面划了两条黑杠。

与此同时,王怀庆的随从副官陈二被看押。原来,陈二看到王怀庆已经失败下台,避居天津,他再也没什么指望了,便把他经管的几处"小公馆"连房带人都私自处理了。王怀庆叫他去天津,他也不理睬。王怀庆拿陈二没办法,就这样忍耐了两年。到这次清理财产时,陈二自然就被看押了。

北京城在奉军的控制下,秩序混乱,王怀庆感到束手无策,便以回籍省视为借口离开了北京。

3. 京畿军政执法处

1912年(民国元年)2月,袁世凯当上了中华民国临时政府大总统。当上临时大总统的袁世凯立即在北京设立了半军半警的警备机构,即京畿军政执法处,由北洋政府的大刽子手陆建章任第一任总长。执法处是由原清朝京防营务处改组而成的,是一个专门用来防范、镇压革命党人的侦缉机构,它特设专门的监狱,使用各种酷刑逼供,判刑、行刑都不进行公布,只要报袁世凯准许就可以秘密执行。

京畿军政执法处滥杀无辜,被害的人"数以千计",人们把京畿军政执法处比喻为"屠人场"。革命党人张振武被京畿军政执法处杀害,就是一个典型的例子。

张振武,湖北竹山人。1911年(宣统三年)6月在武汉加入共进会,后参与武昌起义,并于起义成功之后,出掌湖北军政府军务部。不久,孙武伤愈出任部长,张振武退居副长。随后,黎元洪以群英会反对军务部为口实,先后将孙武、张振武和蒋翊武解除军务部职务。当时，张振武虽然与孙武一起组织了拥黎元洪的民社，但张振武实际上瞧不起这个被枪杆子逼出来的副总统。他对自己被无辜排挤出军务部非常不满，曾让人向黎元洪要求留任，甚至要求出任军务部长，因而引起了黎元洪的忌恨。

袁世凯对于首义地区当然不会掉以轻心，何况黎元洪是他在南方最重要的同盟者，利用黎元洪打击革命党人，正是他的重要策略。但黎元洪毕竟不是北洋系军人，而且还担任同盟会协理，如何防止黎元洪倒向同盟会，也是袁世凯所要考虑的问题。于是，他接受参谋次长陈宧献策，利用湖北内部的矛盾，玩弄阴谋诡计。陈宧跑到武昌，私下对黎元洪说："三武不去（指孙武、蒋翊武、张振武），则副总统无权，若辈起自卒伍下吏，大总统召其来京，宠以高官厚禄，殊有益于副总统也。"调虎离山，正合黎元洪的心意。

1912年（民国元年）5月间，孙武、蒋翊武、张振武先后奉召北上，由袁世凯授以总统府军事顾问官的虚衔。张振武对此极为不满，责问段祺瑞说："我湖北人只会做顾问官耶？"还两次向袁世凯递屯垦条陈，要求主持屯垦事务。为了敷衍张振武，袁世凯先委他为蒙古屯垦使，当他要求设立专门机构时，袁世凯便不加理睬了。张振武一气之下，竟不辞而别，于6月中旬返鄂，然后凭借自己在湖北的实力，设立屯垦事务所，向黎元洪每月索款一千元，准备招募一镇精兵，赴蒙古镇抚。黎元洪对张振武的返鄂很是忧虑，因为他与孙武、蒋翊武不同，手中一直掌握着一支精干的武装——将校团。张振武凭借这支武装和他在军队中的影响，一直不把黎元洪放在眼里。

袁世凯对黎元洪、张振武之间的矛盾非常注意，殷切电请张振武再次进京，商议国事。黎元洪也赠予张振武路费4000元，并假意表示："对于张君可抚心自问，并无一些相待不好之心。"在袁世凯、黎元洪的哄骗推拉下，张振武于8月上旬随刘成禹、郑万瞻等人又来到北京，同行的有湖北将校团团长方维等30多人。

张振武这次进京，实际上是钻进了袁世凯、黎元洪预设的圈套，但他却毫无戒备。8月14日，张振武在德昌饭店宴请同盟会和共和党要人，希望"消除党见，共维大局"。15日夜，为调和南北感情，他又与湖北来京将校一起在六国饭店（现正义路华风宾馆）宴请北方将校。北洋将领姜桂题、段芝贵等出席敷衍。10时左右，酒阑人散，张振武与冯嗣鸿、时功玖分乘三辆马车返回旅社，当途经正阳门时，段芝贵即指挥潜伏的军警突起拦截，将张振武捆绑起来，押解到京畿军政执法处。在此之前，方维也在金台旅馆被捕，被押往执法处的城外分局。16日凌晨1时，距被捕仅3小时，张振武在执法处被绑于木柱上，身中六枪而亡。临刑前，他对行刑士兵愤怒地说："不料共和国如此黑暗！"方维也同时在城外被害。

张振武被捕后，同行的时功玖知事态严重，赶紧与共和党民社派联络。16日凌晨3时，他和孙武等匆匆赶到军政执法处进行营救。然而，他们并不知道京畿军政执法处拘捕张振武后立即就杀害了。当他们找到京畿军政执法处时，总长陆建章淡然告诉他们已经行刑，并出示了袁世凯扑杀张振武的军令。该令根据黎元洪的密电，由陆军总长段祺瑞副署。面对这令人震惊的突然事变，孙武默然无言，刘成禹愕然说："我不知竟死得这样快！"请张振武进京的民社派郑方瞻、哈汉章感到他们坑了朋友，心中无限悲愤。他们一夜未眠，早晨8时又前往总统府质问，但不得要领。旋至哈汉章家商议，准备采取政治行动。

袁世凯对张振武案，故意不事张扬。军政执法处仅于8月16日在金台旅馆门首张贴了一张布告，公布袁世凯根据黎元洪密电所发的军令，算是向各界宣布了这一事变。黎元洪在密电中，以十分含糊的措辞，指控张振武："怙权结党，桀骜自恣，赴沪购枪，吞食巨款，当武昌二次蠢动之时，人心皇皇，振武暗扇将校团乘机思逞……近更蛊惑军士，勾结土匪，破坏共和，倡谋不轨（指所谓的三次革命）。"袁世凯便根据这份不足征信的电报发布命令，残杀了这位参与创建民国的革命志士。但事后，他又命令以大将礼厚葬张、方，并薄赠3000元，企图安抚因张振武被杀而感情受到伤害的人。

由于张振武是共和党内的民社派人，民社派首先发难。他们以参议院为中心，与袁世凯展开了合法斗争。8月18日，张伯烈领衔向参议院提出了《质问政府枪杀武昌起义首领张振武案》，控诉袁世凯、黎元洪"口衔刑宪，意为生杀"。第二天，参议院破例讨论质问案（按惯例，质问案直接送交政府，不在院内讨论），刘成禹首先登台，愤怒抨击政府："观政府杀人之手续，直等于强盗之行为，以冠冕堂皇之民国，而有此以强盗行为戕杀人民之政府，违背约法，破坏共和，吾人亦何不幸而睹此！且推此义也，则凡民国起义之功首，造成共和之巨子，皆可一一扑杀之，任凭其为帝为王矣！"会场气氛异常悲伤。在连续三天的参议院会上，共和党、同盟会议员以从未有过的一致态度，共同谴责袁世凯和黎元洪。但这事后来也就不了了之了。

1913年（民国二年），"国学大师"章太炎也是被京畿军政执法处拘捕和软禁的。京畿军政执法处是专门为袁世凯服务的，1916年（民国五年）6月6日袁世凯病死后的第13天，也就是6月19日，京畿军政执法处就被裁撤了。

三、北洋政府北京主要警卫部队

1. 禁卫军

北洋时期的禁卫军就是清朝宫禁宿卫部队。早在清末的时候，袁世凯就已经掌握了这支部队。清宣统帝退位以后，禁卫军改归中华民国陆军部建制，设军统统御全军，直属于大总统袁世凯。军统继续由曾被称为清军第一军统领的冯国璋担任，统制王廷桢。其下设军、师司令处分处办事。全军有1.2万余人。1913年（民国二年）5月，禁卫军改为师、旅、团、营、连编制，师长王廷桢，下辖步兵第1、第2、第3、第4团和骑兵第1团、炮兵第1团、工兵第1营等部队。与清朝的禁卫军都驻扎在北京城内不一样的是，袁世凯除保留步兵第1团担负清朝皇宫紫禁城的警卫外，其他的部队全部移驻到了北京西郊的西苑，禁卫军司令部驻在嘎嘎胡同。

1913年（民国二年）上半年，袁世凯为震慑南方的革命党人，准备派遣大量军队南下。5月3日，袁世凯公然发布除暴安民令。这个通令不仅是对革命党人的恫吓威胁，也是为他对南方各省用兵制造根据。他以十分强硬的态度说："近阅上海4月29日路透电称，有人在沪运动二次革命，谆劝商家助捐筹饷，反对中央。又英文《大陆报》称，上海有人运动沪宁铁路，预备运兵赴宁等语。披阅之余，殊堪骇怪。虽西报登载风闻，不必实有其事，而既有此等传说，岂容坐观乱萌。用特明切宣示，昭告国民。须知总统向称公仆，与子孙帝王万世之业，劳逸回殊。但使众望允孚，即能被选，何用借端发难，苦我生灵。倘如西报听言，奸人乘此煽诱酿成暴动，则是扰乱和平，破坏民国，甘冒天下之不韪。本大总统一日在位，即有捍卫疆土、保护人民之责，惟有除暴安民，执法不贷。为此，令行各都督、民政长，转令各地方长官，遇有不逞之徒，潜谋内乱，敛财聚众，确有实据者，立予逮捕严究。其有无知愚民，或被人诱胁，或转相惊扰者，一并婉为开导，毋得稍涉株连。将此通令知之。"袁世凯的爪牙所控制的报纸，则发出一片叫嚣，大量制造革命党人将举兵作乱的消息，为袁世凯即将武力镇压革命党人做舆论准备。这时，袁世凯命令北洋军秘密南下，第一军左司令李纯和右司令王占元率北洋第6师和第2师的1个混成旅，沿京汉铁路南下，已抵江西九江；第二军军长冯国璋率禁卫军1个旅、直隶第1混成旅和2个旅1个团以及张勋的辫子军，沿岸浦铁路南下，逼近南京。这是禁卫军第一次南下作战。这年12月，冯国璋由直隶都督调任江苏都督，禁卫军步兵2个团及骑兵、炮兵、工程、辎重各营连共5500余人，随同冯国璋来到南京，其他的5900余人仍旧留驻在北京。

1915年（民国四年）4月，禁卫军司令处改编为节制禁卫军事宜办公处。1917年（民国六年）8月，冯国璋任代理大总统后，9月12日，他命令一向由自己统率的禁卫军扩编为中央陆军第15师、第16师,王廷桢担任第16师师长,留在南京,与由江西调来的第6师师长齐燮元共同守卫江苏地盘,刘询担任第15师师长兼总统拱卫军司令,移驻北京。之所以这样安排,是冯国璋为了在北京当总统时留有自己的军队,而在长江一带又有地盘。

2. 拱卫军

拱卫军,是又一支袁世凯的"死党"警卫部队。它的命运同样随着袁世凯的命运而浮沉。

以袁世凯为首的北洋军阀是一个代表大地主、大资产阶级利益的庞大军事政治集团。多年来,它对内镇压人民,对外投靠帝国主义,上交权贵,下结死党,肆无忌惮地扩充势力。武昌起义后,其全部活动,无论是公开的、隐蔽的、军事的、政治的,集中到一点,就是为了夺取国家最高权力,建立北洋军阀的统治。所以,袁世凯必然要竭力控制北京临时政府。

1912年(民国元年)5月1日,为了加强总统府的实力地位,他不顾南方革命党人的反对,将原巡防队、武卫右军改编成一支拥有35个营的拱卫军,受总统府直接节制。袁世凯任段芝贵为总司令。段芝贵是袁世凯的"死党",早在光绪二十一年(1895年)就跟着袁世凯一起参与小站练兵,并在袁世凯的提拔下升任武卫右军翼长、拱卫军司令、江西宣抚使、第二军军长等职。并且他还一直怂恿袁世凯称帝。

拱卫军总司令部驻在丰盛胡同,其他部门分别驻在西苑、三海及河南等处,主要担负总统府、北京和章德府(今安阳)的警卫。总司令部设有军事参议官、总参谋官、教练长和参谋处、秘书处、副官处、军务处、稽查处、军需处、军法处、军医处、军械总局、军米局等，下辖有中、前、左、右、后5路和总统卫队2营、马队2营、炮队3营、宪兵营、备补5营、机关枪队等，全军有1.4万余人。同时还规定，拱卫军还可以临时调遣陆军第三、第六镇等驻北京的城内部队担负警卫任务。

拱卫军不仅只保卫北京，有时还会根据需要到全国各地作战。1912年（民国元年）7月16日，袁世凯任命拱卫军总司令段芝贵为第一军军长、江西宣抚使，节制赣、鄂北洋各军。7月20日，段芝贵率拱卫军八营抵达九江，参加作战。

在当时北京城，拱卫军是一支毫无纪律的部队。一天，时任袁世凯内阁总理的唐绍仪乘坐马车由办公室回家。忽然，迎面来了两个开道的士兵，手中挥舞着鞭子，唐绍仪的警卫人员几乎挨了他们一鞭。唐绍仪急忙吩咐把马车让到路旁，注意一看，前方过来的一辆漂亮的马车里，坐的不是别人，正是总统府拱卫军总司令段芝贵。等到这辆车子过去了，唐绍仪的马车才缓缓前驶。唐绍仪事后对人说："好大的威风，只有清朝摄政王才够得上这样威风呢！"

袁世凯死后，黎元洪继任大总统。1916年（民国五年）7月11日，黎元洪将袁世凯的警卫部队拱卫军改编为中央陆军第13师，并由黎元洪的卫队担负公府警卫。

3. 步军

步军是步军统领衙门统辖的部队。这是专门守卫北京城的部队，于1912年（民国元年）7月组建。步军的编制基本上是沿袭清朝的旧有体制，编为左、右两翼和中、南、北、左、右五个营。两翼、五营共设军官604人，士兵11286人，相当于现代军队一个师的兵力。

左、右翼是内城守卫部队，左翼分布在东城，右翼分布在西城。左、右翼设翼尉1人、副翼尉2人、委翼尉2人、委翼尉行走1人、协尉26人、步军校256人、门领25人、门吏25人、门千总32人；统带2人（翼尉兼）、帮统2人、管带2人（副翼尉兼）、帮带3人（委翼尉兼）、督操官6人、司务官7人、司务长6人、司书94人。其中，左翼编官197人、技勇兵2346人、门甲170人、步甲675人，抽编游缉队步队17个中队，马队1中队零1小队，还编有军乐队、预防队各1队；右翼编官197人、技勇兵2260人、门甲160人、步甲675人，抽编游缉队步队8个中队，预防队1队。

中、南、北、左、右五营主要是外城守卫部队。中营驻在外城的西郊一带，南营驻在前三门外一带，北营驻在外城的北郊一带，左营驻在外城的东郊一带，右营驻在外城南郊一带。中、南、北、左、右五营，设副将1人、参将5人、游击5人、都司5人、守备18人、千总28人、把总56人、经制外委92人；统带1人（副将兼）、帮统5人（参将兼）、管带5人（游击兼）、帮带5人（都司兼）、督操官12人（守备兼）、司务长5人、司书21人。其中，中营设官46人、马兵540人、战兵860人、战捕100人，抽编游缉队步队3个中队；南营设官53人、马兵365人、战兵410人、战捕100人，抽编游缉队步队2个中队零3个分队，预防队1队；北营设官37人、马兵365人、战兵410人、战捕100人，抽编游缉队步队2个中队零3个分队；左营设官37人、马兵365人、战兵410人、战捕100人，抽编游缉队步队 2 个中队零 3 个分队；右营设官 37 人、马兵 365 人、战兵 410 人、战捕 100 人，抽编游缉队步队 2 个中队零 3 个分队。

1917 年（民国六年）7 月，陆军第 8 师的工兵营在讨伐张勋后，护送段祺瑞进京。几天后，代总统冯国璋为了加强北京守备，命令工兵营留京，并改编为步军统领衙门卫队营，下辖 4 个连，共有官兵 521 人，相当于一个营的兵力。

1922 年（民国十一年）5 月，陆军第 16 师因为在第一次直奉战争中战败被遣散，该师驻守在紫禁城神武门的第 62 团改编为内城守卫队，并改归步军统领衙门统辖，仍担负保卫清朝皇室的任务。这个守卫队当时在北洋军队中地位相当重要。内城守卫队设督练 1 人，由步军统领兼任；管理 2 人，由左、右翼总兵兼任；统带 1 人，由左翼翼尉富连瑞兼任；帮统 1 人，督操官 3 人，副官、军需官、书记官、司书各 1 人；下辖 6 个中队，每个中队有官兵 168 人。1924 年（民国十三年），内城守卫队被发动"北京政变"的冯玉祥部队缴械。

4. 宪兵部队

清朝末期，中国已经有宪兵部队。成立宪兵部队那是在光绪三十一年（1905 年），由于清政府腐败无能，北洋各军纪律败坏，已经严重地影响到了军队的战斗力。为了整顿北洋各军的纪律，清廷派袁世凯在大沽筹办宪兵学堂。光绪三十四年（1908 年），宪兵学堂迁到北京，并改称陆军警察学堂。同时设立了京畿陆军警察队、禁卫军警察队。这也是我国历史上有警察制度史的开始，袁世凯算是开创我国警察历史第一人。

1912年（民国元年），中华民国成立后，北洋政府陆军部改陆军警察学堂为宪兵学校。为了加强北京的安全警卫，这年夏天，袁世凯临时政府决定将京畿陆军警察队改为京畿宪兵营，隶属于陆军部，驻守在旧刑部街。同时在拱卫军中设立拱卫宪兵营，不久后拱卫宪兵营又改称为京师宪兵营，也隶属于陆军部管理。开始的时候，京师宪兵营只辖4个连，他们所管辖的区域与步军统领衙门相同。1913年（民国二年），京师宪兵营又设宪兵补充连一个。1917年（民国六年），冯国璋上台后，京师宪兵营又扩充为京师宪兵司令部，宪兵增编至8个连。同时，宪兵补充连队扩充为京师宪兵教练处。1919年（民国八年），由于五四运动的爆发，北洋政府进一步加强了京畿地区的安全警卫，京师宪兵司令部所辖的8个连编为京师宪兵第1营、第2营，所有京畿禁卫、边防军各宪兵营，改编为京师宪兵第3营、第4营、第5营。1924年（民国十三年），京师宪兵营由5个营缩编为3个营。1926年（民国十五年）秋天，再由3个营扩编为6个营。

北洋宪兵部队是北洋统治者镇压人民和革命群众的武器，在宪兵部队存在的10多年里，他们几乎参与了所有镇压革命群众的活动。

四、北洋政府公府警卫大事

北洋政府公府警卫即北洋政府总统府警卫。北洋政府从成立到垮台，虽然只有短暂的17年，却经历了袁世凯、黎元洪、冯国璋、徐世昌、曹锟、段祺瑞、张作霖7位元首（分别叫大总统、临时执政、大元帅）和32任内阁。不管是谁执政，上台后都建立了一套自己的警卫机构和部队，以巩固自己的统治地位。

1. 东华门刺杀袁世凯

1911年（宣统三年）11月3日，袁世凯率领大批卫队进入北京，掌握了清朝的军政大权，他把自己的卫队编为"拱卫军"，代替清廷的禁卫军控制着北京。袁世凯到北京以后，大肆屠杀京、津一带的革命党人。袁世凯的残暴统治激起了革命党人的强烈抵抗，特别是"北京起义"失败后，革命党人黄之萌等人认清了袁世凯窃国大盗的嘴脸，决定寻机刺杀他。

1912年（民国元年）1月15日晚，北京城内的黄之萌、张先培、杨禹昌等十几名革命党人，在荆州会馆内举行紧急会议，成立暗杀团，决定16日利用袁世凯上朝往返的必经之路进行暗杀。

1月16日早晨，暗杀团18人分成四组进入隐蔽地点，做好刺杀部署。第一组张先培等5人隐蔽在东安门外稍东路北三顺茶叶店楼上；第二组黄之萌等5人隐蔽在三顺茶叶店往东路南祥宜坊酒楼里；第三组杨禹昌等5人游动于东华门和王府井大街之间；第四组负责接应。上午11点45分，袁世凯退朝从东华门出来，乘马车在大批骑兵簇拥下由西往东行驶。当他经过东安门来到三顺茶叶店门前时,张先培立即从楼上投下炸弹，炸弹爆炸时袁世凯的车已经到了祥宜坊酒楼，楼上的黄之萌、李献文又扔下炸弹，炸弹恰好打中袁世凯的车辕，炸翻了马车，炸死了驾车马一匹以及护卫管带1人、排长1人、亲兵2人、马巡2人。第三组和第四组听到炸弹声，一齐用手枪、炸弹威胁两旁的军警,不许他们乱动。袁世凯被扣在炸翻的车下,狼狈地从车下爬出来,指挥手下军警还击,张先培从茶叶店出来上前追击袁世凯,不幸被袁世凯的卫兵开枪打伤,黄之荫赶过来增援,被当场抓住。杨禹昌躲进小胡同被侦察骑兵抓获,此后,先后有十余人被捕。张先培、黄之荫、杨禹昌三位革命志士,于17日从容就义。

刺杀事件发生后,吓得清朝王公大员们失魂落魄,纷纷逃往天津等地,留在北京的满族大员也纷纷请求袁世凯派兵保护。袁世凯则利用这种机会迫使清王公亲贵进一步接受自己的摆布。革命党人的刺杀活动不但丝毫没有挽回局势,反而为袁世凯所利用。

袁世凯在这次事件中虽然未受伤,但以后与清皇室的交涉,都由他的助手代理,他本人从此不再出门了。第二天,又有人在外务部的门口扔了一颗炸弹,并没有炸伤什么人,袁世凯办公室窗户上的玻璃受爆炸声浪的冲击,形成了许许多多的小裂纹。他为了避免发生危险,在家人的建议下,搬到地窖里办公去了。

2. 炸弹扔进中南海

袁世凯当上中华民国临时大总统后,进一步加强了对自己的安全警卫。1912年(民国元年)5月1日,袁世凯命令把武卫右军扩编为拱卫军,分别驻在北京的西苑、"三海"以及河南等地,担负总统府、北京和彰德府的警卫。当年担任拱卫军总司令的也都是袁世凯的亲信、死党,全军有1万多人,直属于大总统。袁世凯为了加强北京城内的警卫,还命令,如果有必要，拱卫军还可临时调遣陆军第三、第六镇等驻守在北京城内的部队。刚开始的时候，袁世凯的总统府设在了铁狮子胡同，没有多长时间，清皇室让出了中南海。袁世凯一家又从当时所住的铁狮子胡同陆军部搬进了中南海。

为了加强中南海的警卫，总统府设立了警卫总指挥处（袁世凯称帝时改称为大内总指挥处），并设有侍从武官长、指挥使、侍从官等负责近侍警卫。当时的中南海警卫林立，光侍从人员就有1000余人。袁世凯绞杀民主、摧毁共和，激起了人民的反抗，因此他经常担心被暗杀。

辛亥革命爆发，袁世凯再次出山的时候，一家就收到过一些恐吓消息。有一天，袁世凯家里忽然收到一个惊人的消息，说是第六镇统制吴禄贞要派人杀害他们全家。袁世凯的儿女们被吓得手足无措。不久又传来消息，说吴禄贞在石家庄车站遇刺身亡。这次事件之后，袁世凯考虑到，今后他们家如果还住在彰德，未必不再发生同样的事件，就让全家分批搬到天津。当时他们在天津分别住在几个地方：德租界、意租界、英租界。后来，他们全家又分批搬到北京，住在石大人胡同外务部（民国时期改名为外交部，石大人胡同也改名为外交部街）。

1912年（民国元年）下半年的一天，也就是袁世凯搬进中南海后不久的一天，中南海发生了爆炸事件。

那天，中南海内的警卫正关注着一切动静。突然，一个流动哨兵听到附近的水面"啪"的一声响。他赶紧跑了过去，一看，像是扔进了一枚炸弹。但由于炸弹掉在了水里，并没有爆炸。炸弹是从中南海墙外扔过来的。中南海内的警卫人员马上聚集了过来，立即进入紧急警戒状态。外面的警卫发现，扔炸弹的只有一个人，并立即将扔弹人抓住了。中南海内的警卫人员才算是松了口气。

当有人把炸弹扔进中南海的事件告诉袁世凯时，袁世凯正在居仁堂楼下东头的一间大房间里办公。袁世凯听了之后，表情十分木讷，不知心中在想什么。

当晚，袁世凯召集警卫总指挥处开会，主要是加强中南海警卫之事。后来，袁世凯再也不敢轻易出门了。袁世凯自从1912年（民国元年）上半年住进中南海，直至1916年（民国五年）6月去世，他正式出总统府只有4次，并且每次出行都是仪仗隆重，重兵警卫。

3. 囚禁章太炎

袁世凯自从利用实力地位和阴谋手段在迁都问题上取得胜利后，北京便以"民国首都"的地位成为北洋军阀封建独裁统治的中心。他不仅把中华民国成立后制定的资产阶级民主制度破坏得干干净净，而且实行了血腥的特务统治。在北京，设立了京畿军政执法处，由大刽子手陆建章主持。历任内务总长、内阁总理的赵秉钧则是袁世凯手下的特务首脑。当时，北京城内密探遍布，反对袁世凯的人随时都有被逮捕、处死或是暗杀的可能。

1913年（民国二年）8月的一天，中国近代民主革命著名思想家章太炎先生来到北京。到达北京后，他住进了前门内化石桥共和党总部。但自从章太炎踏上北京土地的那一刻起，他就被袁世凯的卫队监视了。

章太炎才华横溢，学识广博，被誉为"国学大师"。甲午中日战争后，随着民族危机的加深，他开始投身维新变法运动。变法失败后，他逃亡日本，结识了孙中山先生。后来，他当众断发易服，以示同改良主义的彻底绝裂，从此走上了革命道路。光绪二十九年（1903年）回国后，他经常在《苏报》上发表言论激烈的文章，宣传革命思想。后来因为《苏报》案他被囚禁三年。出狱的当天，他就被同盟会派来的人接往东京，随后他加入了同盟会，并主持《民报》的编辑工作。武昌起义爆发后，他从日本回国，认为清政府已经被推翻，因此曾鼓吹"革命军兴，革命党消"，错误地主张解散同盟会，甚至拥护袁世凯，还做了袁世凯总统府的枢密顾问。直到后来宋教仁被刺杀，他才认识到自己的错误，于是又与孙中山合作，发动了讨袁的"二次革命"。"二次革命"失败后，袁世凯当然不会放过章太炎，于是采取各种手段把他骗到北京来。章太炎自然知道袁世凯是个阴险狡猾的人，但为了同袁世凯进行斗争，他还是不顾个人安危前往北京。

　　章太炎没想到，他刚到北京就被袁世凯的卫队监视起来了。1914年（民国三年）4月7日这天，章太炎蓬头垢面，手拿鹅毛扇，并用袁世凯曾经亲自授给他的闪闪发光的二级大勋章做扇坠，直往总统府走去，大声叫喊着要见袁大总统。袁世凯得知情况后，派了自己的心腹梁士诒来见章太炎。可是章太炎根本就没有把梁士诒放在眼里，把他讽刺了一番，梁士诒不得不狼狈退出。后来，袁世凯还是没有出来，于是章太炎就挥动手杖把招待室里陈列的器物砸烂。袁世凯府上的人见势不妙，便让时任北京戒严副司令的陆建章出面，骗说袁世凯要接见他。章太炎于是跟着陆建章上了马。然而，章太炎当时并不知道，他不是被拉到袁世凯那儿，而是被拉到了军事教练处，并被囚禁了起来。后来，因为长期囚禁在这里不方便，袁世凯的卫队又把章太炎转到了陶然亭附近的龙泉寺继续囚禁。没多久，袁世凯的卫队又把章太炎关在东城的钱粮胡同。

1916年（民国五年）6月，袁世凯死后，章太炎才结束了囚禁生活，获得释放。

4. 袁世凯就任大总统和祭天的警卫

1913年（民国二年）10月10日，袁世凯在紫禁城太和殿举行隆重的仪式，就任中华民国第一届正式大总统。应邀参加庆典的中外宾客进入太和殿后，于主席台的两侧就座。

上午10时许，两队身穿蓝色军礼服、头戴全金线"冲天冠"的总统翊立使共320名，全副武装地正步进入会场，分列在主席台两旁。卫士们腰际那金光闪闪的军刀显得十分威严。紧接着是总统府秘书长梁士诒、内史夏寿田、侍从武官荫昌、军参处处长唐在仪分乘四抬彩舆由侧阶而上，到达殿前。梁士诒、夏寿田二人身穿文官燕尾服；荫昌、唐在仪二人身穿钻石蓝军礼服，佩金色参谋绶带，头戴叠羽冲天冠，文东武西分列主席台两旁。

这时鼓乐齐鸣，军号嘹亮，在庄严隆重的接官曲中，袁世凯乘坐八抬大彩舆，在拱卫亲军的簇拥下，由中阶而上，缓缓来到殿前。袁世凯穿着陆海军大元帅的大礼服，金线绶饰在钻蓝色的映衬下光彩夺目，下轿后由梁、夏、荫、唐拥护前行，登上主席台南面就座。

10点15分，大礼官宣布"开典"，赞礼官庄严地宣布："中华民国大总统宣誓就职。"这时袁世凯应声而起，面向议长、议员席宣誓："余誓以至诚，谨守宪法，执行中华民国大总统之职务。"誓毕，袁世凯向三面来宾鞠躬，文武官员、翊立使、拱卫亲军都齐声高呼"万岁"。

盛大的午宴结束后，袁世凯在陆军总长段祺瑞、参谋总长王士珍、侍从武官廕昌、拱卫军统领段芝贵等高级将领的簇拥下，登上天安门举行阅兵庆典，步、马、炮三军依次通过时，都以最高的军仪向总统致敬。但是袁世凯此时对开国纪念活动并不太感兴趣，站了没多一会儿就悄然离去。自然，阅兵庆典因为袁世凯的离去也变得索然无味了。

袁世凯就任正式大总统后，即把总统府迁入中南海，将南海作为公务所、中海西北部的集灵囿作为国务院。从此中南海成为北洋军阀政府所在地，把南面的宝月楼改建为新华门，作为总统府的南门；中南海西边（右边）的街道改名为府右街，海晏堂改名为居仁堂。袁世凯在居仁堂办公和会客。他御用的政事堂和海陆军大元帅统率部办事处均设在丰泽园内，而以怀仁堂作为接见外宾、举行典礼的地方。这年12月15日，袁世凯为解散国会组织了御用政治会议，开会之前，袁世凯把69名"议员"全部叫到居仁堂，接受他的训示，于当天就通过了解散国会案。

后来袁世凯登基做皇帝，警卫规格都没有如此之高，这是因为袁世凯临时决定提前登基，公府的警卫部队根本没来得及详细准备，袁世凯就匆匆了事了。

袁世凯一心想当皇帝，但他并没有急于求成，而是首先从复古开始。他尊孔祭天，复古官制，起用清朝遗老，每一步都是为自己当皇帝做准备的。当然,这里面最突出的表现就是祭天。在封建时代,皇帝自称"天子",以此表明他是代表"天"统治人民的,统治权是"天"授予的。所以,皇帝每年都要祭天。早在1914年(民国三年)初的时候,袁世凯就让内务部搞了一个关于祭祀用的特别冠服和祭礼、祭品的详细规定,准备到时应用。

1914年(民国三年)12月23日这天是冬至,袁世凯要到天坛祭天。为此,北京城全城戒严。为了保护袁世凯的安全,北京城内的军警大批人马出动,加强警戒。从新华门到天坛沿途用黄土铺路,戒严净街,摊贩全部被赶走,任何人都不得停留。

警戒线内警察挨户通知民户不许留宿亲友,每户还必须具十字连环切结。天坛周围更是戒备森严,几千名警卫士兵荷枪实弹守卫着,屋顶上、天桥下都设置了瞭望哨。

上午10时许,袁世凯乘坐的汽车从新华门的总统府出发,驰向天坛。袁世凯乘坐的汽车前后骑马扈从的是步兵统领江朝宗、警察总监吴炳湘、总统府总指挥使徐邦杰,在汽车的四周是大队骑兵前呼后拥,威仪与清朝皇帝出宫毫无二样。

当汽车来到天坛门外时,袁世凯下汽车,走上了四角垂着络缨的双套马朱金轿车;当袁世凯来到昭亨门外时,又改乘竹椅显轿。不一会儿,袁世凯来到了天坛南门,他在荫昌和陆锦左右搀扶下一步步走上石阶。

十几分钟后,丑剧开始了。袁世凯头戴爵弁,身穿着十二团大礼服,下着印有千水纹的紫缎裙;特任官身穿九团大礼服、简任官身穿七团大礼服、荐任官身穿五团大礼服,下身都穿着紫缎裙。他们一个个屈膝下跪,蹶起屁股,叩首礼拜。

后来，袁世凯违背民意，于1915年（民国四年）12月12日称帝，13日上午他在中南海居仁堂接受了百官朝贺。违背民心的事长久不了。袁世凯从改元洪宪到废止洪宪年号，前后共83天。也就是说，他当了83天闭门天子，做了一场皇帝梦，登基大典还没有举行，"圣旨"还没有出宫门，他就被全国人民从君主的宝座上赶了下来。

5. 曹锟入京就职的警卫

曹锟入京就职的警卫是他自己贿选丑陋一幕的继续。

直系军阀控制了京畿地区以后，曹锟与吴佩孚貌合神离，裂痕加深。于是，曹锟与他的亲信为争夺权力，策划了先驱黎后贿选的计谋，以攫取总统宝座。

1923年（民国十二年）初，曹锟就开始贿买议员380余人。自从元月份开始，每人发给津贴200元。年关将近，曹锟还赠送议长"炭敬"3万元，副议长"炭敬"1万元。由于副议长与议长待遇过于悬殊，大感不平，曹锟又不得不补发了1000元。同时，议员们也因为与议长待遇出入过大而吵闹不休。后来，他们又将议员津贴分为三等：甲等每人6000元，乙等每人4000元，丙等每人3000元。各政团"领袖"另给巨额运动费。6月8日，曹锟又雇佣流氓，组成"公民团"，在天安门集会，要求黎元洪"即日退位，以让贤路"。6月10日，"北京市民请愿团"等在中华门集会游行，摇旗呐喊，鼓噪喧哗。随后，冯玉祥以维持秩序为名，率军入京。6月13日，黎元洪被迫出走天津，通电辞职。10月5日，国会正式选举总统。当天，军警宪兵戒备森严，曹锟以480票"当选"为大总统。

10月10日，曹锟就职，颁布《中华民国宪法》，并大张旗鼓地搞就职仪式。在此前一天，京畿卫戍总司令部、步军统领衙门、京师警察厅、京师宪兵司令部及北京驻军等纷纷进行了紧急动员，全面进入紧急战备状态。

10月10日一早，北京城开始戒严。根据统一部署，长辛店车站到西便门豁口由中央陆军第9师、第11师、第13师与前门京畿卫戍总司令部游缉队第3大队各出步兵1个团整列恭迎；西便门豁口内到前门西车站由步军统领衙门、京师警察厅与京畿卫戍总司令部游缉队第3大队第4营担任警卫；城墙上自西豁口起，经宣武门到前门，由步军统领衙门派兵警卫；前门西车站附近由京师警察厅、步军统领衙门并加派京畿卫戍总司令部游缉队第1大队第3营负责严密警卫。重点是前门西车站外经正阳门、中华门、天安门前至新华门，这一线安排了步军统领衙门、京师警察厅及内城守卫队、京师宪兵司令部、京师军警督察处、京师一带稽查处共同担负。这一线皇墙外还安排了步军统领衙门、京师警察厅马队往来巡逻。西便门豁口至新华站所有沿途经过地段铺户、楼房及各巷口，由步军统领衙门、京师警察厅侦缉队按各自负责的营汛、警区派兵驻守，是大巷口都派兵放哨；步军统领衙门、京师警察厅骑车的兵警，都是全副武装，在沿途往来巡逻；京师宪兵司令部、京师军警察处、京师一带稽查处都派官兵专门巡查各处事情。

到车站参加欢迎的人员，都由京师警察厅特制的入站券列号登记，车站门外由京师警察厅、京师宪兵司令部派人查验；军警机关还派出了大量的便衣侦探人员，一律发给了特别执照。

车站各门断绝交通，警备十分森严。

曹锟就职仪式真是夸张到了极点。前门到总统府沿途都是黄土铺路，并且禁止老百姓通行。上午，曹锟在卫队旅5000余人的保护下，分乘三列火车从保定到达北京。在前门车站下车后，在保定同来的手枪队、马队、步队1000多人的护卫下进入总统府。可惜，靠贿选当上总统的曹锟好景不长，一年后他便成了冯玉祥部队的阶下囚。

6. 制造"三一八"惨案始末

"北京政变"以后，国民军与奉系军阀推拥段祺瑞出任临时执政。临时执政府就设在铁狮子胡同。临时执政府设指挥使和侍从武官处负责安全保卫工作，由临时执政府卫队旅担负公府和吉兆胡同段宅的警卫。但此时的警卫部队，在军阀头目的指使下，将枪口对准了人民，成了镇压革命的刽子手。于是制造了"三一八"惨案。

1926年（民国十五年）是大革命时期难忘的一年。南方革命形势高涨，广东革命政府发动的北伐战争即将开始；北方倾向革命的冯玉祥率领国民军于1925年（民国十四年）底发动的对奉系军阀的战争进展也十分顺利。帝国主义眼看着自己在中国扶植的北洋军阀的统治面临着灭顶之灾，于是以日本为首的帝国主义一面出兵东北帮助奉系军阀稳住阵脚，一面于3月12日派日舰两艘掩护奉军进攻天津大沽炮台，炮击国民军，打死打伤数十人，制造了"大沽口事件"。随后，日本又借口国民军违反《辛丑条约》，纠集了英、法等七国于16日向段祺瑞政府发出最后通牒，向中国政府提出撤去大沽口防务、给日本赔款等无理要求，并限在3月18日作出明确答复。3月17日，国民军与段祺瑞执政府就已经作出答复，完全同意日本等国的通牒，答应撤除防卫，向奉系和直系开放了华北的大门。

这个消息传开后，中国人民愤怒了。3月17日下午，爱国团体联席会议在北大召开，推举陈毅、辛焕文、王布仁等7人带队，分别前往执政府国务院和外交部请愿。陈毅带领67人来到铁狮子胡同的执政府，遇到政府卫队的阻拦。这个卫队还是1924年（民国十三年）段祺瑞上台时，由于当时他手中没有亲信的武装力量，又不信任国民军，向张作霖要来的一个旅作为执政府的卫队。面对请愿代表，卫队士兵以阻碍门口出入为由，粗暴地用枪柄乱打，用刺刀乱刺。当时有10多名代表受伤。陈毅等人坚持到夜里，直到国务院秘书长陈汉祥出来讲话才离去。

3月18日，北京正值初春季节。天空乌云密布，飘着雪花，走在大街上显得寒气袭人。上午10时许，北京的学生、工人、市民等约3万人在天安门前召开反对八国最后通牒国民示威大会。当时，身为大会主席之一的李大钊发表了演说，号召大家用"五四"的精神、"五卅"的热血，不分界限地联合起来反抗帝国主义的联合进攻，反对军阀的卖国行为。李大钊的演讲，让与会者群情激愤、热血沸腾。会后，群众又开始举行示威游行活动。群众在李大钊、陈毅等人的带领下，经过东长安街、东单、东四来到位于铁狮子胡同东口的执政府门前。执政府大门坐北朝南，府门对面是一堵影壁，东、西两边各有一个大门。游行队伍由东门进入府门前的空场，在影壁前列队。当天执政府卫队不仅没有撤换，他们还装备了手枪、步枪和大刀，站在执政府门前及东、西侧面，与示威队伍对峙。

此时,执政府内部一片寂静,阴森恐怖,卫队荷枪实弹,戒备森严,军警特务布满了四周的胡同。一场有预谋的大屠杀就要开始了。学生们毫无惧色,从容地推出了五位代表带着大会决议书进入大门,要求段祺瑞接见,但立即被卫队官兵大声吼叫着驱赶出来。学生们顿时义愤填膺。这时,有人高呼:"到吉兆胡同去!"队伍还没有来得及调动,突然,枪声大作。原来是卫队军官吹响了警笛,鸣枪示意,于是卫队士兵一起举枪,向手无寸铁的群众开枪扫射。学生一批批倒下了。北京女子师范大学学生刘和珍高举校旗,昂首挺立在人群中间,身中七颗子弹,头部、胸部又被猛击两棍,当场牺牲。她的同学杨德群看见倒在血泊中的刘和珍,毅然冒着生命危险奔到刘和珍的身边,就在她扶起刘和珍的那一瞬间,卫队士兵又将罪恶的子弹射进了杨德群的胸膛。卫队在执政府门前屠杀了半个小时之久,有26人当场死亡,20人随后因伤势过重而死亡,200余人负伤。

然而,更令人可悲的是,惨案发生后,段祺瑞政府竟无耻地说,这是李大钊等人率领"暴徒"数百人手持枪棍袭击国务院,卫队正当防卫所造成的。同时,还信口开河地将李大钊列为"暴徒首领"。

这天,鲁迅正在阜内西三条21号的家中写《无花的蔷薇之二》。当鲁迅听到惨案的消息后,他愤怒了,他无法把这篇文章再按之前的思路写下去了,于是笔峰一转,愤怒地写道:"如此残虐险狠的行为,不但在禽兽中所未曾见,便在人类中也极少有的","血债必须用同物来偿还。拖欠得越久,就要付更高的利息!"在文章的最后,他又加上一句"民国以来最黑暗的一天"。

7. 扑杀李大钊前后

1926年（民国十五年）4月中旬，奉直军队打到北京，京城处于奉直两军的控制之中。他们摇身一变，居然成了北京城的御林军。刚到北京城，他们就合议组织新一届临时执政府。奉系军阀头目张作霖还提出恢复民国初期的《中华民国约法》，召集全国性的新国会，选举大总统，产生新内阁。后来，张作霖又抛弃宪法和约法，实行军事独裁统治。12月1日，张作霖在天津自称安国军总司令。27日，他又把安国军总司令部迁到了北京的庆王府。

与此同时，奉系军阀成为日、英等帝国主义的走狗，在沈阳、天津、青岛、上海等地镇压国民革命，屠杀工人群众。中国共产党自1925年（民国十四年）冬天开始，就领导了全国性的反奉运动。李大钊是北京的领导核心，从1925年（民国十四年）底到1926年（民国十五年）初，他在天安门组织了三次数万人参加的反日讨张示威大会。1926年（民国十五年）3月12日，日军炮击大沽口，并纠集八国公使威胁中国，李大钊听后十分气愤，又领导了声势浩大的反日大会，并亲自率领代表团到北洋军阀政府国务院、外交部请愿，要求以强硬的态度对待八国最后通牒。几天后，驻守北京城的军警制造了"三一八"惨案。"三一八"惨案发生后的第二天，段祺瑞政府就以"假借共产学说，啸聚群众，屡肇事端"的罪名，通缉李大钊等人。这年4月底，北京城的军警以宣传赤化的罪名枪杀了著名报人邵飘萍，封闭了《京报》馆。8月，他们又杀害了进步报人林白水，查封了《社会日报》。

为了维持军阀的最后统治，张作霖的安国军对在北京活动的国共两党以及爱国革命力量不断进行摧残。1927年（民国十六年）3月下旬的时候，法国使馆将李大钊等人避居苏联兵营的消息悄悄地告诉了安国军，日本使馆也通报了类似消息。4月初的时候，安国军总部决定派出外交代表与列强公使团商议，在维持列强使馆区外交特权的前提下，让奉系军警进入使馆区查抄苏联大使馆、兵营、俱乐部以及相关场所，目的在于搜捕革命党人。

1927年（民国十六年）4月6日，是中国传统的阴历清明节。这天上午，京师警察总监陈兴亚带领300多名警察、宪兵和侦探，全副武装地乘车奔向位于东交民巷的使馆区。京师警察总监陈兴亚向公使团领袖、荷兰公使欧登科报告了情况。欧登科立即同意他们进入苏联使馆区搜捕。随后，300多名军警立即包围了苏联大使馆、旧兵营、苏联大使馆俱乐部、远东银行、中东路驻京办事处等机构。军警们拘捕了阻拦搜查的苏联大使馆工作人员。随后，他们逮捕了中共北方区委书记李大钊等20余人，国民党中央候补执委路友于等10余人也被跟踪追捕。军警们没有放过任何一个角落，他们从上午一直搜查到晚上，搜去国共两党大批文件及旗帜、印章、枪支、弹药等。

搜捕到李大钊等革命志士之后，安国军与京师警察没有将他们移交司法机构，而是设立特别军事法庭会审，对李大钊等人进行残酷拷打、迫害。无论安国军和京师警察是拷打还是钉竹签、剥指甲，都没有动摇李大钊坚定的革命意志。李大钊曾在狱中写下自述来回顾自己爱国与革命的一生，他自豪地说："钊自束发受书、即矢志努力于民族解放之事业，实践其所信、厉行其所知，为功为罪，所不暇计。"

威逼不成，安国军又想来利诱。一天，号称"小诸葛"的张作霖的安国军参谋长杨宇霆，来到狱中"看望"李大钊。杨宇霆带着微笑对李大钊说："我们都是直隶人，只要你妥协，出去后，我保证张总司令能给你高官厚禄。"良久，李大钊坚定地说："大丈夫生于世间，宁可粗布以御寒，'晚食以当肉，安步以当车'，甚至断头流血，也要保持民族气节，绝不能为了锦衣玉食，就去向卖国军阀讨残羹剩饭，做无耻的帮凶和奴才！"

这些都充分体现了李大钊危难关头舍己为人的高尚品质。丧心病狂的奉系军阀对李大钊极度恐惧和仇恨，决定将他杀害。1927年（民国十六年）4月27日由安国军总司令部、京师高等审判厅、京师警察厅等机构组成的特别军事法庭再次审讯这些革命志士。4月28日，在虚伪地进行一番法律手续之后，特别军事法庭作出宣判，对李大钊等人处以绞刑，并立即执行。下午，在西交民巷京师看守所临时刑场上，一代英杰李大钊壮烈牺牲，终年38岁。同时被害的还有其他20名革命者。

6月18日，中华民国军政府在北京成立，张作霖在怀仁堂就任中华民国陆海军大元帅。大元帅府设侍从武官长和卫队，负责中南海内的安全警卫。第二年6月，这个曾经扑杀李大钊的军阀头目在皇姑屯被炸身亡。

五、北洋军阀时期的京城政变、京城战事

1. 二月兵变

二月兵变是驻守北京的警卫部队在袁世凯的指使下，进行

的一次阴谋活动。

1912年（民国元年）2月，孙中山辞去中华民国临时大总统的职务，让位给北洋军阀首领袁世凯。不过，孙中山有一个条件，那就是要袁世凯到南京就任。于是孙中山决定派蔡元培为欢迎专使，魏宸组、钮永键、宋教仁和汪精卫等人为欢迎员，到北京迎接袁世凯南下。老谋深算的袁世凯哪会听孙中山的，他深知北方各省是自己多年经营的地盘，一旦离开，便失去了依托，因此，他决意将民国首都定于旧势力盘踞的北京，坚持不肯南下。为了达到此目的，袁世凯决定暗地里实施"兵变"，以实现自己的既定方针。

2月21日，袁世凯派大儿子袁克定召集曹锟、姜桂题、杨士琦、杨度等人秘密谈话。袁克定说："南边坚持要大总统南下就职，大总统要走，兵权就得交给别人。听说王芝祥要来当直隶都督。大总统只能带一标人去作为卫队，至多也不能超过一协，其余的人恐怕都要裁汰调动。大家说怎么办？"袁克定想以此来发动参加密谈的人。参加密谈的人相互讨论着，但最后谁也没有说出一个好主意。这时，袁克定有点忍不住了，干脆就把话说明了："我看等那些专使们来的时候，把他们吓回去再说。"说完后，袁克定就两眼紧盯着姜桂题，希望他首先表个态。可是姜桂题就是不明确表态。袁克定感觉非常失望，宣布散会。

23日，袁克定又把曹锟叫到他的公馆密商。随后，曹锟通知第三镇的几位主要军官前来开会。会上，袁克定又把21日开会时讲的话说了一遍，最后他还加重语气强调："难道大清皇上逊位，北洋军官也要逊位吗？"袁克定已经把话说得够明白的了，但还是没有人表态。这时，曹锟说话了。他说："我想这件事好办，只要去几个人把专使的住处一围，一放枪，大伙儿嘴里再嚷嚷，宫保要走了，我们没人管了，只要咱们一吓唬，他们就得跑。"袁克定不住点头说："只要你们一闹，把他们吓跑了，那就好办了。到那时候，外交团也能出来说话，不放总统南下。这样建都北京就不成问题了，王芝祥也不敢来接直隶都督了。"见袁克定和曹锟这么一说，第三镇的几个军官也纷纷表示完全拥护，表示永远跟着总统。

达成一致意见后，他们又开始议定计划。袁克定表示，由他通知陆建章叫执法处决不干涉这一行动。

袁世凯接到专使要到北京的电报后，立即指示直隶省和天津地方当局予以特别招待，并且还派袁克定为代表到天津迎接。2月25日，当蔡元培一行到达北京正阳门的时候，袁世凯的武卫右军打开正阳门，并举行了隆重的欢迎仪式。蔡元培一行看到袁世凯举行了如此隆重的欢迎仪式，感觉袁世凯南下的热情十分之高，心中也就没有多想。下午，蔡元培一行会见了袁世凯，并向他递交了孙中山请他南下就职的手书及参议院选举袁世凯为临时总统的选举状。晚上，袁世凯又委派外务部首领胡惟德举行盛大宴会，热情宴请蔡元培一行。

26日，袁世凯又邀请蔡元培等人举行谈话会。会上，袁世凯显得特别热情。蔡元培对袁世凯说："大总统何时动身南下？"袁世凯呷了口茶，笑了笑说："蔡专使放心，我南下不成问题，是迟早的事情，孙中山先生的好意我感激不尽啊！只是北京这边一时还放心不下，有些事情需要妥善布置，一待安排好留守坐镇的适宜人选，我立刻就走。"

专使们被袁世凯的假相迷惑了，袁世凯此时的谈话与前几天的态度截然相反，他绝口不谈南下的困难，始终无不能南下之语，满口答应南下就职毫无问题，这是一种以退为进的策略。袁世凯认为，如再冷冰冰地拒绝南下，舆论将对自己不利，而更主要的是，他怕明确表示拒绝南下后，孙中山真的不解职，南京参议院若因此挽留孙中山或者是另选他人，事情则会越来越糟糕。于是，袁世凯决定不让到手的全国政权轻意丢掉，冒无谓的风险。所以，袁世凯表面上来一套正经，内心里却盘算着坏主意。

29日晚上，袁世凯精心策划的事件发生了。晚上8时。驻守北京的第三镇部队在东城发动了兵变。第三镇是曹锟的部队，而曹锟则是袁世凯的爪牙。

这时，北京城内的老百姓正提着灯笼游行，庆祝中华民国的成立和专使们的到来。不过，这也是袁世凯一手安排的。游行刚刚开始不久，东北方向就传来了"轰轰"几声炮响。正当人们猜想是放礼炮的当儿，突然拥出许多士兵来，口里还不断嚷着："宫保要走了，我们没人管了！""抢哇！"随后，士兵们一窝蜂地奔向大街的金号、银店、当铺、绸缎庄等处。抢过之后，士兵们又点火烧。这时，游行的老百姓才知道，原来警卫部队不是在放礼炮，而是发生兵变了。于是，北京城内奔的、跑的、哭的、喊的，寻找子女的，呼叫救命的人，乱成一团。火光冲天，伴之枪声，北京城刚才还是欢呼庆祝的场面，一下子就充满了充满恐怖阴森的气氛。城外的士兵由朝门拥进，抢完东四一带，又抢北新桥、东单牌楼。城内的士兵从东安门、王府井大街开始，随后前往煤渣胡同专使们下榻的招待所。来到专使下榻招待所的那队士兵,把门砸烂了,并将行李、文件等物品,掳掠一空。蔡元培等人还没有来得及穿鞋,就匆忙逾墙逃到了位于正义路的六国饭店避难。第三镇的士兵又到前门、大栅栏、虎坊桥等处通宵达旦抢掠。最后,他们鸣着枪回到营房。在这次抢掠中,北京城内有数千家商铺受害。让老百姓感到奇怪的是,平时那些耀武扬威的巡警,在这天晚上居然都撤了岗。

就在兵匪肆无忌惮的时候,袁世凯还"指挥若定",非常沉着。他换上短衣,穿上马裤,脚穿青布便鞋,大声喊道:"他们如此胡闹,拿我的家伙来——等我去打他们!"[叶遐庵:《辛亥宣布共和前北京的几段逸闻》,《辛亥革命》(8),第122页]但一会儿他又对江朝宗、姜桂题下达指示:"你们要调度好自己的军队,必须守卫好自己的防卫地带,切不可擅离防地去打变兵。只要你们守好自己的驻防地区,不叫变兵进来,北京城就乱不了。对付变兵,我有办法。"[唐在礼:《辛亥前后我所亲历的大事》,《辛亥革命回忆录》(6),第341页]他的办法,说得更直白点儿,就是不准派兵镇压,任变兵抢掠。他也只能这样下达命令,因为兵变正是在他的密令下发生的。

第二天一大早,唐绍仪去访问袁世凯。袁世凯当门而坐,唐绍仪坐在门侧。正在这时,曹锟全副武装地推门而入,他没有看到坐在门侧的唐绍仪,以为这屋里只有袁世凯一人,向袁世凯请安后,曹锟说:"报告大总统,昨夜奉大总统密令,兵变之事已办到矣。"袁世凯见曹锟说漏了嘴,立刻大骂道:"胡说,滚出去!"就在这一天,京防营务处总理陆建章和毅军统将姜桂题对外宣称,这次事变是"土匪作乱"。他们还搜捕了许多拾取变兵丢在街上衣服的贫苦百姓,诬指他们是土匪,并当即把他们抓到天桥处死。

3月1日,北京变兵又抢掠西城,同时通州、天津等地也发生了类似事件。同时,英、俄、德、日等帝国主义紧密配合袁世凯的阴谋行动,他们以兵变为借口,在京津一带增兵,外国兵公然以"维持秩序"为名,在北京街道上横行。

袁世凯的阴谋,迷惑了蔡元培等人,加上汪精卫从中有意识地渲染,更使他们相信如果袁世凯真要南下,北方政局就更加不稳定。3月2日,蔡元培等人致电参议院说:"北京兵变,外人极为激昂,日本已派多兵入京。设使再有此等事变发生,外人自由行动恐不可免。培等睹此情形,集议以为速建统一政府,为今日最要问题,余尽可迁就,以定大局。"最终,为安定局面,参议院被迫准许袁世凯在北京就职。3月10日,总统就职仪式匆匆举行,袁世凯身穿北洋军服,佩剑面南而立,宣誓就任民国总统。

2. 反张勋复辟之战

北洋时期的1917年(民国六年),北京发生了一件令人啼笑皆非的复辟丑剧。发起这次复辟活动的张勋,在当时就遭到了军阀们的强烈反对,驻守北京的中央陆军部队以及外地的军阀部队都进行讨逆。

张勋,字绍轩,号松寿,江西省奉新县人,咸丰四年(1854年)十月二十五日出生于一个小商贩家庭。他10岁那年,父亲病亡,因家无力供他读书而辍学。到19岁的时候,他的母亲送他到清朝资政院一个议员家中放牛。没多久,他又到一家饭店当厨子。同治十三年(1874年),20岁的张勋又流浪到汉口,依然在一家饭馆当采买。之后,因为他懒惰,被掌柜赶跑。接着,他又到一家鸦片馆当伙计,干一些燃灯挖斗的活。在此期间,他经常出入赌场、烟馆、妓院,养成了不少恶习,并结识了许多黑道上的人物。后来,经过一名烟客的介绍,张勋一路讨饭到广西,投奔广西提督苏元春门下。这是张勋人生的一个转折点。从此,他踏上了人生的一个新里程。苏元春见张勋挺机灵,于是派他到上房听差。张勋凭借着自己灵活的手腕,结识了不少在苏元春身边的狐朋狗友,关系打得火热。这些人尽在苏元春面前说张勋的好话。于是,苏元春便授张勋亲兵什长之衔。后来,张勋参加过中法战争,一直升到中级军官,光绪十七年(1891年)的时候就升为副将。但没多久,他因为经常参加嫖赌惹恼了苏元春。张勋见势不妙,于光绪二十一年(1895年)的一天,偷了五十两银子连夜出逃,投奔到袁世凯门下,参加小站练兵,并很快就得到了袁世凯的欢心,被委任为土佚营管带。光绪二十五年(1899年)底,张勋随袁世凯一道到山东,任卫右军先锋队头等先锋官,并对义和团进行了残酷的镇压,成为袁世凯手下的一位得力大将。光绪二十六年(1900年),八国联军入侵北京时,慈禧太后见大势已去,挟光绪帝仓皇出逃。张勋见表现自己的机会已到,于是带着数千名官兵日夜兼程赶去保护,在宣化附近赶上了清宫人马,他步行相随慈禧轿后,寸步不离,又得到了慈禧的欢心。回到北京后,他升任御林军头目。光绪二十七年(1901年),张勋任淮军冀长。光绪三十二年(1906年),他被调到奉天,为"奉天辽北总统"。宣统元年(1909年),他被清廷任命为云南提督,旋即改为甘肃提督，但仍留奉天驻防并未到任。宣统三年（1911年）8月，张勋调任江南提督兼江防大臣。10月，武昌起义枪响，清廷又任其为会办南洋军务大臣、江南巡抚，张勋指挥江防营与起义新军激战于雨花台，对起义新军和倾向革命者大开杀戒。11月11日，江苏、浙江、上海等省、市革命党人组成联军攻打南京，与张勋激战于紫金山、天宝山等地。张勋把辫子盘在头上，脱光上衣，手持大刀，立于队伍面前，要其部下与新军决一死战，但终因人马不支大败，逃到徐州。然而，他却又因"镇压乱党有功"，于1912年1月，被清廷委兼两江总督加袭二等轻车都尉。张勋对此感激不尽，更加决心效忠清室。只可惜不久后，清室就被推翻了。1912年2月12日，溥仪宣布退位。张勋听到这个消息后，匍匐在地，号啕大哭，并指天发誓："一定要恢复清室。"其实早在袁世凯就任中华民国临时大总统一年后的1913年（民国二年）4月，张勋就曾图谋拥溥仪复辟，但因为泄密而被迫停止。即使这样，袁世凯还是很重用张勋。1913年（民国二年）9月，袁世凯任命张勋为江苏督军，12月转任长江巡阅使。1915年（民国四年），袁世凯授张勋定武上将军，封一等功。1916年（民国五年）4月，袁世凯让其兼署管理安徽军务，7月又委任其为安徽督军。但是，张勋对袁世凯做大总统并企图称帝仍不满意，还是一心想复辟清室。袁世凯死后，黎元洪继任大总统，段祺瑞出任国务总理，中国陷入了四分五裂的军阀混战之中。以段祺瑞为首的皖系军阀操纵北京政府，控制了皖、鲁、浙等省；以张作霖为首的奉系军阀，控制东三省；以唐继尧为首的滇系军阀控制云、贵两省；以陆荣廷为首的桂系军阀占据广东、广西；以阎锡山为首的晋系军阀占据山西。各军阀为争夺势力范围，各霸一方，混战不休，使政局处于极其混乱的状态。张勋认为复辟时机已到，1916年（民国五年）6月9日，邀集7省军阀代表在徐州开会，订立攻守同盟；9月21日，他又召开第二次徐州会议，正式组成所谓"十三省联合会"，为其复辟做准备。

1917年（民国六年），北洋军阀大总统黎元洪与国务总理段祺瑞因为对德宣战的问题发生了"府院之争"。段祺瑞为加强自己的力量，4月，他以开军事会议为名召集各省督军到北京，指使他们对黎元洪施加压力，并企图强迫国会通过对德宣战。这时，张勋以13省大盟主自居，操纵着督军团的行动。黎元洪和段祺瑞两人本来都看不起张勋，但是当他们迫切需要外援的时候，都把这个怪物当作争相拉拢的对象。他们对张勋有着同样的错误看法，以为其是一个不善玩弄政治阴谋、不会耍弄两面手腕的爽直汉子，都不曾想到这个"老粗"正是以爽直汉子伪装隐藏了其狡诈的本质。张勋对双方采取的手段是快刀打豆腐——两面光。当段祺瑞的来使找他时，他坚决地说，我完全支持段总理；当黎元洪的来使找到他时，他坚决地说，我完全支持黎大总统。其实，张勋的目的是想利用黎元洪赶段祺瑞下台，然后再利用督军团赶黎元洪下台，而后就拥溥仪再登皇位。1917年（民国六年）5月，黎元洪将段祺瑞免职。段祺瑞愤然离开北京赶赴天津，一面唆使北方各省军阀宣布独立，一面唆使张勋领头以武力推倒黎元洪。此时，各地北洋军阀纷纷闹独立，并决心以武力推翻总统与国会。见此情形，黎元洪于6月1日电召张勋到北京调解此事。就这样，时任长江巡阅使、安徽督军的张勋就以"调停人"的身份粉墨登场了。

6月7日，张勋奉黎元洪之命，以调解为名，打着维护京城治安的旗号，率辫子军步、马、炮兵10个营4000余人，由徐州开赴北京。还在途中的时候，张勋就放风说，"必须立即解散国会，否则无法调停。"无奈，黎元洪于12日不得不下令解散国会。6月14日，张勋以"战胜者"的姿态抵达北京。由前门车站到南河沿张勋的住宅，沿途都用黄土铺路，军警警备森严，城楼和城墙上都站着全副武装的辫子军。张勋则头戴红顶花翎，偕同四个部将乘汽车到了神武门，然后换乘肩舆到清室谒见溥仪。张勋在养心殿见到溥仪后，立即行跪拜君臣大礼，口称"奴才恭叩圣安"。溥仪赐坐，同他进行了面谈。完后，溥仪赐宴，并赏以古瓷及名画多件。6月30日晚，张勋又偕同复辟派陈宝琛、刘廷琛二人潜入清宫，召开"御前会议"，驻在城外的"辫子兵"蜂拥入城，占领车站、邮局等要地和通往紫禁城的各街道，发动政变，拥清废帝溥仪复辟。7月1日，溥仪下诏即位，宣布恢复宣统年号，通电全国，改挂龙旗，任张勋为内阁议政大臣兼直隶总督、北洋大臣等职。那些清朝的遗老们纷纷从阴暗的角落里出来，争先恐后地从戏班和旧衣店抢购朝服和朝靴，并要求制作戏装道具的商店用马尾巴做假辫子，他们在北京上演了一场复辟的丑剧。

张勋的倒行逆施，遭到了全国人民的谴责，很多地区群众团体纷纷集合，声讨张勋，通电拥护共和；各地报纸无不"口诛笔伐、痛斥叛国"；孙中山与章炳麟等在上海发表宣言，号召各省革命党人兴师讨逆。这时，企图利用复辟倒黎的段祺瑞，见黎已下台，国会解散，在全国反复辟浪潮的推动下，乘机纠集旧部，于7月3日在天津马厂举兵讨伐张勋，并自任讨逆军总司令。他以段芝贵指挥中央陆军第8师和第16混成旅为东路，沿京津铁路北进；以曹锟指挥中央陆军第3师、第20师为西路，沿京汉铁路北上。随后两路会攻北京，歼灭辫子军。与此同时，讨逆军派人分头联络京奉铁路、津浦铁路有关部门，使其拒运徐州辫子军和参与复辟的奉军冯德麟部入京，以孤立在京张勋部队。4日，段芝贵率第8师由马厂出发，在廊坊与第16混成旅会合后，向北京地区前进。次日，段芝贵部在廊坊西北的万庄同辫子军接战，辫子军不支，溃逃丰台，讨逆军乘胜追击至黄村以北。5日，曹锟所部由保定出发，占领涿州、良乡后，向卢沟桥地区进攻。

真正讨逆的军事行动是从7月6日开始的。这天，讨逆军西路集中于卢沟桥，东路由廊坊开到黄村，在丰台的辫子军便陷于腹背受敌的情势。张勋命令辫子军破坏丰台铁路以阻止讨逆军前进，不过引起了外交团的抗议，他们根据《辛丑条约》中的"京津铁路行车不得中断"的理由，派遣洋兵保护，修理车轨，恢复通车。这一来，对于辫子军是很不利的。张勋在抵抗讨逆军时，自知力量薄弱，只带了辫子军5000人北上，这个兵力只是象征性的，一旦正式作战，就太不够了。为了掩饰自己的脆弱，只好让非辫子军打头阵，辫子军则押后督战。7月7日，张勋派吴长植的第1旅和田有望的第1团开赴丰台驰援，由辫子军第2营押后。结果吴长植和田有望的部队还没有到达目的地，就相互倒戈，驻南苑的第11师李奎元和第12师的刘佩荣旅也乘势将枪口对准辫子军，南苑飞机又飞往丰台向辫子军的阵地投炸弹，同时向清宫的乾清殿和中正殿也投炸弹，在宫中炸死了一个人和一条狗。

辫子军伤亡甚众，在这种情况下纷纷逃之夭夭。第12师师长陈光远由南苑赶到丰台，东、西两路讨逆军便在丰台会师。前线溃退的辫子军匆忙退到北京永定门外，步兵统领江朝宗却下令关闭城门，不许散兵进城，张勋听了大怒，强迫江朝宗开城放进辫子军。这样一来，讨逆军不费吹灰之力，以三战全胜的成果直捣北京城下。东路讨逆军总帅段芝贵的捷报说："逆军委弃辫发及鸦片烟枪很多。"

这时张勋也慌了手脚，他急忙打电报给参加徐州会议的各省军阀，请求他们实现诺言，赞助复辟，停止进攻。张勋在电报中着急地说："前荷诸公莅徐会议，首由张志帅（张怀芝）、赵周帅（赵倜）、倪丹帅（倪嗣冲）、李培帅（李厚基）及诸代表揭出复辟宗旨，坚盟要约，各归独立。故弟带队北上，临行通电，谆谆以达到会议主旨为言。弟之担任调人者，以未得京师根本之地。及弟至津京，犹未敢遽揭出本题，盖以布置未妥，未敢冒昧从事，故请解散国会，听李九组织内阁，并请各省取消独立，皆所以示天下不疑。及事机已熟，乃取迅雷不及掩耳之计，奏请皇上复位……乃诸公意存观望，复电多以事前未商为言。然徐州会议之要约，诸公岂忍寒盟……同属北派，何忍同室操戈……务退飞速赞成，以践前约。"

7月8日，张勋命令辫子军全部退入北京内城，集中在天坛、紫禁城和南河沿张勋的住宅三个地区。然后，张勋命令步兵统领江朝宗派兵防守各城门，原驻北京城外的第1师第1旅张锡元部则乘势攻进了朝阳门。此时，北京城内的局势变得紧张起来。北京警察总监吴炳湘匆匆会见张锡元，要求他退出，说是北京各城门已经由中立的步军统领接管，不会出什么问题。

原来张勋的辫子军退入内城后,北京变成了三重势力范围:驻守内城的是辫子军,他们仍然悬挂着五爪黄龙旗。中间是不挂旗的"中立区",由江朝宗的部队分驻各城门,江朝宗仍用复辟后的九门提督伪职发出安民布告。只是江朝宗既不称中华民国,也不称大清帝国,布告的后面还用阴阳两种日历。城外则是讨逆军,他们飘扬着自己的国旗——五色旗。张勋见大势已去,开始变得焦急起来。他派伪外务大臣梁敦彦到日本公使馆要求日本公使馆保护"皇上",而这时黎元洪还住在日本公使馆,当梁敦彦见到黎元洪后,即向黎元洪请罪。张勋的这个打算自然是破灭了。于是他又想纵火宫室,挟"幼主"出齐化门"西狩"热河。这种方式在中国历史上出现过多次,在当时确实也有效,但现在这种社会背景下自然是行不通了。这时,北京各城门布满了半月形的沙袋,南池子张勋的住宅门外架起了机关枪,市区的商店关门闭户,老百姓整天惶惶不安,因为他们害怕辫子军又像1913年(民国二年)洗劫南京那样洗劫他们。但张勋并不是一个完全不识时务的人,他认识到北京的外国人很厉害,所以辫子军完全不似当年在南京那样烧杀劫掠,居然不敢动民间的一草一木!

讨逆军没有积极地进攻北京城,这一点是很值得赞赏的,因为他们怕巷战后让这座古城毁于炮火,所以段祺瑞打算通过外交途径来解决这一切。在7月8日那天,段祺瑞就派人入城和外国公使接洽,请他们转达张勋,提出了四项停战条约:取消帝制;解除辫子军武装;保全张勋生命;维持清室优待条件。同时,他还派人入城办理遣散辫子军的有关事宜。张勋听到段祺瑞提出的四项办法后,用了四句歌谣来作答复,他说:"我不离兵,兵不离械,我从何处来,我往何处去。"各国公使推荷兰公使为代表,把讨逆军的条件转达给张勋的伪外交部,力劝张勋接受,并表示各国愿意承认张勋为国事犯而加以保护。这时的张勋还打了一个如意算盘,他想通过外交关系,率领辫子军安全地退出北京,回到徐州。同时,他和雷震春等人联袂向溥仪提出辞呈,并发表伪谕,以徐世昌组阁,在徐世昌未到达北京之前,由王士珍代理。另外,他还通电北洋派各大人物:"复辟一举,声气相求,吾道不孤,凡我同胞各省多预共谋,东海(指徐世昌)、河间(指冯国璋)尤为赞许,信使往返,俱有可征。前者各省督军聚议徐州,复经写及,列诸计划之一……本日请旨以徐太傅辅政,组织完全内阁,召集国会,议定宪法,以符实行立宪之旨。仔肩既卸,负责有人,当即面陈辞职。其在徐太傅未经莅京以前,所有一切阁务,统交王聘老(指王士珍)暂行接管。一俟诸事解决之后,即行率队回徐。"张勋万万没想到,参加徐州会议的那些督军们,竟然用"拖"和"等着瞧"的态度来看他唱独角戏。张勋之所以把北京的事完全推给徐世昌和王士珍,他认为这两个人,一个是北洋派的元老,一个是北洋派的重臣,由他们出来负责,北洋派的人会服些。同时,他直觉地认为北洋派并不反对复辟,而是反对他一个人包办,如今他把北京的善后交给徐世昌和王士珍,北洋派的人自然不会赶尽杀绝,会放他一条生路,让他回到徐州。他的确很痛心,深深地感到自己被一些军阀出卖了,因此,他觉得不论维持"大清帝国"或者恢复中华民国,都让徐世昌之流去搞,自己还是尽早脱离北京这个是非窝为佳。张勋一再打电报,叫"相国"到北京来辅政,这个时候徐世昌怎么还会跳火坑呢！不过，他依然表现出对清室的关心，在给张勋的信上说："复辟一举，张绍轩以鲁莽灭裂行之。方事之殷，早知无济。现在外兵四逼，张军已不能支。目前第一要义，则为保卫圣躬，切不可再见外臣致生意外……优待一事，自必继续有效。昌在外已屡设法转商前途（注：此处指逆军），仍当竭力维持，以尽数年之心志。俟京中略为安宁，昌即来京，共图维系。"

这时，全国各地一片骂张勋背叛民国之声，从前参加徐州会议的人也没有一人出面替张勋说话。7月8日这天，只有曾经做过袁世凯重要幕僚的阮忠枢发信给徐世昌，要他尽力设法保全张勋的生命、财产。7月9日起，讨逆军联合近畿的北洋军，兵临北京城下。讨逆军第1师在安定门、广渠门、朝阳门外，第13师在西直门外，第11师的一部分在永定门外，第3师、第12师的一部在彰义门外，第11师、第12师的另一部在西苑，对北京采取了大包围。奉天第28师师长冯德麟本来投奔张勋，拥护复辟，眼见情势不对，想溜之大吉，不料才逃到天津，就在火车站被讨逆军拿获。7月10日，雷震春、张镇芳、梁敦彦也从北京逃出，在丰台车站被捕。雷震春和张镇芳都是袁世凯称帝时的宠臣，如今参加复辟，当时有人称他们为"双料帝制犯"。他们要求打电报给徐州的倪嗣冲，可是电报也被扣留下来。唯有康有为，把自己打扮成一个古朴的乡下老农，偷偷地逃过了沿途的军警监视哨。他的财产在戊戌政变时被查封，民国3年（1914年）的时候发还，这次又被查封了。最可笑的是，伪邮传部副大臣陈毅在黄村车站被捕，当地驻军叫剃头匠剪去他的辫子，要他写了一张保证书："具结人陈毅，因参加复辟被捕，蒙恩不究，从此永不参与复辟，如违甘领重究。"写完才放他回天津，当时报上给他刊了一副对联："不死万事足，无辫一身轻。"这天，张勋发出一个通电痛斥北洋派人物的背信弃义，出卖朋友。他在通电中说：北洋人物，翻云覆雨，出于俄顷，人心如此，实堪浩叹……7月11日，外国记者到南池子张勋住宅会张勋。此时，这位反其道而行的辫子大帅还态度镇静，跟外国记者们从容谈话。他对外国记者说，复辟一事不是我独断独行，我只是执行北方各省督军们的共同主张，冯国璋有亲笔信在我手中，而段芝贵和徐树铮怂恿我，段祺瑞不能说是不知情的，我有他们签名的文件在手，我必要时会公布的，我决不会向他们投降。而此时讨逆军虽然把整个北京城包围起来了，但想不战而胜，尽量避免在北京城内用兵。所以9日到11日，讨逆兵一方面由汪大燮、刘崇杰通过外交团从事和谈，另一方面敦促王士珍从中奔走，只是张勋的态度很顽强，自恃有北洋派拥戴复辟的文件在手，所以坚持不缴械，一定要自己带辫子军回徐州。

由于和平解决无望，讨逆军决定攻城，汪大燮和刘崇杰找外交团商谈攻城计划。外交团仍推荷兰公使答复讨逆军，同意攻城时间以12日凌晨4时至晚上12日为限，大炮只许放实弹一发，其余则以空炮威胁辫子军投降。讨逆军是在11日晚间决定了作战计划，以第1师进攻朝阳门，攻入城内后，即继续向南河沿的张宅进攻；第8师、第11师、第12师各由永定门、广安门进攻天坛；第3师由彰义门进攻天坛及中华门。12日晨，第3师进攻天坛，守天坛的辫子军约3000人，还没有接触，辫子军就挂起了五色旗表示投降。一小部分不肯投降的辫子军退往南池子张勋住宅。讨逆军团攻势开始，一切都很顺利，主要是由于辫子军完全失去了斗志,讨逆军东路由朝阳门攻进东单牌楼及东安市场,西路由宣武门向北到西华门,残余的辫子军被迫集中到南池子一隅。占领宣武门的讨逆军,在城楼上架设了大炮,炮口对准天安门和南河沿的张宅。就在这时,又传来了辫子军徐州老巢的消息,张勋手下第一大将、留守徐州的张文生,率领定武军第64营通电投降。张文生是沛县人,与丰市的李厚基同为苏北籍的北洋军阀。定武军在徐州投降后,头上的辫子都完全剪光,他们的投降使得在北京的辫子军更加绝望。宣武门的大炮在12日中午发了一弹,把南河沿的张勋住宅墙头打了一个大洞,而且引起了剧烈的震动和一片火光。护卫"大帅公馆"的辫子军纷纷弃械剪辫而逃。就在这兵荒马乱的时候,张勋被两名荷兰人挟上了汽车,疾驰到荷兰公使馆。北京城内留下的是遍街可见的辫子,因为辫子军逃亡时,剪掉辫子才安全。前几天,辫子军代表通行证和取物证,代表特权,好似一道灵符,乘车可以不买票,上戏馆也不要戏票,买东西更不需要付钱,调戏妇女也好像很应该。而今则是留辫子就要遭殃了,所以辫子便毫不留恋地被遗弃在街头巷尾。

这是讨逆军的第二次战争,也是最后一战,辫子军死了不到100人,其他则是逃之夭夭了。在讨伐张勋的军事行动中,曾有空军助战,这也是中国内战史上第一次使用空军。轰炸清宫的人是段祺瑞的讨逆军派出的南苑航空学校校长秦国镛,他驾机在清故宫上空投下了三颗炸弹。溥仪在回忆录中说:宫中掉下讨逆军飞机的炸弹,局面就完全变了,磕头的不来了,上谕没有了,大多数的议政大臣没有了影子,纷纷东逃西散,最后只剩下了王士珍和陈宝琛……把聚在那里赌钱的太监们吓了个半死。7月14日，段祺瑞由津入京，以"再造民国"功臣自居，重掌北洋政府大权。黎元洪通电下野，推举冯国璋继任大总统。

3. 冯玉祥北京政变

1924年（民国十三年）10月21日夜晚，著名爱国将领冯玉祥的大军正在从古北口向北京城进发，张俊声指挥部队冲在最前面，他以接运给养为名，押着暗藏武器的大车向北京城急驰。

而此时，北京城却出奇地安静。集第13师师长兼任京畿卫戍司令和步军统领于一身的王怀庆，是正儿八经的北京御林军头目，他的部队是保卫北京的主要警卫部队。但就在前不久，他却在冯玉祥的建议下，由曹锟指令，到前方打仗去了。此时，担任守城任务的警卫部队首领是孙岳（第15混成旅旅长兼京畿卫戍副司令），他是在冯玉祥的建议下由西北过来的。对于城外的急行军，孙岳及他的守城卫戍部队是心知肚明的，他们也在等待着这一时刻的到来。

22日凌晨，张俊声所率先头部队悄然到达北京城内的旃檀寺后，白天他们并没有出门，只派了部分侦探作好侦察等准备工作。夜间11时他们才开始行动，然后向四下分散，分别占领了电报局、电话局和车站等交通和通信机构。

这时，历史的焦点聚集在了爱国将领冯玉祥的身上。

在北洋军阀中，冯玉祥是一个进步人物。他反对内战，主张团结、洗雪国耻。他也是国民军的主要创立者和领导者。冯玉祥，原名基宝，按族中基字排行，又名基善，号焕章，祖籍安徽巢县（今安徽省巢湖市）竹河村。他是中国近代历史上一位杰出的爱国主义者、坚强的民主战士、中国共产党的长期合作者，他的一生经历许多坎坷、曲折的道路。他父亲出身于泥瓦匠，后来从军，没多久，便任下级军官。光绪八年（1882年），冯玉祥出生于他父亲部队的驻地直隶（今河北）青县。后来，冯玉祥父亲调到河北保定服役，于是他们全家迁到保定的康格庄。因为冯玉祥家贫，生活艰难，故他从小就尝尽了生活的苦难，自六七岁开始就从事拔麦子等田间劳动。

光绪十七年（1891年）秋，冯玉祥入私塾读书。冯玉祥11岁那年，也就是光绪十八年（1892年），迫于家庭的贫困，他在清朝新建的练军中补了名"恩饷"，冯玉祥这个名字也就是在补兵时管带随手而写的。这样他就可以领取一份饷银，但由于年幼，就没有随部队操练。光绪二十二年（1896年），冯玉祥正式入伍，开始了他的戎马生涯。这一年他才14岁。冯玉祥入伍后，他认真操练，积极自学，所以升迁很快。光绪三十一年（1905年），冯玉祥娶协统陆建章的内侄女刘德贞为妻。宣统二年（1910年），冯玉祥升任北洋新军第20镇第40协第80标第3营管带（即营长）。这时的冯玉祥已经看过《嘉定屠城记》《扬州十日记》等书籍，并逐渐产生了反清的思想。辛亥革命爆发前，冯玉祥与同在第20镇任管带的王金铭、施从云、郑金声等一批年轻军官发起组织"武学研究会"，联络同志，从事秘密革命活动。宣统三年（1911年）春，革命党人决定利用秋操发动起义，冯玉祥与王金铭、施从云等人商定届时起事。但是由于武昌起义爆发后，秋操被取消，各部队仍然回到原驻地，而当时留在滦州的只有王金铭、施从云和张建功三个营。这年的11月30日，白毓昆由天津赴滦州联络王金铭、施从云等人，并商定于1912年1月2日举行起义，成立北方革命军军政府。他们还派人到冯玉祥驻地海阳镇与冯玉祥密商，决定按白毓昆等人的主张，等到烟台民军到达秦皇岛后，滦州与海阳同时起义。但这时的清政府对京奉沿线的革命活动已经有所察觉了。情况十分紧急，王金铭不得不提前起义，于12月31日单独在滦州起义。1912年1月3日成立北方革命军军政府，推王金铭为大都督，施从云为总司令，冯玉祥为参谋总长，白毓昆为参谋长。清政府采取了缓兵之计，派通永镇守使王怀庆前去劝慰。王怀庆先佯装赞同起义，后来与第三营营长张建功串通乘机逃脱并率部阻击起义军，但没有取得胜利。于是王怀庆又诱骗王金铭、施从云前去议和。王金铭等人没有任何戒心。当他们到达时，早已埋伏在那里的士兵将他们拘捕，并很快就将他们杀害。起义宣告失败。起义虽然失败了，但却成了冯玉祥生活道路的一个新开端。他发誓："继续死难同志的遗志，推翻万恶的清政府。"

由于冯玉祥在海阳未能得到提前起义的信息，所以没有行动。起义失败后，冯玉祥被标统范国璋软禁，后来又被递解回原籍，途经北京时幸被陆建章搭救，回到了保定暂住。1912年2月，冯玉祥来到北京投奔陆建章。当时陆建章奉袁世凯之令正在编练左路奋补军第5营，于是委任冯玉祥为前营营长。冯玉祥亲自赴景县招募新兵。从这个时候起，他以亲兵、爱兵为主，从严治军的带兵风格开始形成。在这批新兵中以农民、工人及小贩居多，素质较好，其中佟麟阁、冯治安、孙良诚、孙连仲、刘汝明、韩占元、曹福林、石友三等人后来都成为了他的重要将领。冯玉祥在北京附近以自己的办法训练部队，除了正规训练外，他还编了800字的课本，让士兵学习文化；编了《精神书》《国耻歌》等，使士兵受到了道德、爱国和军纪教育。1913年（民国二年），左路备补军改编为京卫军，冯玉祥升任左翼第1团团长兼第一营营长。这一次，冯玉祥又亲自到河南郾城招新兵。这批新兵中，有吉鸿昌、梁冠英、田金凯、程心明、赵选廷等人，后来也都成了冯玉祥部队的重要将领。冯玉祥早就对基督教产生了信仰。他在北京练兵时，住在齐化门内丰备仓，常去崇文门内的教堂听讲道，并接受了由刘芳牧师主持的基督教洗礼，成了一名基督教徒。后来冯玉祥将基督教引入他的部队中，并经常请基督教牧师为官兵们讲道和施行洗礼。他自己有时也去教堂讲道。冯玉祥被人称为"基督将军"。

1914年（民国三年）4月，袁世凯命令陆建章剿办白朗。陆建章命令冯玉祥率部入陕西，参与剿办。在陆建章的扶植下，冯玉祥部队先后改编为京卫军左翼第1旅、第7师第14旅和中央直属第16混成旅，都是以冯玉祥为旅长。第16混成旅辖步兵2个团、炮兵1个营、骑兵1个营、机关枪1个连，共五六千人。冯玉祥为了培植下级军官，选拔识字的优秀士兵编成"模范连"，以李鸣钟为连长，刘郁芬、蒋鸿遇、宋子扬等人为教官，除了进行基本教练、拳击、劈刀等训练外，还设有战术原则、应用战术等科目。1915年（民国四年）5月7日，日本政府向北洋政府提出最后通牒，迫使袁世凯承认"二十一条"。冯玉祥以此为奇耻大辱，他命令官兵们在皮带上嵌上"五月七日国耻纪念"等字。8月，冯玉祥受命率部到四川阆中，到达阆中后，他收到了王士珍领衔、由北洋军旅长以上军官署名的拥护袁世凯称帝的电文，要求冯玉祥签署。由于冯玉祥反对帝制，所以他没有签名。12月，蔡锷等在云南组织护国军，发动护国战争。刘云峰率领一部护国军进攻四川叙府（今宜宾），守军溃败。陈宧调冯玉祥防守泸州，并委任冯玉祥为防泸兼攻叙总司令。冯玉祥到达泸州后，利用蒋鸿遇与刘云峰的同乡关系，派蒋鸿遇去与刘云峰接洽议和。刘云峰立即表明态度，以完全缴械为条件，冯玉祥不愿接受，和议未成。这时，陈宧频频下命令攻打叙府，冯玉祥于是下令攻打叙府。1916年（民国五年）3月1日攻克叙府后，冯玉祥随即与刘云峰达成了局部停战的协议。与此同时，冯玉祥电告陈宧，劝他宣布独立，并将叙府防务交护国军接收。陈宧此时正处于手握重兵的袁世凯心腹、重庆镇守使周骏等人的威胁下，并且没有可靠的部队，故犹豫不决。思虑一番后，陈宧电告冯玉祥，请他率部到成都共商大局。冯玉祥立即率部队由自流井开赴成都。经冯玉祥劝促，陈宧终于于5月22日宣布独立，给袁世凯以沉重的打击。而这时的冯玉祥部队也改称护国军第5师，扩充了一个团的兵力，由冯玉祥在第20镇时的旧部下张之江、鹿钟麟分别担任团长、营长。

　　1916年（民国五年）6月袁世凯死后，冯玉祥率部离开四川回到陕西，随后又奉命率部到河北廊坊驻扎，并恢复了第16混成旅的番号。正当冯玉祥在廊坊认真练兵时，段祺瑞命令第16混成旅抽调一个团赴甘肃驻防。冯玉祥以部队分散两地难以兼顾为由，请调全旅前往。1917年（民国六年）4月1日，段祺瑞以冯玉祥违抗命令为由，免去冯玉祥第16混成旅旅长之职，调任正定府第6路营巡防统领。冯玉祥的部下发电请段祺瑞收回成命，没有获得批准，但冯玉祥与其部下的联系始终没有断过。1917年（民国六年）7月，张勋拥溥仪复辟。第16混成旅参谋长、团长和营长邱斌、张之江、李鸣钟、鹿钟麟等乘旅长杨桂棠到北京谒见张勋的时机，迎冯玉祥回旅主持反对复辟之事。7月5日，冯玉祥在天津通电拥段祺瑞为讨逆军总司令。6日，冯玉祥发出讨伐张勋的通电。段祺瑞为了利用第16混成旅，于是不得不任命冯玉祥为旅长。7日，冯玉祥回到廊坊指挥作战。冯玉祥与讨逆军其他各部进攻北京，敌军溃退，张勋逃避荷兰公使馆。14日，冯玉祥通电请求惩办复辟祸首，主张取消优待清室的条例，但段祺瑞没有理睬。11月，冯玉祥部开抵浦口，因为他历来反对打内战，即停止了前进。

1918年（民国七年）1月，段祺瑞又调冯玉祥部援湖南。冯玉祥拖延至2月才率部沿长江西上，到武穴后再次停兵不进，并于2月14日、18日先后两次通电主和。孙中山阅报见18日电后，于3月4日致函冯玉祥表示赞佩。段祺瑞于是调大军包围冯玉祥部队，并免去他旅长的职务，交曹锟查办。曹锟派孙岳前去劝冯玉祥。同时，曹锟电请段祺瑞准冯玉祥革职留任，戴罪立功。段祺瑞怕事情闹大，也就不再追究。冯玉祥部队于3月下旬离开武穴经石首、津市向常德开进，未经大战于6月3日占领了常德。不久，冯玉祥恢复了原职并兼任湘西镇守使。直皖战争以后，直奉军阀控制下的北京政府于1921年（民国十年）5月任命阎相文接替陈树藩督陕。阎相文率其第20师、吴新田的第7师及冯玉祥的第16混成旅到达陕西。冯玉祥在打败陈树藩军后以战功扩编为第11师，并升任师长。8

月，阎相文自杀身亡，北京政府任命冯玉祥继任督军。陕西靖国军领袖胡景翼与冯玉祥联络，受到冯玉祥的欢迎。1922年（民国十一年）4月28日第一次直奉战争爆发，冯玉祥奉吴佩孚之命出兵，所部李鸣钟旅开赴保定，攻击奉军后路大捷。冯玉祥则任后方总司令，坐镇洛阳。

经过直皖战争和第一次直奉战争，直系军阀单独控制了北京中央政权，直系军阀首领吴佩孚在北洋军阀中成为继袁世凯、段祺瑞以后的突出人物。1922年（民国十一年）5月15日，长江上游总司令孙传芳在吴佩孚的指使下，通电主张恢复1917年（民国六年）被解散的旧国会，请黎元洪复职补足总统任期。19日，曹锟、吴佩孚及直系各督军联名发出征求恢复旧国会意见的通知，得到了许多军阀和政客的响应。28日，孙传芳又通电要求南北两总统孙中山和徐世昌同时下野。直系企图借所谓"恢复法统"拔去孙中山护法的旗帜，使南方护法军政府失去存在的依据，同时想利用黎元洪赶走徐世昌，建立一个由直系控制的、所谓"全国统一的""合法的"过渡政府，然后操纵国会选举曹锟为大总统。6月1日，旧国会部分议员在天津开会，宣布国会"恢复"。2日，徐世昌被迫辞职。11日，黎元洪到达北京任职。8月1日，旧国会在北京正式开会。就在直系筹备让黎元洪复职的同时，也有皖、奉系等军阀反对。6月3日，皖系军阀卢永祥通电反对黎元洪复职。在通电中卢永祥指出：黎元洪法定任期终了，"早已无任可复"。5日，淞沪护军使何丰林通电响应卢永祥。15日，卢永祥邀集浙江省议会及各团体举行联席会议，宣布废除浙江督军。会议决定改督署为浙江军事善后督办处，并推卢永祥为军事善后督办。

20日，卢永祥宣布浙江省境内不受任何方面非法干涉。皖系卢永祥变相地宣告独立。同在6月3日，奉系军阀张作霖宣布东三省自治。同时，东三省议会选举张作霖为东三省保安总司令。4日，张作霖宣布就职。7月3日，张作霖召开东三省军事会议，决定对北京政府持中立态度，不接受任何方面之命令及调解，并积极整军经武，准备新的战争。

　　1923年（民国十二年）6月，直系军阀发动了驱逐黎元洪的政变，不久就开始了贿选活动。北洋军阀直系首领曹锟以贿选手段篡窃大总统地位之后，北京政府就完全被直系所把持。吴佩孚想利用中央权力，借口统一军权，以推行他的排除异己、武力统一政策。当时，直系的势力范围已经由黄河流域发展到长江流域，吴佩孚为了实现他的武力统一梦想，更进一步地策动川、黔等军攻掠四川，勾结陈炯明、沈鸿英等牵制广东，而对于东北的张作霖，则派兵把守赤峰、朝阳、山海关一线，以阻止其进入关内。这时的吴佩孚已经是意气骄盈、野心勃勃，大有雄视中原、威加海内的气概。但是，与此同时，不利于直系的种种因素也在日益发展着。在直系内部，由于吴佩孚的飞扬跋扈而各怀异心，逐渐分化成为津、保、洛三派。津、保两派在拥曹锟抑吴佩孚的谋划之下，暗中活动，处处与吴佩孚作对。后来，津、保两派又因吴景濂与高凌蔚争夺内阁总理的问题，发生了矛盾。直系以外的各方面，在曹锟和吴佩孚的压迫下，也在积极地寻求应付和反抗的对策。如直奉战争失败后的张作霖，锐意整顿军备，企图卷土重来。浙江的皖系卢永祥，因为处于直系势力的包围之中，也想谋求自存和发展的出路。而在广东领导国民革命的孙中山，还在曹锟就任贿选总统的时候，就已经通电声讨曹锟，反对贿选政府，并且与张作霖、卢永祥取得了联系，共同进行"倒直运动"。孙中山、张作霖和卢永祥虽然政治主张不同，但在当时的情况下却有着一个反对直系的共同目的。孙中山之子孙科、张作霖之子张学良和卢永祥之子卢小嘉在沈阳集会，举行了所谓的"三公子会议"，形成了孙、张、卢反直阵线的三角同盟。吴佩孚的武力统一政策虽然遭到了各方面的反对，但是他穷兵黩武的野心并没有因此而受到影响。为了先发制人，把反对势力各个击破，他首先策动陈炯明等进攻广州，并勾结英帝国主义唆使广州商团叛变，以牵制孙中山的北伐。同时，他还指使齐燮元、孙传芳夹攻浙江的卢永祥，以肃清在东南仅存的皖系残余势力。1924年（民国十三年）9月3日，江浙战争爆发。同日，卢永祥发出讨曹通电。因为张作霖与浙江的卢永祥有同盟关系，张作霖通电声援卢永祥，并将所部编成战斗序列，待机出动。吴佩孚也由洛阳到北京部署军事，第二次直奉战争已经到了一触即发的时刻。正是在这个紧急的关头，在孙中山、张作霖和卢永祥三角同盟之外，在直系势力范围内也形成了冯玉祥、胡景翼、孙岳等联合反吴的三角同盟，对吴佩孚构成了极大的威胁。一场政变在逐渐酝酿和发育着。

  冯玉祥见到北洋军阀的腐败情形常常流露出不满的情绪，以致遭到北洋军阀上层人物的歧视和猜忌。又由于他有着倔强的性格，对他的上级时有违旨抗命的行动，更为当权人物所嫉恨。他在皖系曾受到徐树铮等人的排挤，到了直系又遭到了吴佩孚的压制。不过，冯玉祥对吴佩孚并不肯俯首听命，在扩编队伍、催索饷项等问题上时常产生抵触。

1924年（民国十三年），吴佩孚50岁生日。当时各方人士前来祝寿，礼物唯恐不丰，全是些阿谀奉承的话。唯独冯玉祥以清水一缸为礼，意思是君子之交。吴佩孚虽然表面上很高兴，实际上心里十分不是滋味。

在第一次直奉战争中，冯玉祥因援助直系击败奉军而任河南督军一职，但吴佩孚在发表冯玉祥为河南督军命令的同时，也发表了宝德全为河南军务帮办一职的命令。宝德全在冯玉祥与赵倜作战时，曾经通电对冯玉祥进行攻击，并在郑州以北袭击冯玉祥军的后路，当时形势十分危急，幸亏胡景翼部队由陕西及时赶到增援，最终将宝德全的部队击退。

吴佩孚知道宝德全与冯玉祥有隔阂，所以力荐宝德全为河南军务帮办，其用意在于对冯玉祥起到牵制作用。而冯玉祥是那种天不怕地不怕的人，只要他看不习惯的，或是他认为做得不对的，就是上级都敢顶撞。冯玉祥到了开封，立即就将宝德全枪决了。吴佩孚来电询问宝德全死亡的有关情况，冯玉祥则说，还没有与宝德全见面，宝德全已经被乱军打死。冯玉祥还未到职的时候，吴佩孚就将与自己有关的人开列名单，向冯玉祥推荐担任督署各重要职务，仅留秘书处长一职由冯玉祥自己支配任用。冯玉祥对着他的左右说："这样办，还要我这个督军干什么！"于是他将吴佩孚推荐的人予以拒绝。

也是在第一次直奉战争时，因为京汉铁路军情紧张，冯玉祥曾经派李鸣钟旅北上应援。战事结束后，吴佩孚即拟将李鸣钟旅扩编成师，留驻保定，企图使其脱离冯玉祥的节制，以削弱冯部的力量，但因李鸣钟旅以冯玉祥坚决反对而没有达到目的。吴佩孚一直把河南当作自己主要的根据地之一，冯玉祥任河南督军后，曾经拒绝吴佩孚更换省长，并且拒绝由地方拨款，这些都引起了吴佩孚的极大不满。特别是冯玉祥在河南将他的第11师大加扩充，积极训练，更是成了吴佩孚的一块心病。这一切都是吴佩孚不能容忍的。

正是在这种情况下，冯玉祥任河南督军不到半年，北京政府即在吴佩孚的提议和威逼之下，将冯玉祥调任为徒具虚名的陆军检阅使兼西北边防督办，移驻北京南苑。陆军检阅使署又称七营房，坐落在北京南郊的南苑机场内。这里曾经是清朝驻兵之处。冯玉祥迫于当时的形势，不得不遵命来京。当时吴佩孚拟将冯玉祥第11师的5个补充团全部留在河南，幸亏冯玉祥得到了自己的老领导、陆军总长张绍曾的支持，张绍曾一是念着旧日的关系，一是想利用冯玉祥的实力作为自己的政治资本。

1922年（民国十一年）11月3日夜至4日午间，冯玉祥不顾吴佩孚的阻拦，全部将部队运到北京。吴佩孚没有能在编制上削弱冯玉祥，又企图在军饷上制服他。冯玉祥部队刚调到北京时，吴佩孚原来答应每月由河南协助军饷20万元，但当他到北京后，吴佩孚却不履行诺言。北京政府不能按时拨付军费，使冯玉祥部队官兵饷项没有着落而陷入极端困难的境地。冯玉祥写下了他的深刻感受："吴佩孚此次将我调职，其用意即要置我于绝境，使我们即不饿死，亦必瓦解。"

冯玉祥在北京南苑处于困境的时候，革命家李大钊曾到南苑与他商谈对策，并向他介绍苏联十月革命的情况和中国南方革命的形势等，使冯玉祥受到启迪。冯玉祥当时十分兴奋地说："教授一夕谈，胜读十年书。"

对于吴佩孚施加的种种压力，冯玉祥是绝不屈服的。他当时的处境极为不利，加之陆军检阅使是个无事的闲差，于是他就在北京南苑埋头练兵，积极扩充队伍，严格加强训练，将他的军队训练成为当时战斗力最坚强、纪律最严明的一支队伍，这是他治军历史上的成熟时期和黄金时代。这时的冯玉祥部队已有第11师第21、第22两个步兵旅（辖4个团）、1个炮兵团、1个骑兵团。另外，还有第7、第8、第253个混成旅，各辖3个团。冯玉祥部队共约3万人。除第7混成旅驻通州、第32旅的1个团驻北京城内外，其余部队都驻在南苑。军中设有教导团、高级教导团、学生团培训军官和军士，又设有电学练习所，培养掌握有线、无线和电报的士兵。此时的冯玉祥部队成了真正能控制整个北京安全的警卫部队。

冯玉祥练兵俗称西北军练兵。练兵的方法，大体上虽然沿袭了北洋军队的那一套老办法，但由于冯玉祥是从最基层的普通士兵成长起来的，对于单人和班、排、连的制式教练与战斗教练，他都非常精通。而且由于他带兵的方法是以亲兵、爱兵为主，并经常深入军队基层，考察军队教育以及生活实况，所以他的练兵，也就在实践中搞出了一套切合实际的、独特的、行之有效的办法。西北军的人事制度，比一般军队的要严格，他们都是从兵士中选拔军士，从军士中选择军官，而且都以学科和术科考试与平日服务的成绩好坏来作为选拔的标准。这也是维系兵士的一个重要条件。冯玉祥很讲究练兵的方法。一般的训练仍包括学科与术科两种科目。其学科按士兵与不同级别官佐规定不同的要求。正副目应学的科目有军人教科书、八百字课、各兵种教科书、简明军律、军人教育、精神书、军歌；

正副目应学的科目除以上科目外，另加军士战术、军士勤务；初级军官再加初级战术、军人宝鉴、军人读本、典范令、曾胡治兵语录、《左传》摘要；中级军官又再加高级战术、兵器学、欧洲战史、国文以及《易经》《书经》等经书、子书选读；高级军官则组织各种研究会，从事专门研究。

冯玉祥带兵以身作则、吃苦在前享受在后。冯玉祥对军官、军士讲："你要善于练兵，必须先要善于带兵。"他主张官兵共同生活，共同劳动。官长除营长以上有小灶外，连级军官一般都同士兵同吃同住。穿的方面，从冯玉祥以下，不论级别，军官一律与士兵一样，同穿布衣。冯玉祥本人和高级军官在吃、穿、住三方面也都简单朴素，不像其他北洋军队高级军官过着与士兵悬殊的生活。冯玉祥经常在深夜带着随身警卫人员，直入兵营，不许营门卫兵和各连的岗兵声张，不准向他们的官长报告。他到兵棚子里躺下睡觉，从士兵暗中谈话中，了解各级军官的带兵好坏，以及在学术科教育方面和生活方面有什么意见。冯玉祥特别关心官兵的疾苦和生活。他经常亲自到医院慰问伤、病官兵，照顾阵亡官兵家属，每逢年节，常派人慰问官兵家属等。冯玉祥还进行官长以身作则的教育：士兵会的，官先会；士兵遵守的，官先实行；士兵未吃不先吃，士兵未睡不先睡；吃苦在前，享乐在后。正是冯玉祥对军队严格的要求及自己很好地维系了军心，才使自己的军队不断壮大。

不过，驻守在北京的冯玉祥没有只顾埋头练兵，同时也注意和各方面的联系与合作。早在滦州起义的时候，他就和南方革命力量有了联系，后来又结识了许多国民党人士，由于受到他们革命宣传的影响，对于孙中山领导的国民革命日益加深了向往之情。同时，孙中山和国民党也抓紧了对冯玉祥的工作。还在1922年（民国十一年）的时候，国民党北方特派员王用宾回到广东向孙中山提出"极力发挥北伐非北军自伐，革命非中央革命不可"的意见，"极蒙赞成"。同年，冯玉祥教友马伯援奉孙中山之命赴陕西访问冯玉祥、胡景翼时，就"谈冯胡合作，实行北方革命计划"。1923年（民国十二年），孙中山、张作霖、卢永祥三角同盟形成，孙中山曾派人将联合张、卢二人的情况告知冯玉祥，并促他早日发动倒直行动。同年10月，冯玉祥的教友到广州向孙中山力陈"中国革命，尤其北方革命，非他（指冯玉祥）不可，且他的行为与热心，已感动了陕军胡景翼，冯胡必合作革命，请先生北上"。孙中山说："你的计划，有许多可行的"，"倘冯胡等决心，我无别的方案时，也只得尽我的力量去干，我实在希望你的计划实现"。孙中山还说："你和徐谦从速着手此事。"

1923年（民国十二年）12月，马伯援再次奉孙中山之命访问冯玉祥。在北京南苑冯玉祥军营内，马伯援对冯玉祥说："现在广东方面情况还算可以，中山先生对你寄予了很大的希望！"冯玉祥说："我近日正在读俄国宪法，总觉今日之中国，宵小当国，非彻底改革，不可以图存。"马伯援叹了口气说："是啊！"冯玉祥接着说："目前直系兵力数倍于我，如冒险盲动，必遭失败，待时机到来，我一定有所举动，请将此意转达中山先生及季龙（即徐谦）。"

1924年（民国十三年）1月，孙中山派大富豪、山西督军阎锡山参议孙祥熙将自己亲笔写的《建国大纲》赠给冯玉祥。冯玉祥细细读了两遍，不禁自言自语地说了起来："太好了，太完全了。"他心中不禁涌起了一种对革命的钦慕之情。这时的冯玉祥政治态度已经日益倾向于革命方面，并且看到反直阵线已经形成，更加增强了推翻直系军阀集团的决心。

冯玉祥除了积极训练军队以加强军事力量外，还积极地争取同盟，与北方将领孙岳、胡景翼等取得秘密联系。其实，冯玉祥、胡景翼、孙岳的结合并不是偶然的。由于他们有着类似的遭遇，在政治上有着共同的诉求，一旦时机成熟，采取一致的行动也是情理之中的事。冯玉祥与孙岳的关系，是从滦州起义前就开始了。在长期往来中，他们不但私人情谊很深，而且在政治上也有共鸣。孙岳早年就参加了同盟会，辛亥革命时任第三镇中校参谋，当时他正与南方暗通消息，并与滦州驻军军官王金铭、施从云和冯玉祥等密谋起义。后来，孙岳又一度去陕西，并与陕西国民党人胡景翼相结交。直皖战争中，孙岳兼任直隶督省义勇军总司令。战争结束后，因受到吴佩孚的压抑，仅任第15混成旅旅长兼大名镇守使之职。孙岳对吴佩孚的骄横专擅，早已心怀不满，每次见到冯玉祥时，总是牢骚满腹，对国家前途和个人的遭遇，感到悲观失望。这些，冯玉祥都看在眼里记在心头。

1924年（民国十三年）9月10日，孙岳亲自到北京南苑为冯玉祥新建的昭忠祠落成致祭。孙岳对冯玉祥感慨地说："民国虽成立不过十多年，但这里却已经躺下了这么多战士。"冯玉祥显得有些沉重地说："他们为国捐躯，落得一个忠字，也算不朽了。"孙岳有些激动地说："都是忠义好汉啊！都是精魂忠骨啊！"这时，冯玉祥笑着和孙岳打趣道："他们死了，能得忠骨之称；孙二哥，将来你百年之后，人们应该怎样称道于你呢？"孙岳也笑着答道："那不用问，像我目前这样干法，在真正的革命党看来，还不是一个不折不扣的走狗？"冯玉祥紧接着说："你既统兵数千，坐镇一方，为什么甘心做人家的走狗？"孙岳听了冯玉祥的话哈哈大笑起来。他对冯玉祥说："我算什么，还有那带着三四万人的，不也是做着军阀的走狗而无可奈何吗！"冯玉祥严肃地对孙岳说："目前闹到这局面，我想稍有热血良心的人，没有不切齿痛恨的。我所统辖的队伍，虽然名为一师三混成旅，但实际上不到三万支枪，在这样的情况下，自然不能鲁莽行事；但我们必须努力，把这一批祸国殃民的混账东西一股脑儿推翻，不然的话，如何对得起自己，如何对得起这些牺牲了的官兵，更如何对得起我们创造民国的先烈！"一席话，使得孙岳马上振奋起来，他以十分诚恳而又坚决的态度对冯玉祥说："你若是决定这样干，我必竭尽全力相助。此外，还有胡笠（即胡景翼）也定然愿和我们合作，我可以负责去接洽。他们现在都郁郁不得志，对曹、吴的做法早已深恶痛绝，何况他们都是老革命，更何况他们和你我有如此的交谊，合作是绝对不成问题的。眼看直奉就要开火，我们有的是好机会。现在先布置一个头绪，待机行事，必有把握。"当天夜里，冯玉祥和孙岳又详细商量了很久，并决定由孙岳亲自与胡景翼接洽。

  胡景翼在青年时期就参加了同盟会，与孙中山早有直接联系，辛亥革命时期曾起义于陕西耀州。在日本留学时，他因受孙中山的鼓励和督促而回国进行革命活动。因为胡景翼敬佩冯玉祥的为人，在冯玉祥任陕西督军时，胡就曾写信对冯表示："只要你能带着我们救国卫民，任何办法都乐意接受。"冯玉祥感激胡景翼的诚意，于是把胡景翼的靖国军改编为陕军第1师。1924年（民国十三年），胡景翼曾派军官200余人到北京南苑冯玉祥所办的教导团学习，并且把他从苏联引进的一批军械转让给了冯玉祥。胡景翼处处都表现出了对冯玉祥的好感。在吴佩孚压迫下的胡景翼，正处于苦闷中，恰逢孙岳来与他通报在京和冯玉祥会商经过。胡景翼听了之后十分高兴，先后派李钟三、岳维峻去北京见冯玉祥，与冯密商，表示绝对服从冯的命令。冯玉祥对岳维峻提出了三点意见："第一，吴佩孚要打倒异己，对奉战事已到了一触即发的地步，这种战事，我们誓死反对。第二，我们须利用形势，相机行事，将来如果成功，必须迎请孙中山先生北来主持大计。他是中国唯一的革命领袖，应当竭诚拥护，否则我们就是争权夺利，不是真正的革命。他的《建国大纲》真是太好了，如果把这个细细地读一遍，才知道真正的民国是怎么回事、真正的革命是怎么回事。第三，纪律是军队的命脉，有之则生，无之则死，我们既拿定了革命的决心，此后即当严整军纪，真正做到不扰民、不害民和帮助民众，否则我们绝不能成功。"岳维峻表示对这三项意见完全接受，随后返回陕西向胡景翼汇报了情况。几天后，胡景翼借口到北京看病，亲自来与冯玉祥密谈，表示了与冯合作的决心。冯玉祥、孙岳、胡景翼等人的联系进行得十分隐秘，不但外人对此毫无所闻，就是冯玉祥的部下也不知道。有一次，冯玉祥以试探的口气对他的部下邓哲熙说："看来战事是不可避免的了，各旅长对于目前的局势是怎样的看法呢？"邓哲熙说："他们的看法是，在目前的情况下，如果没有张作霖，我们就没有出路。"冯玉祥说："对，对，他们的看法完全对症下药。"

至于采取怎样的办法以打开当前的局面，冯玉祥把下文留在了心里。迫于形势，冯玉祥已经感觉到自己缺乏政治上的人才。他知道，一旦推倒曹锟和吴佩孚，势必要有一班懂得政治的人来收拾这个大局。冯玉祥除了希望孙中山北上主持大计外，也在留心政治上有资望、有办法，而又能与自己合作的人物。正好，北京政府教育总长黄郛与冯玉祥交往密切。

一天，冯玉祥与黄郛密谈。冯玉祥对黄郛说："不久将有大事发生，届时请孙中山先生北来主持一切，并且一定请你大力赞助。"黄郛说："只要你有办法，我一定跟着你干！"几天后，冯玉祥试探国务总理颜惠庆的态度。试探的结果是，颜惠庆模棱两可。冯玉祥对此感到很失望。

1924年（民国十三年）9月15日，奉军向朝阳、山海关进兵。曹锟急召吴佩孚到北京主持对奉作战任务。17日，吴佩孚抵达北京。18日，北京政府发布了对张作霖的讨伐令。同时，曹锟责成吴佩孚组织讨逆军总司令部，并任命吴佩孚为讨逆军总司令。同日晚10时，吴佩孚在中南海四照堂点将。

吴佩孚穿着一套很不像样子的短衫裤，到场后就毫无礼貌地歪坐在桌边，当众宣读了一些不伦不类的声讨张作霖的词儿，接着就开始点起将来："我自任讨逆军总司令，王承斌为副总司令兼直隶后方筹备总司令；彭寿莘为第一军总司令，沿京奉铁路之线出发；王怀庆为第二军总司令，出喜峰口，趋平泉、朝阳；冯玉祥为第三军总司令，出古北口，趋赤峰……"由于吴佩孚在事先并没有对整个作战计划加以全面周密的考虑，因而有些单位，如海军、空军等都没有布置任务，等到有关负责人向吴佩孚请命的时候，才临时一个一个地增添到命令中去。

吴佩孚点完将后，最后写到总司令吴佩孚几个大字时，总统府突然全部停电。面对一片漆黑，各将领们感到了一种不祥之兆。19日，各国记者蜂拥而至，吴佩孚俨然是"全国兵马大元帅"的模样，满有把握地向他们说："我出兵20万，两个月内一定可以平定奉天。张作霖下台后，他的儿子张学良可以派送出洋留学。所有外国人在东三省和南满铁路的权力，我们都予以尊重。南方问题不久也可以解决。"冯玉祥进军的这一路线，交通不便，地方贫瘠，不但行军困难，而且给养也无法筹措。越是往北进展，人烟越是稀少，困难也就越多。显然，吴佩孚有意借这次战争把冯玉祥部调离京畿地区，并企图把这部分力量消耗在荒凉的长城以外。当时吴佩孚还对冯玉祥说："古北口这一带地势险要，攻守不易，非劲旅不足以胜任。"吴佩孚的不怀好意，冯玉祥心知肚明。就这样，冯玉祥对倒吴计划下了最后的决心。从这时起，冯玉祥就在政治上、军事上进行了多方面的接洽和布置。

在军事方面，冯玉祥首先对北京城防布置了内应。吴佩孚发布命令后，冯玉祥立即向曹锟建议："13师（王怀庆师）开赴前方，北京防务空虚，最好把孙禹行（孙岳）的15混成旅调来保卫首都。"曹锟以为冯玉祥是关心首都的治安，就很高兴地同意了冯玉祥的建议，并立即调孙岳率部到京，担任京畿卫戍副司令一职。孙岳立即率部分部队进驻北京。一次集会场合，冯玉祥与孙岳相遇。孙岳悄悄地走到冯玉祥身边，耳语道："你特意把我搬来，是不是要我给你们开城门？"冯玉祥会意地一笑。

此时，奉军向朝阳进攻的一路首先与直军接触。朝阳守军事先毫无戒备，仓促应战，即陷入不利的地步。接着，山海关方面的战事亦日趋激烈。从整个形势看，奉军不但在兵力上占优势，而且在战略上也抢了先。冯玉祥历来主张兵贵神速，先发制人，可是这次他却采取了拖延的办法。他是9月18日被任命为第三军总司令的，但一直到21日，他的先头部队才开始出发。冯玉祥将第三军分为数个梯队，先头部队为张之江旅，次为宋哲元旅，次为刘郁芬旅，次为李鸣钟旅，最后为鹿钟麟旅，直至24日开拔完毕。冯玉祥让步兵第一营留守北京旃檀寺原司令部所在地，派蒋鸿遇为留守司令兼兵站总监，并嘱咐蒋鸿遇搜集有关吴佩孚的行动和前方战事的情报，随时向他报告。冯玉祥还从河南招募了新兵万余人编为3个补充旅，以孙良诚、张维玺、蒋鸿遇为旅长，借训练之名留驻城外南苑等地。

一切布置妥当后，冯玉祥开始向怀柔出发。开拔各部，每天行军路程只有二三十里，全然不像开赴前线作战的样子。冯玉祥的司令部移动得也很慢。9月24日从北京南苑出发，当日到达怀柔，28日到密云，10月1日才到达古北口。冯玉祥到达古北口后，就以筹措给养为名停下来，还派人通知胡景翼暂缓按吴佩孚的命令出喜峰口向热河前进。这样，冯玉祥和胡景翼的部队大都没有远离北京。

在行军途中，冯玉祥命令最后一个梯队鹿钟麟旅在行进中经常回过头来朝北京方向练习行军，走几十里再返回驻地，边行军边演习，使部队惯于急行军，也使沿途居民对部队忽南忽北的行军习以为常，以免日后回师北京时引起外间的注意而泄漏机密。

冯玉祥在古北口，一方面从各地收集作战情况，留心观察整个战局的发展变化；一方面进行了秘密的政治活动。冯玉祥认为，为加速吴佩孚在军事上的溃败，必须进行多方面的工作。孙中山先生能否北来以及何时北来，尚不可知，但大局的变化就在眼前，而自己又向来以军人不干涉政治为标榜，在推倒曹锟、吴佩孚之后，势必要有资望较深的人物出面维持局面。恰好在这时，段祺瑞的代表找上门来了，于是冯玉祥与段祺瑞之间就很自然地取得了联系。段祺瑞自从直皖战争失败下台后，一直寓居在天津。他是一个不甘心下台的政治野心家，遇到时局动荡不安的时候，就会寻找机会，以图东山再起。他也知道冯玉祥与吴佩孚一直有过节。直奉战争爆发后，他派他的亲信贾德耀到古北口给冯玉祥送来一封亲笔信，大意是不赞成内战，并希望冯玉祥对贿选政府有所自处。这封信既有着试探的性质，也有着鼓动的意思。冯玉祥按到信后，曾与贾德耀进行数次密谈，最后冯玉祥向贾德耀说，等到计划实现后，将请段祺瑞、张绍曾等有威望的人物出来维持大局。几天后，段祺瑞派宋子扬来向冯玉祥表示同意合作，只是担心张绍曾因与曹锟和吴佩孚交情较深，并与自己向来有抵触一事。

　　接着，冯玉祥又派刘之龙与段祺瑞接洽合作的办法。没多久，段祺瑞说，山西的阎锡山和山东的郑士琦已经接洽妥当，到时能采取一致的行动。在与段祺瑞取得联系的同时，冯玉祥和张作霖也取得了联系。冯玉祥部下张树声与张作霖的驻京办事人员马炳南是好友，张树声在得到冯玉祥的同意后，即陪同马炳南至古北口见冯玉祥。

　　在古北口冯玉祥的军营中，马炳南向冯玉祥保证说："只要推翻了曹、吴，奉方的目的即已达到，决不再向关内进兵。"

冯玉祥也坦白地对马炳南表示："我已经和北京方面几位将领有所接洽，只要你们的队伍不进关，我们的计划必能顺利进行，推翻曹、吴是不成问题的。"马炳南点着头说："那是！"冯玉祥接着说："将来事成之后，拟请孙中山先生来主持大计，这一条你们是不是赞成？"马炳南果断地答道："完全不成问题，一切听你的主张，我们没有不赞成的。"冯玉祥又重复说："一是请孙中山先生北来，二是你们的队伍不进关，只此两条就成，希望赶快回去转达此意，切勿食言，现在是怎样商定的，将来就怎样实行。我这里已经布置妥当，不久就有主和息争的通电发出。"双方还约定，如果两军相遇，均向天空鸣枪。冯玉祥军队在热河战场的停战，加重了山海关方面直军的压力，成为吴佩孚失败的关键。

吴佩孚对于冯玉祥的秘密活动虽然毫无所闻，但对他并不是没有戒心的。吴佩孚为了监视冯玉祥的行动，派副司令王承斌指挥第2、第3两军，于10月4日到达古北口，并督促冯玉祥部队迅速向赤峰方面前进。冯玉祥知道王承斌因为吴佩孚解除了他第23师师长的职务，早已心怀不满，所以，当王承斌到达古北口与冯玉祥见面时，冯玉祥为了争取他的合作，即将秘密计划告诉了王承斌。王承斌虽然不愿与冯玉祥采取一致行动，但对冯玉祥的主张表示同情，并声明决不泄密。两日后，王承斌即转赴承德。吴佩孚除了授意王承斌监视冯玉祥的行动外，还秘密嘱咐胡景翼对冯玉祥予以注意，如果冯玉祥有异动，可就近解决他。胡景翼将此事告诉了冯玉祥，并让他提高警惕。由此一来，吴佩孚对冯玉祥的防范，不但没有起丝毫作用，反而越加坚定了冯玉祥倒曹、吴的决心。

这时，直军在山海关战线已屡战不利。10月7日，九门口弃守。11日，冯玉祥由古北口进驻滦平。12日，吴佩孚亲往前线督战。在喜峰口、平泉方面，王怀庆的第二军，由于王怀庆的第13师原是直隶巡防营的部队，官兵腐败不堪，而且空额极多，王怀庆又不认真训练，部队毫无战斗力，一与奉军接触，即溃不成军。而冯玉祥的第三军，因与奉军有约在先，进军迟缓，始终未与奉军发生接触。这样就加重了第一军的压力，因此整个战局已使直军日益陷入不利的地步。冯玉祥从北京出发前，就已经布置蒋鸿遇向总统府及有关方面搜集关于吴佩孚的行动和前方战事的情报，并随时向自己报告。在得到直军放弃九门口和吴佩孚亲往前线督战的消息时，冯玉祥认为回师时机将至，于是派参谋长刘骥持亲笔信与胡景翼和孙岳两部联系。刘骥与胡景翼部的岳维峻、邓宝珊及孙岳部的何遂会于通州，告诉他们冯玉祥决定即日班师回京，请他们早作准备。为了慎重行事，冯玉祥又给吴佩孚发了一个电报，一方面报告先头部队已经抵承德以及沿途筹措给养的困难情形，一方面也探询了山海关方面的战况。随后，吴佩孚的参谋长张方严回电"此间形势急紧，不有意外胜利，恐难挽回颓势"，并催促冯玉祥部迅速前进，并且有"大局转危为安，在此一举"之语。紧接着蒋鸿遇也来电报告冯玉祥："前方战事紧急，吴已将长辛店、丰台一带所驻之第三师悉数调往前方增援。"冯玉祥断定时机已至，于是派刘之龙返京与黄郛密商。黄郛除托刘之龙带去复信外，并于18日发电报给冯玉祥：要立志救国，在此一举。

10月19日，冯玉祥在滦平召开高级将领紧急会议。参加会议的高级将领有张之江、鹿钟麟、李鸣钟、刘郁芬、刘骥、熊斌等。在这次会议之前，冯玉祥从未宣布过他的秘密计划，但是他的将领和幕僚从这次行军的种种布置中，早已猜透了他的心事。会议开始后，冯玉祥对他的部下说："大家跟了我这么多年，历尽了艰难困苦，国家闹到这个样子，我真不知道会把你们带到什么道路上去。"这时，鹿钟麟站起来激动地说："我们大家患难相从，甘苦与共，原不是为了你我个人私利，既然是为了救国救民，我们一定永远跟着你干，遇到任何危难都不退缩。"冯玉祥听后，不禁感动得热泪直流。这时，冯玉祥才正式宣布了班师回京，推倒曹、吴的计划。各将领一致拥护冯玉祥的主张。于是冯玉祥对班师回京的步骤和办法进行了缜密周到的讨论和布置。这时，胡景翼的代表邓宝珊也由平泉赶来参加会议。随后，冯玉祥发布命令：命鹿钟麟率部兼程返京，会同孙良诚、张维玺两师开往北苑，再与蒋鸿遇旅会同入城；命李鸣钟率一个旅的兵力急趋长辛店，以截断京汉、京奉两路的联络线；命已抵承德的张之江、宋哲元两旅立即出动，限期回京；通知胡景翼将开赴喜峰口方面的部队迅速撤回通州，以防吴军的回击；通知孙岳秘密监视曹锟的卫队及吴佩孚的留守部队，以防发生意外；封锁京热大道，遇有从热河往北京的人一律予以扣留，以防走漏班师回京的消息。北京宪兵司令兼前敌执法车庆云，是吴佩孚派驻承德专为监视冯军行动的主要负责人，为了防止他的破坏活动，冯玉祥命令张之江派兵将其暂时扣留。

10月21日，鹿钟麟派张俊声率先头部队一部，以接运给养为名，押着暗藏武器的大车先行出发。同时，其他部队以每日行程200多里的速度向北京进发。为保证行军的速度，先头部队的营帐和炊具均留置沿途不动，以便后续部队到达时缩短吃饭和休息的时间。数万人的部队，一路行来，流水一般，不但行军迅速，而且对沿途居民毫无惊扰。22日凌晨，张俊声所率先头部队到达北京城内的旃檀寺后，白天作好侦察等准备工作，夜间11时开始行动，然后向四处分散，分别占领了电报局、电话局和车站等交通和通信机构。鹿钟麟率部于22日抵北苑，与蒋鸿遇、孙良诚、张维玺会商后，于夜间8时率部向北京城进发，夜间12时许抵达安定门，孙岳已于事先接到通知，即命令士兵打开城门迎接入城。鹿钟麟走在队伍的前面，每到一定的地点，鹿钟麟即派出一支队伍，并告以行动时间和任务。鹿钟麟由北向南一段一段地前进，队伍也一支一支地向四下分散，一直走到天安门前，鹿钟麟将司令部设于太庙（现在的劳动人民文化宫）。冯玉祥本人亲自率领刘郁芬旅于22日抵达顺义高丽营，黄郛由北京赶来相会，共商政府过渡时期的办法。最终，商定由黄郛负责组织摄政内阁，并对迎请孙中山先生北上的问题进行了筹划。

这时，全城的防务已经很快地布置妥当，城内各重要交通路口均用大车加以封堵，将总统府及有关机关的电话线全部割断。总统府卫队由孙岳派兵包围，守卫军官退至府中，见到曹锟后，大哭一场。曹锟见大势已去，只得命令卫队接洽缴械，另由鹿钟麟派兵一营守总统府。从这天起，曹锟即被监视在中南海延庆楼内，不准与外界接触。段祺瑞上台后，曹锟被保护起来，1926年（民国十五年）4月10日才获得释放。后来，曹锟曾通电各直系军阀请求拥护其复位。复位无望后，曹锟辗转于河南、山东等地，于1927年（民国十六年）去往天津。在天津期间，他作画自娱，尤其喜欢画梅。七七事变后，日伪汉奸以高官引诱曹锟出山，充当傀儡，他不为所动。1938年（民国二十七年）5月17日，曹锟病死于天津，终年76岁。此为后话。

23日晨，北京市民看到佩戴"不扰民、真爱民、誓死救国"臂章的士兵遍布各通衢要道，知道发生了重大的事变。老百姓无不赞叹地说："冯玉祥用兵神速，真称得上飞将军自天而下。"同时，冯玉祥发布安民布告表示："为国除暴，不避艰危，业经电请大总统明令惩儆，以谢国人；停战言和，用苏民困；趋国内之贤豪，商军国之大计；和平特下令班师，仍回原防，不特对于地方之秩序力予维持，而外人生命财产，更当特别保护。"这时，整个北京已经被牢牢控制在冯玉祥的手中。

这次班师回京后，冯玉祥立即命令鹿钟麟派人逮捕财政总长王克敏、公府收支处长李彦青。在冯玉祥任陆军检阅使期间，因请领经费、军械等遭到他们的多方刁难。有一次请领军械，虽然有曹锟亲笔批示，他们依然拒不发给，后听从蒋鸿遇的建议送给了李彦青10万元的巨款，冯玉祥才将枪炮弹药领到。王克敏已事先闻风而逃，所以仅李彦青被逮捕、枪决。同时，冯玉祥还计划将曹锐请来，叫他"报销"一笔军费，因为曹锐在直隶省长任期内搜刮了大量的钱财。冯玉祥对这些人都是非常痛恨的，常常骂他们是害民贼，只是之前对他们无可奈何，现在落在他手里自然不能任其逍遥法外。这时，曹锐正和曹锟同住在中南海内，在李彦青被捕之后过了几天，即被传至旃檀寺。让人意想不到的是，这个"舍命不舍财"的曹锐竟在事先吞服了大量的鸦片，传到之后不久，即毒发身亡。

冯玉祥于10月23日到达北苑后，当即发出由他领衔的主和通电："国家建军，原为御侮；自相残杀，中外同羞。不幸吾国自民九以还，无名之师屡起，抗争愈烈，元气愈伤，执政者苟稍有天良，宜如何促进和平，与民休息；乃者东南衅起，延及东北，动全国之兵，枯万民之骨，究之因何而战？为谁而战？主其事者恐亦无从作答。本年水旱各灾，饥荒遍地，正救死之不暇，竟耀武于域中。吾民何辜，罹此荼毒，天灾人祸，并作一时。玉祥等午夜徬徨，欲哭无泪，受良心之驱使，作弭战之主张，爰于十月二十三日决意回兵，并联合所属各军另组中华民军，誓将为国为民效用。如有弄兵好战，殃吾国而祸吾民者，本军为缩短战期起见，亦不恤执戈以相周旋。现在全军已悉数抵京，首都之区，各友邦使节所在，地方秩序最关重要，自当负责维持。至一切政治善后问题，应请全国贤达急起直追，会商补救之方，共开更新之局，所谓多难兴邦，或即在是。临电翘个，仁候教言。冯玉祥、胡景翼、孙岳、米振标、岳维峻、李纪才、邓宝珊、李虎臣、李鸣钟、张之江、鹿钟麟、刘郁芬、宋哲元、孙连仲、孙良诚、蒋鸿遇叩漾。"随即冯玉祥向曹锟提出了二件事：一、下令停战；二、免去吴佩孚本兼各职。10月24日，冯玉祥迫曹锟下达四道命令：一、停战；二、撤销讨逆军总、副司令等职；三、免去吴佩孚直鲁豫巡阅使及陆军第三师师长等职；四、派吴佩孚督办青海垦务事宜。25日，冯玉祥在北苑召开军事政治会议，出席会议的有胡景翼、孙岳、王承斌、黄郛、王瑚、贾德耀、刘骥、熊斌，以及冯玉祥、胡景翼、孙岳各部高级将领及幕僚20余人。其中，军官居多数都参加军事会议，黄郛、贾德耀等人则参加政治会议。会上首先讨论了改革政治的问题，一致认为孙中山领导国民党进行的国民革命运动是当前中国唯一的出路，只有实行孙中山的主张，才能彻底消灭军阀统治，改变中国的政治面貌；决议电请孙中山北上主持大计，以打开全新的局面。在会上胡景翼、孙岳极力赞成迎请孙中山北上。但孙中山北来尚需要一定的时间，为应付当前混乱的局势，应该先请段祺瑞出面维持；在孙中山和段祺瑞未来到北京之前，贿选政府既不容许其继续存在，由黄郛组织内阁，处理政府过渡时期的一切事宜。在内阁人选问题上，冯玉祥、胡景翼、孙岳等人表示，他们各部的人员均不参加内阁，以示大公无私。会议公推与孙中山有关系的国民党人李书城为陆军总长，根据孙岳的提议并在内阁以外推举李烈钧为参谋总长，以表明欢迎孙中山主持大计的诚意。在讨论军队名称问题上，一致认为孙中山是国民革命的领袖，应将参加这次政变的各部队改组为国民军，以符合为国民效用的宗旨，并当即决议组成中华民国国民军，推冯玉祥为总司令兼第1军军长，胡景翼为副司令兼第2军军长，孙岳为副司令兼第3军军长。

27日，冯玉祥派赴天津见段祺瑞的吴光杰回京报告，段祺瑞表示愿意出山，共同维持大局。同时，冯玉祥收到了孙中山的贺电："大憝肃清，诸兄功在国家，同深庆幸。建设大计亟应决定，拟即日北上与诸兄晤商。先此电达，诸维鉴及。"与此同时，孙中山也致电段祺瑞，告以"拟即日北上，晤商一切"。28日，冯玉祥、胡景翼、孙岳联名通电正式提出速开和平统一会议的主张。他们想通过会议处理一切善后政治问题。电文中冯玉祥等提出召开和平统一会议的主张是真诚的，但是，这种集军阀、官僚、政客、名流于一堂的"和平统一会议"是不可能真正实现和平统一的。

冯玉祥虽然控制了整个北京，但面对着内外的压力，再加上财政的困难，他变得一筹莫展。10月30下午1时，冯玉祥离开北京城到丰台视察，5时就接到京师警察总监薛之珩与前步兵统领聂宪藩图谋不轨、有反对冯军动作的报告。冯玉祥不得不立即回到北京内城镇慑。

与此同时，帝国主义也对冯玉祥施加压力。27日，帝国主义各国联军以保卫使馆名义，开入北京；30日夜，驻丰台英军闯入冯玉祥军步哨线内，不服从阻拦，反而殴打卫兵，并且拘留了团长冯治安。在这种情况下，冯玉祥决定请曹锟退职并改组内阁。10月31日，颜惠庆内阁总辞职，冯玉祥以曹锟名义特任黄郛兼代国务总理并兼交通总长、王正廷为外交总长兼财政总长、王永江为内务总长、杜锡珪为海军部长、张耀曾为司法总长、王迺斌为农商总长、李书城为陆军总长。11月1日，黄郛内阁正式成立。黄郛内阁发表主张后，曹锟仍拒绝交出印信，而且态度十分强硬。于是冯玉祥派张之江、刘骥、孙连仲见颜惠庆，请其转达曹锟，限当日下午4时以前将印信交出，否则即令景山炮兵向中南海开炮。随后，冯玉祥派人进总统府索要，鹿钟麟派兵1个营随往，勒令已经解除武装的总统府卫队立即移往天坛。至此，曹锟才无可奈何地交出印信。新内阁成立之后，首先，根据冯玉祥的提议，取消了清朝旧制官署的步军统领衙门，任命鹿钟麟为京畿警卫总司令；接着，修改了清室优待条件。

为了刷新政治，冯玉祥向新内阁提出了五项施政方案，即：

一、打破雇佣体制，建设廉洁政府；二、用人以贤能为主，取天下之公才，治天下之公务；三、对内实行亲民政治，凡百设施，务求民隐；四、讲信修睦，以人道正义为根基，扫除一切掠夺欺诈行为；五、信赏必罚，财政公开。

冯玉祥雷厉风行的措施，虽然是初露锋芒，但已引起了各方面的反感。冯玉祥虽然没有安排他自己及胡景翼、孙岳的部下及幕僚人员入阁，可是各方面却认为这个内阁完全受着冯玉祥的操纵。首先表示不满的是张作霖，他不许奉系阁员王永江、王乃斌到京就职。各省直系军阀在南京组织的十省大同盟，对于摄政内阁也表示不予承认，并且在会上决议，在正式政府成立之前，北京所发命令概不接受。11月6日，法国也向各国提议，暂不承认北京政府。14日，黄郛内阁按外交惯例举行宴会招待外交使团，外交使团却拒绝出席，以表示不承认摄政内阁的合法地位，宴会不得不取消。

摄政内阁成立后，冯玉祥提出了修改清室优待条件的建议。早在1917年（民国六年）张勋复辟失败后，冯玉祥就提出了修改清室优待条件的主张，只是那时候没有能够实现。1924年（民国十三年）11月4日，摄政内阁通过了《修正清室优待条件》。民国成立时所订《清室优待条件》规定：清朝皇帝"尊号仍存不废，中华民国以待各外国君主之礼相待"；"岁用四百万两，俟改铸新币后改为四百万元，此款由中华民国拨用"；"暂居宫禁"，"以前宫内所用各项执事人员，可照常留用"等项。依据这个优待条件，清朝末代皇帝溥仪仍居住皇宫，仍用宣统年号，拥有一批大臣、太监，继续颁爵赐谥，发布谕旨，依然是一个小朝廷。1915年（民国四年），民国政府订的《优待条件善后办法》略加限制，但实际上不能有所抑制，以致这个小朝廷成了复辟的祸根。针对以上情况，摄政内阁制订的《修正清室优待条件》规定：大清宣统帝从即日起永远废除皇帝尊号，与中华民国国民在法律上享有同等一切之权利；民国政府每年补助清室家用五十万元；清室即日移出宫禁等。

  1924年（民国十三年）11月5日上午，末代皇帝溥仪正在紫禁城的储秀宫与"皇后"吃苹果、聊天。这时，内务大臣慌慌张张跑入宫内，双手颤抖着递上冯玉祥关于修改清室优待条件的一纸函文，要溥仪签字，并限在3小时内全部搬出故宫。溥仪看了公告后，一下子跳了起来，刚刚咬了一口的苹果滚落在地。没多久，京畿警卫总司令鹿钟麟奉命到紫禁城与清室交涉。鹿钟麟向溥仪宣布：从今日起，永远废除皇帝称号，与中华民国国民在法律上享有同等一切之权利；清室即日迁出故宫，日后可以自由选择居住地方；清室一切公产应没收归国家所有。溥仪知道清朝的大势已去，于是立即召开了最后一次"御前会议"，将宫内太监470余人、宫女100余人，分别发了一定的钱遣散。下午，溥仪流着泪，心里极其复杂，坐上国民军所派的汽车离开了故宫，移住什刹海"醇亲王府"。随后，摄政内阁下令组成以李石曾为委员长的清室善后委员会，负责清点、整顿和保管清宫的历代文物。同时，负责清宫守卫的军警被缴械改编。

  溥仪被逐出清宫的消息传出以后，北京街头热闹非凡，北京市民纷纷走上街头，庆祝这一具有历史意义的时刻。同时，摄政内阁准许北京城6日悬旗庆贺。随后，孙中山来电嘉奖：此举实大快人心，无任佩慰。复辟祸根既除，共和基础自固，可为民国前途贺。

冯玉祥北京政变胜利后，首先接到孙中山的贺电："义旗聿举，大憝肃清。诸兄功在国家，同深庆幸，建设大计，即欲决定，拟即日北上，与诸兄晤商。"冯玉祥立即复电："辛亥革命，未竟全功，以致先生政策无由施展。今幸偕同友军戡定首都，此役既平，一切建国方略，尚赖指挥，望速命驾北来，俾亲教诲。"

主要参考书目

[1] 中国人民政治协商会议全国委员会文史资料研究委员会编. 文史资料选辑[M]. 北京：中华书局，1960.

[2] 王玲. 北京通史（第三卷）[M]. 北京：中国书店，1989.

[3] 于光度，常润华. 北京通史（第四卷）[M]. 北京：中国书店，1989.

[4] 王岗. 北京通史（第五卷）[M]. 北京：中国书店，1989.

[5] 贺树德. 北京通史（第六卷）[M]. 北京：中国书店，1989.

[6] 吴建雍. 北京通史（第七卷）[M]. 北京：中国书店，1989.

[7] 魏开肇，赵蕙蓉. 北京通史（第八卷）[M]. 北京：中国书店，1989.

[8] 习五一，邓亦兵. 北京通史（第九卷）[M]. 北京：中国书店，1989.

[9] 王镜轮，向斯. 中国古代禁卫军——皇家卫队始末[M]. 北京：解放军出版社，2001.

[10] 王镜伦，向斯. 明清禁卫军密档[M]. 北京：中国工人出版社，2000.

[11] 松柳. 中国宫廷政变[M]. 北京：中国书籍出版社，1997.

[12] 北京市地方志编纂委员会. 北京志·军事卷·军事志[M]. 北

京：北京出版社，2002.

[13] 郑树民，张显传.北京乡土史话[M].北京：兵器工业出版社，1990.

[14] 王镜轮.故宫宝卷[M].北京：中国民族摄影艺术出版社，1999.

[15] 侯仁之，邓辉.北京城的起源与变迁[M].北京：北京燕山出版社，1997.

[16] 胡玉远.京都胜迹[M].北京：北京燕山出版社，1996.

[17] 余钊.北京旧事[M].北京：学苑出版社，2000.

[18] 李延珂.古都北京警卫风云[M].北京：作家出版社，2004.

[19] 陈平.燕国风云八百年[M].北京：北京出版社，2000.

[20] 北京燕山出版社.京华古迹寻踪[M].北京：北京燕山出版社，1996.

[21] 武弘麟.北京文明的曙光[M].北京：北京出版社，2000.

[22] 王岗.通往首都的历程[M].北京：北京出版社，2000.

[23] 树军.京城耻事[M].北京：九洲图书出版社，1997.

[24] 范中义，王兆春，张文才，冯东礼.中国军事通史·明代（上、下册）[M].北京：军事科学出版社，1998.

[25] 邱心田，孔德骐.中国军事通史·清朝前期[M].北京：军事科学出版社，1998.

[26] 施渡桥，梁巨祥，王楚良，毛振发.中国军事通史·清朝后期（上、下册）[M].北京：军事科学出版社，1998.

[27] 侯仁之.北京城市历史地理[M].北京：北京燕山出版社，2000.

[28] 北京大学历史系《北京史》编写组.北京史(增订版)[M].北京：北京出版社，1998.

[29] 李宗一. 袁世凯传 [M]. 北京：中华书局，1980.

[30] 侯宜杰. 袁世凯全传 [M]. 北京：当代中国出版社，1993.

[31] 王均. 清末民初北京的政治风云 [M]. 北京：北京出版社，1999.

[32] 罗哲文. 长城 [M]. 北京：北京美术摄影出版社，2000.

[33] 王兆春. 中国火器史 [M]. 北京：军事科学出版社，1991.

[34] 高冕. 天机 [M]. 北京：作家出版社，2002.

[35] 中国第二历史档案馆. 冯玉祥日记 [M]. 南京：江苏古籍出版社，1992.

[36] 冯玉祥. 我的生活 [M]. 长沙：岳麓书社，1999.

[37] 祁美琴. 清朝内务府 [M]. 北京：中国人民大学出版社，1998.

[38] 樊树志. 崇祯传 [M]. 北京：人民出版社，1997.

[39] 王天有. 明朝十六帝·光宗贞皇帝朱常洛 [M]. 北京：紫禁城出版社，1999.

[40] 樊树志. 晚明史 [M]. 上海：复旦大学出版社，2003.

[41] 徐凯. 泰昌帝 天启帝 [M]. 长春：吉林文史出版社，1996.

[42] 中国人民解放军军事科学院. 中国军事百科全书 [M]. 北京：军事科学出版社，1997.

[43] 武玉环. 辽制研究 [M]. 长春：吉林大学出版社，2001.

[44] 陈高华，钱海皓. 中国军事制度史 [M]. 郑州：大象出版社，1997.

[45] 王镜轮. 中国皇家卫队 [M]. 北京：新世界出版社，2002.

[46] 铁玉钦. 盛京皇宫 [M]. 北京：紫禁城出版社，1987.

[47] 张晋藩. 清朝法制史 [M]. 北京：法律出版社，1994.

[48] 周良霄. 皇帝与皇权 [M]. 上海：上海古籍出版社，1995.